애타도록 서둘지 말라 나의 빛이여

애타도록 서둘지 말라 나의 빛이여

도화

차 례

책머리에 _ 김수영의 정신주의

1부 _ 한국 현대 문학사의 새벽

　김수영 시인 관련 인터뷰

　■ 백낙청 ·12

　■ 염무웅 ·33

2부 _ 낯선 의식과 공간과 예술

　■ 추상과 구상의 곡예, 청년 김수영의 시적 모험 / 강경희 ·64

　■ 김수영 시의 진정한 '휴식의 공간'을 위한 모색 / 공현진 ·76

　■ 김수영의 시적 영향 일고(一考) / 김난희 ·116

　■ 김수영 시의 연극성 / 김영희 ·142

　■ 김수영 키드의 생애 / 노지영 ·179

3부 _ 길 위의 김수영

■ 김수영 시에 나타난 실존주의적 전망의 긍정성 / 박정근 ·214
■ 김수영 시에 나타난 남성성과 '아버지' / 이경수 ·247
■ 시인의 사라짐 / 이민호 ·290
■ 김수영 시인과 김현경의 결혼 시점에 대하여 / 홍기원 ·321

4부 _ 사랑의 변주곡

■ 시작 오수(詩作 五首) / 김민 ·338
■ 김수영 시와 음악 / 성용원 ·343

저자 약력

김수영의 정신주의

김수영 탄생 백 주년을 지내고 이제 나아가는 백 년입니다. 어쩌면 기념해야 할 일을 다 하지 못한 미진함에 이 책을 묶게 되었는지도 모릅니다. 더군다나 기일을 앞에 두고 시인에게 예가 아닌 것 같아 모골이 송연합니다. 지하에서 홀연히 나타난다면 뭐 이딴 짓을 하느냐 불호령을 내릴지도 모릅니다. 적어도 우리는 그가 그토록 경계했던 모리배는 아니기에 이토록 서툰 솜씨로 그에게 미진한 사랑 바칩니다.

고백합니다. 어쩌면 우리는 한참 김수영을 모르고 모르는지 모릅니다. 그동안 사후 오십 년이 넘도록 그를 허명과 오명 속에 가두어 둔 것은 아닌지 또다시 온몸이 으쓱하고 털끝이 쭈뼛해집니다. 그의 시 정신을 한갓 생활 낱낱을 결정하는 잣대로 치부한 것은 아닌지. 그래서 절대화하고 도구화해서 윤리적으로 철학적으로 구속한 것은 아닌지 돌아봅니다.

김수영의 도도한 시적 언명은 온몸의 시학입니다. 하지만 아직도 우리는 어떻게 해야 온몸으로 시를 쓰고 시인이면서도 시인이 아닌 듯 살 수 있는지 알지 못합니다. 그냥 전유하여 궤변을 덧붙여 온 것은 아닌지 곰곰 생각할 때, 등단 시 「묘정의 노래」와 같이 탈고했던 「공자의 생활난」을 다시 보게 됩니다.

공자와 김수영은 어떻게 만났는지 도무지 알 수 없습니다. 공자의 인 (仁)이 어떻게 김수영의 불온(不穩)과 하나의 시 세계에서 운위될 수 있는 것인지 설명할 길이 마땅찮습니다. 혹자는 그의 시에서 전통의 낌새를 맡 았다고 말하지만 그것은 온전히 성리학적 정신주의에 불과합니다. 그럴 리 만무합니다. 절대 김수영의 정신은 노모스(nomos)와 도그마(dogma) 와 동거할 수 없습니다. 그랬다면 오늘날 이렇게 수많은 추종자를 거느릴 수 없습니다.

시「공자의 생활난」은 쉽게 읽히지 않습니다. '작란(作亂)'과 '작전(作 戰)'과 '반란(反亂)'의 언어유희에 포박된 채 의미 실종에 빠지게 됩니다. 궁극적으로 김수영이 공자에게서 읽어 낸 것은 두 가지입니다. '이제 나 는 바로 보마', '나는 죽을 것이다'라는 인식입니다. 전자는 현실 인식이며 후자는 존재 인식입니다. 공자는 전쟁터 같은 생활의 불안(作亂)과 입신 양명으로 나아가는 길을 차단하는 도그마(作戰)와 대면하고 있습니다. 이 혼돈의 현실 속에서 공자가 스스로를 무엇이라 존재 증명했을까요. 바로 춘추시대를 지배했던 노모스와 대결하는 '반란성'입니다. 김수영은 우리 가 알고 있던 공자를 폐기하고 새롭게 발견한 것이 분명합니다. 그러므로 이 시에 대해 읽었던 선험적 판단은 중지돼야 합니다. 마찬가지로 이 지점 에서 김수영을 바로 보게 됩니다.

공자는 패배자입니다. 갑골문과 한자학의 대가 시라카와 시즈카는 공 자를 실패한 인물로 평전을 썼습니다. 그는 말합니다. 이름 없는 무녀의 사생아로 태어나 일찍이 고아가 돼 무측집단 틈에서 비천하게 성장한 사 람이 공자라고. 그랬기에 인간이란 무엇인가 생각했고 살고 죽는 것이 무 엇인가 고민했다고. 그러면서 사상은 부귀하고 지체 높은 신분에서 생기 는 것이 아니며 빈천이야 말로 위대한 사상을 낳는 고향이라 말합니다.

중국 한나라 이후 지배자들은 공자의 이름을 가져다 규범으로 만들어

박제된 공자의 정신주의를 유포하였습니다. 에스프리는 실종되었고 규범을 초월한 자유는 결박당했으며 공자는 벼슬길에 나아가지 못해 전전긍긍하는 자로 이미지화 되었습니다. 지난날 장미는 사라지고 이름만 남았습니다. 공자의 인(仁)은 의(義)와 나란히 놓여 퇴색하고 말았습니다.

김수영이 바로 보게 된 공자의 실체는 실패자입니다. 그것은 김수영의 실체이기도 합니다. 상부에 핀 꽃도, 발산한 형상도 아니었습니다. 그의 시는 거기서 시작했습니다. 그가 새롭게 인식한 사물의 생리(physiology)는 수량과 한도와 우매와 명료성을 바탕으로 하는 새로운 세상 읽기이며 그의 정신주의의 핵심입니다. 수량과 한도에 눈길을 두는 것은 현실적 인식을 통해 실증성을 확보하는 일입니다. 우매와 명료성을 판단에 기준으로 삼는 것은 분석적 사고에 따른 변증법적 사유의 표명이라 할 수 있습니다.

공자는 논어를 쓰지 않았습니다. 경전 속에서 사회를 옭아맨 채 한 방향으로 나아가라 하지 않았습니다. 공자는 인간적 감정을 지닌 사람입니다. 규범과 원리의 파괴자이며 다양성을 추구한 열린 존재입니다. 세속에만 매달리지 않고 끊임없이 몽상했던 사람입니다. 오지 않는 것을 기다리는 사람입니다. 그의 실패는 위대합니다. 김수영이 비로소 바로 보게 된 지점입니다.

"그리고 나는 죽을 것이다" 선언합니다. 이 죽음은 결코 실제적인 죽음이 아니겠지요. 기존의 상투적인 사물 인식의 실재적 종언을 뜻합니다. 이러한 김수영의 정신주의를 이 책에서 오롯이 담았다 장담할 수 없습니다. 거기에 가 닿기에는 아직 기다리는 사람의 애타는 심정을 다 알지 못하기 때문입니다. 그럼에도 틀에 얽매이지 않으려 애를 쓰고 엄숙주의에서 벗어나 자유로운 뜻을 추구하였습니다.

이 책은 4부로 꾸몄습니다. 1부는 백낙청, 염무웅 선생님과의 대담을 실어 김수영이 한국 현대 문학사에서 차지하는 위상을 가늠하였습니다. 2부는 김수영 탄생 백 주년 기념 심포지엄 발표 내용을 바탕으로 김수영의 낯선 의식과 공간과 예술에 대해 참신한 글을 실었습니다. 3부는 김수영의 작가론으로서 그의 철학과 현실의 문제와 논리와 전기적 여정을 담았습니다. 4부는 김수영 시의 변주로서 창작 시와 음악을 통해 새로운 김수영과 만날 수 있습니다. 이 책을 만들기까지 귀한 글을 기꺼이 내 준 필자와 정성을 아끼지 않은 도화출판사와 김수영기념사업회 회원을 비롯 애쓰는 분들과 유족에게 머리 숙여 고마운 마음 전합니다. 더불어 김수영을 사랑하는 분에게 바칩니다.

이 책을 내면서 김수영의 시 정신을 다시 바라보게 됩니다. 김수영을 한갓 기교에 얽매인 모더니스트로 보거나 중심에 나아가려는 현실 참여자로만 보았다면 우리는 온전히 그를 만나지 못한 것입니다. 정신주의는 종교적이며 철학적 차원에서만 통용되는 것은 아닙니다. 문학 속으로 들어올 때 비극적 세계와 마주하여 실패하고 절망하면서도 극복하려는 정신의 요체로 불을 밝힙니다.

김수영은 시 「조국에 돌아오신 상병포로 동지들에게」, 「나비의 무덤」, 「봄밤」, 「원효대사-텔레비를 보면서」에서 '애'를 담습니다. 모두 애타하는 존재들에게 보내는 그의 애정입니다. 그의 마음속에 초조함이 있지만 몹시 수고로운 삶들에 대해 깊게 눈길을 주고 있습니다. 그렇게 서두루지 않겠습니다.

2022. 4.
(사)김수영기념사업회

1부

한국 현대 문학사의 새벽

백낙청 인터뷰

**일시: 2021년 6월 11일

**장소: 창비서교빌딩 5층

**질문자: 홍기원(김수영문학관 운영위원장)

〈질문〉「김수영의 시세계」(『현대문학』 1968년 8월호)에서 선생님은 "김수영 자신은 1959년에 나온 첫 시집 『달나라의 장난』(춘조사 간)에서 이미 모더니즘적 실험의 유산과 자신의 서정적 자질을 하나의 독자적 스타일로 발전시키는 데 성공하고 있다. 표제시 「달나라의 장난」을 비롯하여 「사치」「밤」「자장가」「달밤」 등은 모두 소월과 영랑을 포함한 한국 서정시의 전통에서 서서 부끄러울 것이 없는 주옥편들이다"라고 하셨습니다.

김수영 시인의 서정성은 4·19시까지 강화되다가 60년대 이후 시에서 약화되는 것 같습니다. 저는 김수영 나름의 서정성을 계속 강화하는 시를 많이 썼어야 한다고 생각하는데, 선생님의 생각은 어떠하신지 알고 싶습니다.

(답변) 4·19시라고 하면 4·19 이후에 나온 시를 말하는 것이겠죠. 그러면 60년대 초까지인데. 김수영 시인의 서정시는 그전의 서정시와 다르잖아요. 4·19 직후에 나온 시들은 일종의 시국시랄까 참여시의 성격이 강하지요, 김수영 시인의 서정성은 4·19 직전 시까지 강화된다는 말은 맞는 말인 것 같아요. 김수영 시인의 서정성에는 김수영 시인만의 독특한 무엇이 있어요. 그 시절 흔하던 서정시는 아니고요. 4·19 때는 흔히 참여시라고 말하는 시를 많이 쓰셨는데, 5·16 이후에는 그것도 아니고 저것도 아니고 서정시에서도 멀어지고 그렇다고 4·19 직후의 직접적 발언에 해당하는 시도 아닌 그런 시로 바뀌잖아요. 그 과정에서 서정성을 계속 강화하는 시를 썼으면 좋겠다고 하시는데 물론 '봄밤' 같은 시가 더 나왔으면 좋지요. 하지만 이분이 그 시절에 흔한 서정시를 굉장히 싫어하셨고 탈피하려는 노력을 많이 하셨기 때문에 우선 그게 중요한 과제였고 그 과제를 선취한 것이 있으니까 여기에다 이런 것도 더 했으면 좋았겠다 저런 것도 더

했으면 좋았겠다 이런 말을 하자면 한이 없지만 저는 그것에 특별히 강조점을 두고 싶지는 않아요.

〈질문〉 「시민문학론」(『창작과 비평』 1969년 여름호)에서 선생님은 "김수영에게 있어 '님'의 기억이 만해의 경우처럼 전통 속에서 몸에 밴 기억이 못 되는 약점을 보이는 반면, 한용운이 노래한 「님의 침묵」은 김수영의 시가 지닌 숙달된 운문의 기교와 일상 현실을 기록하는 리얼리즘에 못미침으로써 우리의 기억으로 바로 전달되기 어려운 데가 있다. 더욱이 한용운과 김수영을 하나의 연속된 시민문학의 전통에서 파악하지 못할 때 그들의 외로운 업적은 더욱 외로워 보일 것이며 우리의 부족한 재산은 더욱 가난하게 보일 것이다"라고 말합니다. 여기서 '전통 속에서 몸에 밴 기억'의 의미에 대해 설명 부탁드립니다.

(답변) 한용운하고 김수영은 매우 다른 시인이지요. 그렇게 달라 보임에도 불구하고 연속성이 있다는 것을 「시민문학론」에서 주장하려고 그랬던 것이지요. 다른 점 중의 하나가 전통이 몸에 밴 것으로 하면 만해와 김수영은 우선 시대가 다르잖아요. 만해는 태어난 것으로 치면 조선왕조 사람이거든요. 교양 면에서도 한문 세대고요. 한문 세대로서 유교 공부도 김수영이 조금 서당에 다닌 것하고 비교가 안 되는 그런 공부를 하신 분이고 생활 자체가 옛날 생활에 젖어 있던 분이고요. 불교 승려가 되셨으니까 우리 전통 중의 한 부분이지요. 그 속에 깊숙이 들어가신 분이니까 전통이 몸에 밴 정도를 이야기하면 만해와 김수영의 차이는 상식이라고 봐요. 그러나 여기서 문제 삼은 것은 그냥 전통이 몸에 얼마나 배었느냐가 아니라 님에 대한 기억이 한용운 선생의 경우 훨씬 더 몸에 배어 있었다는 것인데요. 「님의 침묵」에서 '님'을 이야기하는 특징이 님은 떠났지만 나는 님

을 보내지 않았습니다 하고 님을 기억하는 거거든요. 님의 부재를 노래하면서 님의 기억을 노래하는 것이 만해의 특징이지요. 전통 속에 안주하는 사람은 옛날 님을 그냥 붙들고서 보내지 않으면서 님이 떠난 것을 모르는 사람들도 있고 아니면 님이 떠나갔으니까 세상이 완전히 바뀌었다고 생각한 개화파 중에는 옛날 님은 잊어버리고 새로운 님을 찾아가잖아요. 그러나 만해는 님이 떠나간 새로운 현실을 분명히 인식하면서, 님의 기억은 보전하지요. 사실 그 점이 대다수 현대 시인하고 다르다고 봅니다. 그러고 김수영만 해도 만해 기준으로 보면 님이 떠나가고 태어난 사람이잖아요. 식민지 시대 사람이었고 일제가 들어오면서 우리 전통과 단절이 훨씬 더 심해졌고 이분은 언어만 하더라도 일본어를 배워가지고 한때는 일본말을 더 잘한 사람이었고요. 그렇다고 김수영이 만해가 노래하던 님의 기억이 전혀 없는 사람이냐 하면 만해만큼 몸에 밴 기억은 없지만 뭔가 만해가 찾던 님의 그런 것을 계속 찾아갔고 나중에 자기 나름대로 그게 전통의 재발견을 통해서도 그렇고 하이데거 사상을 공부하면서 그것을 되찾았다고 봐요 저는. 그 점에서 연속성이 있는데, 그러나 만해처럼 자연스러운 노래로 나오는 그런 것은 아니었고 반면에 이분은 현대시의 기술에 아주 숙련된 분 아닙니까? 그런 얘기를 했던 거죠.

〈질문〉「시는 온몸을 밀고 가는 것─박태진/백낙청 대담」(『조선일보』 1974년 6월 13일)에서 선생님은 "초기에는 전통적인 서정이 밑바탕에 깔린 작품들이었으나 4·19 이후 시풍이 바뀌었어요. 5·16 이후 그는 종래의 전통적 서정시로는 안 되겠다고 각성을 한 느낌을 주었습니다. '시는 온몸으로 밀고 가는 것이다'라고 말하면서 지성이 결핍된 서정시에서 감성과 지성이 통일된 작품 경향으로 전환된 것입니다. 동시에 시어를 자유자재로 과감히 사용하기 시작했어요"라고 하셨습니다.

염무웅 선생은 「김수영과 신동엽」 『뿌리깊은나무』(1977년 12월호)에서 "김수영은 철저한 도시생활자이며, 그의 감성과 세계관도 이러한 도시적인 경험에서 태어난 것이다. 그는 일생동안 김소월이나 김영랑 또는 서정주과 같은 개념에서의 서정시를 단 한 편도 쓰지 않았다. 아마도 그는 자연을 자연 자체로서 완상하는 시를 쓰지 않은 극히 드문 한국 시인 중의 한 사람일 것이다. 이런 뜻에서도 그는 완강한 반전통주의자이다"라고 하셨습니다. 선생님이 말씀하신 '초기에는 전통적인 서정이 밑바탕에 깔린 작품들'에서 김수영 시에서 '전통적인 서정'이란 부분이 어울리지 않는 말 같아 설명을 부탁드립니다.

(답변) 아까 말씀드렸듯이 김수영이 50년대 쓴 『달나라의 장난』 시집에 주로 실려있는 그 시들은 여전히 우리가 익숙한 서정시 형태를 띠고 있다는 것이지 전통적인 서정시와는 이미 많이 다르지요. 그래서 염무웅 선생이 그 차이에 주목해서 그렇게 말씀하신 것 같은데 저가 보기에 염 선생 판단도 한편으로 치우쳐 있는 것 같아요. 김수영은 서울에서 태어나가지고 서울에서 자라고 김수영의 말도 경아리 말이에요. 서울말을 경아리말이라고 하는데요. 가령 '싫어한다'를 김수영 선생은 꼭 '싫여한다'고 그러셨거든요. 서울 토박이말이에요. 그런 것들이 꽤 있습니다. 그렇긴 한데 그 당시에 서울 사람은 김수영 선생 이후의 도시생활자와 거리가 멀었어요. 서울 자체가 고층빌딩 들어서고 하는 그런 도시가 아니었고 바로 시골로 열려 있는 도시였어요. 그때 도시생활자를 우리식으로 해석하면 안될 것 같아요. 도시에서 태어났지만 현대적인 도시생활자보다 얼마나 더 시골 생활자와 가까웠는가를 우리가 주목하고 놓치지 말아야 할 것 같아요. 그 다음에 '자연을 자연 자체로서 완상하는 시를 쓰지 않은 극히 드문 한국 시인 중의 한 사람일 것'이란 말에 대해 사실은 만해만 해도 '자연을

자연 자체로서 완상하는 시' 쓴 적이 없는 시인이에요. 이육사도 없고, 윤동주도 그런 것 없습니다. '자연을 자연 자체로서 완상하는 시'는 더 거슬러 올라가서 한시에 흔히 나오는 자연시라든가 아니면 현대 서정시의 일부를 이야기하는 것이지 김수영이 그것을 안 쓴 것이 그렇게 드문 경우에 속한 건 아닌 것 같아요. 여기 박태진 선생하고 대담한 것은 내가 잊어먹고 있었는데 이것을 캐내셨네요. 김수영의 그 유명한 구절을 여기대로 제가 인용했다면 중요한 한 마디가 빠져있습니다. '시는 온몸으로 밀고 가는 것이다'가 아니고 '시는 온몸으로 온몸을 밀고 가는 것이다'가 오리저널한 김수영의 발언이고요. 그런데 그냥 온몸으로 밀고 나가는 것은 짐을 지고 갈 때도 온몸으로 밀고 나갈 수 있는 것이고, 어떤 사람들은 이걸 가지고 온몸을 던졌다 식으로 해석하는 사람이 있는데 '온몸으로 온몸을 밀고 나간다'라는 표현이 참 오묘한 표현이거든요. 그게 김수영의 특징인데 그 말을 빼고 박태진 선생하고 대담하면서 인용했다면 내가 중대한 포인트를 누락시킨 것이라고 말씀드리고 싶어요. '완강한 반전통주의자'란 표현은 전통주의에 대한 해석의 문제인 것 같은데 그것은 뒤에 '현대'에 대해 이야기할 때 다시 하지요.

〈질문〉「역사적 인간과 시적 인간」(『창작과비평』 1977년)에서 선생님은 "김수영에게서 우리가 문제 삼아야 할 핵심적인 사항은 그가 난해한 시를 썼고 심지어 난해시를 옹호하기까지 했다는 사실 자체보다도, 어째서 그에게는 진정한 난해시를 쓰려는 욕구가 민중과 더불어 있으려는 대척적인 욕구보다 그처럼 명백한 우위를 차지했느냐 하는 것이다. 이것 역시 어디까지나 상대적인 문제지만, 김수영의 한계가 모더니즘의 이념 자체를 넘어서지 못했다기보다 그 극복의 실천에서 우리 역사의 현장에 풍부히 주어진 민족과 민중의 잠재역량을 너무나 등한히 했다는 데 있다는 말이 된다"라고 하셨습니다.

　김수영 시인은 모더니즘시 완성의 길로 갔다고 생각됩니다. 선생님 말대로 김수영 시인은 '참여시'이기 전에 먼저 '현대시'이기를 강조했고 '현대시' 이전에 '양심이 있는 시', '거짓말이 없는 시'를 요구했습니다. '치열하게 살아있는 시'를 쓰기 위해서는 '참여시' '현대시' '양심이 있는 시'의 행복한 결합의 완성을 추구한 김수영의 길은 '극복'이란 단어가 반드시 필요한 길이었나요?

　(답변) 제가 모더니즘 이념을 극복해야 한다고 했을 때 모더니즘하고, 김수영 시인이 우리시는 현대시가 되어야 한다며 못되고 있는 것을 개탄할 때의 현대시는 다른 것 같아요. 영어에서는 한마디로 '모던'이라고 하는 것을 우리말로 '현대'라고도 하고 '근대'라고도 하는데, 거기에 '주의'라는 말이 붙으면 또 이야기가 달라지잖아요. 김수영은 참여시를 지지한 사람이지요. 그런데 참여시이기 이전에 현대시가 되어야 한다는 말은. 현실을 비판한다고 참여시가 아니다. 제대로 된 시가 되어야 하고 그 시는 우리 사는 현대와 같이 가야 한다. 그때 현대라는 것은 '근대'와 구별되어야 해요. 랭보라는 사람이 그런 말을 했잖아요. "우리는 절대적으로 현대적이야 한다." 영어로 한다면 "One must be absolutely mordern." 그때 말하는 '모던'이 김수영 선생이 말하는 '현대'지요. 현대를 사는 사람이 현대에 충실해야지 더 낡은 데 매여있어서는 안 된다, 그래서 참여시도 제대로 된 현대시가 되어야 참여시가 될 수 있다는 것이고 현대가 된다는 것을 너무 어렵게 생각하지 말라, 현대시 이전에 좀 양심 있게 굴어라, 괜히 거짓말 하지 말고 폼잡지 말고 서양 것 그대로 따라 하면서 그것을 현대라고 생각하지 말고 거짓말이 없는 시, 나는 이 대목이 참 중요하다고 봐요. 김수영 시인의 위대한 점은 이 사람이 거짓말이 없는 시를 쓴다는 겁니다. 거짓말

이 없는 시라는 것은 내가 누구하고 이야기하면서 거짓말을 안 한다는 뜻 이전에 자신한테 정직한 거예요. 자기 자신에게 정직하고, 자신의 감정에 정직하다는 거예요. 저는 그게 김수영 시인의 아주 특징적인 점이라고 봐요. 그러면서 외국의 현재적인 시를 섭렵하고 그런 것은 좋은 의미의 현대성이고 뒤떨어지지 않으려는 노력이지요. 그것은 내가 극복을 말한 모더니즘 이념하고는 다른 이야기예요. 김수영 선생의 입장은 저도 동의하고 지지하는 입장이고요. 그런데 현대적이 되어야 한다는 것에 너무 취해가지고 너무 빠져서 새로운 것은 뭐든지 좋아하는 경향이 있잖아요. 우리나라 모더니즘 시인이라고 일컬어지는 시인 중에 사실 양면이 다 있는 것 같아요. 낡은 것에서 탈피해가지고 우리 시대에 충실하자고 하는 그런 의미의 김수영이 말하는 현대성과, 다른 한편으로 외국에서 첨단이거나 현대적이라는 것에 너무 심취해가지고 따라가다 보면 사실은 그것은 진정한 시가 아닐 경우가 많습니다. 그런 것을 나는 모더니즘이 일종의 주의라고 할 때 현대주의라고 번역합니다. 김수영 선생이 말하는 '현대적'이 아니라 소위 현대를 따라가기에 급급한 '현대주의'인데 그것은 극복을 해야지 이 땅에서 제대로 된 시가 나오고 진정으로 현대적인 시가 나오고 그런 시만이 현실에 대해 발언할 때 제대로 된 참여시가 된다는 거지요.

모던의 또 하나의 의미로 근대가 있는데 근대라는 시기는 기본적으로 자본주의 시기여서 현대주의 시인들이 대게는 반자본주의 발언을 많이 합니다. 문제는 그게 그냥 시인이 자기의 새로움을 과시하는 방편으로 끝나는지, 나는 낡은 전통을 버리고 우리 시대가 지니고 있는 자본주의도 비판하는 사람이다 이렇게 자랑하는 걸로 끝나는 것인지 아니면 진짜 자본주의적 근대의 극복에 이바지하고 새로운 현대를 찾아가려는 업무를 수행하려는지 이것을 구별해서 봐야 한다고 생각합니다. 그런데 모더니스트 시인이라는 분들이 대게는 그런 역사적 과제에 대해서 책임 있는 사유를 안 하고 그냥 자기 언어가 새롭다거나 기교가 새롭다거나 그것에 자족하는 경향이 있는 것 같아요. 김수영 선생은 원래 정직한 사람이니까 거기에 빠진 것은 아니지만 모더니즘의 세례를 받았고 아까도 말했듯이 전통이 몸에 밴 시인이 아니었기 때문에 거기에 휩쓸리다가도 금방 거기에서 벗어나거든요. 그 과정에서 성과가 그만큼 한 분도 드물지만, 그 성과에 대해서도 우리가 불만을 말할 수는 있는 것 아니에요? 내가 이 글을 쓴 1977년이면 한참 반유신운동을 했는데 정치권에서는 유신체제에 반대하는 사람들의 일부였지만, 문단의 민중민족문학이란 것은 정말 세상을 바꾸면서 동시에 한용운이 가졌던 님에 대한 기억을 되살리려는 운동이었단 말이에요. 아까 홍 선생의 좀 더 서정적인 시를 썼으면 좋지 않겠느냐는 그 말씀과도 통하는데, 그의 엄밀한 사유와 치열한 현대시 탐구를 계속하면서도 조금 더 일반대중 독자들에게 친숙해졌으면 얼마나 좋았을까 그런 소망의 표현이지요.

〈질문〉 선생님의 글에서 1977년 이때가 선생님의 민중문학론이 가장 강화된 시기가 아니었을까 생각하는데요.

(답법) 사실은 나는 80년대에도 그런 경향이 강화되었다고 봐요. 80년대 내 작업문에 대해서는 대부분 잘 모릅니다. 왜냐면 80년대 들어와서는 젊은 친구들이 백 아무개 같은 자들은 소시민들이고, 소시민적 민족문학론자들이고 계급의식이 없다고 몰아치던 시기였어요. 어떤 사람은 내가 80년대를 못 따라갔다고 그러는데, 내가 못 따라간 것이 아니고 그들을 안 따라간 거예요. 안 따라간 것은 김수영 선생 말대로 참여시이기 이전에 현대시여야 하고 현대시이기 이전에 양심 있는 시, 거짓말 안 하는 시와 문학이 되어야 하는데, 의도적으로 거짓말했다는 말은 아니지만 깊은 생각

없이 한 때 모더니스트 시인들이 외국의 모더니즘 사조에 휩쓸려갔듯이 어쨌든 외래사상인 맑시즘이나 레닌 사상에 너무 휩쓸려가기 때문에 내가 거기 안 가고 버틴 것이지요. 그러다 보니까 제가 소시민 쁘띠부르조아, 민족주의자 소리 들었지만 지내놓고 보면 그들 상당수는 80년대 지나서는 돌아서요. 내가 80년대보다 70년대에 더 했다는데 저는 동의하지 않습니다. 저의 일방적인 주장입니다만 70년대보다 80년대에 더 앞으로 나가는데 그 당시 사람들이 몰라주었고 지금도 그때 내가 욕먹던 잔영이 남아서 독자들이 80년대는 70년대보다 내가 후퇴했다고 생각하는데 그렇지 않습니다. 내가 1990년에 낸 책이 『민족문학의 새 단계』라는 책인데요. 거기에 실려있는 80년대 평론들을 좀 보시면 알 수 있을 것입니다.

〈질문〉 「살아있는 김수영」(『김수영시선집─사랑의 변주곡』 발문, 1988년)에서 선생님은 "김수영의 「풀」에서 민중의 모습을 연상하는 것 자체가 민중문학론자의 억측이라 보아서는 안 된다. '풀'과 '민초'는 말뜻에서부터 이미 연결되거니와, 「풀」에 앞선 김수영의 작업에서도 「풀의 영상」이라든가 「꽃잎 3」 등의 풀 이미지는 모두 가냘프면서도 더없이 질기고 강한 어떤 것을 암시해온 터이다. 그리고 이 마지막 작품에 가서 민중의 존재가 이러한 비유 아닌 비유를 통해서나마 떠오르게 된 것은, 시인이 「말」에서와 같은 "죽음을 위한 말 죽음에 섬기는 말/ 고지식한 것을 제일 싫어하는 말"의 연습을 거듭해왔고 「사랑의 변주곡」 같은 "잘못된 시간의/ 그릇된 명상"도 마다하지 않았으며 「여름밤」에 이르러 그가 제일 못 참아야 하던 '소음'도 달리 볼 줄 알게 됨으로써 가능해진 것이다. 그러므로 「풀」 자체는 역시 하나의 소품이지만, 김수영이 그때 죽지 않았다면, 결코 산문적인 의미로 환원될 수 없다는 점에서는 끝까지 '난해시'와 통합할지라도 좀 더 독자에게 친절하고 민족적·민중적 정서에 친근한 걸작들을 쓰게 되었으리라는 심중을 굳혀준다"라고 하셨습니다. 이 말은 '4·19시'를 뛰어넘는 '새로운 4·19시'를 의미하는 말입니까?

(답변) 왜 굳이 '새로운 4·19시'라고 표현을 하시나요? 김수영의 50년대 시는 대개 난해한 시는 아니죠. 또, 이후의 김수영 시를 요즈음 젊은 시인들을 포함해 많은 시인들이 쓰는 난해시와 비교해보면 김수영의 언어가 난해하지 않습니다. 김수영은 난해시라는 데서도 직설적으로 이야기합니다. 특별히 어려운 문장이라는 것이 없고, 어려운 것은 이미지와 이미지가 왜 이렇게 연결되는가, 왜 이런 이야기를 하실까 하는 그게 얼핏 안 들어오는 것이지, 그게 바로 김수영이 말하는 고지식한 것을 제일 싫어하는 말입니다. 그런 거지 일부러 요렇게 어렵게 이야기하면 재미있겠구나 하는 그런 어려운 표현이 김수영 시인에겐 없어요. 그래서 난해시에 대해서 요즈음은 김수영하고는 다른 진짜 난해한 시가 너무 많은데 김수영의 난해시와 여타 난해시를 비교해볼 필요가 있다고 생각해요. 옛날에 우리 그림과 글씨를 이야기할 때 제일 중요한 것이 기운생동(氣韻生動)이란 말인데 김수영의 시에는 뭔가 살아 움직이는 펄떡이는 리듬 같은 게 있어요. 김수영 시는 얼핏 이해는 못 해도 그런데 탁 전해져 오는 힘이 있습니다. 그리고 지금도 말씀드렸지만 김수영 시를 뜯어보면 언어 자체가 그렇게 난해한 언어가 아니에요. 당시로는 드물게 일상생활 언어를 시어로 많이 도입한 분이 김수영이거든요. 그런데 그분의 복잡하고 고차원적인 사유로 새로운 사유를 탐구해가기 때문에 비약이 있는 거예요. 어떤 주장을 하는데 왜 그렇게 말씀하시나? 그게 얼핏 안 들어오는 거예요. 그런 의미에서 난해한 것이죠. 나는 4·19와 다른 차원에 도달했다고 보기 때문에 굳이 새로운 4·19시라고 부를 필요도 없지 싶습니다. 재미있는 말 한 마디 하면 시 「말」에서 인용한 시 구절 "죽음을 위한 말 죽음에 섬기는 말 /고지식

한 것을 제일 싫어하는 말”—이 대목에서 ‘제일 싫어하는 말’을 ‘제일 싫여
하는 말’로 경아리투로 발음을 하셨고, 그리고 ‘죽음에 섬기는 말’은 일본
어 어법이잖아요. 모르고 일본어 어법을 썼을 수도 있고, 아니면 죽음을,
죽음을 두 번 되풀이하는 것에 변화를 주려 했을 수도 있는데, 어법 자체
는 우리말은 누구를 섬긴다고 하지, 누구에게 섬긴다고 말하지 않잖아요.
이 양반이 일본어에서 이민을 했다고 하잖아요. 그런 표가 나는 것도 같아
요. ‘풀’ 이야기 하다 여기까지 왔는데, ‘풀’이 나오니까 한편에서는 김수
영 선생이 드디어 민중시를 썼다, 그 당시에 한참 유행하던 민중시 계열에
편입하려는 움직임이 있었고, 다른 한편으론 황동규 시인 같은 분이 그렇
게 보면 안 된다. 오히려 무의미의 시에 가까운 것이다, 김춘수의 ‘꽃’ 같
은 시다. 나는 양자 다 일리가 있지만, 어느 한쪽으로 보는 것은 김수영을
단순화하는 것이라고 보고 있어요. 그래서 1988년에 그때 20주기였지요.
그동안 김수영 작품집은 민음사에서만 냈는데 그때는 민음사의 허락을
받아가지고 『창비』에서 선집을 하나 만들었어요. 그때 발문을 쓴 것이지
요.

〈질문〉 「추억 속의 김수영 다시 읽는 김수영」 『나는 시의 닻이다』(창
비. 2019) 중에서 선생님은 “소박한 리얼리즘 전통을 이어받은 시인으로
김수영을 설정한다면 말이 안 되죠. 4·19 직후의 시 일부를 가지고 그렇
게 말할 수도 있겠지만요”라고 말씀하셨습니다. 4·19 직후 일부 시를 소
박한 리얼리즘시라고 말할 수 있다고 하셨는데 ‘우선 그놈의 사진을 떼어
서 밑씻개로 하자’ 같은 시를 말하는 것입니까?

(답변) 딱히 그 시를 염두에 두고 한 말은 아니지만 4·19 이후에는 그런
김수영의 깊은 사유를 표현했다기보다 현실 고발이나 주장이 앞선 시들

이 꽤 있었지요. 그 시중에서도 가령 「육법전서와 혁명」 같은 시는 혁명을 하면, 육법전서대로 혁명을 하면 혁명을 하지 말자는 말과 마찬가지다는 이야기인데, 아주 쉬운 메시지를 담고 있지만 그런 시는 지금 우리 시대에도 참고가 되는 시라고 할 수 있지요.

〈질문〉 3·15마산의거 이후 쓰여진 「하 그림자가 없다」 시에서 김수영 시인은 이미 혁명적 상황을 예감하고 시를 썼지 않습니까? 그러면서 시가 엄청 쉬워지는데 이런 시가 소박한 리얼리즘인가요?

(답변) 제가 그렇게 말한 계기가 황규관 시인 쓴 『리얼리스트 김수영』이란 책 보셨어요? 저는 그 책이 좋은 책이라고 생각해요. 거기서 말하는 리얼리스트 김수영의 리얼리즘은 성격이 다른 것이다, 현실 재현주의라든가 현실 고발이든가 그런 의미에서 김수영을 리얼리스트라고 부른 것이 아니거든요. 나도 저자의 리얼리즘 개념을 지지하면서 이런 이야기를 했던 것 같아요.

〈질문〉 선생님이 1966년 2월 창간된 이어령 선생 주도 계간 『한국문학』 창간호 출간 회식 자리에서 말석에 앉아있었는데 김수영 시인이 "잡지를 할 거면 좀 『창작과비평』처럼 치고 나와야지!" 하시는 말씀을 듣고 '아, 『창비』를 알아주시는 분이 있구나' 생각했다고 합니다. 그 이후 선생님이 『사상계』 문학란을 담당하던 한남철 소설가를 통해 김수영 시인을 소개받았다고 했습니다. 선생님이 김수영 시인을 소개받은 이후 "그 후로는 주로 염 선생하고 나하고 한남철, 이 세 사람이 김수영 선생을 함께 많이 만났죠"라고 말씀하셨습니다. 세분이 언제 어디서 김수영 시인을 처음 만났는지 만난 장소가 어디인지 말씀해주실 수 있습니까?

(답변) 한남철 선생이 소개해서 김수영 선생하고 만났고, 염무웅 선생은 더 전에 신구문화사에서 만났지요. 그때는 신동문 선생이 계실 때이죠. 한남철이나 염무웅 선생이나 그때 나하고 가까운 사이였는데 김수영 선생이 우리를 아껴주셨어요. 여기저기서 많이 만났고 댁에도 찾아가고. 김현경 여사가 얼마 전에 하신 얘기인데 김수영 선생이 누구를 집으로 안 부르신대요. 백 선생님과 염 선생님은 언제든지 환영이었다고. 그런 말씀을 하셨어요. 김수영 선생을 처음 만난 것은 한남철이 소개해서, 한남철은 내 친구인데. 김수영 선생에게 인사를 드린 것 같아요. 현암사 이어령 선생이 주관한 『한국문학』 창간 기념식에 내가 갔을 때는 김수영 선생을 몰랐지요. 그 이후에 소개를 받았지요.

〈질문〉 선생님이 하바드에서 50년대에 석사를 받고 귀국이 62년도였습니까?

(답변) 60년도에 석사를 마치고 귀국을 했고 그리고 군 복무를 했지요. 그때 제도가 있어가지고 3년 다 안 하고도 1년 하고 외국 유학을 가면 귀휴를 시켜주었어요. 일단 부대에서 내보내 줘요. 유학 시험을 붙으면 그때 귀휴를 시켜주는데 그러기 위해 새로 유학 시험을 쳤지요. 그전에 갈 때도 쳤지만. 그래서 유학 시험에 붙어가지고 귀휴를 받은 게 61년 말 정도 될 겁니다. 귀휴가 조건부 제대 같은 거예요. 그때는 그런 제도가 있었어요. 제대를 전제한 장기휴가예요. 그래가지고 6개월 내 그 조건을 충족시켜서 유학을 가면 제대를 시켜주는 거예요. 못 가면 다시 원대복귀 하는 거고요. 하바드 갔다가 군대를 갔다가 다시 시험을 쳐서 붙어서 군대 1년 근무하고 귀휴 받아서 62년 3월에 다시 하바드 유학을 간 거지요. 하바

드에서 돌아올 때 박사과정을 밟을 수 있었는데 포기하고 왔던 거지요. 그래서 다시 박사학위 신청해서 입학허가서를 받아가지고, 그때는 문교부하고 외무부 시험을 다 봤어요. 시험 쳐서 붙으니까 군대에서 귀휴 조치해준 거지요. 62년 9월부터 하바드 박사과정 들어가서 1년을 마쳤는데 마침 서울대 자리가 생긴 거예요. 그래서 박사과정을 다 안 마치고 귀국한 거예요. 그래서 69년에 다시 간 거지요. 63년 후반기에 들어와서 서울대에 나가면서 『창비』를 준비해서 66년 1월에 『창비』를 발간했던 거지요.

〈질문〉 선생님은 "김수영 선생이 『창비』를 그렇게 좋아하셨지만 시를 안 실은 것에 대해서 꽤 섭섭해하셨어요. 처음부터 그런 얘기를 안 하고 한참 지내다가 『창비』도 시를 좀 싣지, 그러냐고 하시면서 시인을 추천했는데, 제일 먼저 실은 시인이 김현승이에요. 그다음에는 김광섭, 신동엽, 그리고 같은 호에 네루다 시를 김수영 선생이 번역해서 실었는데, 자기 시를 싣자는 말을 안 해요. 나중 가서야 당신 시도 한번 실을 준비를 하고 있다는 얘기를 하셨는데, 그러고 나서 바로 작고하셔가지고……"라고 말씀하셨습니다. 김수영 시인께서 시인 추천과 네루다시 번역과 『창비』 67년 봄호에 「문예영화의 붐에 대하여」, 67년 『창비』 가을호에 「참여시의 정리」를 기고 등을 할 때 선생님이 전화로 청탁을 하셨습니까? 아니면 김수영 시인께서 창비 편집회의에 참석하셨습니까? 창비 편집회의는 어디에서 하셨습니까?

(답변) 창비 편집회의랄 게 없었어요. 그때 사무실이 없었어요. 우리 집이 사무실이었지요. 우리 집이 운니동에 있었고요. 우리 집 근처에 보진재 인쇄소가 있었습니다. 운니동 44번지 정도가 우리 집이었어요. 한옥이었고 담 너머에 운당여관이 있었어요. 제가 집에서 인쇄소를 직접 다녔

죠. 편집회의 그런 것은 없었어요. 67년 정도부터 염 선생이 일을 도와주기 시작해가지고 자주 만났지요. 그때는 시에 대한 식견이 부족할 때이고 김수영 선생의 시는 어렵더라고요. 그런데 산문은 시원시원하잖아요. 그래서 산문을 부탁했는데 첫 번째 산문 「문예영화 붐에 대하여」는 썩 중요한 산문이 아니고, 그 다음에 「참여시의 정리」는 대단히 중요한 산문인데 그것이 『김수영 전집』 초판에는 빠졌더라고요. 초판 만드시는 분이 『창비』를 열심히 안 본 거지요. 나중에 다시 증보판 내면서 그때 실었어요. 김수영 선생하고는 수시로 연락하고 만나는 사이였으니까. 언제 어떻게 청탁을 했는지 모르겠어요. 편집회의라는 게 따로 없었어요. 김수영 선생은 우리와 같이 편집회의를 할 군번이 아니지요. 아득한 선배지요. 그리고 그때 『창비』가 시를 안 실을 때예요. 김수영 선생은 그게 불만이셨죠. 하지만 이분은 굉장히 겸손한 분이셨지요. 내 시도 좀 싣자 이런 말씀은 안 하시고, 끝까지 안 하셨죠. 그러다가 『창비』가 시를 싣기 시작하면서 김현승, 김광섭, 신동엽, 그리고 네루다 시를 번역해 오셔가지고 "번역은 좀 실어도 되지 않냐?" 하시면서. 네루다 시 번역은 중역입니다. 『엔카운터』지에 나온 영어번역을 다시 번역한 거예요. 스페인 문학 전공하는 친구들은 번역이 원문과 거리가 좀 있다고 하는 친구도 있는데 어쨌든 그 당시에는 독자들에게 감동을 많이 주었어요. 그리고 네루다란 사람이 공산주의자잖아요. 그러나 『엔카운터』지라는 반공 잡지에 실렸기 때문에 번역해서 쓴다면 큰 문제는 안 될 것이다 해서 실었어요. 그때는 몰랐는데 나중에 알고 보니 『엔카운터』지가 미국 CIA에서 돈을 대주는 잡지였어요. 우리나라에 자유롭게 수입되는 영어잡지였지요. 그러고 나서 김수영 선생이 "나도 『창비』에 실을 시를 준비하고 있다"라는 말씀을 슬쩍 했어요. 그때 준비한 시가 「성(性)」이란 시, 「원효대사」 이런 시가 『창비』에게 줄려고 준비하던 시였지요. 그러다가 돌아가시니까 우리가 유고들을 찾아가지고 여러 편을 실었지요. 『창비』 1968년 가을호에 특집으로 실었지요.

〈질문〉 선생님 자택이 편집실이었군요. 그러면 자택에 김수영 시인도 찾아오셨어요?

(답변) 사모님하고 여성분 데리고 오셔가지고 우리 집에서 저녁 먹고 술 같이 먹고 늦게까지 있다가 가신 적이 있지요. 그 여성이 Y여사라고 「미인」에 나오는 그분이셨죠. 그 「미인」 시가 먼저 나오고 난 다음에 그 Y여사하고 같이 방문하셨죠.

〈질문〉 "열변을 토하는 걸 들으면 빨려들게 되어 있다고 그러셨는데, 정말 그렇죠. 그런데 그게 그냥 달변이기 때문만이 아니고, 먼저 사심 없이 사태를 정확하게 보고 정직하게 짚어내시니까 빨려들지 않을 수가 없는 거예요. 어느 날인가요. 일식집 2층에서 몇 시간을 그분이 우리 몇 사람 놓고서 열변을 토하신 적이 있어요." 몇 사람은 누구인지요? 장소는 어느 일식집인지 알 수 있나요?

(답변) 그때 아마 한남철이가 같이 있었나, 그리고 그때 김수영 선생 말씀 듣고 탄복한 친구가 알려진 친구는 아닌데 서울대 중문과 나오고 대만대학도 유학한 중문학자로 김익삼이라고 있습니다. 당시 내가 그 친구한테 한문을 좀 배우고 있었어요. 사마천의 『사기』 중에 몇 편 뽑아가지고 한문 공부를 하고 있었는데, 우연히 같이 있게 되었어요. 김수영 선생은 마음에 안 맞는 친구가 있으면 이 양반이 금방 알아챕니다. 착하고 선량한 친구다 하면 격의 없이 자기 할 말을 다 하시거든요. 그때가 어떨 때였나

하면 문인협회에 내분이 생겼을 때였어요. 원래는 월탄 박종화 선생을 모시고 밑에 김동리, 서정주, 황순원 쫙 있고, 그 밑에서는 조연현이 실권을 행사하고 그런 건데, 박종화, 조연현 대 김동리가 갈라졌어요. 그 다음 이사장은 서정주 시인이 하셨나 그리고 나서 동리 선생이 하시고 그 다음에 조연현이 반격해가지고 다시 잡았지요. 그래서 김동리 선생은 거기서 나와가지고 『월간문학』이란 잡지를 창간했지요(1968년 9월 창간). 문협의 분열 소식이 터진 직후였어요. 김수영 선생이 신이 나가지고, 김수영 선생은 한국문인협회 자체를 못마땅해 하셨죠. 권력을 쫓아다니는 무리라고 생각하셨죠. 자기끼리 싸우니까 그 이야기를 신나게 하시면서 "사필귀악이다, 못된 놈들은 못된 것으로 끝난다." 그런 이야기를 하시면서 두 시간 넘게 이야기하시는데 우리가 홀린 듯이 들었어요. 김익삼은 특히 처음 보는 분이니까, "이런 시인이 있구나" 했겠지요. 김익삼 그 친구는 그 뒤에 미국에 가서 대학도서관의 한국도서 담당 사서가 되었는데, 그 후로 어떻게 되었는지 모르겠어요. 생존해 있는지 어떤지. 김익삼이란 친구를 내가 알게 된 것은 얼마 전에 작고한 채현국 선생이 소개를 해서 알게 되었어요. 만났던 곳은 복청이라는 일식집이 청진동 입구에 있었어요. 복청 2층에서 몇 시간을 떠들었는데 복청이라고 그 시절에는 꽤 유명한 집이었어요. 화려하지는 않았지만 괜찮은 일식집이었어요. 지금은 건물 자체가 없어져버렸지만요.

〈질문〉 김지하 시인이 『김지하 회고록』 중 「조동일」 편에서, "조형이 언젠가 내가 시를 발표하고 문단에 데뷔할 때가 되었다고 주장하며 시고를 달라고 했다. 나도 그 까닭을 알고 「황톳길」 「육십령」 등 여섯 편인가를 주었는데, 그가 원고를 보낸 '창비'는 백낙청과 김수영의 감식을 거쳐 '불가'하다는 판정을 내린 결과, 원고를 되돌려 왔다. 조형은 이것을 내내 민망해하고 미안해했다"라고 나옵니다. 그런데 최하림의 『김수영 평전』에서는 "김지하의 「황토」를 비롯한 여섯 편의 시가 염무웅의 손을 거쳐 그(김수영)의 손으로 들어갔다. 「황토」를 실으라고 해야 할지 말아야 할지 결단이 내려지지 않았다. 예전 같으면 "「황토」 같은 시를 왜 싣지 못한다는 거예요? 그런 자유가 없이 무슨 계간지를 내겠다는 거예요?" 하고 분통을 터뜨렸을 김수영이었지만 이제는 단순하게 '자유'를 말할 수 없었다. 자신의 한 작품을 발표한다는 것과 한 잡지가 작품을 발표한다는 것은 달랐다. 『창작과비평』은 폐간되어서는 안 된다. 생존해야 한다. 이만한 의식을 가진 잡지가 우리 문단에 태어났다는 것은 뜻밖의 행운이라고 해야 한다. 김수영은 백낙청과 염무웅에게 「황토」의 제목을 바꿔 발표하면 어떻겠느냐고 했다"라고 전후 사정을 설명합니다. 김지하 시인에게 사정을 이야기했는데도 시 제목 변경은 불가하다고 했나요? 김지하 시인의 등단과 관련된 이야기를 듣고 싶습니다.

(답변) 김지하 시인 자신의 이야기가 있고 최하림 시인의 『김수영 평전』에서의 이야기가 있는데 둘이 많이 다르잖아요. 그런데 김지하 시인의 말이 더 정확합니다. 하지만 『김지하 회고록』에 "「황톳길」 「육십령」 등 여섯 편인가를 주었는데"라고 김지하 시인이 말하는 건 내 기억하고 달라요. 내 기억으로는 대학 노트로 한 권을 받았어요. 대학 노트에 여섯 편보다 더 많이 있었던 것으로 기억해요. 그것 말고는 『김지하 회고록』 말이 맞고 최하림 평전 이야기는 일방적인 이야기예요. 먼저 말할 것은 김지하 시인이 조동일 선생을 통해서 시를 주었는데 그중에서 우리가 몇 편을 골라서 실으면 김지하 시인으로서는 데뷔가 되는 것이고 『창비』로서는 시를 안 싣던 참에 시를 실으니까 주목받는 일이 되는 것이었는데, 그걸 안 하기로 한 결정은 내 책임이고 그건 솔직히 말해서 제가 시에 대한 식견이

나 안목과 자신감이 그때로서는 많이 부족했다고 반성하지 않을 수 없지요. 그래서 내가 그것을 읽어보고 어떤 시는 참 좋았고 어떤 시는 너무 서정주 냄새가 난다 토속적이다 이런 생각이 들어서, 분명 김지하 시인은 서정주 시인과 다른 시인인데, 그래서 김수영 선생한테 한번 보시라고 드렸어요. 그런데 그때 내가 잘 몰랐던 것은 김수영 선생은 이런 류의 토속적인 서정이 담긴 시를 아주 싫어하는 거예요. 드리고 난 뒤에 일정 시간이 지난 뒤에 다시 여쭤보았죠. "그런 시는 이용악도 있고 많이 있어요"라고 부정적으로 이야기하는 거예요. 그래서 내가 더 쥐고 있었어요. 불가 판정을 내린 것은 아니고요. 그런데 조동일 씨가 와서 "실으려면 빨리 싣고 안 실으려면 빨리 돌려달라. 다른데 내겠다"는 식으로 말하는 거예요. 그래서 그렇다면 돌려주겠다고 해서 그때 서울대 문리대 교정 안에 학림다방이라고 있었는데 거기서 김지하 시인을 만나서 내가 대학 노트를 직접 돌려주었습니다. 염무웅 선생하고는 아무 관련이 없어요. 최하림 선생이 또 우리가 그때 「황토」를 냈다가 폐간당할까 봐 걱정이 돼서 안 실었다는 것은 전혀 사실과 달라요. 그때 아마 김지하 시를 냈다고 해서 『창비』가 폐간당하거나 수색을 당하거나 탄압을 당하거나 하는 일은 없었을 것이라고 나는 판단해요, 추측이지만, 그때는 김지하 시인은 그렇게 주목받는 시인이 아니었고, 『창비』도 문단 내에서는 사회과학파, 좌파라는 말이 돌았지만 당국이 중요시하는 잡지는 아니었어요. 그래서 그것을 내서 폐간될까 봐 겁이 나서 안 실은 것은 아니고 김수영 선생이 「황토」 제목을 바꿔서 실으면 어떻겠느냐고 말씀하신 적도 전혀 없고. 김수영 선생은 이용악 시인은 다른 서정시인과는 다른 서정시인이었지만 우리에게 너무 익숙한 서정시를 아주 싫어하셨기 때문에 그래가지고 부정적으로 이야기하셨고, 내가 식견도 부족하고 자신감도 없을 때인데 김수영 선생이 그렇게 말씀하시니까 내가 안 실은 거예요. 그때 「육십령고개」라는 시가 제일 앞에 있었을 겁니다. 「황토」라는 것은 김지하가 나중에 「황토」라는 시집을 내서 유명해진 것이지 그때 「육십령고개」 시가 기억에 남고, 짧은 시지만 「들녘」이란 시가 있어요. 노트북에 있던 시들이 대게 다 「황토」 시집에 실렸어요. 그런데 그때 김지하를 실었다고 당장에 탄압받거나 그러지는 않았을 겁니다.

염무웅 인터뷰

**일시: 2021년 5월 17일 오후3시

**장소: 익천문화재단 길동무 사무실

**질문자: 홍기원(김수영문학관 운영위원장)

〈질문〉 신구문화사는 어디에 있었나요?

(답변) 내가 신구문화사에 처음 취직한 것은 1964년 2월인데요. 그땐 무교동에 있었어요. 지금의 프레스센터 뒤쪽 골목에 있었죠. 골목에서 청계천 쪽으로 나오면 현대건설 빌딩이 있었고요. 나는 1970년『샘터』에 잠깐 근무할 때 현대건설 빌딩에 가서 정주영 씨를 인터뷰한 적도 있습니다. 지금은 흔적도 없어졌지요. 아무튼 그 골목길에 2층짜리 슬라브 건물이 있었습니다. 아래층은 고려병원이 있었고 2층에 신구문화사가 있었어요. 당시 고려병원은 조그마한 산부인과 병원이었는데, 지금 강북삼성병원의 전신이지요. 신구는 1년 남짓 거기 있다가 청진동 해장국 골목으로 이사했어요. 건너편에는 아마 세무서가 있었을 겁니다. 신구문화사는 2층에 있었고, 위층으로는 출판사 열화당이 들어왔어요. 얼마 뒤부터 문학과지성사가 열화당 사무실을 함께 썼을 겁니다.

1960년대 말에 신구문화사는 수송동으로 이사를 했어요. 수송초등학교 건너편에 있던 여관건물을 사서 사무실로 개조한 거지요. 수송초등학교가 지금은 종로구청으로 변해있죠. 나는 석사학위를 마치자 1967년 말에 신구문화사를 그만두었어요. 그리고 1968년 봄부터 대학에 조교로 가면서 시간강사도 겸했고요. 돌이켜보니 내가 신구에 입사한 이듬해에 시인 신동문 선생이 편집고문으로 오시고 이어서 내 또래인 김치수, 정해렴, 최창학 이런 친구들도 같이 일하게 되었죠. 당시 신구문화사는 잘 나가는 문학전문 출판사였어요.『전후세계문학전집』『한국의 인간상』『노벨문학상전집』『현대한국문학전집』『현대세계문학전집』등 여러 종류의 문학전집을 내서 할부판매로 성공했어요. 그러다 보니 문인들이 많이 찾아오고, 나는 자연히 문인들을 많이 알게 되었지요. 나는 처음엔 교정도 보고 자료 정리도 하다가 차츰 청탁과 필자 섭외 같은 업무를 맡게 되었고요.

신동문 선생에 대해서는 내가 여러 번 글을 썼는데 아주 인품이 좋은 분이었어요. 신구문화사의 편집고문뿐 아니라 『세대』라는 월간지에도 고문 역할을 했어요. 『세대』는 5·16 주체세력들이 홍보를 위해 만든 잡지에요. 앞으로 박정희 시대를 연구하려는 사람들은 꼭 읽어야 하는 잡지가 『세대』라고 생각합니다. 실무 책임자는 이광훈(李光勳)이라는 젊은 평론가로서 나보다 두어 살 위인데, 그러나 그는 소위 '5·16이념'에 얽매이지 않고 비교적 자유롭게 편집을 했어요. 특히 젊은 세대를 필자로 많이 등장시켰지요. 그 잡지에 신동문 시인이 자문을 하면서 예를 들면 이병주(李炳注)를 소설가로 데뷔시켰어요. 그게 64년이에요. 또 최인훈 같은 신인작가에게 장편소설 연재도 맡기고요. 신동문 씨가 재주는 있지만 발표할 기회를 얻지 못하는 문인들에게 지면 제공하는 역할을 많이 했어요. 나보다 열서너 살이나 위인데도 나이 차이를 의식하지 못할 만큼 아주 탁 트인 분이었어요. 어떤 사람은 두어 살만 위라도 어른 행세하려고 하잖아요? 신 선생은 바둑을 좋아하고 술을 좋아하는 분이어서, 퇴근하고 나면 신 선생 따라가서 바둑 구경하다 소주 한잔 얻어 마시는 게 그때의 일과였죠. 술값은 절대 후배들 못 내게 해요. 그러면서도 괜한 권위의식 같은 건 전혀 없었죠. 그러니까 신동문 선생 주위에는 사람들이 많이 모여요. 신 선생보다 나이가 많은 분으로는 이병주, 김수영(金洙暎), 유정(柳呈), 구자운(具滋雲) 같은 분들이 있었고 후배들로는 천상병, 고은, 박재삼, 김관식 등이 찾아왔지요. 김승옥이나 김현, 김치수 등 제 또래들은 저를 만나러 왔다가 신동문 선생하고도 어울리고 그랬죠. 그런데 그 당시 문단의 주류가 김동리, 서정주, 조연현 등의 문인협회였어요. 그러니까 보수적인 문단 주류와 생각을 달리하는 세력들이 말하자면 신동문 주위에 모였다고 할 수 있지요. 김수영도 그런 비주류 중의 한 분이었죠.

〈질문〉 김치수 등과 자주 어울렸다고 하는데 세 분과 김수영 시인을 같이 만난 적이 있습니까?

(답변) 같이 만난 적은 없어요. 김치수만은 나보다 1년 남짓 늦게 신구문화사에 입사해서 같이 근무했으니까 가끔 들르시는 김수영 선생을 뵈었지요. 더구나 김승옥은 이미 유명한 작가여서 김현이나 나하고는 처지가 달랐어요. 돌이켜보면 김수영 선생이 나에게 결정적으로 각인된 사건이 있어요. 그게 1966년 초봄쯤이 아닌가 생각돼요. 당시 고은 시인은 제주도에 살면서 가끔 상경했고 그러다가 67년에 아예 서울로 거처를 옮겼지요. 고은 연보에 보면 그는 1955년 군산 강연회에서 이병기 선생, 신석정 시인 등과 함께 김수영 선생을 만났다고 하는데 그때로 말하면 고은 씨는 스물두 살 젊은이고 김수영 선생은 서른네 살 청년이었어요. 나이 차가 상당히 있지요. 어쨌든 신구문화사로 나를 찾아온 김현하고 김치수가 끼였는지 아닌지 모르겠는데, 하여튼 나하고 김현하고 고은 씨가 청진동에서 낮부터 술을 한잔했어요. 네댓 시쯤 되었어요. 그런데 돈이 떨어졌어요. 다들 돈이 없는 시절이었거든요. 그런데 고은 씨가 우리들 보고 따라오라는 거예요. 술 얻어먹을 데가 있다고. 그래서 버스 타고 간 곳이 구수동 김수영 선생 댁이었어요. 시골길 같은 비포장 도로 옆에 김수영 선생 댁이 있었는데, 맞은편은 밭이었죠. 바로 이 길에서 김수영 선생이 교통사고를 당하셨지요. 인도와 차도 구별이 없는 것은 물론이고 버스가 지나갈 때는 한쪽 옆으로 바짝 비켜서야 됐거든요. 하여튼 나하고 김현은 대문 바깥에 서서 기다리고 있고 고 선생은 마당을 돌아 안으로 들어갔어요. 크지 않은 일자형(一字型) 집을 마당에서 보면 왼쪽이 부엌이고 다음이 안방이고 마루고 사랑방이 있어요. 마루로 올라가자면 댓돌에 신발을 벗어놓고 마루로 올라가 방으로 들어가게 돼 있었죠. 그런데 바깥에서 아무리 기다려도

소식이 없어요. 날은 점점 어둑어둑해지고, 그래서 '고 선생 우리 갑시다' 그러려고 우리도 마당으로 돌아 들어갔어요. 그러나 웬걸, 전혀 예기치 않은 풍경이 벌어져 있었죠. 고은 씨가 댓돌 위에 벌 받는 학생처럼 고개를 숙이고 서 있고, 전등이 안 켜진 방안으로부터는 고은 씨를 야단치는 소리가 나오고 있었어요. "너 공부하라고 그랬지, 젊은 애들 데리고 술이나 먹고 다니면서 그래서야 되겠느냐"고. 그런데 우리가 주춤주춤 들어가서 인기척을 내니까 그때에야 김수영 선생은 고은 혼자 온 게 아니라는 것을 알고 방으로 들어오게 하더군요. 하지만 김수영 선생은 나나 김현 같은 젊은 이는 쳐다보지도 않고 앉아 있는 고은을 향해서 계속 야단을 쳐요. 때로는 방바닥을 두드려가면서 열변을 토해요.

나는 처음에는 그래도 손님인데 이렇게 대접이 박할 수가 있나, 틈이 생기면 항의를 하려고 별렀는데 끼여들 틈이 안 생겨요. 무엇보다 김 선생의 열변에 차츰 설득이 되고 감동하기 시작했어요. 시간 가는 줄 모르고 김 선생의 말씀에 취해 있었던 거죠. 술을 얻어 마시러 왔다는 원래의 목적은 완전히 잊어버리고 넋을 잃고 있었지요. 아마 한 시간은 그렇게 지나갔을 거예요. 그리고 나서 말씀을 그치더니 부인에게 저녁을 차려 오라고 그러시더군요. 아마 비빔밥을 먹지 않았나 합니다. 그 일이 계기가 되어 나는 김수영 숭배자랄까 추종자가 됐어요. 그때부터는 김수영 선생이 무슨 일로 신구문화사에 오시면 어디든 그를 따라갔어요. 당시 청진동 신구문화사 옆 골목에 향화(香花)라는 조그마한 다방이 있었어요. 필자들이 오거나 친구들이 와도 보통 거기 가서 차를 마시는데, 거기도 자주 갔고, 친구분들하고 명동 같은 데 갈 때도 따라가는 수가 있었죠. 명동 초입에 있던 은성이란 술집에는 김수영 선생 따라서도 가고 시인 이성부하고도 몇 번 갔어요. 그때만 해도 문인 예술가들이 모이는 곳은 인사동 쪽이 아니라 명동이 중심이었어요. 조남철 9단이 운영하던 송원기원에도 가끔 갔지요. 신동문 선생은 근무 끝나고 저녁에 6시쯤 명동 송원기원부터 들러서 바둑을 두고, 그리고 나서 근처에서 소주나 막걸리를 마셨지요. 김수영 선생 자신은 바둑에 아무 관심도 없고 아예 바둑집에 나타나지도 않았어요. 내 생각에 김수영 선생은 술 자체를 즐긴다기보다 뜻맞는 사람들과의 술자리를 좋아했던 것 같아요. 호오가 분명한 분이었어요. 신동문 선생은 그렇지가 않아요. 신동문 선생은 누구에게나 좋게 원만하게 대하는데 김수영 선생은 칼날처럼 갈라서요. 좋아하는 사람은 적극적으로 좋아하고 싫어하는 사람은 아예 만나지도 않고 그런 기질이라고 느꼈어요.

〈질문〉『신동문 평전』에 보면 김수영 시인이 1968년 밤 버스사고로 돌아가신 후 신동문 시인은 그 뒤에도 "만약 그때 내가 술을 사겠다는 김수영을 곧바로 따라나섰더라면……" 하고 자책하는 말을 하곤 했다고 했습니다. 선생님 앞에서도 후회하는 발언을 하셨는지요?

(답변) 신동문 선생이 내 앞에서는 그런 말을 하신 적이 없습니다. 사고가 있던 날 김수영 선생은 신구문화사에서 번역료를 받았어요. 그래서 신동문 선생에게 한잔하자고 했다지요. 그런데 마침 소설가 이병주 씨가 찾아왔고요. 이병주 씨는 김수영 시인과 동갑이지만 두 분은 스타일이 정반대예요. 김수영은 창녀촌에는 갔지만 그 사실을 숨기지 않았고 나름으로 도덕적 염결성이 있었어요. 이병주는 화려한 여성 순례에 온갖 부르주아적인 행태를 마다 않았고 고급술집에서 양주 마시는 것을 좋아했대요. 그런데 그날은 김수영, 이병주, 신동문, 그리고 한국일보 기자 정달영 이렇게 네 사람이 이병주 씨가 내는 고급 술자리를 같이했다더군요. 김수영 선생으로서는 그 술자리가 역겨웠는지, 이병주라는 사람 자체가 못마땅했는지, 그건 모르겠습니다. 아무튼 술자리에서도 김 선생은 계속 이병주 씨

에게 시비를 걸었고, 이병주가 자기 차로 집까지 태워다 주겠다는 것도 뿌리치고는 버스를 타고 갔어요.

　김수영의 심정은 이해가 됩니다. 취중에도 자기를 지키고자 하는 몸부림이 보이죠. 하지만 이병주의 입장은 그런 게 아니었어요. 사실 이병주는 호인이고 대인이예요. 통이 큰 사람이지요. 거기에 비하면 김수영은 작은 것에도 타협 못하는 날카로운 사람이었고요. 신경이 늘 곤두서 있는 사람이지요. 무어 하나 대범하게 넘어가지 못하는 사람이었던 것 같아요. 기질적으로 두 사람은 극단적으로 대조적이었죠. 거기에 문제가 있었던 거지요. 그러니까 신동문 선생으로서는 그날 이병주의 부르주아 취향을 따르는 대신 조촐하게 김수영하고 막걸리나 소주를 마셨더라면 하는 후회, 그러지 않았기 때문에 김수영 선생이 돌아가신 것 아닌가 하는 자책이 들었던 거지요. 그렇지만 신동문에게도 책임은 없어요. 그날의 교통사고와 김수영의 죽음이라는 사건에 김수영 본인과 이병주, 신동문 세 사람 모두 관여되어 있으면서도 그 누구에게도 책임을 묻기 어려운 딜레마가 있는 셈이죠.

　당시 나는 혜화동에서 하숙을 하고 있었는데 6월 16일 새벽 전화로 비보를 받고 떨리는 가슴으로 즉각 달려갔어요. 사랑방 같은 작은 방에 김수영 선생의 시신이 모셔져 있고 병풍으로 가려진 앞에서 벌써 고은 씨가 와서 염불을 하고 있더군요. '지장보살, 지장보살' 하면서. 머리가 깨져서 차마 볼 수 없다고 볼 수 없게 해서 마지막 모습을 보지 못했어요. 6월 18일 오전 시민회관(지금의 세종문화회관) 광장에서 문인장으로 치렀죠. 장례식 때 제가 「사랑의 변주곡」을 낭송을 했어요. 누군가 나에게 시의 육필 원고를 주면서 읽으라고 했어요. 사회자가 "제일 아끼는 후배"라고 소개를 하더군요.

〈질문〉백낙청 선생이 1966년 2월 창간된 이어령 선생 주도 계간 『한국문학』 창간호 출간 회식 자리에서 말석에 앉아 있었는데 김수영 시인이 "잡지를 할 거면 좀 『창작과 비평』처럼 치고 나와야지!" 하시는 말씀을 듣고 '아, 『창비』를 알아주는 분이 있구나' 생각했다고 합니다. 그 이후 백낙청 선생이 『사상계』 문학란을 담당하던 한남철 소설가를 통해 김수영 시인을 소개받았다고 했습니다. 백낙청 선생이 김수영 시인을 소개받은 이후 '그후로는 주로 염 선생하고 나하고 한남철, 이 세 사람이 김수영 선생을 함께 많이 만났죠'라고 백낙청 선생이 말씀하셨습니다. 세분이 언제 어디서 김수영 시인을 처음 만났는지 혹시 기억이 나시는지요?

(답변) 그러니까 백낙청 선생은 김수영 선생과 인사를 나누기 전에 『한국문학』이라는 계간지의 창간 축하 모임에 갔다가 김수영 선생을 보았다는 거죠. 그 잡지는 현암사에서 냈는데, 저도 3호에 글을 발표했어요. 이어령 씨가 주도했지요. 김수영 선생 자신도 거기에 시를 발표하셨지만 그 잡지의 일종의 엘리트주의에 대해 비판적 발언을 한 거예요. 거기에 비해 막 창간된 『창작과비평』은 대담하고 참신하다는 거였죠, 아직 문단 사정에 어두웠던 백 선생으로선 김수영 선생의 그런 언급에 큰 격려를 받았을 거예요. 한남철 씨는 1968년에 『월간중앙』이 창간되자 그리 직장을 옮겼어요. 그때부터는 한남철 대신 내가 백낙청 씨와 자주 만나 『창비』에 글도 쓰고 편집 업무도 도와주고 했어요. 그러니까 1968년 이후에는 백낙청과 나 둘이 『창비』를 만든 셈이지요. 그러면서 신동엽 시인도 만나고 김수영 선생도 만나고 그랬어요. 김수영 선생 만날 때는 한남철 씨가 같이 있기도 했지만, 차츰 한남철 씨 없이 나하고 백낙청 둘이 필자를 만나는 경우가 더 많아졌어요.

하지만 김수영 선생을 자주 만난 것은 아니었어요. 백낙청 씨는 술을 잘 못하고 김수영 선생은 술이 들어가면 술기운을 빌어 열변을 토했지만 술 자체를 탐닉하는 분은 아니었어요. 그러니까 술을 좋아하고 잘 드시지만 매일 술을 먹고 그런 분은 아니었어요. 어쩌다 외출해야 술을 드시는 분이었지요. 나도 술을 좋아하지만 매일 술을 먹거나 그러지는 않았고요. 개인적으로 잊히지 않는 일은 김 선생이 「성」이란 시를 쓰게 된 계기입니다. 1968년 1월 중순의 어느 겨울날 오후 김수영 선생과 내가 느닷없이 박수복 씨라는 분의 댁을 방문했어요. 박수복 선생은 부산에서 『국제신보』 기자 하다가 1962년에 문화방송의 개국과 함께 PD로 일하기 시작한 분이에요. 문화방송이 인사동 네거리에 있을 때지요. 그때의 건물은 지금도 낡은 모습으로 서 있어요. 박 선생은 당시 홍제동 문화촌아파트에 살고 계셨죠. 아파트가 아주 드물던 시절이었어요. 박수복 선생은 아주 뛰어난 여성이었죠. '비극은 없다'라는 연속다큐멘터리를 통해 원폭 피해자들 문제를 최초로 다루었어요. 나중에는 PD를 그만두고 드라마작가로도 활약해서 독일 베를린영화제에서 독립영화상 후트라상도 받기도 했고요. 이미 1960년대부터 페미니즘, 환경문제, 생태문제에 대해 선진적인 의식을 가지고 있었어요.

얘기가 딴 데로 샜는데, 아무튼 내가 안내를 해서 박수복 선생 아파트로 찾아갔지요. 아주 환대를 받았어요. 이야기의 꽃을 피우다가 그만 통금시간이 가까워졌어요. 버스를 타고 종로에 나오니, 벌써 통금이 가까워요. 김 선생이 "그냥 갈 거야?" 하면서 날 붙잡더니 어디론가 끌고 갔어요. 지금의 피맛골 골목에 있는 사창가였어요. 나는 그런 경험이 없기도 하고 원래 그런 것을 좋아하지 않아서 밤새 바들바들 떨다가 나왔는데, 김수영 선생은 새벽에 마치 목욕탕에라도 들어갔다 나온 것처럼 멀쩡한 얼굴로 나오셔요. 그리고 휘적휘적 걸어서 무교동의 맘모스 다방까지 왔어요. 커피 맛으로 유명한 다방이었죠. 김현승 선생과도 몇 번 갔던 다방이에요. 아침 일찍 문을 연 다방에 앉아 말없이 커피를 마셨어요. 다방의 좌석이 길보다 약간 낮은 반지하 같은 데여서, 밖으로 눈을 돌리면 유리창을 통해 등교하는 여학생들의 하얀 세라복이 보였어요. 싸늘한 새벽 공기 속을 재잘거리며 지나가는 여학생들의 신선한 모습과 어젯밤의 탁한 분위기가 대조되어 잊을 수가 없는 일이 됐습니다. 몇 달 뒤에 교통사고로 돌아가셨는데, 그뒤 댁의 원고 더미에서 「성(性)」이란 작품을 찾아냈지요. 작품 뒤에 1968년 1월 19일이란 날짜가 적혀 있군요. 그러고 보면 그 전날쯤 박수복 선생 댁에 갔을지도 모르겠네요.

〈질문〉 그 당시 김수영 선생의 「성」처럼 솔직하게 성을 형상화한 작품은 없지 않습니까?

(답변) 다른 시인들 시를 다 읽어본 것이 아니니까 단정할 수는 없지요. 적어도 내 기억에는 없습니다. 원래 시인이 자신의 사생활을 시의 소재로 삼는 건 흔한 일이죠. 서정시의 출발점은 자기 자신이니까요. 다만 공개하기 부끄러운 이야기는 에둘러 말하거나 비유나 상징의 방식을 통해 의도적으로 또는 무의식중에 감추게 마련이죠. 그런데 김수영은 그 어떤 것도 가리지 않고 드러냈어요. 위악으로서가 아니라 자기 존재의 밑바닥까지 이르고자 하는 치열함이 그렇게 발현됐던 것 같아요. 속되게 말하면 그는 완전히 빨가벗고 자기를 드러냈어요. 그건 어쩌면 자기 존재의 근원으로 돌아가기 위한 '껍질 부수기' 같은 것이 아니었나 생각합니다.

〈질문〉 1955년 1월 7일 일기에서 "매춘부 집에서 가서 '패스포트'를 (이것은 나의 분신이다.) 맡기고 잠을 자고 나왔다. 생리적인 쾌락이 나로 하여금 여기에 침윤시키는 것이 아니다. 요는 이것을 통하여 방생되는 모험이 단조로운—너무나 단조로운—생활을 하고 있는 나를 미혹하는 것이다. 내가 쓰는 글은 모두가 거짓말이다." 언론의 자유가 없는 세상에서 시를 발표하는 자신의 행위가 매명행위이고 이는 돈 받고 성을 파는 창녀의 행위와 같다는 생각을 김수영 시인은 가졌는 게 아닌가요?

(답변) 김수영은 글을 써서 원고료를 받고 파는 행위를 일종의 장사라고 보는 자의식에 끊임없이 시달렸어요. 창녀들이 몸을 팔아서 먹고사는 것하고 뭐가 다른가 이런 극단적인 질문에 시달린 거죠. 그런 극단적인 질문의 저울대 위에 올려놓고 자기가 정말 어디까지 진실한가, 마치 법관이 재판정에서 피고인에게 질문하듯이 자기를 양심의 법정에 세워놓고 질문했어요. 그러니까 그가 창녀촌에 간 것은 그 자신의 차원에서는 글 써서 원고료 받는 행위의 도덕성을 매춘(賣春)의 법정 위에 올려놓고 심문하는 것이라고도 볼 수 있어요. 이렇게 끊임없이 자기를 심문하는 행위를 통해서 김수영은 세속적 기준으로 측정되기 어려운 고도의 진정성에 도달할 수 있었지 않았나 생각합니다. 우리가 김수영의 텍스트를 읽으면서 늘 찔끔 가책을 느끼는 것은 내가 김수영의 기준으로 김수영이 섰던 그 법정에 선다면 어떻게 처신하고 뭐라고 대답할 것인가? 그런 질문을 받기 때문이라고 할 수 있지요.

〈질문〉 김수영 시인이 『창비』 67년 봄호와 가을호에 기고를 했는데, 김수영 시인에게 원고를 청탁하자는 『창비』 편집회의에 선생님도 계셨습니까?

(답변) 나는 관여하지 않았어요. 아마 백낙청 선생이 한남철 씨를 통해서

했거나, 백낙청 선생이 직접 했거나 그럴 겁니다. 1967년 봄호의 하우저 번역 때까지만 하더라도 나는 편집자의 입장이 아니라 필자의 입장이었어요. 67년 겨울호 「다산 정약용」 원고를 독촉하러 서울대 사학과 연구실로 한영우 선생을 찾아간 것이 기억나는 걸 보면 아마 그 무렵부터 『창비』 편집을 거들기 시작했을 겁니다. 그리고 그 무렵엔 『창비』에 편집회의라 할 만한 것도 없었어요. 아주 작은 잡지를 석 달에 한 번 내는 거니까 백낙청 선생이 거의 혼자의 아이디어로 하고 필요할 때 한남철 씨나 내가 도움을 주는 형편이었죠.

〈질문〉 『창비』는 초기에 사무실이 없었지요?

〈답변〉 없었지요.

〈질문〉 그러면 어디에서 만났습니까?

〈답변〉 초기에는 덕성여대 뒤쪽 운니동의 백낙청 씨 집으로 내가 갔어요. 교정과 인쇄 등 출판업무는 초기에는 문우출판사에서 했고요. 그뒤 한동안 한 것은 일조각에서 맡아주었지요. 나는 일조각 때부터 일했어요. 조판과 인쇄는 보진재라는 인쇄소에서 했어요. 일조각 가까이에 있었죠, 일조각이나 보진재 모두 화신백화점에서 조계사 쪽으로 가는 거리에 있었어요. 그러다가 백낙청 선생이 1969년 2학기에 미국을 가면서 신구문화사로 옮겨왔지요.

〈질문〉 『창비』 68년 봄호에 김현승 시인의 시가 실리고, 68년 여름호에 김광섭 시인, 신동엽 시인, 그리고 김수영 시인이 번역한 네루다 시가 실립니다. 『창비』에 본격적으로 시가 실리게 되는 데에 김수영 시인의 의견이 반영된 결과라고 그러던데 『창비』 편집회의에 김수영 시인이 참여했습니까?

(답변) 거듭 얘기지만 『창비』 초창기에는 제대로 편집회의 같은 건 없었어요. 전체 기획은 백낙청 선생이 짜고 부분적으로 한남철, 임재경, 김상기 이런 분들에게 자문을 구하다가 차츰 내가 편집에 참여하게 된 거죠. 다만 초기에는 백 선생이 문단 형편을 잘 모르고 시에 대해서는 특히 자신이 없었으니까 시를 안 실었지요. 그래서 주위에서는 왜 시를 싣지 않느냐? 원성이 자자했다고 해요. 시인들이 당연히 그럴 거 아니에요. 그래서 시를 싣기로 의논이 모아졌지요. 그때 자문에 응했던 김수영 선생이 자기 시는 사양하고 선배인 김현승과 김광섭을 추천해서 싣게 되었다고 하지요. 그후 백 선생이 미국으로 가서 3년 동안 자리를 비운 동안에는 형식상 신동문 선생이 발행인이지만 실무는 내가 전담했어요. 신구문화사 한 귀퉁이를 사무실로 썼어요. 나 혼자 거기에서 청탁도 하고 교정도 보고 했어요. 신구문화사가 수송동에 있을 때였지요. 그러다가 1974년에 창작과비평사로 독립을 했어요. 옛날 경찰기마대 건너편 연합통신 앞에 5층짜리 건물이 있었는데, 그 건물 2층인가 3층에 우리가 세를 들어 있었지요.

〈질문〉 백낙청 선생이 "소박한 리얼리즘 전통을 이어받은 시인으로 김수영을 설정한다면 말이 안 되죠. 4·19 직후의 시 일부를 가지고 그렇게 말할 수도 있겠지만요"라고 말씀하셨습니다. 김수영 시인의 4·19 일부 시를 백낙청 선생의 말대로 '소박한 리얼리즘시'로 볼 수 있습니까?

(답변) 백 선생의 그 얘기를 심각하게 받아들일 필요는 없다고 봅니다.

리얼리즘뿐만 아니라 모든 개념은 그 개념을 어떻게 정의하느냐에 따라서 용법이 달라지잖아요. 어떤 개념이 생겨나서 의미가 부여되고 널리 사용되는 역사적 과정 속에서 개념은 역동적으로 변화됩니다. 가령 민주주의란 말만 해도 오늘날 대부분의 나라들이 민주주의를 자기 정체성의 일부라고 주장할 겁니다. 북한도 국호에 민주주의란 말이 들어 있고요. 그러니까 리얼리즘도 소박하게 정의 내려서 가령 사물을 있는 그대로 묘사하는 방식이라고 단순하게 정의한다면 그런 의미의 리얼리즘은 김수영 시에 적용할 수는 없다, 김수영 선생의 시는 그런 소박한 의미의 리얼리즘과는 거리가 멀다는 그런 이야기지요. 백 선생은 김수영의 시가 리얼리즘이다 혹은 아니다 라고 이야기한 것이 아닙니다. 가장 단순하게 정의했을 때의 리얼리즘이 아니라는 건 심오한 의미를 부여했을 때는 리얼리즘이라고 볼 수도 있다는 얘기입니다. 다시 말하면 이 세계와 인간 현실에 대한 가장 심오한 이해와 묘사라고 리얼리즘을 정의할 때는 김수영 시가 리얼리즘이라고 볼 수 있다는 것이지요. 요즈음은 유행이 사라져서 리얼리즘이란 말을 잘 안 쓰려고 하는데요, 그럼에도 불구하고 나는 김수영에게서 현실과의 대결이라는 리얼리즘적 정신의 핵심을 봅니다. 동시대의 현실을 외면하지 않고 현실의 문제들과 정면으로 부딪치겠다, 그런 자세를 나는 리얼리즘의 바탕에 있는 정신이라고 보고 그런 점에서 김수영은 바로 리얼리스트라고 할 수 있어요. 김수영의 시에는 물론 얼른 이해가 안 되는 난해한 작품이 더 많아요. 그러나 무슨 소린지 모르는 김수영 시도 현실을 외면한 시는 아니거든요. 자기 나름으로 이 복잡한 현실과 치열하게 싸우는 과정의 산물이지요. 현실의 복잡성과 김수영 의식의 복합성의 다층적 충돌 속에서 부득이하게 난해시가 태어난 거라고 나는 봅니다. 그래서 김수영은 산문에서 가끔 가짜 난해시와 진정한 난해시의 구별, 옥석을 구별하는 문제에 대해서 이야기하지요. 가짜 난해시, 즉 난해시 흉내만

내는 난해시, 난해시 포즈만 취하는 난해시는 극복의 대상이고, 진짜 고통 속에서 난해한 현실을 드러내기 위해서 어찌할 수 없이 어려워지는 난해 시는 김수영 자신의 것이 그렇듯 진정한 현대시라는 겁니다.

〈질문〉 3·15의거부터 김수영 시가 갑자기 쉬워지는 것은 어떻게 바라 봐야 되나요?

(답변) 많은 시인들에게 그러했듯이 김수영의 문학적 생애에서도 4·19 혁명은 결정적인 분수령이었던 것 같습니다. 그 무렵 그의 시는 놀랄 만 큼 직설적인 화법으로 독재자에 대한 분노를 토로하고 희망적인 미래를 노래합니다. 사실 어떤 의미에서 김수영은 4·19혁명의 가장 치열한 참여 자 중의 한 명입니다. 혁명의 핵심은 각성한 군중이 궐기해서 부패하고 불 의한 권력을 폭력으로 무너트리고 새로운 질서를 구축하는 정치투쟁입니 다. 김수영은 이승만 반공독재의 붕괴에 무한한 환희의 감정을 숨기지 않 았어요. 그러한 감정의 시적 표현은 그 자체가 혁명운동의 선전 활동이지 요. 따라서 그런 선전시가 난해한 언어로 쓰여질 수는 없어요. 그러다가 혁명이 점차 퇴조하고 변질되기 시작하자 그의 시는 다시 직설적 화법을 잃어버리게 되는 것 같아요. 이 현상을 어떻게 해석해야 할까요.

내 생각에 김수영의 내면을 평생 지배한 것은 두려움이에요. 그는 공포 감에 시달리면서 살았어요. 아까 내가 '공안과'라고 하니까 대뜸 공안과 (公眼科) 병원 아닌 수사기관의 공안과(公安課)를 떠올리셨죠? 그게 국가 보안법 아래 살아온 우리의 무의식입니다. 김수영의 무의식 속에는 오늘 의 우리보다 훨씬 더 심한 공포감이 잠재되어 있었다고 나는 봅니다. 그는 6·25전쟁 때 의용군으로 잡혀갔다가 죽을 고비를 넘겼고 포로수용소의 수난을 겪은 사람입니다. 그런 치명적 경험의 소유자예요. 의용군으로 붙들려 올라갔던 넷째 동생 김수경이 일본을 통해 본가로 편지를 보내온 사실 때문에 십여 명의 기관원이 구수동으로 김수영을 데리러 왔을 때 그는 대뜸 (조선일보에서 이어령과 일종의 사상논쟁 벌인 것 떠올리며) "조선일보 땜에 오셨소?"라고 물었다고 하잖아요.

그런데 김수영의 위대한 점은 공포에 시달리면서도 공포에 굴복하지 않았다는 겁니다. 그는 공포와 싸워서 공포를 이겨내고 진실을 발언했어요. 그가 문단을 넘어 지식인 사회 전체의 주목을 받은 건 조선일보에서 이어령 씨하고 논쟁을 해서인데, 그때가 김수영 정신의 절정기였어요. 그 무렵 부산에서 강연한 '시여 침을 뱉어라'는 우리나라 문학사상 가장 탁월한 문건이에요. 제목도 근사하잖아요? '시여 침을 뱉어라'는 제목이 어떤 사람에게는 "시인의 강연 제목이 이렇게 속되냐"라고도 할 수 있겠지만, 내가 볼 때는 최고로 멋있는 제목이에요. 「눈」이란 시에도 '젊은 시인이여 침을 뱉자'라는 구절이 있지요. 김수영의 생각의 구조에서 침을 뱉는다는 것이 단순한 행위가 아니에요.

〈질문〉 시인 중에 그 정도로 무게 있게 써낸 시인이 그 이후로 없지 않습니까?

(답변) 그건 그렇게 쉽게 말할 수 없어요. 도대체 시인과 예술가들을 우열(優劣)이라는 관점에서 서로 비교하는 건 원천적으로 성립이 안 됩니다. 시대에 따라 평가의 기준이 달라지기도 하고 평가자의 취향에 따라 호오(好惡)가 갈리기도 하니까요. 그런 점을 전제하고 말한다면 내가 읽어본 한에서 해방후 김수영만한 깊이에 도달한 시인을 찾기는 쉽지 않다고 말할 수 있겠지요. 김수영은 아까 얘기했듯이 글 쓰는 문제만 붙들고 고민해서 그런 경지까지 간 게 아니에요. 물론 그는 자기 존재 전체를 걸고, 목

숨을 걸고 시를 썼어요. 그 자신의 말대로 온몸의 시를 실천했지요. 그러나 거듭되는 얘기지만 그는 글만 쓰고 생각만 해서 거기까지 간 게 아니에요. 물론 그는 누구보다 열심히 책을 읽고 번역을 하고 그걸 바탕으로 사색을 전개했지요. 남들이 몰려다니며 술 마실 때 그는 치열하게 공부를 했어요. 사모님한테 들으셨겠지만 그는 하이데거 일본어 번역본을 밑줄 그어가며 열독했다고 합니다.

하지만 독서 자체는 김수영 문학의 깊이를 이해하기 위한 참고사항일 뿐이라고 나는 생각합니다. 도대체 일본어나 한국어로 번역된 하이데거 텍스트를 통해 우리가 얼마나 하이데거 사유의 핵심에 들어갈 수 있느냐부터가 간단치 않은 문제예요. 내 생각에 하이데거의 독일어는 영어로도 완벽하게 번역될 수 없어요. 독일어는 영어에 비해 접두사와 복합어가 발달되어 있는데, 하이데거는 독일어의 그런 특성을 최대한 활용해서 복잡하고 미묘한 언어분석을 하고 이를 바탕으로 자신의 독특한 사유를 풀어나가죠. 횔덜린이나 릴케의 시 몇 구절이나 한두 편을 가지고 저서 한 권이 될 만큼 분석해 들어가요. 그렇기 때문에 영어로 번역을 해도 충분하지 못하고 일본어나 한국어로는 더군다나 하이데거 사유의 총량을 100% 옮기기가 어려워요. 그러니까 김수영이 하이데거를 읽었다고 하지만, 그건 그냥 하이데거 사유의 근처까지 간 거라고 볼 수 있어요. 그것만도 사실 대단하다면 대단한 거지요. 깊은 샘물 바닥까지 들어가진 못했어도 두레박을 던져 넣어 본 거니까요. 요컨대 김수영이 김수영으로 된 것은 그의 외국어 텍스트 독서가 보조적인 것이지 결정적인 것은 아니었다고 나는 생각합니다. 하이데거 사유의 도움을 받은 건 사실이겠지만, 하이데거를 읽은 사람이 모두 김수영이 되는 건 아니라는 얘깁니다. 어느 누구든 세상만사를 겪고 그걸 발판 삼아 더 높은 곳으로 넘어가서 그 자신의 독자적인 삶과 사유를 행할 때 진정으로 창조적인 결과에 도달하는 법입니다. 김수영은 하이데거 문장을 발판삼아 자신의 사유를 전개해서 위대해졌고, 다시 말하면 하이데거 없이도 위대해졌을지 모른다고 생각합니다.

그런데 한국 근대시의 역사에 김수영만한 시인이 있느냐 없느냐의 문제로 돌아가 다시 생각해 보면, 시인들을 이런 비교우위의 관점으로 바라보는 것 자체를 찬성하지 않지만, 나는 가령 김수영이 존경했다고 알려진 임화라던가 임화가 비판해 마지않았던 정지용 같은 선배들, 그리고 김수영을 비판적으로 계승하고자 시도했던 김지하나 김지하를 다시 비판적으로 언급했던 김남주 같은 후배들과의 역사적 연결 속에서 바라볼 때 확실하게 얻는 점이 있다고 생각합니다. 이 문제는 그 자체가 책으로 한 권이 될 만한 큰 주제여서 간단히 언급하기 어렵습니다만, 요컨대 나의 주장은 김수영이건 누구건 역사에는 평지돌출은 없다는 겁니다. 김수영의 출현 이전에 그만한 시인이 나올 수 있는 시사적(詩史的) 축적이 있었다는 것이 나의 관점이고, 또 김수영의 탁월한 공헌이 있었기에 한국시에서 '김수영 이후'라는 새로운 수준이 가능해졌다고 말할 수 있어요.

〈질문〉 김수영 시인의 산문 「지식인의 사회참여」 중에서 "나의 상식으로는 내 작품이나 '불온한' 그 응모 작품이 아무 거리낌 없이 발표될 수 있는 사회가 되어야만 현대 사회라고 할 수 있을 것 같고, 그런 영광된 사회가 반드시 머지않아 올 거라고 굳게 믿고 있다"라는 부분에 대해 선생님은 "자유를 생명처럼 중시하는 시인이 자유가 보장된 사회에 '영광된'이라는 최상급 수식어를 바치는 데는 기꺼이 공감할 수 있지만, 거기에 '현대 사회'라는 시대구분법을 적용하는 데는 동조하기 어렵다. 왜냐하면 김수영 사후 40여 년의 역사가 입증하듯이 김수영이 명명한 '현대' 안에는 우리가 아직 도달하지 못한 목표치뿐만 아니라 극복하고 넘어서야 할 모순과 문제점도 또한 들어 있기 때문이다"라고 말씀하셨습니다.

하지만 김수영 시인이 말한 '언론자유가 완전하게 보장된 사회가 현대사회다'라는 표현은 가능한 표현이라고 생각합니다. 김수영 시인은 언론자유도 없는데 현대사회, 현대사회 하니까 거기에 반론을 가한 것이라고 보는데 선생님의 생각은 어떠하신지요?

(답변) 김수영 선생이 글에서 '현대사회'라는 말을 쓸 때 그것은 일종의 둔사(遁辭)라고 생각합니다. 자기가 생각하는 이상적인 사회를 기존의 개념을 빌어 말하기 곤란하니까 막연한 대로 현대사회라 한 것 같아요. 내 생각에 김수영은 이념적으로 사회민주주의자에 가깝고 무엇보다 열렬히 언론의 자유를 주장했지만, 자신의 신념을 명쾌한 언어로 표현하기에는 그가 살았던 시대의 법적 제도적 한계가 너무도 뚜렷했어요. 자칫하면 반공법이나 국가보안법에 걸려 신세를 망칠 수 있었거든요. 반면에 유럽이나 심지어 일본에서는 공산당까지 합법화되어 있고 언론의 자유에 제한이 없어 보였어요. 이런 사회를 김수영은 한국사회의 낙후성에 대비해 현대사회라고 불렀을 겁니다.

〈질문〉 김수영 시인을 좌파라고 할 수 있습니까?

(답변) 좌파란 말도 쓰기 나름인데, 상식적인 의미에서 좌파에 가깝다고 볼 수는 있지요. 보수주의자가 아닌 건 확실합니다. 한 마디로 진보주의자지요. 하지만 그는 결코 교조적 맑스주의자는 아니었어요. 공산주의자가 아닌 건 물론이고요. 그는 어떤 면에서 철저한 개인주의자라고 할 수 있어요.

〈질문〉 해방 후에 철저하게 중간파를 견지하지 않았습니까?

(답변) 엄밀히 말하면 그는 중간파도 아니었어요. 굳이 말하자면 무소속이었지요. 중간파라고 하는 건 예를 들면 정치인 여운형이나 소설가 염상섭처럼 남북합작과 좌우 공존을 추구하는 중간적인 노선인데, 해방시기 김수영은 아방가르드의 행태를 보인 시인지망생이었지, 정치적으로 어떤 확실한 노선이 없었던 것 같아요. 그가 임화를 좋아했다고 하지만, 해방후 전위시인으로서의 임화를 좋아한 것일 뿐이라고 생각합니다. 월북 이전 남쪽의 미군정을 비판한 임화의 신랄하고 선동적인 화법은 정치적 찬반을 떠나 아주 매력적이었지요. 하지만 김수영이 1930년대 후반 절정기의 임화 시나 논문을 읽은 흔적을 나는 찾지 못했어요. 6·25를 겪고 난 뒤에 비로소 김수영은 일정한 정치적 태도를 가지게 되는데, 그것도 자기의 창작활동과 관련된 범위 안에서 언론자유가 완전히 보장된 사회, 그리고 어느 정도 사회정의가 보장된 사회, 그러나 소련이나 북한과는 다른 사회를 꿈꾸었던 게 아닌가 싶어요. 1930년대 이후의 소련이나 그 소련의 축소판인 북한을 김수영이 동경했을 리는 없어요. 1953년 포로수용소에서 풀려난 직후 그가 발표한 문건들을 보면 공산사회에 대한 실망으로 가득차 있습니다. 의용군으로 끌려갔다가 나온 직후니까 정서적인 요인도 있었을 테지만, 여하튼 그는 자유라는 가치를 무엇보다 높게 쳤어요. 스탈린 집권 이후의 소련이나 북한은 진정한 사회주의와 거리가 있다고 생각되는데, 김수영이 추구한 것은 진정한 의미의 사회주의였는지도 모르죠. 가령 김수영의 말년의 작품에 「사랑의 변주곡」이 있잖아요. 이 작품이야말로 김수영의 최고의 시인데, 거기에는 김수영의 사회적 이상도 담겨 있어요. 물론 그것은 시적 언어로 표현되었을 뿐이고 개념적으로 언표되지는 않았죠. 하지만 우리는 읽을 수 있어요. 미국의 패권도 끝나고 미국이나 소련, 중국 같은 어떤 강권적 국가의 일방적 지배가 끝나고, 온 세계와 온 인

류가 평등하고, 각 나라 안에서도 모든 인민이 평등한 사회, 즉 진정한 사회주의를 지향하는 열정이 시를 이루고 있어요. 이 지구에서 그런 사회가 현실화되기를 바라는 것은 불가능일지 몰라요. 하지만 김수영은 뭐라 말했습니까? 시는 불가능을 추구한다고 했어요. 불가능인 줄 알면서도 추구해야 하는 것이 시의 운명이고 운명을 받아들이는 자가 시인이라고 그는 말했어요. 그런 점에서 그는 좌파이고 사회주의자다 이렇게 말할 수 있지요. 그것을 속되게 해석해서 "그럼 지금 혁명하자는 말이야?"라고 공격하는 것은 매카시즘이지요. 그래서 그는 '현대사회'라는 애매한 말로 얼버무린 건데, 나는 '현대사회'의 '현대'라는 말이 전혀 다른 맥락으로 바뀌어 오해의 여지가 있다는 점을 지적한 거지요.

〈질문〉 김수영 시인은 해방 후 '조선문학가동맹'에 박인환, 이봉구 등 해방 후 웬만한 문학가면 가입하는 것이 그 당시 유행이었던 것 같은데, 김수영 시인은 좌파 쪽 인맥이 많았는데도 '조선문학가동맹'에 가입하지 않았어요. 그 점을 어떻게 보십니까?

(답변) 그게 하나의 의문점이긴 합니다. 어떤 조직에도 가담하지 않는 것이 그의 의식적 선택이었는지, 아니면 정치적 혼란 속에서 아직 입장이 정리되지 않아서 결정을 유보하고 있었던 것인지 판단하기 어렵습니다. 아무튼 내가 생각하기에 그는 해방시기의 혼란이 웬만큼 정리되어 어느 문인단체에든 가입할 필요가 생기면 틀림없이 조선문학가동맹에 가입했을 겁니다. 하지만 결국 그런 일은 생기지 않았어요. 적어도 1968년 이전까지는 참가하고 싶은 단체나 조직이 없다고 생각한 건지도 모르겠습니다. 1959년 생전의 유일한 시집 『달나라의 장난』이 간행되고 제1회 시인협회상을 수상했는데, 그 상을 주관한 한국시인협회(시협)에 가입한 것이 유

일한 예외입니다. 시협은 유치환, 조지훈, 박남수, 박두진, 박목월 등이 만든 순수한 문인단체여서 김수영이 비교적 호감을 가졌을 법하기 때문이지요. 아무튼 나는 이런 공상을 합니다. 알다시피 박정희 유신체제가 한창이던 1974년에 우리 문인들은 '자유실천문인협의회'(자실)를 만들어서 나름의 저항운동을 전개했어요. 그래서 많은 문인들이 툭하면 수사기관에 불려가고 감옥살이를 하고 직장에서 쫓겨나고 그랬어요. 그런데 김수영 선생이 살아 있었다면 어떻게 처신했을까 궁금합니다. 사실 1970년대면 김수영은 불과 50대인데, 후배 문인들이 김수영 선생 보고 앞장서라고 요구했을 게 틀림없어요. 그랬을 경우 그에게서 어떤 반응이 나왔을까요. 그는 자실 같은 조직에 가입하는 걸 꺼렸을 거라고 나는 생각합니다. 그건 물론 하나의 가정일 뿐이고, 반대로 열렬히 앞장서서 감옥 경험도 마다하지 않았을 가능성도 없지는 않아요. 하지만 취지에는 동조하되 조직에는 가입하지 않는 동반자에 머물지 않겠나 하는 것이 내 결론입니다. 만약 그랬다면 젊은 나는 당연히 김수영을 비판했을 거예요. 1976년 내가 「김수영론」『창비』(1976년 겨울호)을 쓰면서 은연중 의식한 점도 그런 것이었어요. 김수영에게 잔존해 있는 소시민적 한계를 비판적으로 언급한 것이니까요. 그것을 저는 부끄럽게 생각하기도 하고 반성하기도 하는데, 그때로 돌아가 다시 쓴다면 또 그렇게 썼을 거예요. 젊은 시절 저는 그야말로 좌파적인 이념의 교조적인 도식에 사로잡힌 상태에서 김수영을 깊이 그리고 넓게 바라보지 못했습니다. 그런 입장에서 김수영의 문학을 보면 그는 분명히 소시민적 한계를 벗어난 적이 없다고 할 수 있거든요. 그런 잣대로만 문학을 재단한 것이 문학에 대한 얼마나 편협한 무지였던가 지금은 반성하지만, 그때는 그랬어요.

아무튼 김수영 선생이 70년대, 80년대 생존해 계셨으면 반정부적 단체 활동이나 조직활동에 참가했을 수도 있고 안 했을 수도 있어요. 서명까지는 하지만 조직에는 안 들어왔을 가능성이 있기도 하고요. 어디까지나 가정이지요. 저는 어느 경우든 이해하고 포용해야 한다고 생각합니다. 김수영이 최고의 가치로 생각하는 것은 자유인데, 글 쓰는 사람으로서 어디에도 구속받지 않고 자유롭게 자기 생각을 표현하는 그 자유를 구속하는 어떠한 조직, 어떠한 이념에도 얽매이지 않고자 하는 것을 옳다고 생각해요.

김수영 시인이 만약 젊은 날 조선문학가동맹에 가입했다면 뒤에 그처럼 치열한 활동을 못했을 수도 있다고 생각합니다. 알다시피 김수영이 좋아한 선배가 임화인데, 임화는 조선문학가동맹의 최고 지도자였어요. 임화가 모든 것을 조직하고 지휘했다고 할 수 있지요. 임화를 존경하면서도 거기에 참가하지 않은 것이 김수영의 후일을 위해서는 천만다행이었지요. 또 다른 입장에서 보면 해방 직후, 6·25전쟁 때 우파에 속했던 사람들, 미군부대 통역관으로 일했던 박형규 목사, 문익환 목사라든가, 이영희 선생이라든가… 이영희 선생은 미군 통역이었고 문익환 박형규 목사는 동경에서 미8군 영어통역을 했어요. 문익환 목사하고 북한에 올라갔던 정경모 선생은 판문점 정전회담에서 미군쪽 통역관이었어요. 장준하 선생도 50년대 중반까지는 반공주의자였고요. 그랬기 때문에 그분들이 박정희, 전두환 시대에 군사정부를 비판하고 인권운동, 민주화운동을 더 열렬하게 할 수 있었어요. 신분이 보장됐으니까요. 그분들에 비하면 김수영이 해방 시기부터 6·25전쟁 직후까지의 기간에 남긴 발언들은 신분보장을 위해 충분치는 못하지만, 그래도 최소한의 알리바이를 만든 건데, 사람이 터무니없이 끌려가고 죽고 하는 아수라 지옥에서 그게 어딥니까?

〈질문〉『창비』76년 겨울호 〈김수영론〉에서 선생님은 다음과 같이 말씀하셨습니다. "한국 모더니즘의 역사에 있어서 김기림이 그 씨앗을 뿌린 사람이라면, 김수영은 모더니즘을 철저히 실천하려는 과정에서 한편으로 모더니즘을 완성하고 다른 편으로 그것에서 벗어나는 길을 틔워놓았다. 김수영은 한국 모더니즘의 허위와 기만성을 철저히 깨닫고 이를 통렬하게 공격했으나, 그의 목표는 진정한 모더니즘의 실현이지 모더니즘 자체의 청산이 아니었다. 다시 말하면 그의 문학적 사고는 모더니즘의 한계 내에서 이루어졌다." 한국 현대시가 나아가야 할 방향에서 '모더니즘'은 반드시 '청산'의 대상이고 '진정한 실현'의 대상은 되지 않는 것인가요?

(답변) 리얼리즘과 모더니즘, 민족과 계급 등 여러 개념들은 아시다시피 서양에서 수입된 것입니다. 그런데 그 개념들은 서양에서도 일정한 역사적 맥락 속에서 형성되고 발전되어 왔어요. 어떤 개념이든 누가 어떤 문맥에서 사용하느냐에 따라 의미가 달라지고 뉘앙스에 변화가 생기게 마련입니다. 똑같이 리얼리즘이라는 낱말을 가지고도 어떤 사람은 단순 소박한 현실모사에 그쳤다는 뜻에서 비판의 뜻으로 쓸 수 있고 반대로 다른 사람은 현실의 심층을 드러내는 데 성공한 예술적 성취로서 긍정적 의미로 쓸 수도 있어요. 즉, 모든 개념은 역사의 복잡한 맥락 속에서 그리고 개인들의 다양한 이해관계에 따라 그때그때 새로운 역할을 부여받으며 움직이는 생물체입니다. 그러나 물론 어떤 개념이든 무한대로 확장될 수 있는 것은 아니죠. 가령 메마른 관념주의나 몽상적 낭만주의는 어느 경우에나 리얼리즘과 적대적이겠지요. 이런 점을 전제하고 김수영과 모더니즘의 관계에 대해 생각해 보겠습니다.

　서구에서 모더니즘은 세기말(19세기 말)부터 전간기(戰間期, 양차 대전 사이의 기간)까지 사이에 수없이 출몰했던 예술사조들을 포괄해서 가리키는 것이 보통이지만, 방금 얘기한 것처럼 그 가운데서 어떤 특정 사조를 주로 지칭하기도 합니다. 그러니까 모더니즘은 표현주의, 상징주의, 초

현실주의, 이미지즘, 주지주의 등을 뭉뚱그려 가리킬 수도 있지만 그중 어느 하나를 중심으로 해서 논하기도 하지요. 가령 김기림과 최재서는 영국 주지주의를 중심으로 모더니즘을 논했다고 볼 수 있죠.

그런데 우리가 관심을 가져야 할 사실은 왜 이 시기 서구에서 문학예술에 이처럼 급격하고 근본적인 변혁이 일어났는가 하는 점입니다. 생각해 보면 이때의 예술상의 변화는 더 근본적인 변화의 결과이고 어쩌면 그 표면이라고 할 수 있어요. 우리는 표면적인 것 아래 더 심층적인 곳에서 일어난 세계관의 전환, 그리고 이와 더불어 진행된 세계 자체의 변화에 주목해야 합니다. 내 생각에 이 변화는 중세 봉건사회를 무너트린 18세기 후반의 근대적 시민혁명이 여러 방면으로 파급되다가 마지막 국면에 이른 것 아닐까 합니다. 세계를 보는 인간의 관점, 우주를 보는 인간의 관점에 근본적 전환이 일어난 거지요. 데카르트부터 뉴턴까지의 기계론적 합리주의 세계관이 전복되고 상대성이론과 양자역학이 등장하여 물질과 에너지에 대한 인간의 개념을 바꾸어버린 거죠. 종교의 지배권이 결정적으로 무너지고, 제1차 세계대전과 제2차 세계대전을 겪으면서 문명의 몰락이라는 어두운 그림자가 서구인의 머리에 드리우게 됩니다. 표현주의, 초현실주의, 실존주의 등 새로운 문예사조들, 소위 미학적 모더니티는 이러한 동요와 위기에 대한 서구인의 반응이자 위기의식의 산물이라고 볼 수 있어요. 그런 점에서 서구 모더니즘은 나름의 역사적 필연성이 있습니다.

그러나 한국사회와 한국문학은 상식적으로 보더라도 서구와는 전혀 다른 역사적 시간 속에 있습니다. 19세기 말 20세기 초, 이른바 세기전환기의 한국은 근대의 초입에도 들어서지 못한 상태였고 1930년대는 어떤 점에선 식민지 문화의 개화기라고도 할 수 있어요. 그럼에도 불구하고 서구발 일본 경유 모더니즘은 일제강점기 한국 문단에서 점차 무시 못할 세력으로 판도를 넓혀갔어요. 특히 1930년대 김기림과 최재서 등의 이론활동은 영문학 쪽의 주지주의를 적극 수용하는 입장으로서 상당한 영향력을 발휘하기에 이르렀죠. 나는 이 시기를 언제나 착잡한 눈으로 바라볼 수밖에 없었어요. '식민지 근대화'라는 모순된 개념에 실체를 부여하는 시대였으니까요.

김수영도 넓은 의미에서는 이 모더니즘의 자장 아래에서 성장한 시인입니다. 자타가 공인하듯 김수영의 지적인 원천, 사유의 뿌리는 서구문학이고 서양사상이죠. 아주 어려서는 한문 공부를 했다지만, 초중등 시절엔 일본어로 학습을 했고 청년시절 이후엔 영어를 읽었어요. 하이데거나 프로이트 같은 사상가들은 주로 일본어 번역 통해서 읽었고 영미 시론(詩論)들은 영어 번역을 하면서 많이 접했겠지요. 우리나라 전통사상에 대해서는 깊이 공부할 기회가 없었을 거라 짐작합니다. 어린 시절 한문을 배웠지만, 깊이 들어간 건 아니었을 겁니다. 김수영 자신도 그런 점에 대한 자의식을 갖고 있어요. 「거짓말의 여운 속에서」란 작품 속에는 다음과 같은 자조(自嘲) 섞인 구절이 있지요.

"일본 말보다도 더 빨리 영어를 읽을 수 있게 된/ 몇 차례의 언어의 이민을 한 내가/ 우리말을 너무 잘해서 곤란하게 된 내가"

그러나 남의 것을 받아들이더라도 껍질을 받아들이는 데 그치는 사람이 있고 남의 것을 받아들이되 그것과 싸워서 자기의 알맹이로 만드는 사람이 있어요. 김수영은 후자예요. 언젠가 김수영은 참여파 시인으로서의 신동엽을 높이 평가하면서도 자칫 국수주의로 흐르게 될 우려를 표하면서 신동엽이 "50년대에 모더니즘의 해독을 너무 안 받은 사람"(「참여시의 정리」)이라고 지적하고 있습니다.

물론 그의 청소년 시절 이 땅의 사회문화적 환경은 굳이 서당에 가서 한문 고전을 배우지 않더라도 봉건유교적 가부장적 사고방식을 학습하도록 만들었겠지요. 그러나 그의 청년기는 사회주의나 여성해방론 같은 서구의 신사조가 일본을 통해 물밀듯 들어오던 '급진적 계몽'의 시대이기도 했어요. 김수영의 여성에 대한 태도를 보면 토착 옛 문화와 외래 신사조 간의 어색하지 않은 공존을 확인할 수 있습니다. 그는 아내를 거의 언제나 '여편네'로 호칭하고 심지어 우산대로 쳤다고 고백하면서도 동시에 아내를 비롯한 여성들과의 관계에서 김수영보다 20년, 30년 아래 세대들보다 훨씬 더 개방적인 자세를 보여주기도 합니다. 요컨대 모더니즘과의 관계에서도 김수영은 모순적이었다고 생각됩니다.

그러나 이것은 그가 자기 시대를 철저히 살았다는 것을 의미합니다. 시대 자체가 모순에 가득차 있었으니까요. 그는 항시 의심의 눈으로 현실을 바라보았고 자기 자신에 대해서도 늘 반성적 시선으로 들여다보았어요. 시에서나 산문에서 그가 가장 자주 사용한 단어 중의 하나는 '거짓말'입니다. 그는 자기 내부의 속임수를 수시로 적발해서 스스로 고발했어요. 이 도저한 정직성과 치열성은 우리 문학사상 거의 유례가 없어요. 그리하여 그는 모든 기존의 문예사조로부터 탈출하는 데 성공하지요. 김수영은 리얼리스트이자 모더니스트이지만, 동시에 그 모두이기도 하고 또 그 모두를 넘어선 존재, 즉 가장 깊은 뜻에서 자기 자신에 도달한 시인이었어요.

〈질문〉 민음사 사장이었던 박맹호 사장의 『박맹호 자서전』을 보면 민음사를 창업하기 전에 동향 선배인 신동문 시인과 친했던 관계로 신구문화사에서 출판과 관계된 일을 몇 개월 수업했다고 기술되어 있습니다. 이 당시라면 선생님이 신구문화사에 계실 때인데 박맹호 사장과 김수영 시인의 인연도 이때 시작된 것인가요?

(답변) 그건 나는 잘 모르는 일입니다. 내가 알기에 민음사는 1966년에 창업을 했어요. 사무실은 청진동의 중학천 골목 세진빌딩 4층에 있었죠.

내가 근무하던 신구문화사는 청진동 해장국 골목에 있었고요. 그러다가 신구는 수송초등학교 건너편으로 왔고 민음사는 종로 2가로 옮겼어요. 아무튼 신동문 선생과 박맹호 사장은 고향 선후배 사이니까 출판에 관한 이런저런 자문을 받았겠지요. 충청북도 청주 쪽 사람들에게 신동문 씨는 신화적 존재예요. 유종호, 신경림, 박맹호 이런 사람들이 다 신동문 씨를 따랐지요. 그런데 나는 박맹호 씨 일에는 전혀 관여를 안 했어요. 박맹호 씨가 신구문화사에 근무했었다는 얘기는 들은 적도 없어요. 신동문 씨가 가끔 박맹호 씨에게 가서 이것저것 조언을 했을 수는 있겠지요.

〈질문〉 김지하 시인이 『김지하 회고록』 중 「조동일」 편에서, "조형이 언젠가 내가 시를 발표하고 문단에 데뷔할 때가 되었다고 주장하며 시고를 달라고 했다. 나도 그 까닭을 알고 「황톳길」 「육십령」 등 여섯 편인가를 주었는데, 그가 원고를 보낸 『창비』는 백낙청과 김수영의 감식을 거쳐 '불가'하다는 판정을 내린 결과, 원고가 되돌려왔다. 조형은 이것을 내내 민망해하고 미안해했다"라고 나옵니다. 그런데 최하림의 『김수영 평전』에서는 "김지하의 「황토」를 비롯한 여섯 편의 시가 염무웅의 손을 거쳐 그(김수영)의 손으로 들어갔다. 「황토」를 실어라고 해야 할지 말아야 할지 결단이 내려지지 않았다. 예전 같으면 "「황토」 같은 시를 왜 싣지 못한다는 거예요? 그런 자유가 없이 무슨 계간지를 내겠다는 거예요?" 하고 분통을 터뜨렸을 김수영이었지만 이제는 단순하게 '자유'를 말할 수 없었다. 자신의 한 작품을 발표한다는 것과 한 잡지가 작품을 발표한다는 것은 달랐다. 『창작과비평』은 폐간되어서는 안 된다. 생존해야 한다. 이만한 의식을 가진 잡지가 우리 문단에 태어났다는 것은 뜻밖의 행운이라고 해야 한다. 김수영은 백낙청과 염무웅에게 「황토」의 제목을 바꿔 발표하면 어떻겠느냐고 했다"라고 전후 사정을 설명합니다.

김지하 시인에게 사정을 이야기했는데도 시 제목 변경은 불가하다고 했나요? 김지하 시인의 등단과 관련된 이야기를 듣고 싶습니다.

(답변) 그것도 나는 잘 모르는 얘기입니다. 더구나 최하림의 언급은 전혀 사실무근이에요. 최하림은 〈산문시대〉 동인으로서 나와 비교적 친한 사이라고 할 수 있는데,『김수영 평전』을 쓰면서 그가 왜 나에게 사실확인을 하지 않았는지 이해할 수 없군요. 아무튼 그 무렵 김지하와 조동일은 무척 가까웠고 거의 동지적 관계였어요. 짐작건대 조동일이 김지하에게 원고를 달라고 해서 받아 가지고 백낙청 씨에게 직접 전했을 겁니다. 당시에는 나를 통할 이유가 없었어요. 조동일은 내가 『창비』에 관여하기 전에 이미 거기에 논문을 발표했어요. 그러니까 나보다 먼저 백낙청 교수와 인사를 텄던 거지요. 그런데 초창기 『창비』는 시를 싣지 않았어요. 그런 형편에 김지하 원고를 건네받은 백 교수는 발표 여부에 관해 김수영 선생에게 자문을 구했을 거예요. "좋긴 한데 이게 좀 위험하지 않을까? 훈련을 조금 더 쌓아야겠다. 『창비』가 귀중한 잡지인데 너무 주목을 받아서 위험해지면 안 된다." 아마 김수영 선생은 이렇게 조언하지 않았을까 싶군요. 대신에 그는 김현승, 김광섭 같은 원로를 추천했지요. 이런 일로 김지하는 기분이 상하게 되고, 그래서 그후 1969년에 조태일 시인이 주관하던 『시인』지에 작품을 발표해서 문단에 데뷔했어요. 뒤이어 1970년에는 미발표작까지 포함한 시집 『황토』를 출간했는데, 그 시집 뒤에 정현종, 김승옥과 함께 내가 발문을 썼지요. 이어서 유명한 「오적」을 발표해서 일약 세인의 화제에 올랐지요. 그런데 나는 그때 김지하와 『창비』 사이에 그런 일이 있는 줄 전혀 몰랐어요. 그 후에 얘기는 들었지요. 그것도 한참 뒤에 들었어요. 처음에는 왜 김지하 씨하고 백낙청 씨 사이가 꺼끌꺼끌한지 몰랐지요. 그런데 60년대나 70년대의 글들을 읽어보면 사실 확인 없이 추측만으

로 넘겨짚어 쓴 오류들이 너무 많아요. 일일이 지적하기도 그렇거니와 내가 못 읽는 것도 엄청 많겠지요. 문제는 그렇게 일단 활자화되면 다른 데 인용되면서 끊임없이 재생산되고 마치 사실인 것처럼 굳어진다는 데 있어요. 어떻게든 바로잡아야 하는데, 후학들이 할 일들의 하나죠.

선생님 여기서 정리하겠습니다. 장시간 감사합니다.

2부

낯선 의식과
공간과 예술

추상과 구상의 곡예, 청년 김수영의 시적 모험

강경희

1. 시대를 초월하는 예술 감각

내가 시인 김수영(1921-1968)을 처음 본 것은 고등학생이던 1983년이다. 영롱한 눈빛과 자유로운 포즈(pose), 명징한 시선과 반항적인 모습은 강렬한 잔상을 남겼다. 피사체로서의 김수영의 이미지는 규격화된 제도와 체제로부터 빗겨 난 일종의 해방감을 선사했다. 자석에 이끌리듯 시집 『거대한 뿌리』(민음사,1974)를 사서 읽었다. 「孔子의 生活難」, 「아버지의 寫眞」, 「달나라의 장난」, 「풍뎅이」로 이어지는 시들을 몇 번씩 읽어도 그의 시의 의미와 내용을 파악하는 것은 거의 불가능했다. 이해와 해석을 보류한 채 나와 친구들은 "너도 나도 스스로 도는 힘을 위하여 / 공통된 그 무엇을 위하여"(「달나라의 장난」)라는 구절을 멋져 보인다는 이유로 주저 없이 문예반 표어로 삼았다. 사진의 강렬함과 문장의 흡입력은 1960년대와 1980년대의 경계와 간극을 메우고 가로질렀다.

1960년대 한국 문학에서 빠질 수 없는 질문은 '한국의 모더니즘'에 관한 문제 제기라 할 수 있다. 모더니즘의 개념과 규정, 수용과 전개, 주체와 표현에 대한 정의를 둘러싼 논의와 이견들이 논란의 중심이었다. 사실 한국 문학의 모더니티의 양상은 1930년대, 혹은 이전 시기로부터 시작됐고 이는 서구와 일본으로부터 근대성 또는 근대적 미감에 대한 전이, 이식과 맞물렸다. 그리고 '모더니즘' '모더니티'로 불리는 문학 행위는 '모방' '변형' '정착'의 과정을 통해 한국 문학에 안착이 되었다.

1960년대 한국 문학의 '전위'라 불리는 작업들은 모두 모더니티의 여파와 관련된다. 내적 동기의 자발성에 기인한 것인지, 외부의 충격에 따른 영향 관계에 무게를 두는지 그 해석을 둘러싼 다양한 설명과 의미는 여전히 중요한 논의의 대상이다. 연구자들은 '참조' '이식', '영향,' '굴절', '변용', '재생'과 같은 대답을 내놓곤 하지만, 그 일련의 과정이 완결된 것이 아니라, 여전히 계속되고 있음에 주목할 필요가 있다. 이는 독창성을 기본 태도로 하는 근대 문학 실천가들의 활동이 서구와 동양이라는 위계관계나 사조와 계열로 묶인 제한적 틀에 복속될 수 없는 예술의 지층을 형성하고 있음을 간과할 수 없기 때문이다.

김수영 문학의 시작점이 모더니즘의 근대성과 관련된 고투의 성과임은 분명한 사실이다. 그리고 김수영의 문학적 유산이 지성적 현대문학의 훌륭한 거름으로 작용했음도 부정할 수 없다. 하지만 그의 문학적 성취가 모더니즘의 시작과 완성이 아니라 이후의 아방가르드, 포스트모더니즘, 현재의 기술주의 예술의 시대에도 여전히 유효한 쟁점과 가치로 작용하고 있음을 살펴보아야 한다.

김수영 탄생 100주년 기념 학술대회 타이틀이 "낯선 의식과 공간과 예술, 너무 낡은 시대에 너무 젊게 이 세상에 온 시인"이다. 이는 그의 예술이 '보편성'과 '동시대성'을 포섭함과 동시에 불온한 정신과 시대와 불화하는 그의 정신과 문학이 지금도 현재진행형이라는 사실을 보여준다.

본고는 1960년대로부터 시작된 김수영 문학을 '재현'을 둘러싼 표현 행위에 초점을 맞춰 살펴보았다. 특히 1950년 6·25전쟁으로 인한 '공포체험'은 현실의 재현에 대한 예술적 과제에 대한 근원적 천착을 요구받던 시기였다. 이전의 식민의 장에서 펼쳐졌던 순수와 참여, 역사와 탈역사의 이분법적 예술 활동을 넘어서는 새로운 시도와 모색이 필요한 시기였다.

김수영은 이러한 특수한 상황에서 새로운 예술적 재현을 작품에 삼투시키고자 고민했던 작가이다. 김수영은 영문학을 전공했으며, 연극, 미술, 음악 등 다양한 예술을 경험했으며 조예가 깊은 것으로 알려졌다. 따라서 문학 창작의 자료와 매개로 인접 예술에 대한 차용과 개입을 적극적으로 시도했을 것이다. 그의 세계인식과 창작 방법에 대한 실마리를 '구상'과 '추상'이라는 예술 재현의 문제로 풀어보려는 의도는 시대 구분의 잣대에서 '예술 담론'을 논의하려는 태도에서 벗어나, 과거와 현재 혹은 미래로 연결되는 공통 요소를 추출해 보려는 의도이다.

2. 재현 방법으로의 구상과 추상 실험

현실의 모방과 재현이라는 관점의 '구상'은 예술사 전반에서 압도적 기간을 차지한다. 아주 오랜 기간 일차적 세계인 '현실'을 매개하여 예술 창작 활동은 수행되었다. 즉 '구상'은 철저히 현실의 모방, 대체, 변형, 재조립이라는 과정을 통해 재현 예술로의 목표에 복무했다. 이는 모든 예술적 창조가 미메시스의 형태를 띠고 있으며, 현실과의 긴밀한 연관성을 노출시킬 때만 가치 있는 예술로 인정받았음을 의미한다.

하지만 20세기 들어 예술은 현실반영의 역할을 벗어나, 그 자체로 존립할 수 있는 순수예술로의 자리를 확보하려 시도했다. 즉 그 자체로 순수한 예술성을 문제 삼았던 모더니즘은 예술의 자율성에 관심을 두면서 '재현의 거부'를 관심의 초점으로 삼았다. 이는 현실과 매개하지 않거나, 혹은 느슨하고 독립적인 관계를 맺음으로써 작가의 내면이나 의식의 표출, 즉흥적이고 감정적인 상황이나 정서, 현실과 관련성을 의도적으로 배제하려는 무매개적이며 탈의미화된 요소를 적극적으로 문학 안에서 실험했다.

초현실주의, 다다와 같은 예술 실험은 '구상 예술'의 지배와 명령에서 벗어나 '추상 예술'이라는 독립적 이름과 위상을 쟁취했다. 이러한 현상은 미술, 음악, 연극과 같은 전예술 분야로 확대되면서 '재현'의 본질에 대한 재정립이라는 혁신적 예술운동으로 자리 잡았다. 물론 추상 예술은 처음부터 환영받지는 못했다. 1930년대 전위, 현대라는 이름으로 불렸지만, 전위적이고 모험적인 예술 실험으로 정착되지 못했다. 초기의 추상은 한국인의 생리나 미감에 맞지 않는다고 여겨졌다. 당시 추상은 면과 각이 두드러진 기하학적인 것을 의미했으며, 그것은 이지적인 원리에 근거를 둔 차가운 분위기를 내는 것으로 다름 아닌 서구 근대정신과 공명한다고 여겨졌다. 이처럼 추상이 근대, 혹은 모더니티의 어휘라는 점에서 추상에 대한 관심은 사회의 발전에 대한 기대감과 무관하지 않았다. 이 때문에 오랜 역사와 전통을 자랑한 '구상 예술'에 비해 '추상 예술'은 선진적인 예술을 대표하는 의미로만 받아들여졌다.

20세기 한국 문학의 추상적 요소는 이상과 '삼사문학' 동인들이 활동했던 30년대의 초현실주의에서 본격적으로 시작됐다. 그들의 작품은 전통적인 시작 방식과 형상화 기법을 지양하고 관념, 의식, 충동, 의미의 산포와 이탈을 자연스럽게 결합했다. 그들은 문자언어를 기반으로 하는 문학 본령의 영역에 건축, 회화, 도형, 기술과 같은 문학 외 예술작업을 적극적으로 도입함으로써 기존 문학의 인식체계를 흔들어 놓았다. 이렇듯 1930

년대 추상적 실험들은 한국 문학의 현대화를 주도한 방법론적 모색을 가능하게 했다.

전쟁 이후 상황은 급변했다. 1950년대 전쟁 경험은 초현실주의나 전위적 실험문학이 역사적 자아와 실제적 삶의 문제에 대한 직접적 반영을 회피한다는 한계를 노출하면서 자연스럽게 위축되었다. 이렇듯 추상은 부상과 확대, 다시 비판과 위축의 처지에 놓이는가 싶었다.

하지만 추상에 대한 표면적 후퇴는 새로운 시대적 요구에 다시 봉착한다. 다시 말해 전후의 폐허에 대한 재건도 필요했지만, 국제적 고립과 근대성에 대한 낙후성의 탈피도 예술가들의 고민이었다. 여기에 더해 현대성에 대한 강한 열망이 분출했으며, 이는 민족주의라는 이념에 가둘 수 없는 예술적 욕망을 불러일으켰다. 더불어 세계적인 냉전 이데올로기 지형이 정착의 국면으로 접어들면서 시대적 감각을 선도할 예술 아젠다(agenda)가 요청되었다.

서구 예술의 수입, 모방, 이식, 추종과 같은 비난을 동반할 수 있었지만, 새로운 인식과 창작에 열망을 제지할 만한 힘이 작용하지 못했다. 다시 추상은 매력적인 선택지일 수 있었다. 자연과 외부대상과 절연하고 문학의 서사성과 결별한다는 점에서 과거의 문학으로부터 급진적인 변화를 이끄는 동인(動因)이 되었다. 사물의 외양이 아니라, 본질에 접근한다는 혹은 본질을 추출한다는 점에서 고양된 형이상학적 행위라는 생각도 짙었다.

이 복잡하고 중층적인 사회적 환경을 배경으로 1960년대 김수영의 등장은 새로운 문학적 전환을 보여주는 활기를 제공한다. 당시 뚜렷하게 양분되었던 문학의 지형도를 그는 독자적 방식으로 복구하고 재건하려 시도했다. '구상'의 '추상'이라는 상충하는 예술 이데올로기는 김수영에 이르러 봉합과 대안, 갈등과 조화라는 길을 새롭게 제시했다.

3. 추상과 구상의 대립과 절충

김수영은 1945년 25세의 나이에 본격적으로 작품활동을 시작했다. 두 해 전인 1943년 태평양전쟁으로 인해 서울 시민 생활이 어려워지자, 김수영의 집안은 만주 길림성(吉林省)으로 이주한다.[1] 김수영도 조선 학병의 징집을 피해 겨울에 귀국하여 종로 6가 고모집에 머문다. 그 시기 쓰키지 소극장 출신이며 미즈시나에게 사사받은 안영일(安永一)을 만나 연극계와 인연을 맺고 한동안 그의 밑에서 조연출을 맡았다고 알려져 있다. 연극에서 문학으로의 이동은 「묘정의 노래」(『예술부락』)를 발표하면서 시작된다. 곧이어 발표한 「공자의 생활난」(1945)는 김수영 문학에 내재한 구상과 추상의 두 가지 속성을 단적으로 보여준다.

> "시 「묘정의 노래」와 「공자의 생활난」의 충동은 1930년대 후반기 및 해방문학의 모더니즘적 조류와 전통주의적 조류의 대립상을 간접적으로 시사해 주는 것이며, 김수영 개인 정신 속의 '전통지향성'과 '현대지향성'의 대립 구조를 보여주는 좋은 본보기다. 따라서 「묘정의 노래」는 시인 김수영의 비극적인 세계관과 전통지향성을 함께 엿볼 수 있는 아주 중요한 시인 까닭에 당연히 김수영의 처녀작으로서의 위치를 차지할 수 있다고 본다."[2]

「묘정의 노래」와 「공자의 생활난」을 갈등과 충돌의 산물로 파악한다면, 그가 상충하는 심리적 단절과 심연을 경험했음을 반증한다. 하지만 한편으로 이러한 그의 문학적 특성을―김수영의 시의 해석적 자율성은 유보하고―적극적 창작 활동의 실험정신과 연관 짓는다면 전투적 예술 행위를

---

1 김수영, 이영준 엮음, 『김수영 전집1』, 민음사, 1981, 418쪽.
2 박남철, "김수영 시문학의 제1시대 연구", 경희대 석사논문, 1983, 17~18쪽.

위한 실천성에 의미를 둘 수 있겠다.

1960년대 물질적으로 정신적으로 빈한했던 시기 적극적 예술로 새로운 창작 실험을 모색하고 투신했다는 점은 김수영이 지식인 예술의 시대 정신을 표방한다는 점에서도 시사하는 바가 크다.

'구상'이란 작품을 통해 알고 있는 형상과 이야기를 식별할 수 있는 것을 의미한다. 「묘정의 노래」는 한국인이면 공감할 수 있는 역사와 전통, 여성과 사랑, 정과 한의 정서를 노출시킨다. 언어 수사와 장치가 서사성을 부여하고 작품의 맥락과 흐름을 짚어낼 수 있는 컨텍스트(context)를 짚어낼 수 있도록 설계되어 있다. 구상의 문학은 언어 그 자체 외부의 어떤 것을 충분히 연상하도록 다양한 단서들을 배치해 놓는다.

그런데 「공자의 생활난」의 경우 이러한 일련의 내용 파악의 작용을 의도적으로 와해시켜 놓음으로써 형상과 의미의 관계성, 내적 질서와 독자 경험의 상관성의 고리를 의식적으로 차단하는 효과를 낳는다. 그 자체로 명증한 즉물성으로 인해 그것 외에 다른 어떤 이야기나 연상으로 이어지지 못하는 측면을 갖고 있다. 어떤 이야기나 의미를 찾지 않게 이런저런 생각을 하지 않게 만드는, 따라서 주관적인 투사나 해석의 여지가 없는, 그래서 객관적 감각적 자극에 집중할 수 있는 명료하고 신선한 자극에만 집중하게 만드는 전략이다.

이후 김수영의 시에서 자주 사용하는 표현 방식인 반복적인 문장이나 패턴, 형상과 배경의 혼재, 전경과 후경이 위계적 질서의 와해, 중요한 것과 부차적인 것의 구분을 두지 않는 표현 방식은 모두 추상 예술이 추구했던 방법과 유사하다. 즉 독자에게 고착된 관념과 인식의 개입을 허용하지 않음으로써 주관적 해석의 여정을 허용하지 않으려는 추상의 전략에 해당한다. 따라서 작가의 의도, 이야기, 숨은 기술을 용이하게 파악하는 것은 불가능하고 오직 매체가 일으킨 언어적 사건들에만 집중하게 된다. 텍스트의 텍스트성으로 드러나는 작용과 효과를 추상은 추구한다. 따라서 「공자의 생활난」은 난해성을 위한 방법적 시도에만 머물지 않는 작품이라 볼 수 있다.

한편 근대 문학의 모더니티의 출발과 성장을 '창조의 도정으로서의 모방'이라 폄하하는 경우도 많다. 분명 모방을 말하는 일은 여러 단서를 달아야 하는 부담스러운 일이다. 그러나 그 부담을 감수하더라도 모방은 일종의 필요악이었다. 왜냐하면 우선 그것은 폐허 속 한국문학이 무엇인가를 시작하는 방법이었다.

> "모방은 창조의 도정이라는 것을 잊어서는 안된다. (중략) 단순한 모방 그리고 마지막까지의 모방은 무의미한 것이고 모방을 자기 것으로 가장하는 위선이나 정신의 모방은 위험한 것이요 타기할 것이지만, 창조적 도정으로서의 모방은 필요한 것이다. 그러기에 문화 창조의 초창기에 있어서는 대담한 모방이 있어도 좋다. 아니 이러한 모방이 도리어 문화 발전을 급속화시키는 것이다."[3]

1960년대 문학은 인간의 비인간성을 그리고 의식을 관장하는 듯한 무의식을 다뤄낼 필요가 있었다. 이렇게 2차 세계대전과 도시화와 산업화의 구도에서 보면 한국 문학의 특징이 결코 서구의 조건과 크게 다르지 않았다고도 볼 수 있다. 폐허 속의 불안은 우리가 서구에 비하면 상대적으로 후진적이라는 의미로 여겨졌겠지만, 지금의 시점에서 보면 서구와 같은 동시성을 내재했다고 볼 수 있다.

비대상적 비재현적이라는 추상의 전략은 선진적이고 강렬하고 전위적이라는 측면에서 기존 질서에 도전하는 전위적인 측면으로 읽혔다. 60년대의 파행적 성장과 발전은 기성의 것과 결별하는 사회적 의미를 노출했

---

3 이경성, 「서양화단의 단면도」(1954), 『한국현대미술의 상황』, 일지사, 1976, 35쪽.

고, 현대, 전위, 추상은 우리가 익히 알고 있던 전통과 역사의 경험 안으로 수렴될 수 없었다. 따라서 질주하는 시대의 시공간적 경험은 모험적 예술 실험에 적극적으로 부응하면서 발전했다. 김수영 문학의 영향과 세례는 이후 한국 문학에 다양한 형태로 접목된다.

그러나 추상 문학은 본질적으로 위기와 한계를 노출한다. 어떤 연상이나 환영을 불러일으키지 않는 추상이 본질적으로 가능하며, 또한 그것이 가치 있는 문학 행위일 수 있는가를 문제 삼게 된다. 더 나아가 추상 문학이 정교한 재현과 높은 수준의 수사법을 지니지 못한 창작물이라는 평가도 간과할 수 없다. 또한 역사의식의 부재, 현실 탈각, 대중으로 문학을 소외시키는 고립성을 자초한다는 측면도 야기된다.

김수영 문학이 지닌 역사성과 서사 전략, 섬세한 대상 묘사와 형상성, 이미지와 상징화 전략은 추상 예술의 관심만큼이나 구상의 문학적 파급력을 그가 고려했음을 반증한다. 김수영의 구상은 사실주의를 말하는 것이 아니라. 추상 이후의 구상, 추상의 교훈을 섭취한 구상을 모색한 결과로 평가하는 것이 더 타당하다. 이렇게 추상이 성찰의 대상이 되고, 구상이 재정의되는 상황은 추상과 구상의 각각의 의미를 복잡하게 만들었다.

4. 폐허에서의 모험과 투쟁

이야기와 형상, 내용과 의미가 식별되지 않는 사태를 추상이라 한다면, 그럼에도 불구하고 추상은 작품밖에 다른 것을 지시하거나 연상하는 것을 멈출 수는 없다.

　　음악은 흐르는 대로 내버려 두자
　　저무는 해와 같이

나의 앞에는 회색이 뭉치고
응결되고
또 주먹을 쥐어도 모자라는
이날 또 어느 날에
나는 춤을 추고 있었나 보다

-「음악」 부분

구체적 내용과 의미 파악의 단서와 매개를 찾기는 쉽지 않다. 하지만 분위기와 정서, 상황과 문맥의 흐름을 따라 독자는 경험적 자아와 독서 상황을 결부하려는 시도를 멈추지 않는다. 시인 김춘수가 '무의미시'의 전략을 추구했음에도 불구하고 개념과 의미라는 언어 본질의 요소를 배제할 수 없듯이, 톤, 이미지, 정서, 상황과 같은 좀 더 감각적으로 즉물적 의미로 재맥락화 된다. 이처럼 추상은 구상적일 수 있고, 구상은 즉물적일 수 있다. 그렇다면 반대로 즉물적인 추상도 가능할 수 있다. 어떤 연상이나 환영을 불러일으키지 않는 추상 그에 대한 고민이 진행된다. 추상, 구상, 즉물에 대한 복잡해진 관계는 김수영의 시적 고민으로 이어진다. 김수은 추상은 새로운 전기를 마련한다. 규격화, 표준화, 효율성에 따라 무의도적으로 양산되는 산업적 산물과 획일화를 그는 시대의식과 공명하는 문제로 재점화시켰다. 기계 미학이라는 말로도 설명될 수 있다. 이런 맥락에서 보면 60년대 말 추상도 구상적인 것이라 할 수 있다. 그 자체 외에 다른 것을 연상하게 만들기 때문이다.

김수영이 작품을 발표한 1946년에서 1960년 4·19가 일어난 시기가 그의 첫 번째 문학의 활동 시기라 한다면, 이 시기에 발표된 「孔子의 生活難」, 「아메리카 타임誌」, 「이」, 「음악」, 「달나라의 장난」 등은 현대성의 사유와 추상적 실험이 시작된 시기였다면, 1960년과 1961년에 이르는 기간은 사랑과 혁명과 현실 인식으로 구체적 현실 실재를 확인하는 구상으로의 회

귀를 폭넓게 보여준 시기였다. 이후 「敵1」, 「절망」, 「잔인의 초」, 「미역국」, 「어느날 古宮을 나오면서」은 추상과 구상의 자유로운 이동을 표출했던 시기라 할 수 있다.

김수영이 추구했던 미학적 차원의 추상은 60년 후반을 통과하면서 기술적인 차원을 넘어서 감수성의 차원으로 확장된다. 즉 차갑고 냉담한 엄정하고 익명적인 감각을 전하는 표현 방식은 역사적 상징과 거대 은유로 확장되었다.

김수영은 한국 현대 시사에서 강하고 지속적인 영향을 일으킨 장본인이다. 그의 문학에 대한 다양하고 광범위한 연구가 여전히 활발하게 진행되는 이유는 무엇보다 그가 한국 현대문학에서 가장 도전적이고 문제적인 인물로 평가되기 때문이다. 김수영이 추구했던 모험과 도전정신만큼이나 그의 문학에 대한 해석 또한 새로운 시도와 방법론적 지평을 넓히고 있다. 난해한 표현과 단호한 명제가 뒤섞인 김수영의 시는 분명 이전 시대의 문학과는 다른 낯선 시도와 의식적 모험으로 전달했다.

1950~60년대 한국 문학은 전쟁이 끝나고 한국작가들이 마주한 현실은 일종의 폐허였다. 한국문학은 어떻게 새롭게 시작될 수 있을까? 아마도 남북으로 나뉘지 않았다면, 그래서 서로 다른 이데올로기에 근거를 둔 여러 미학적 제안들이 나올 수 있었다면, 20세기 후반 한국 문학의 선택지는 꽤나 다양하고 경쟁적이어서 생산적이었을 것이다. 그러나 전쟁 직후 한국 문학인들의 선택지는 많지 않았고 김수영은 그 선택지로 예술의 오래된 명제였던 추상과 구상의 전략을 전면적으로 시도했다. 한국 문학이 다른 많은 것들과 마찬가지로 세계조류로부터 '고립', '소외', '유리'되어 있다는 인식을 김수영의 새로운 문학은 대안처럼 작용했다. 국내의 정치적 혼란과 전통예술의 붕괴, 도시화와 산업화가 초래한 비인간성의 안개 속에서 김수영은 새로운 시도와 문학적 모색을 온몸으로 실천한 사람이었

다. 오늘의 현대시에 김수영의 정신과 문학의 전략은 여전히 강력한 파급력을 미친다. 이는 그가 낡은 시대와 싸운 투쟁자에 그치지 않고, 시대를 초월하는 선구자임을 깨닫게 한다.

김수영 시의 진정한 '휴식의 공간'을 위한 모색

공현진

1. 서론

김수영은 일상과 현실에서 온몸으로 시를 밀고 나간 시인이다. 그가 현실에 뿌리내리려 한 시(詩), 언어는 곧 자유와 사랑을 위한 실천이자 행동이었다. 잘 알려져 있듯 김수영의 시는 대립되어 보이는 가치들을 함께 끌어안는다. 부정했던 것을 끌어안고, 끌어안았던 것을 경계했다가도 다시 부딪치려 한다. 이는 자칫 모순된 태도로, 정리되지 않은 사유로 여겨질 수 있다. 그러나 김수영을 거대한 시인으로 만든 것이 바로 이 같은 긴장 위에 기꺼이 섰던 그의 용기였다. 모순되어 보이는 가치들을 동시에 혹은 산발적으로 말하는 것은 그가 관념이 아니라 현실에 서 있던 시인임을 증명한다. 현실에서 일렬로 반듯하게 정리된 가치를 말하는 것은 어쩌면 편집과 강박의 태도에 가까울 수 있으니 말이다. 김수영은 현실을 살아가는 자로서 시를 쓴다. 그가 계속해서 우리에게 "살아있는"[1] 시인일 수 있는

---

1 김명인, 임홍배 등은 1990년대 이후 김수영 연구의 성과와 전모를 밝히기 위한 목적

것은 이 때문일 것이다. 다양한 해석과 연구가 축적되었음에도 끊임없이 그에 대한 연구가 진행되고 있다는 점도 김수영이 당대마다 현재적 의의를 지니며 '살아있는' 시인이란 사실을 보여준다. 질적, 양적으로 축적된 김수영 연구들은 김수영의 시 세계를 풍성하게 확장하는 데 기여했다. 이 글도 그러한 일환으로 새로운 시각에서 김수영에 접근해보고자 김수영을 읽는 주제로 '휴식'을 제안하고자 한다.

이 글은 김수영 시에 나타나는 '휴식'이 시적 주체의 현실 인식과 어떠한 연관을 갖는지 '공간'을 중심으로 규명하고자 한다. 김수영 시의 '휴식'에 주목한 까닭은 휴식을 갈망하는 주체에게 '휴식의 공간'이 주어지지 않는 모습이 시에서 자주 포착되기 때문이다. 김수영의 시에서 주체는 시간 속에서 휴식을 찾으려 하나 그런 주체에게 제대로 휴식을 취할 공간이 주어지지 않는다. 또한 김수영 시의 초기부터 후기까지 시적 주체는 '휴식'을 갈망하는 모습을 지속적으로 드러낸다. 휴식에 대한 갈망이 초기 시부터 후기 시까지 계속 나타난다는 점을 미루어 '휴식'이 그의 시에서 중요한 의미를 지니며, 시 세계를 이루는 동력의 하나로 작용하는 것으로 추정할 수 있다. 계속해서 휴식을 갈망하는 것은 그 욕망이 채워지지 않기 때문일 것이다. 휴식에 대한 갈망이 채워지지 않았다면 그 원인은 무엇인가. 계속해서, 영원히 그 갈망이 채워지지 않는다는 것은 김수영 시가 말하는 '휴식'의 의미가 단순하지 않기 때문은 아닐까. 단지 일을 쉬거나 멈

___

으로 2005년 『살아있는 김수영』이라는 제목으로 책을 발간하였다(김명인 엮음, 『살아있는 김수영』, 창비, 2005.). 황현산도 김수영의 '현재성'을 "현실을 현실로 발견하는 일"에서 찾아내며 "현실에서 시를 추출하고, 현실을 시로 끌어 올리는" 시인의 능력이 우리 문학에서 모더니즘과 사실주의를 연결시키는 힘이 될 수 있었다고 평가하였다(황현산, 「김수영의 현대성 혹은 현재성」, 『잘 표현된 불행』, 문예중앙, 2012, 310~311쪽.). 사실 문학과 시인에게서 '현재'를 발견하는 것은 문학 연구 본래의 일이기에 현재적 시인이란 말은 당연한 동시에 공연한 말일 수도 있다. 그럼에도 김수영은 한국의 시인 가운데 유독 이 '현재성'이란 말과 떨어진 적이 없었다는 점에서 그의 시가 지닌 힘과 독보적 위상을 느낄 수 있다.

추는 것만으로 휴식에 대한 갈망이 채워지지 않기 때문에, 그 기준이 쉽게 도달할 수 있는 것이 아니기 때문에 그러한 것은 아닐까. 이러한 물음으로 부터 이 글은 시작하였다.

　　김수영 시의 '휴식'에 대해 살펴본 연구로는 여태천과 김수이, 남진우의 연구가 있다. 여태천은 움직임의 양상 속에서 김수영 시의 '휴식'과 '정지'의 의미를 고찰한다. 여태천은 일반적인 의미에서 '휴식'과 '정지'는 '움직임'의 반대로 여겨지지만 김수영의 시는 휴식과 정지가 움직임의 반대가 아니라 '움직임의 과정'이자 '새로운 움직임을 위한 예비 단계'로 나타난다고 설명한다.[2] 김수영 시의 움직임을 강조하기 위해 그의 시에 나타나는 '휴식'을 부정적으로 해석하는 것은 잘못이라고 여태천은 지적한다. 여태천이 지적한 바와 같이 김수영 시에 나타나는 '휴식'과 '쉬는' 행위를 단순히 부정적 의미로 해석한다면 김수영의 시가 갖고 있는 겹겹의 의미와 긴장을 축소할 위험이 있다. 김수영의 시에서는 양가적이고 양립된 가치가 긴장감을 형성하는 경우가 많으며 그것이 시의 중요한 동력을 이루는데 '휴식'에 대한 시적 주체의 태도 역시 그러하다. 움직임과 정지를 반대적 속성으로 이해하지 않고 관련성 속에서 이해해야 한다는 여태천의 지적에 동의하는 가운데 그러면서도 '휴식' 자체가 갖는 역할에 집중하며 그 의미를 밝혀보고자 한다.

　　김수이는 시각 중심주의를 정체성으로 한 근대적 주체가 '시선의 기술'을 구사하는 가운데 나타나는 전개 양상의 하나로서 김수영 시의 '휴식'을 다룬다. 김수이는 "근대 도시 생활이 강제하는 '보는 주체'로 살아가면서 김수영은 만성적인 '피로'와 '우울'에 시달리며 '휴식'을 간절히 열망"[3] 하

2 여태천, 『김수영의 시와 언어』, 도서출판 월인, 2005, 133쪽.
3 김수이, 「김수영 시에 나타난 '시선의 기술'의 전개양상―근대적 '피로/우울', '휴식'과의 상관성을 중심으로」, 『한국문예창작』제11권2호, 2012, 101쪽.

는데 '시각의 휴식'을 통해 궁극적으로 "대상을 보다 명확하게 판별"[4]하기 위한 '바로 보기'를 성취한다고 분석한다. 김수영의 시가 '휴식'을 통해 현실을 직시하는 '바로 보기'를 실현한다고 분석한 김수이의 연구는 김수영의 '휴식'이 갖는 힘을 짚어낸다는 점에서 눈여겨볼 필요가 있다. 또한 김수영 시의 시간의식을 살피면서 김수영의 '휴식의 시간'을 "수직적 초월의 순간"[5]으로 규정한 남진우의 연구도 중요하게 볼 필요가 있다. 남진우는 김수영 시에 나타나는 휴식의 시간이 수평적 시간에서 벗어난 '탈일상의 시간'이자 '구원의 순간'이라고 설명한다. 그는 김수영의 휴식의 시간에 대해 "속도와 허위가 지배하는 일상시간에서 떨어져나와 자신을 성찰할 수 있는 시간의 틈에서 시인은 소극적이나마 구원의 순간을 발견한"[6] 것이라 평가하면서 이러한 휴식의 시간을 시인의 초기 시에 나타나는 것으로 파악한다. 그러나 김수영의 시에서 '휴식'은 초기 시에서만 일시적으로 나타나는 것이 아니라 후기 시에서도 모습을 보인다. 이를 밝히기 위해 이 글은 공간의 관점에서 '휴식'에 접근하려 한다.

이 글은 앞선 연구성과들을 참고하는 가운데 김수영 시의 '휴식'을 다른 양상의 한 과정으로 한정하는 것이 아니라 '휴식' 자체의 맥락과 힘을 집중적으로 다루며 앞선 연구들을 이어가 보려 한다.

시인 김수영은 "미세한 자리에 서 있었기에"[7] 현실을 누구보다 예민하게 감지했던 시인이었다. '휴식'에 대한 시적 주체의 태도도 미세한 자리에 서 있던 자의 세계에 대한 반응과 감각으로서 접근하는 태도가 필요할 것이다. 휴식의 의미가 무엇인지 규명하는 것은 그의 시를 이해하는 하나의 단초를 마련하는 일이 될 것이다.

4 위의 글, 114쪽.
5 남진우, 「김수영 시의 시간의식」, 김명인 엮음, 앞의 책, 208쪽.
6 위의 글, 202쪽.
7 황현산, 「시의 몫, 몸의 몫」, 『잘 표현된 불행』, 문예중앙, 2012, 319쪽.

2. '휴식'을 갈망하는 주체

김수영 시의 주체는 몸과 마음이 모두 지치고 피로한 상태를 자주 드러 낸다. 시적 주체의 몸은 지쳐 있고 쉽게 잠을 자지 못하며 마음에는 여유 가 없는 경우가 많다. 이렇게 피로한 주체는 지속적으로 '휴식'을 필요로 한다. 우선 휴식이 필요하다고 느끼는 시적 주체의 모습은 김수영의 시에 지속적으로 등장한다.

> 나는 젊은 사나이의 그 눈초리를 보았다
> 흔들리는 자동차 속에서 창밖의 풍경이 흔들리듯
> 그의 가장 깊은 영혼이 흔들리는 것을 보았다
>
> 바람도 불지 않는 나무에서 열매가 떨어지듯 나의 마음에서 수없이
> 떨어져 내리는 휴식의 열매
> 뒷걸음질치는 것은 분격(憤激)인가 조소인가 회한인가
> 무수한 궤도여

>   −「영교일(靈交日)」
>   (『김수영전집1 시』, 민음사, 2018, 150쪽.)[8] 부분

1957년 『자유문학』 10월·11월 합병호에 실린 시 「영교일(靈交日)」에 는 휴식을 간절히 바라는 '마음'을 가진 시적 주체의 모습이 나타난다. 이 시에서 '나'는 젊은 사나이의 '눈초리'를 보며 그 '눈'에 나타나는 사나이

---

8 이 논문은 김수영의 시 텍스트로 민음사에서 2018년 발간된 『김수영전집1 시』를 참 조하였다. 이하 인용하는 김수영의 시는 '시 제목(『김수영전집1 시』, 쪽수)'의 형태 로 인용함.

의 내면을 보게 된다. '내'가 그의 '눈'을 통해 그의 영혼을 본다는 것이 의미심장한데 이는 마치 그의 영혼이 "눈의 창을 통해 사물을 보기 위해"[9] 몸에서 빠져나가려는 것처럼 보인다. 그 순간을 '나'는 목격한다. '나'는 "그의 가장 깊은 영혼이 흔들리는 것"을 본다. 그의 '깊은 영혼'을, 내면의 깊은 곳을 응시하면서 '내'가 알게 되는 것은 '나의 마음'이다. 타자의 내면을 발견하는 것을 통해 '나'의 내면을 응시하게 되는 것이다. 이때 '나'는 "바람도 불지 않는 나무에서 열매가 떨어지듯 나의 마음에서 수없이 떨어져 내리는 휴식의 열매"를 인식한다. 나무에서 자연스럽게 열매가 떨어지듯이 '나의 마음'에서는 '휴식의 열매'가 "수없이" 떨어져 내리고 있다. 이는 '내' 마음 안에 '휴식의 열매'가 가득 맺혀 있기 때문일 것이다. 휴식의 열매가 맺혀 있고 수없이 떨어져 내릴 수 있는 것은 그만큼 '내' 마음이 휴식에 대한 생각으로 충만하기 때문일 것이다. "나의 마음에서 수없이 떨어져 내리는 휴식의 열매"라는 구절을 '내'가 휴식을 이루었다는 의미로 해석하기가 곤란한 까닭은 바로 다음 행에 이어지는 "뒷걸음질치는" 행위 때문이다. '나'의 마음에서 수없이 휴식의 열매가 떨어져내리지만 정작 '나'는 그 앞에서 "뒷걸음치"게 된다.[10] 휴식의 열매를 두고 "뒷걸음치는" 자신에 대해 '나'는 "분격"과 "조소"와 "회한"의 감정을 느끼는데 결국 이는 휴식에 실패했음을 뜻한다.

---

9 영혼은 몸에 거하지만 거기에서 빠져나갈 줄 안다고 미셸 푸코는 말한다. "영혼은 내 몸에서 아주 경이로운 방식으로 작동한다. 영혼은 물론 몸에 거한다. 하지만 영혼은 거기서 빠져나갈 줄 안다. 영혼은 내 눈의 창을 통해 사물을 보기 위해 내 몸에서 빠져나간다. 내가 자고 있을 때는 꿈꾸기 위해, 내가 죽을 때는 살아남기 위해 내 몸에서 빠져나간다."(미셸 푸코, 이상길 옮김, 『헤테로토피아』, 문학과지성사, 2014, 30쪽.).

10 물론 "뒷걸음질치는 것은 분격(憤激)인가 조소인가 회한인가"라는 문장 구조에서 '뒷걸음질치는' 행위의 주체는 '분격(憤激)', '조소', '회한' 등의 감정으로 나타나지만 이러한 감정의 주체는 '나'일 것이다. 따라서 '뒷걸음질'을 하는 행위의 주체는 그러한 마음을 가진 주체인 '나'로 보는 것이 타당해보인다.

견고한 것을 좋아하는 사람들이
팔을 고이고 앉아서 창을 내다보는
수난로(水煖爐)는 문명의 폐물(廢物)

3월도 되기 전에
그의 내부에서는 더운 물이 없어지고
어둠이 들어앉는다

나는 이 어둠을 신(神)이라고 생각한다

이 어두운 신은 밤에도 외출을 못하고 자기의 영토를 지킨다
——유일한 희망은 겨울을 기다리는 것이다

그의 가치는
왼손으로 글을 쓰는 소녀만이 알고 있다
그것은 그의 둥근 호흡기가 언제나 왼쪽에 달려 있기 때문이다

그러나 어디를 가보나
그의 머리 위에 반드시 창(窓)이 달려 있는 것은
죄악이 아니겠느냐

공원이나 휴식이 필요한 사람들이
여름이면 그의 곁에 와서
곧잘 팔을 고이고 앉아 있으니까

그는 인간의 비극을 안다

그래서 그는 낮에도 밤에도
어둠을 지니고 있으면서
어둠과는 타협하는 법이 없다

—「수난로」(『김수영전집1 시』, 129쪽.)

[밑줄 강조 글쓴이]

휴식이 필요한 사람들이 비단 '나'뿐만은 아니다. '나'만이 아니라 휴식이 필요한 다른 "사람들"이 있다. 하지만 휴식이 필요한 이들이 쉴 수 있는 장소가 마땅히 없다. 이 시에서 "공원이나 휴식이 필요한 사람들"이 막상 향하는 장소는 공원이 아니다. 공원 같은 장소로 가서 쉬는 것이 아니라 그들은 이 시에서 '그'로 지칭되는 수난로, 즉 수난로의 '어둠' "곁에 와서" 팔을 괴고 앉아 있다. 이 '어둠'을 단순히 부정적으로만 해석하기는 어려워 보인다. 이 시에서 '어둠'은 '수난로(水煖爐)'의 비어 있는 내부 공간을 뜻한다. '수난로'는 증기나 온수의 열로 공기를 따듯하게 만드는 난방 장치이다. 물을 따듯하게 데워서 겨울에 사용하는 난방 장치인데 당연히 겨울이 지나면 사용할 필요가 없다. 그래서 "3월도 되기 전에" '물'로 채워져 있던 수난로의 내부는 비워지게 된다. 시적 주체는 물을 비운 수난로의 상태와 '빈' 공간을 가리켜 "어둠이 들어앉"은 것이라 말한다. 그리고 '나'는 이 어둠을 "신(神)"이라고 생각한다. 정리하자면 '수난로의 빈 공간=어둠이 찬 공간=신(神)'으로 이어지는 것이다. 어둠은 비어 있는 공간을 채운다. 빈 공간은 어둠으로 인해 채워진 공간이 된다. 비어 있는 상태를 '유(有)'로 만들어내기에 '어둠'은 신이 될 수 있을 것이다.

이때 이 '어두운 신'의 모습이 흥미롭다. 어두운 신은 "밤에도 외출을 못하고 자기의 영토를 지"키며 다시 물을 채워 사용하게 될 "겨울을 기다"린다. 유일한 희망인 겨울을 기다리면서 그는 자기의 "영토", 자기의 장소를 그대로 "지키고" 있다. 희망의 시간이 오기를 기다리면서 자기의 자리를 떠나지 않고 지키고 있는 '어둠'의 곁에 와서 사람들은 "팔을 고이고 앉아" 쉰다. 수난로는 공원과 휴식이 필요한 사람들에게 공원은 아니지만 잠시나마 팔을 고이고 앉을 수 있는 곳이 되어준다. 시의 주체는 "문명의

폐물"에게서 정작 자신은 온기를 잃은 상태로 '희망'을 기다리는 중이면서
도 다른 이들을 잠깐이나마 쉴 수 있게 하는 모습을 발견한다. 시적 주체
의 휴식에 대한 갈망은 김수영의 후기 시까지 이어져 나타난다.

> 낮잠을 자고 나서 들어 보면
> 후란넬 저고리도 훨씬 무거워졌다
> 거지의 누더기가 될락 말락 한
> 저놈은 어제 비를 맞았다
> 저놈은 나의 노동의 상징
> 호주머니 속의 소눈깔만 한 호주머니에 들은
> 물뿌리와 담배 부스러기의 오랜 친근
> 윗호주머니나 혹은 속호주머니에 들은
> 치부책 노릇을 하는 종이쪽
> 그러나 돈은 없다
> ―돈이 없다는 것도 오랜 친근이다
> ―그리고 그 무게는 돈이 없는 무게이기도 하다
> 또 무엇이 있나 나의 호주머니에는?
> 연필쪽!
> 옛날 추억이 들은 그러나 일 년 내내 한번도 펴 본 일이 없는
> 죽은 기억의 휴지
> **아무것도 집어넣어 본 일이 없는 왼쪽 안 호주머니**
> **―여기에는 혹시 휴식의 갈망이 들어 있는지도 모른다**
> **―휴식의 갈망도 나의 오랜 친근한 친구이다……**

> ―「후란넬 저고리」(『김수영전집1 시』, 288쪽.)
> [밑줄 강조 글쓴이]

1963년 7월 『세대』에 발표된 시 「후란넬 저고리」에는 오랫동안 휴식
을 갈망해왔음을 고백하는 주체가 등장한다. 이 시에서 '나'는 낮잠을 잔
후에 "훨씬 무거워"져 있는 "후란넬 저고리"를 들어본다. '후란넬 저고리'

가 무거워진 까닭은 "어제 비를 맞았"기 때문이겠지만 그래도 안에 무엇이 들어 이렇게 무거운지 살펴보기라도 하는 것처럼 '나'는 옷의 호주머니를 살핀다. "호주머니 속의 소눈깔만 한 호주머니에 들은" 것은 담배를 끼워서 빼는 물건인 '물부리'와 '담배 부스러기'이다. "윗호주머니나 혹은 속호주머니"에는 "치부책 노릇을 하는 종이쪽"이 들어 있다. 또한 호주머니 안에는 "연필쪽", "휴지"도 들어 있다. 하지만 호주머니에 안에 '돈'은 들어 있지 않다. 이것을 '나'는 아쉬워하면서도 "돈이 없다는 것도 오랜 친근"이라며 짐짓 유머러스한 태도로 넘기는 모습을 보여준다. 호주머니 안을 찬찬히 살펴보던 '나'는 시의 마지막에 가서 이 저고리에 "아무것도 집어넣어 본 일 없는 왼쪽 안 호주머니"가 있다는 것을 떠올린다. 그러면서 '나'는 "여기에는 혹시 휴식의 갈망이 들어 있는지도 모른다"고 말한다. 시적 주체는 자신에게 '돈이 없다'는 사실이 '친근'하듯 '휴식의 갈망' 역시 "나의 오랜 친근한 친구"라고 말한다. "돈이 없다"는 사실과 "휴식의 갈망"이 모두 친근한 대상으로 여겨진다는 것은 이 상태가 '나'의 삶에서 익숙한 것이며 오랫동안 지속돼 왔다는 것을 의미한다. 이를 통해 김수영의 시에서 휴식에 대한 갈망은 초기부터 후기까지 계속 유지되며 이어지는 주체의 태도이자 시적 소재라는 사실을 알 수 있다.

3. '쉴 곳'의 부재와 '휴식'의 실패

하지만 그는 휴식을 제대로 취하지 못한다. 이 같은 실패의 양상은 그 원인이 여럿으로 구분된다. '쉴 곳'이 부재하거나 휴식을 갈망하면서도 정작 주체 스스로 휴식을 지연시키고 거부하는 등 다양한 이유로 김수영 시의 '휴식'은 이루어지지 않는다. 휴식 공간이 부재한 상태와 휴식이 실패하는 양상을 이 장에서는 살펴보려 한다.

실낱같이 잘디잔 버드나무가
지붕 위 산 밑으로 보이는 객사에서
등잔을 등에 지구 누우니
무엇을 또 생각하여야 할 것이냐

나이는 늙을수록 생각만이 쌓이는 듯
그렇지 않으면 며칠 만에 한가한 시간을
얻은 것이 고마워서 그러는지
나는 조울히 드러누워
하나 원시적인 일로 흘러가는 마음을 자찬하고 싶다

불같은 세상이라고 하지만
이 밤만은 그러한 소리가 귀에 젖어지지 않는다
오히려 불이 있다면
아니 저 등불이라도 마시라면
마시고 싶은 마음이다

혹은 버드나무 아래에서
무슨 소리가 들려올지 모른다고
잠도 자지 않고 깨어 있는
이 집 둘째 아들처럼
'돈은 암만 벌어도 만족하여지지 않는다'
는 상인을 업수이 여기는 나의 마음도
사실은 오지 않을 기적을 기다리는
영원의 상인

만나야 할 사람도 만나지 못하고
가야 할 곳도 가지 못하고
나의 천직도 이제는 아주 잊어버렸다

이렇게 불빛을 등지고
한방의 친객(親客)들조차
무시하고
홀로 생각 아닌 생각에 젖어 있으면
언덕을 넘어오다
무의미하게 보고 온
눈 위로 나오고 눈 속에 파묻힌
도장나무 많이 심은 공원까지
생각이 나서
내 자신이 원시적인 사람처럼

원시적인 꿈으로 돌아가는 것이다

나이를 먹으면 설움을 어떻게 발산할 것인가도 자연히 알아지는 것
인가 보다

그러니까
내 앞에 누운 나의 그림자조차 저렇게 금방 가늘어졌다 굵어졌다
제 마음대로
나중에는
채색까지 하고 있지 않는가 보아라

만나야 할 사람도 만나지 못하고 가야 할 곳도 가지 못하고
이제는 나는 천직도 잊어버리고
날만 새면
차디찬 곳을 찾아
차디찬 곳을 돌아다닌다

그러하니까 밤이 되면
객사를 찾아
등잔을 지고 드러누워

있어야 할 게 아니라
그러하니까
재미있는 생각이
굶주린 마음에서
유수(流水)같이
유수같이
쏟아져 나올 게 아닐까 보랴

그것을 위하여는
일부러 바보라도 되어 보고 싶구나

　　　　　　－「그것을 위하여는」(『김수영전집1 시』, 56쪽.)
　　　　　　　　　　　　　　　　[밑줄 강조 글쓴이]

　　인용한 시에는 휴식을 갈망하면서도 정작 제대로 휴식을 취하지 못하
는 시적 주체의 모습이 나타난다. 그는 만날 사람도 만나지 못하고, 가야
할 곳도 가지 못할 정도로 '여유'가 없는 상태이다. 그런 '나'는 "며칠 만에
한가한 시간"을 얻어 '객사'의 방에 누워 잠시 쉬어보려 한다. "며칠 만에
한가한 시간을/얻은 것이 고마워서"라는 말에서 '내'가 며칠 만에 겨우 얻
은 이 여유로운 시간을 얼마나 귀하게 여기는지 알 수 있다. '나'는 '한가
한 시간'을 고맙게 생각하고, "조울히 드러누워" "흘러가는 마음을 자찬하
고 싶다"고 말하며 이 시간에 대한 기쁨을 드러낸다. 그런데 정작 '나'는
며칠 만에 얻은 이 한가한 시간에 제대로 쉬지 못하는 모습을 보인다. 그
것은 '내'가 '생각하기'를 쉬지 않기 때문이다. 제대로 휴식을 취하기 위해
서는 아무 생각 없이 편히 쉬어야 할 텐데 '나'는 "무엇을 또 생각하"는 행
위를 멈추지 않는다. 며칠 만에 누워서 잠을 청하는 것이 아니라 그는 생
각을 계속하고 결국 잠에 들지 못한다. "이 집 둘째 아들"이 "잠도 자지 않

고 깨어 있"다는 것을 '내'가 아는 것은 '나' 역시 그때까지 잠들지 않았기 때문이다. 그의 '생각하기'는 그에게 여유를 주는 일이 아니라 치열한 일에 가깝다. 그는 '돈을 버는 일'에 대한 자신의 양가적인 마음에 대해 생각하고, 그 생각은 '설움'에 대한 생각으로 이어진다. "한방의 친객(親客)들조차/무시하고" 홀로 고독한 공간에서 그는 생각하기를 이어나간다.

'나'는 "도장나무 많이 심은 공원"을 생각하기도 하는데 그러나 그는 '공원' 같은 곳에서 여유롭게 머무는 것이 아니라 결국 "날만 새면/차디찬 곳을 찾아/차디찬 곳을 돌아다닌다". 이 시에 나타나는 공간은 '객사', '공원', '차디찬 곳' 등인데 이 가운데 시적 주체가 현재 머물러 위치해 있는 곳은 '객사'와 '차디찬 곳'이다. '공원'은 그가 언젠가 언덕을 넘다 "무의미하게 보고" 지나친 곳이다. '공원'은 그의 생각 속에서만 나타나며 휴양을 위한 기능을 하는 것으로 시에 제시되지는 않는다. 그는 "생각이 나서" 공원을 떠올리기는 하지만 정작 그가 찾아 돌아다니는 곳은 휴식을 취할 수 있는 장소가 아니라 '차디찬 곳'이다. 편안하고 안락한 곳에서 쉬는 것이 아니라, 굳이 그는 차디찬 곳을 찾아 다닌다. 또한 이 시에서 '내'가 "며칠 만에" 얻은 한가한 시간을 보내는 공간이 '객사'인 것도 흥미로운 부분이다. 그는 휴식을 자신의 '집'에서 취하려 하는 것이 아니라 '내 집'이 아닌 다른 곳에서 취하려 한다. 이러한 모습은 김수영의 시에서 자주 발견된다.

김수영의 시적 주체는 휴식을 필요로 하지만 자신의 '집'에서 쉬지 않는다. 그는 자신의 집이 없다고 여기거나 타인의 공간에서 여유를 찾으려 시도한다. 자신의 집에서 편안함을 느끼지 못하는 것이다. 이-푸 투안에 따르면 '집'은 우리에게 "친밀한 장소"[11]로 "친밀한 장소는 우리가 근

---

11 이푸 투안, 구동회·심승희 옮김, 『공간과 장소』, 대윤, 2007, 232쪽.

본적 필요들을 무리없이 보장받을 수 있는"[12] 포근하고 편안한 장소이다. 이-푸 투안은 '장소'와 '공간'의 개념을 정의하면서 안전(security), 안정(stability)을 의미하는 '장소'의 대표적인 예로 '집'을 든다. 이-푸 투안은 "집보다 나은 장소는 없다"[13]고 말한다. 안락함의 장소인 '집'이 없다고 여기거나 '집'이 '집'으로서의 역할을 하지 못한다는 것은 그에게 있어 편안하게 쉴 수 있는 장소 자체가 부재하다는 것을 뜻한다. 즉 진정으로 휴식을 취할 수 있는 '쉴 곳', 휴식의 공간이 부재한 것이다.

먼저 '쉴 곳'이 부재한 양상의 첫 번째로 '내 집'이 없다고 인식하는 주체의 모습을 들 수 있다. 1950년 2월 『민주경찰』 21호에 발표된 시 「음악」은 음악이 흐르는 것을 느끼는 주체의 모습을 그리고 있다.[14] 이 시에서 주체는 "단단한 가슴에서 가슴으로" 음악이 흐르는 것을 느끼며 춤을 추기도 한다. 음악이 "아주 험하게/흐르"며 "단단한 가슴에 음악이 흐"르는 과정에서 '나'는 자신의 "다리도 없"고 "집도 없"다고 말한다. 물론 "다리도 없이/집도 없이"란 구절은 음악을 느끼는 '나'의 상태를 강조하기 위해 사용되었을 것이다. 그런데 흥미로운 것은 신체의 일부가 없다고 느끼는 것과 동일하게 '내'가 자신의 집이 없다고 말하는 것이다. 음악을 느끼는 감각 속에서 "다리도 없이/집도 없이"라는 구절이 자연스럽게 나오는 것은 '나'의 무의식 속에 '집'은 부재한 것으로 여겨지기 때문일 것이다.

1959년 10월 『자유문학』에 발표된 시 「가옥 찬가」에도 자신의 '집'이 없다고 여기는 주체의 모습이 나타난다.[15] 시적 주체에게 이상적인 공간은

---

12 위의 책, 220쪽.

13 위의 책, 15쪽.

14 "단단한 가슴에 음악이 흐른다/단단한 가슴에서 가슴으로/다리도 없이/집도 없이/가느다란 곳에는 가시가 있고/살찐 곳에는 물이 고이는 것이다/나의 음악이여"(김수영, 「음악」 부분, 『김수영전집1 시』, 44쪽.).

15 "자연을 보지 않고 자연을 사랑하라/목가가 여기 있다고 외쳐라/폭풍의 목가가 여기 있다고 외쳐라//목사여 정치가여 상인이여 노동자여/실직자여 방랑자여/그리고

'자연'이다. 시적 주체는 "자연을 보지 않고 자연을 사랑하라"고 권한다. 보지도 않고 사랑하는 것은 믿음의 영역에 해당한다. 그 대상이 존재한다는 것과 사랑할 만한 가치가 있다는 것을 믿기 때문이다. '내'가 직접 보고 알기 때문에 사랑하는 것이 아니라 보기도 전에 먼저 사랑하는 것은 그 존재에 대한 절대적인 믿음이 전제되어 있기에 가능하다. 김수영의 주체에게 '자연'은 그러한 것인데 그는 이러한 자연에 '목가'가 있다고 말한다. 이곳에 진정한 '집'이 있다고 말한다. 그의 "나와 같은 집 없는 걸인이여/ 집이 여기에 있다고 외쳐라"라는 말에서 자신에게 집이 없다고 여기는 모습을 보게 된다. 또한 자연 속에 집이 있다고 믿으려는 태도를 발견할 수 있다. 하지만 그것은 일상의 집이 아니다. 김수영 시의 주체가 일상에서 거하는 '집'은 자연이 아니라 도시 공간에 있다. 그 간극이 자신에게 집이 없다고 여기는 태도로 나타났을 것이라 짐작할 수 있다.

두 번째로 타인의 공간에서 여유를 찾으려 하는 시적 주체의 모습에서 '쉴 곳'의 부재 양상을 발견할 수 있다. 김수영의 시에는 타인의 공간에 머무르는 시적 주체의 모습이 자주 나타난다.[16] 김수영 시의 주체는 '나의 방', '나의 집'과 같은 자신의 장소에서 안락함을 느끼는 것이 아니라 타인의 공간에서 쉬어보려 한다.

나와 같은 집 없는 걸인이여/집이 여기에 있다고 외쳐라"(김수영, 「가옥 찬가」 부분, 『김수영전집1 시』, 180쪽.).

16 이경수는 "김수영 시에는 자신의 방에 홀로 있거나 타인의 방에 기거하고 있는 시적 주체가 자주 등장하는데, 방은 김수영의 시적 주체에게 각성의 공간이 된다"고 설명하며 김수영 시에 타인의 방이 의미 있게 등장하는 점에 주목하였다. 이경수는 김수영 시의 타인의 방이 자기 안의 본질과 마주하게 하는 '침잠과 응시의 공간'으로 기능하며 마침내 주체가 사랑의 의미를 발견하게 함을 규명하였다(이경수, 「임화와 김수영 시에 나타난 '거리'와 '방'의 공간 표상」, 『어문논집』제85집, 2019, 88쪽.).

팽이가 돈다
어린아해이고 어른이고 살아가는 것이 신기로워
물끄러미 보고 있기를 좋아하는 나의 너무 큰 눈 앞에서
아해가 팽이를 돌린다
살림을 사는 아해들도 아름다웁듯이
노는 아해도 아름다워 보인다고 생각하면서
손님으로 온 나는 이 집 주인과의 이야기도 잊어버리고
또 한번 팽이를 돌려주었으면 하고 원하는 것이다
도회 안에서 쫓겨다니는 듯이 사는
나의 일이며
어느 소설보다도 신기로운 나의 생활이며
모두 다 내던지고
점잖이 앉은 나의 나이와 나이가 준 나의 무게를 생각하면서
정말 속임 없는 눈으로
지금 팽이가 도는 것을 본다
그러면 팽이가 까맣게 변하여 서서 있는 것이다
누구 집을 가보아도 나 사는 곳보다는 여유가 있고
바쁘지도 않으니
마치 별세계(別世界)같이 보인다
팽이가 돈다
팽이가 돈다

— 「달나라의 장난」(『김수영전집1 시』, 46~47쪽.) 부분

남의 일하는 곳에 와서 아무 목적 없이 앉았으면 어떻게 하리
남이 일하는 모양이 내가 일하는 것보다 더 밝고 깨끗하고 아름다웁게 보이면 어떻게 하리

일한다는 의미가 없어져도 좋다는 듯이 구수한 벗이 있는 곳
너는 나와 함께 못난 놈이면서도 못난 놈이 아닌데
쓸데없는 도면 위에 글자만 박고 있으면 어떻게 하리

엄숙하지 않은 일을 하는 곳에 사는 친구를 찾아왔다
이 사무실도 늬가 만든 것이며
이 많은 의자도 늬가 만든 것이며
늬가 그리고 있는 종이까지 늬가 제지(製紙)한 것이며
청결한 공기조차 어지러웁지 않은 것이
오히려 너의 냄새가 없어서 심심하다

남의 일하는 곳에 와서 덧없이 앉았으면 비로소 설워진다
어떻게 하리
어떻게 하리

– 「사무실」(『김수영전집1 시』, 87쪽.)

시 「달나라의 장난」의 '나'는 도시 안에서 "쫓겨다니는 듯이" 살아가는
주체이다. '나'는 다른 집에 손님으로 가서 그 집의 아이가 돌리는 팽이의
모습을 주시한다. 시의 주체는 다른 집 아이가 돌리는 팽이의 모습을 보며
신기해하고, 마치 '이 집'에서는 "살림을 사는 아해들도 아름다웁"고 "노
는 아해도 아름다워 보인다고" 생각한다. 시적 주체가 '신기함'과 '아름
다움'의 감정을 느낄 수 있는 까닭은 팽이가 돌아가는 '이 집'에서의 광경
이 "나의 일"이며 "나의 생활"을 "모두 다 내던"지게 만들기 때문이다. '나'
는 "누구 집을 가보아도 나 사는 곳보다는 여유가 있고/바쁘지도 않"아보
인다고 생각한다. 자신의 집에서 찾을 수 없는 '여유'가 다른 이들의 집에
는 "있다"고 느끼는 것이다. 시의 주체에게 '나'의 집은 바쁘고 쫓겨다니
는 듯이 사는 '나'를 확인하는 공간이지만 '타인의 집'은 '내' 집과 비교되
며 마치 팽이가 돌아가는 것 같은 '다른 세계'처럼 다가오는 공간이다. 이
를 가리켜 '나'는 다른 집이 마치 '별세계' 같다고 말한다.
　　김수영 시의 주체는 다른 사람의 집뿐만 아니라 타인이 일하는 공간에
가서 '무위(無爲)'의 시간을 보내려 한다. 「사무실」의 시적 주체는 친구의

사무실에 와 있다. 자신의 일터가 아니기 때문에 그는 그곳에 앉아 "아무목적 없이" 시간을 보내고 있다. 스스로에게 "남의 일하는 곳에 와서 아무목적 없이 앉았으면 어떻게" 하느냐며 자조적으로 묻기는 하지만 그럼에도 그는 그곳에 "덧없이" 앉아 있다. 시의 주체는 "남이 일하는 모양"이 자신이 일하는 모양보다 "더 밝고 깨끗하고 아름다웁게 보"인다고 말한다. '남'이 일하는 장소와 그곳에서 일하는 모습이 자신이 일하는 공간과 자신의 일보다 더 쾌적하고 좋은 것처럼 보이는 것이다. 시적 주체는 타인의 일터와 자신의 일터를 비교하면서 타인의 공간을 자세히 살핀다. 사무실 뿐만 아니라 사무실의 의자와 종이는 모두 "늬가 만든 것"으로 이곳은 친구인 '너'의 의도대로 만들어진 공간이다. "청결한 공기조차 어지러웁지 않"을 정도로 친구의 사무실은 깨끗하다. '나'는 이곳이 "오히려 너의 냄새가 없어서 심심하다"고 말하며 너무 깨끗하게 보이는 환경을 지적하지만 그러나 이런 비교를 해가면서 그는 결국 '설움'의 감정을 느낀다. 그가 설움의 감정을 느끼는 원인은 여럿이 있겠으나 가장 큰 것은 그가 "남의 일하는 곳에 와서 덧없이 앉"아 있기 때문이다. 타인의 공간에서 "아무 목적 없이" 그리고 "덧없이" 앉아 시간을 보내지만 이것이 시적 주체에게 진정한 휴식을 안겨주는 것은 아니다. 그는 타인의 공간에서 시간을 보내다가 "비로소 설워진" 감정을 더욱 자각하게 된다.

설사 '내 집', '내 방'과 같은 자신의 공간에 위치하더라도 시의 주체는 휴식을 취하지 못한다. 타인의 집에 있는 것처럼 보이던 '여유'가 자신의 공간에는 없기 때문이다. 자신의 집은 '설움'이 가득한 공간이다. 시 「방안에서 익어 가는 설움」에서 시의 주체는 '나의 방'에 위치해 있지만 이곳은 그에게 안락하고 편안한 장소로 다가오지 않는다. "비가 그친 후 어느날"에 문득 '나'는 "나의 방안에 설움이 충만되어 있는 것을 발견"한다. '나의 방안'은 '설움'이 충만한 곳으로 이곳은 주체에게 있어 "누구의 생활도 아닌" "확실한 나의 생활"을 확인하게 하는 곳이다. '나'는 '나의 방'에서 "생활이며 생명이며 정신이며 시대이며 밑바닥"에 대해 생각한다. 김수영 시의 '나의 방'은 안락함을 의미하는 장소가 아니다. '나의 방'은 주체가 쉬는 곳이기보다 오히려 쉬지 못하고 설움을 발견하고, 그 설움이 무엇으로부터 기인하는 것인지 골몰하게 하는 공간이다. 설움의 정체를 알기 위해 그는 "나의 눈"과 "나의 정신"을 생각한다. 현실은 나의 정신을 "도저히 고정될 수 없"게 만드는데 중요한 것은 주체가 그 사실과 현재의 상태를 안다는 것이다. 시의 주체는 "나의 눈이며 나의 정신"이 "하나의 가냘픈 물체에 도저히 고정될 수 없는" 상태라는 것을 직시하고 알아챈다. '내'가 '나의 방'에서 생활만이 아니라 정신과 시대에 대해 생각하고 느끼는 것은 그가 '설움'을 단순히 생활의 고달픔과만 관계한 것으로 파악하지 않았음을 뜻한다.

불을 끄고 누웠다가
잊어지지 않는 것이 있어
다시 일어났다

암만 해도 잊어버리지 못할 것이 있어 다시 불을 켜고 앉았을 때는
이미 내가 찾던 것은 없어졌을 때

반드시 찾으려고 불을 켠 것도 아니지만
없어지는 자체를 보기 위하여서만 불을 켠 것도 아닌데
잊어버려서 아까운지 아까웁지 않은지 헤아릴 사이도 없이 불은 켜
지고
(……)

어둠 속에서 일순간을 다투며
없어져버린 애처롭고 아름답고 화려하고 부박한 꿈을 찾으려 하는

것은

　생활이여 생활이여
　잊어버린 생활이여
　너무나 멀리 잊어버려 천상의 무슨 등대같이 까마득히 사라져버린
귀중한 생활들이여
　말없는 생활들이여
　마지막에는 해저의 풀떨기같이 혹은 책상에 붙은 민민한 판때기처럼
무감각하게 될 생활이여

　(……)
　잊어버린 생활을 위하여 불을 켜서는 아니 될 것이지만
　천사같이 천사같이 흘러버릴 것이지만

　아아 아아 아아
　불은 켜지고
　나는 쉴 사이 없이 가야 하는 몸이기에
　구슬픈 육체여

　　　　　−「구슬픈 육체」(『김수영전집1 시』, 84쪽.) 부분

　김수영 시의 주체는 자신의 집에 있거나 잠시 휴식할 시간이 주어지
더라도 '생각'을 계속하면서 휴식에 실패한다. 앞서 살펴본 「그것을 위하
여는」에서 시적 주체가 "며칠 만에 한가한 시간을" 얻었어도 '생각하기'
를 계속하며 그 여유의 시간을 소진해버린 것과 같이 김수영의 주체는 잠
시 쉴 시간이 주어져도 그 시간을 온전히 '휴식'으로 보내지 않는다. 육체
의 피로를 해소하기 위해서는 누워서 충분히 잠을 자야 할 것이다. 그러나
「구슬픈 육체」에서 시적 주체는 "불을 끄고 누웠다가"도 "잊어지지 않는
것이 있"다는 생각에 "다시 일어"나 버린다. 그는 그 "잊어지지 않는 것"을

생각하기 위해서 잠을 자지 못한다. '나'는 아예 "암만 해도 잊어버리지 못할 것이 있어 다시 불을 켜고 앉"는다. 방의 불을 켜자 "이미 내가 찾던 것은 없어졌"다고 하지만 '나'는 다시 불을 끄고 잠을 청하는 것이 아니라 불을 켠 채로 생각을 계속한다. 시의 첫 시작에서 켠 방의 "불은" 시가 끝이 날 때까지 꺼지지 않으며 "불은 켜"져 있다. '나'는 '생활'에 대해 생각하고 "없어져버린 애처롭고 아름답고 화려하고 부박한 꿈"을 찾으려 한다. 그는 무언가 잊은 것을 계속 떠올리려 한다. 무엇을 잊었는지조차 모르지만 그 잊은 것을 계속 떠올려야 한다고 생각한다. 그 끊임없는 생각하기의 과정은 '나'를 "쉴 사이 없이 가야 하는 몸"으로 만든다. 끝까지 '내 방'의 불은 꺼지지 않는다. "불은 켜지고" '나'는 "구슬픈 육체"로 '내 방'에 있다. '내 방'은 "쉴 사이 없이 가야 하는" 나의 몸을, "구슬픈 육체"를 인식하게 하는 곳이지 휴식의 공간이 아닌 것이다.

이처럼 김수영의 시에서 시적 주체의 '방'과 '집'은 없는 것으로 나타나거나 있더라도 휴식을 취할 수 없는 공간으로 나타난다. 주체는 타인의 집에 머무르며 휴식을 취하려 하지만 그곳은 자신의 '집'이 아니기 때문에 결코 진정한 휴식을 주체에게 가져다줄 수 없다. 제대로 된 휴식의 공간이 부재한 상황이지만 그럼에도 김수영 시의 주체는 휴식을 취해보려 시도한다.

남의 집 마당에 와서 마음을 쉬다

매일같이 마시는 술이며 모욕이며
보기 싫은 나의 얼굴이며
다 잊어버리고
돈 없는 나는 남의 집 마당에 와서
비로소 마음을 쉬다

잣나무 전나무 집뽕나무 상나무
연못 흰 바위
이러한 것들이 나를 속이는가
어두운 그늘 밑에 드나드는 쥐새끼들

마음을 쉰다는 것이 남에게도 나에게도
속임을 받는 일이라는 것을
(쉰다는 것이 무엇이라는 것을 알면서)
쉬어야 하는 설움이여

멀리서 산이 보이고
개울 대신 실가락처럼 먼지 나는
군용로가 보이는
고요한 마당 위에서
나는 나를 속이고 역사까지 속이고
구태여 낯익은 하늘을 보지 않고
구렁이같이 태연하게 앉아서
마음을 쉬다

마당은 주인의 마음이 숨어 있지 않은 것처럼 안온(安穩)한데
나 역시 이 마당에 무슨 원한이 있겠느냐
비록 내가 자란 터전같이 호화로운
꿈을 꾸는 마당이라고 해서

—「휴식」(『김수영전집1 시』, 77쪽.)
[밑줄 강조 글쓴이]

「휴식」에 등장하는 시적 주체 역시 자신의 공간이 아니라 타인의 공간
에서 휴식을 취하려 한다. '나'는 "남의 집 마당에 와서 마음을 쉬"어 보려
한다. "남의 집 마당"은 "매일같이 마시는 술이며 모욕"이나 "보기 싫은 나

의 얼굴"을 "다 잊어버"릴 수 있는 공간이다. 이곳에 와서야 "비로소 마음을" 쉰다며 시적 주체는 휴식을 시도하는데 그런데 이때 이상한 점이 발생한다. 타인의 공간에서 마음을 쉬어보다가 '나'는 무언가 수상함을 감지한다. 무언가 자신을 속이는 것이 있다는 생각을 하면서 "잣나무 전나무 집뽕나무 상나무/연못 흰 바위/이러한 것들이 나를 속이는" 것인지 의심한다. 그러다 '나'는 타인의 공간에 와서 쉬는 것이, 나아가 "마음을 쉰다는 것" 자체가 '나'와 모두를 속이는 일이라는 사실을 깨닫게 된다. "마음을 쉰다는 것", 즉 '휴식'이 "남에게도 나에게도/속임을 받는 일이라는 것"을 알게 되는 것이다. 더 나아가서 '나'는 "마음을 쉬"는 일이 '나'를 속이는 것일 뿐만 아니라 "역사까지 속이"는 일이라고 생각한다.

　휴식이 역사를 속이는 일이라는 시적 주체의 말에 특히 주목할 필요가 있다. 휴식이 '나'뿐만 아니라 "역사까지 속이"는 것이라 여긴 까닭은 무엇인가. "태연하게 앉아"있던 '나'에게 보이던 광경이 '군용로'라는 것이 이에 대한 해명이 되어줄 것이다. 휴식의 공간이라고 믿었던 장소에 앉아 있던 '나'의 눈에 군용로가 들어온다. "군용로가 보이는/고요한 마당 위에서/나는 나를 속이고 역사까지 속이고" "구렁이같이 태연하게 앉아서" "마음을 쉬"어 보려 하였다. 그런데 그런 "고요한 마당"에서 '나'는 전쟁의 흔적을 발견한 것이다. 전쟁의 장소와 역사 앞에서 "태연하게" "마음을 쉬"는 것은 불가능한 일이라는 것을 시적 주체는 알아챈다. "나는 나를 속이고 역사까지 속이고"라는 구절을 통해 '휴식'과 '역사적' 상황을 연관된 것으로 파악하는 주체의 모습을 발견할 수 있다. 김수영의 시적 주체에게 이 땅은, 그가 딛는 장소들은 '휴식'의 공간이 되지 못한다. 이 땅에 진정한 휴식의 공간은 부재한 상태이다. 이 땅은 전쟁 이후의 공간이며, 식민 이후의 왜곡된 공간이기 때문이다. 전쟁 이후의 '공간'에 전쟁이 사라지는 것은 아니다. 전쟁은 끝나지 않고 남는다. 탈식민의 관점에서 확장하여 생각한다면 시적 주체에게 있어 그가 마주하는 현재의 모든 공간은 "남의 집 마당"일 수 있다. 그렇기에 이 땅에서 '휴식'을 취한다는 것 자체가 김수영의 주체에게는 '나'와 타자와 역사를 잊고 속이는 일이 되는 것이다.

김수영 시의 주체에게 '휴식'은 쉬운 것이 아니다. 현재의 장소에서는 불가능에 가까운 것이다. 시적 주체는 '휴식'이 어려운 일이라는 사실을 잊지 않는데 이는 달리 말하면 그가 생각하는 '휴식'의 기준과 의미가 단순하지 않다는 것을 뜻한다. 시적 주체는 신체적이고 정신적인 피로를 푸는 것만으로 '휴식'이 달성되는 것으로 보지 않는다. 그의 '휴식'은 개인적인 영역에서 역사적인 영역까지 아우르는 차원에서 이루어져야 하는 것이다.

> 오랜 피곤도 고통도 인내도 잊어버리고
> 새 사람 아닌 새 사람이 되어
> 아무도 모르고 너 혼자만이 아는
> 네가 쓴 기사 위에
> 황홀히 너를 찾아보는 아침이여
> 번개같이 가슴을 울리고 가는 묵은 생명과 새 희망의 무수한 충돌 충돌……
> 누구의 힘보다 강하다고 믿어 오던
> 무색(無色)의 생활자가 네가 아니던가
> **자유여**
> **아니 휴식이여**
> **어려운 휴식이여**
> 부르기 힘든 사람의 이름들
> 눈에는 보이지 않는 너무나 무거운
> 너의 짐
> 그리고 일락(逸樂), 안이, 허위……
> 모두 다 잊어버리고 나와서
> **태양의 다음가는 자유**

자유의 다음가는 게시판

너무나 어려운 휴식이여

눈물이 흘러나올 여유조차 없는

게시판과 너 사이에

오늘의 생활이 있을진대

달관한 신문기자여

생각하지 말아라

　「결혼 윤리의 좌절

　——행복은 어디에 있나?——」

이것이 어제 오후에 써놓은 기사 대목으로

내일 조간분 사회면의 표독한 타이틀이 될 것이라고 해서

네가 이 두 시간의 중간 위에 서 있는 것이라고 해서

어려운 휴식

참으로 어려운

얻기 어려운 휴식

너의 긴 시간 속에 언제고 내포되어 있는 휴식

그러한 휴식이 찬란한 아침햇빛 비치는 게시판 위에서 떠돌아다니면

서

희한한 상상과 무수한 활자를

너에게 눌러주는 지금 이 순간에도

너는 아예 놀라지 말아라

너는 아예 놀라지 말아라

　　　　　　　－「기자의 정열」(『김수영전집1 시』, 139쪽.) 부분

　　　　　　　　　　　　　　　　　　[밑줄 강조 글쓴이]

　인용한 시에서 시적 주체는 '휴식'을 얻는 것이 어려운 일임을 계속 강
조한다. 이 시의 청자인 '너'는 '나'를 타자화하여 지칭한 것으로 시적 주
체가 스스로에게 말하는 것으로 보인다.[17] 이 시에서는 "자유여/아니 휴식

---

17 이 시의 '나'와 '너'를 동일한 존재로 보는 견해가 기존의 연구에서 제출되었는데 이

이여/어려운 휴식이여", "태양의 다음가는 자유/자유의 다음가는 게시판/너무나 어려운 휴식이여", "어려운 휴식/참으로 어려운/얻기 어려운 휴식" 등의 구절과 같이 '어려운 휴식'이란 말이 거듭 반복된다.

휴식을 얻기가 어려운 까닭은 우선 생활의 차원에 이유가 있다. 시의 주체는 여유가 없는 삶에 대해서 토로한다. "눈에는 보이지 않는 너무나 무거운" '짐'으로 비유되는 '생활'은 "눈물이 흘러나올 여유조차 없"도록 만든다. 또한 시적 주체는 휴식을 보다 넓은 차원에서 추구한다. 휴식이 역사와 관계하는 것이라 인식한 주체에게 있어 '진정한 휴식'은 곧 '진정한 자유'로서만 이루어질 수 있는 것이다. "자유여/아니 휴식이여", "태양의 다음가는 자유/자유의 다음가는 게시판/너무나 어려운 휴식" 등에서 보듯 '자유'란 시어는 곧 '휴식'이란 시어로 대체되어 불린다. 시적 주체에게 자유와 휴식은 같은 것이기에 시에서 이 두 단어는 서로의 자리를 대신할 수 있는 것이다. '자유'와 '휴식'이 같은 말이 되었을 때 '어려운 휴식'은 곧 '어려운 자유'가 된다. 진정한 '자유' 역시 '나'의 현실에서는 쉽게 얻기 어려운 복잡하고 교묘한 존재와 대상으로 인식되고 있는 것이다.

휴식을 취하기 위해서는 휴식이 필요한 피로한 상태를 인식하는 것으로부터 시작해야 한다. 그런데 설사 '이상 상태'를 인식하여 '쉰다'고 하더라도 이 '휴식'이라고 믿는 행위가 거짓일 수 있음을 '나'는 지적하였다. 이와 마찬가지로 '자유' 역시 그러할 것이다. '자유'의 상태를 알기 위해서는 현재 자유롭지 않은 '부자유'의 상태라는 것을 먼저 인지해야 할 것이다. 그 자체를 알아차리지 못한다면 진정한 자유가 아무리 "너의 긴 시간

러한 해석은 타당해보인다. 여태천은 이 시의 화자의 목소리가 타자를 향해서가 아니라 자신에게 말하는 형태를 취한다고 해석하면서 실제로 김수영이 "1955년에서 1956년 동안 평화신문 문화부에서 근무한 적이 있다"는 점을 근거로 들었다(여태천, 앞의 책, 142쪽.). 또한 김수이 역시 이 시가 '나'를 '너'로 타자화하여 바라보고 있는 시라고 말하며, 이 시의 '너'를 진정한 휴식에 도달하기 위해 '바로 보기'를 실천하려는 '보는 주체'로 해석하고 있다(김수이, 앞의 글, 116쪽.).

속에 언제고 내포되어" 있더라도 그것은 영원히 오지 않을 것이다. 따라서 현재의 상태를 직시하기 위해 "눈에는 보이지 않는" 것들을 볼 수 있어야 한다. 그래야만 진정한 자유와 휴식이 가능할 것이기 때문이다.

4. 진정한 '휴식'을 위해 광야로

김수영의 시에서 '휴식의 공간'은 부재하였다. 자신의 휴식이 온전한 것이 아님을 깨닫지 못하는 것은 그에게 있어 현실을 바로 보지 못하는 것과 같다. 현실을 바로 보지 못한다면 현재의 상태가 '자유'가 아님을 놓치고 만다는 사실을 그는 알았다. 그에게 있어 휴식은 곧 자유였다. 진정한 휴식은 자유가 바탕이 되어야 하는데, 지금 마주하는 공간에는 자유가 없다는 사실을 김수영 시의 주체는 직시한다.

> **무엇 때문에 부자유한 생활을 하고 있으며**
> **무엇 때문에 자유스러운 생활을 피하고 있느냐**
> 여름 뜰이여
> **나의 눈만이 혼자서 볼 수 있는 주름살이 있다 굴곡이 있다**
> 모―든 언어가 시에로 통할 때
> 나는 바로 일순간 전의 대담성을 잊어버리고
> 젖 먹는 아이와 같이 이지러진 얼굴로
> 여름 뜰이여
> 너의 광대한 손[手]을 본다
>
> 「조심하여라! 자중하여라! 무서워할 줄 알아라!」 하는
> 억만의 소리가 비 오듯 내리는 여름 뜰을 보면서
> 합리와 비합리와의 사이에 묵연히 앉아 있는
> 나의 표정에는 무엇인지 우스웁고 간지럽고 서먹하고 쓰디쓴 것마저

섞여 있다
그것은 둔한 머리에 움직이지 않는 사념일 것이다

무엇 때문에 부자유한 생활을 하고 있으며
무엇 때문에 자유스러운 생활을 피하고 있느냐
여름 뜰이여

크레인의 강철보다 더 강한 익어가는 황금빛을 꺾기 위하여
너의 뜰을 달려가는 조고마한 동물이라도 있다면
여름 뜰이여
나는 너에게 희생할 것을 준비하고 있노라

질서와 무질서와의 사이에
움직이는 나의 생활은
쉽지가 않아 시체나 다름없는 것이다

여름 뜰을 흘겨보지 않을 것이다
여름 뜰을 밟아서도 아니 될 것이다
묵연히 묵연히
그러나 속지 않고 보고 있을 것이다

-「여름 뜰」(『김수영전집1 시』, 82쪽.)
[밑줄 강조 글쓴이]

이 시에서 시의 주체는 스스로에게 "무엇 때문에 부자유한 생활을 하고
있으며/무엇 때문에 자유스러운 생활을 피하고 있느냐" 묻는다. 자신에
게 묻는 이 질문에 따르면 '부자유한 생활'의 이유는 본인 스스로 '자유스
러운 생활'을 "피하고" 있기 때문이다. 즉 시적 주체의 의지에 의해 '자유',
곧 휴식이 거부되고 있는 것이다. '휴식―자유'는 주어지기 '어려운 것'이
기도 하지만 동시에 주체 스스로가 거부하는 것이기도 하다. 이때 주체가

피하며 거부하는 '휴식'과 '자유'란 '기만의 휴식'이자 '기만의 자유'를 의미하는 것으로 보인다. 이는 휴식이 아님에도 불구하고 마치 휴식처럼 보이며 '나와 남과 역사까지' 속이는 휴식일 것이다. 그러한 기만적인 휴식은 진정한 자유가 아니기에 '나'는 "피하고 있"는 것이다.

"무엇 때문에" 그러한 생활을 하고 있느냐는 주체의 질문에서 드러나듯 그가 '휴식-자유'를 거부하며 '부자유한 생활'을 하는 것에는 어떠한 이유가 있다. 스스로에게 질문을 던진 뒤에 이어서 시적 주체는 "나의 눈만이 혼자서 볼 수 있는 주름살"과 "굴곡이 있"고 그러한 '눈'으로 "속지 않고 보고 있을 것"이라고 말한다. 이는 스스로에게 던진 질문에 대한 자신의 대답으로 볼 수 있다. 속지 않기 위해서 "볼 수 있는" 것을 보고 있겠다는 그의 의지는 '휴식'을 속이는 행위로 인식하며 경계했던 시적 주체의 모습과 겹쳐진다. 시적 주체가 휴식을 그토록 갈망하면서도 거부하고 미루는 까닭은 속지 않기 위해서이며, 그러기 위해서 그는 현실을 바로 보려한다. 휴식을 피하는 시간 동안 시적 주체가 하는 일은 현실을 바로 보는 일이다. 이처럼 진정한 '휴식-자유'가 아닌 기만적인 자유에 속아서는 안된다는 주체의 의지를 발견할 수 있다.

기만적인 휴식과 자유에 속지 않기 위해서 그는 부자유한 생활을 스스로 하고 있다. 여기서 중요한 것은 현재의 상태가 '부자유'의 상태라는 것을 '나' 스스로 안다는 것이다. 시의 주체는 휴식이 부재하듯 자유가 부재함을, 지금의 자유가 진정한 자유가 아님을 예리하게 간파한다. '휴식'의 의미가 더 이상 '나'와 타인과 역사를 속이는 것이 아닐 때, 또한 그러한 진정한 자유가 가능한 공간이 되었을 때에야 진정한 휴식이 이루어질 것이다. 그때까지 시적 주체는 부자유한 생활을 하며 "묵연히 묵연히" "속지 않고 보고 있을 것"이라 다짐한다.

나의 일손을 멈추고 잠시 무엇을 생각하게 된다
—살아 있는 보람이란 이것뿐이라고—
하루살이의 광무(狂舞)여

하루살이는 지금 나의 일을 방해한다
—나는 확실히 하루살이에게 졌다고 생각한다—
하루살이의 유희여

너의 모습과 너의 몸짓은
어쩌면 이렇게 자연스러우냐
소리없이 기고 소리 없이 날으다가
되돌아오고 되돌아가는 무수한 하루살이
—그러나 나의 머리 위에 천장에서는 너의 소리가 들린다—
하루살이의 반복(反覆)이여

불 옆으로 모여드는 하루살이여
벽을 사랑하는 하루살이여
감정을 잊어버린 시인에게로
모여드는 모여드는 하루살이여
—나의 시각을 쉬이게 하라—
하루살이의 황홀이여

— 김수영, 「하루살이」(『김수영전집1 시』, 137쪽.)
[밑줄 강조 글쓴이]

시적 주체가 진정한 휴식, 곧 자유를 얻기 위해 중요하게 생각하며 시
도하는 일은 '바로 보는' 일이다. 바로 보는 일은 곧 거짓에 속지 않는 일
이다. 김수영의 시에서 "바로 본다는 것은 곧 현실과의 대결에서 시인이
주체로서 살아 있음을 의미하는 것"[18]이며 속지 않고 본다는 것은 "서구적

---

18 박수연, 「국가, 개인, 설움, 속도–1950년대 시를 중심으로」, 김명인 엮음, 앞의 책,

근대성이라는 큰 타자의 응시에 시선을 맞추며 그것을 자신의 시선으로 오인하던 것에서 벗어나"[19]는 일이다.

「하루살이」에서 시적 주체는 "나의 일손을 멈추고 잠시 무엇을 생각하"고 있다. 앞서 살펴보았듯 김수영의 주체에게 '생각하기'는 휴식을 지연시키는 일이었다. 이 시에서도 주체는 "일손을 멈추"는 시간 동안 "무엇"인가를 계속 생각한다. 그는 눈앞에 보이는 하루살이의 모습을 보며 "너의 모습과 너의 몸짓은/어쩌면 이렇게 자연스러우냐" 생각한다. 시적 주체가 하루살이의 모습과 몸짓에 대해 "어쩌면 이렇게 자연스러"운지 궁금해하고 감탄하는 까닭은 '나'의 모습은 그렇지 않기 때문일 것이다. '나'는 하루살이를 통해 자연스럽지 않은 '나'의 상태를 자각한다. 잠시 일손을 멈추며 쉬는 상황에서도 그는 끊임없이 생각하며 자신의 자연스럽지 못한 상태를 발견한다. 이는 현실의 자리에서 휴식과 자유가 아직 "자연스"럽게 주어지지 않고 있다는 것을 그가 인식하고 있기 때문이다. 이러한 자각을 하면서 시적 주체는 "나의 시각을 쉬이게 하라"고 스스로에게 명령한다.

이러한 '시각의 휴식'은 잠시 멈추었다가 더욱 '바로 보기'를 잘 이루어내기 위함이다.[20] 그는 잠시 일을 멈추고 무언가를 생각하면서 시각의 휴식을 시도한다. "나의 시각을 쉬이게 하라"는 말에서 보듯 '시각'을 쉬라는 것은 잠시 멈추라는 것이지 완전히 중단하라는 것이 아니다. 잠시 멈추는 행위는 "단순한 활동에서는 드러나지 않는 우연의 공간 전체를 가로

69쪽.

19 조강석, 「김수영과 시각(視覺)의 문제」, 『현대문학의 연구』 제22집, 2004, 450쪽.

20 김수영의 '시각의 휴식'은 결국 '바로 보기'의 적극적 성취를 위한 휴식이라는 김수이의 지적은 중요하게 언급될 필요가 있다. 김수이는 김수영의 '시각의 휴식'은 대상을 보다 명확하게 판별하기 위함이며, '중단의 부정성'을 통해 근대적 '보는 주체'의 해체와 재편성을 시사한다고 설명한다(김수이, 앞의 글, 114쪽.).

질러 볼 수 있"[21]도록 한다. 주체는 자신의 위치와 상황을 가로질러 보면서 전체를 직시한다. '시각의 휴식'을 시도하는 것은 궁극적으로 현재의 공간 전체를 통찰하기 위함이다.

　　　　　이제 나는 광야에 드러누워도
　　　　　시대에 뒤떨어지지 않는 나를 발견하였다
　　　　　　　　　시대의 지혜
　　　　　너무나 많은 나침반이여
　　　　　밤이 산등성이를 넘어 내리는 새벽이면
　　　　　모기의 피처럼
　　　　　시인이 쏟고 죽을 오욕의 역사
　　　　　　　　　그러나 오늘은 산보다도
　　　　　　　　　그것은 나의 육체의 용기

　　　　　이제 나는 광야에 드러누워도
　　　　　공동의 운명을 들을 수 있다
　　　　　　　　　피로와 피로의 발언
　　　　　시인이 황홀하는 시간보다도 더 맥없는 시간이 어디 있느냐
　　　　　도피하는 친구들
　　　　　양심도 가지고 가라 휴식도—
　　　　　우리들은 다 같이 산등성이를 내려가는 사람들
　　　　　　　　　그러나 오늘은 산보다도
　　　　　　　　　그것은 나의 육체의 용기

　　　　　광야에 와서 어떻게 드러누울 줄을 알고 있는
　　　　　나는 너무나도 악착스러운 몽상가
　　　　　　　　　조잡한 천지(天地)여
　　　　　간디의 모방자여
　　　　　여치의 나래 밑의 고단한 밤잠이여

21 한병철, 김태환 옮김, 『피로사회』, 문학과지성사, 2012, 49쪽.

"시대에 뒤떨어지는 것이 무서운 게 아니라
어떻게 뒤떨어지느냐가 무서운 것"이라는 죽음의 잠꼬대여
　　그러나 오늘은 산보다도
　　그것은 나의 육체의 용기

　　　　　　　　　　　　－「광야」(『김수영전집1 시』, 152쪽.)

　시 「광야」에서 시적 주체는 안락한 휴식의 공간이 아니라 기꺼이 '광야'로 간다. '나'는 "광야에 드러누워도/시대에 뒤떨어지지 않는 나를 발견하였다"고 말하고, "이제 나는 광야에 드러누워도/공동의 운명을 들을 수 있다"고 말한다. '광야'의 공간에 있다 하더라도 그는 자신이 "시대에 뒤떨어지지 않는 나"로 있는 것을 확신하고, 또한 "공동의 운명을 들을 수 있다"고 확신하는 것이다. 그가 광야에서 시대를 직시할 수 있는 것은 거짓된 휴식의 공간에 속지 않는 주체이기 때문이다. 그는 진정하지 않은 공간에서 속기보다 '광야'로 상징되는 현재적 위치에 능동적으로 "드러누"우며 자리를 잡는다.

　시적 주체는 "피로와 피로의 발언"이 개인의 차원에 머무는 것이 아니라 '공동의 운명'과 관련한 일이라는 것을 안다. 인용한 시에는 '피로'와 '휴식'이 공동의 운명과 시대와 관련한 것이라는 주체의 인식이 드러나고 있다. 시적 주체는 광야에 누워 "피로와 피로의 발언" 속에서도 "공동의 운명"을 듣고 있는데 "도피하는 친구들"이 있다. 이같이 도피하는 이들을 향해 시적 주체는 강하게 비판의 목소리를 쏟아낸다. 주체는 "피로와 피로의 발언"으로부터 시대와 역사와 공동의 운명을 읽지 못하고 '도피'하는 이들에게 "양심도 가지고 가라 휴식도" 가지고 가라 일갈한다. 그들에게 '양심'과 함께 '휴식'도 갖고 가라는 주체의 말이 의미심장하다. 시적 주체의 말에 따르면 그들과 함께 도피하는 것은 양심이며, 휴식이다. 역사와

시대로부터 도피한 그들은 왜곡된 '휴식'에 속으며 자족할 것이다. 휴식에 속는 것이 양심과 시대를 외면하는 일이라는 주체의 인식을 발견할 수 있다. 기만적이고 왜곡된 휴식에 속는다는 것은 곧 부자유한 현실을 자유로 착각하는 일과 같기 때문이다.

김수영의 주체가 바라는 진정한 휴식의 공간은 어쩌면 지도 위에 위치지을 수 없고 복구할 수 없으며 시인의 가슴 속에서만 존재하는 이상적 공간일 수 있다.[22] 그러나 그것을 시인 김수영은 '현실'로, 시로 옮기고자 한다. 시적 주체는 '광야'에 드러누워 시간을 보내며 자신의 자리를 정확히 직시하려는 행위가 "너무나도 악착스러운 몽상가"와 같은 일이라는 것을 모르지 않는다. 그럼에도 그는 "악착스"럽게 광야에 "나의 육체"를 드러눕힌다. 그가 광야로 향하는 것은 궁극적으로 시대를 바로 보기 위한 일이며 진정한 휴식, 곧 자유를 바라며 기다리는 일이다.

> **욕망이여 입을 열어라 그 속에서**
> **사랑을 발견하겠다 도시의 끝에**
> 사그러져 가는 라디오의 재잘거리는 소리가
> 사랑처럼 들리고 그 소리가 지워지는
> 강이 흐르고 그 강 건너에 사랑하는
> 암흑이 있고 삼월을 바라보는 마른 나무들이
> 사랑의 봉오리를 준비하고 그 봉오리의
> 속삭임이 안개처럼 이는 저쪽에 쪽빛
> 산이

---

22 "그러니까 장소 없는 지역들, 연대기 없는 역사들이 있다. 이런 저런 도시, 행성, 대륙, 우주. 어떤 지도 위에도 어떤 하늘 속에도 그 흔적을 복구하는 일이 불가능한 이유는 아주 단순히 그것들이 어떤 공간에도 속하지 않기 때문이다. 아마도 이 도시, 이 대륙, 이 행성 들은 흔히 말하듯 사람들 머릿속에서, 아니 그들 말의 틈에서, 그들 이야기의 밀도에서, 아니면 그들 꿈의 장소 없는 장소에서, 그들 가슴의 빈 곳에서 태어났으리라. 한마디로 감미로운 유토피아들."(미셸 푸코, 앞의 책, 11~12쪽.).

사랑의 기차가 지나갈 때마다 우리들의
슬픔처럼 자라나고 도야지우리의 밥찌끼
같은 서울의 등불을 무시한다
이제 가시밭, 덩쿨장미의 기나긴 가시 가지
까지도 사랑이다

왜 이렇게 벅차게 사랑의 숲은 밀려닥치느냐
사랑의 음식이 사랑이라는 것을 알 때까지

난로 위에 끓어오르는 주전자의 물이 아슬
아슬하게 넘지 않는 것처럼 사랑의 절도(節度)는
열렬하다
간단(間斷)도 사랑
이 방에서 저 방으로 할머니가 계신 방에서
심부름하는 놈이 있는 방까지 죽음 같은
암흑 속을 고양이의 반짝거리는 푸른 눈망울처럼
사랑이 이어져 가는 밤을 안다
그리고 이 사랑을 만드는 기술을 안다
눈을 떴다 감는 기술―불란서 혁명의 기술
최근 우리들이 4·19에서 배운 기술
그러나 이제 우리들은 소리 내어 외치지 않는다

복사씨와 살구씨와 곶감씨의 아름다운 단단함이여
고요함과 사랑이 이루어 놓은 폭풍의 간악한
신념이여
봄베이도 뉴욕도 서울도 마찬가지다
신념보다도 더 큰
내가 묻혀 사는 사랑의 위대한 도시에 비하면
너는 개미이냐

아들아 너에게 광신을 가르치기 위한 것이 아니다
사랑을 알 때까지 자라라
인류의 종언의 날에
너의 술을 다 마시고 난 날에
미대륙에서 석유가 고갈되는 날에
그렇게 먼 날까지 가기 전에 너의 가슴에
새겨 둘 말을 너는 도시의 피로에서
배울 거다
이 단단한 고요함을 배울 거다
복사씨가 사랑으로 만들어진 것이 아닌가 하고
의심할 거다!
복사씨와 살구씨가
한번은 이렇게
사랑에 미쳐 날뛸 날이 올 거다!
그리고 그것은 아버지 같은 잘못된 시간의
그릇된 명상이 아닐 거다

─김수영, 「사랑의 변주곡」(『김수영전집1 시』, 358쪽.)

[밑줄 강조 글쓴이]

　　1968년 8월 『현대문학』에 실린 「사랑의 변주곡」에서 시의 주체는 '너'에게 "도시의 피로에서/배울" 것이라는 말을 전한다. '도시의 피로'로부터 "단단한 고요함"을 배울 것이라 말한다. 김수영의 시적 주체가 휴식의 공간이 부재하다는 것을, 휴식이 실패할 수밖에 없는 상태라는 것을 인지하는 첫 출발은 자신의 '피로'에 대한 자각에서 시작한다. 주체는 '피로'를 부정하거나 이로 인해 절망에 머물지 않는다. 현실을 정확하게 바로 보고 인식하는 것 자체가 '힘'이 될 수 있다는 것을, 그 시작이 될 수 있다는 것을 주체는 알고 있다. 그래서 그는 말한다. "피로"로부터 반드시 배울 수 있을 거라고.

김수영의 주체는 '피로'를 인식하고 휴식을 갈구하였으나 휴식의 공간이 부재하고 실패한다는 것을 알았다. 진정한 휴식의 공간이 없다는 것을 알면서도 그럼에도 그는 진정한 휴식을 얻고자 하는 갈망을 멈추지 않는다. 진정한 휴식은 진정한 자유가 바탕이 되어야 가능한 일이다. 피로와 광증의 도시에서 결국 '사랑'을 발견해내었듯, 김수영은 '피로'에서 "단단한 고요함"을 발견한다. 그가 피로에서 배운다고 말하는 것이 중요하면서도 놀라운 것은, 현실을 떠나지 않고 결국 현실로 돌아오는 일이기 때문이다. 피로한 현실로부터 그는 환상으로 이탈하지 않는다. 그는 다시 현실의 피로로 돌아온다. 피로를 진정한 휴식을 향한 첫 시작의 힘으로 삼는다.

5. 결론

지금까지 김수영 시에서 '휴식의 공간'이 부재하고, 주체에게 휴식이 실패하는 양상과 의미를 검토하였다. 피로한 주체는 휴식을 필요로 하고 갈망하였지만 김수영의 시에서 '휴식'은 계속 실패하는 양상을 보였다. 이는 우선 휴식의 공간이 부재하기 때문이었다. 김수영의 시에서 '휴식의 공간'은 없거나 혹은 있는 것처럼 나타나더라도 시의 주체가 휴식을 제대로 취하지 못하는 공간이었다. 김수영 시에 나타난 휴식 공간의 부재 양상을 정리하면 다음과 같다. 첫째, 시적 주체에게 '내 집'은 없는 것으로 표상되었다. 둘째, 시적 주체는 자신의 공간이 아니라 타인의 공간에서 휴식을 시도하려 하였다. 셋째, 시적 주체가 '내 방'과 같은 자신의 공간에 있다 하더라도 '내 방'은 '설움'을 발견하게 하고, '생각하기'를 계속하게 하는 공간으로 나타났다. 이처럼 김수영의 시에는 시적 주체가 '나'의 집에서 안정을 취하지 못하는 모습이 자주 나타났다. 시적 주체는 도리어 타인의 집, 사무실 등에서 쉬려 하는 모습을 보였는데 이는 결국 그가 어디에서도 제대로 쉬지 못한다는 의미로 볼 수 있었다.

　진정한 휴식의 공간이 부재하다는 것을 김수영의 주체는 모르지 않았다. 그는 휴식을 자신뿐만 아니라 타인과 나아가 역사까지 속이는 행위로 인식하였으며, 휴식을 취하는 일을 부끄러운 일로 여겼다. 왜냐하면 그것은 휴식의 공간이 부재할 수밖에 없는 시대적 상황을 잊고, 시대와 역사로부터 도피하는 일이기 때문이었다. 그에게 있어 휴식은 곧 자유였다. 진정한 휴식은 자유가 바탕이 되어야 하는데, 지금 마주하는 공간에는 자유가 없다는 사실을 김수영 시의 주체는 직시하였다. 진정한 자유가 곧 휴식이기에 휴식은 얻기 어려운 것이었다.

　지금의 자리에는 진정한 휴식의 공간이 없다는 것을 알면서도 그럼에도 그는 진정한 휴식을 얻고자 하는 갈망을 멈추지 않았다. 그러기 위하여 그는 다시 현실의 피로로 돌아와 피로에 부딪히고 피로로부터 배우려 하였다. '피로'로부터 배우겠다는 말은 현실을 떠나지 않겠다는 말과 같다. 김수영의 시는 현실의 몸에서, 현실의 자리에서 시작하려 한다. 진정한 자유의 공간을 환상이나 관념이 아니라 바로 여기, 현실의 자리에 마련하기 위해 그는 현실의 피로 위에 선다.

■ 참고문헌

1. 기본 자료
김수영, 『김수영 전집1 – 시』, 민음사, 2018.

2. 논문 및 단행본
김명인 엮음, 『살아있는 김수영』, 창비, 2005.

김수이, 「김수영 시에 나타난 '시선의 기술'의 전개양상 – 근대적 '피로/우
　　　울', '휴식'과의 상관성을 중심으로」, 『한국문예창작』제11권2호,
　　　2012.

남진우, 「김수영 시의 시간의식」, 『살아있는 김수영』, 창비, 2005.

박수연, 「국가, 개인, 설움, 속도 – 1950년대 시를 중심으로」, 『살아있는 김수
　　　영』, 창비, 2005.

여태천, 『김수영의 시와 언어』, 도서출판 월인, 2005.

이경수, 「임화와 김수영 시에 나타난 '거리'와 '방'의 공간 표상」, 『어문논집』
　　　제85집, 2019.

조강석, 「김수영과 시각(視覺)의 문제」, 『현대문학의연구』제22집, 2004.

황현산, 『잘 표현된 불행』, 문예중앙, 2012.

미셸 푸코, 이상길 옮김, 『헤테로토피아』, 문학과지성사, 2014.

이-푸 투안, 구동희·심승희 옮김, 『공간과 장소』, 대윤, 2007.

한병철, 김태환 옮김, 『피로사회』, 문학과지성사, 2012.

김수영의 시적 영향 일고(一考)

─'풍자가 아니면 해탈이다'에서 '풍자냐 자살이냐'로의 오독

김난희

1. 오독으로서의 시적 영향

> "시의 역사는 시적 영향과 구분될 수 없는 것으로 여겨진다. 왜냐하
> 면 강한 시인들은 자신들의 상상적 공간을 개척하기 위해 서로를 오독
> 함으로써 이 역사를 만들기 때문이다."[1]

김수영 탄생 100주년을 맞이하여 올해는 김수영을 기념하는 여러 행사
가 많이 열렸다. 시그림전에서부터 연극, 신문사 특별기획 연재, 그리고
갖가지 학술행사가 곳곳에서 열렸다. 김수영 사후 지금까지 김수영에 대
한 연구는 양적으로나 질적으로나 쉼 없이 진화되어왔지만 앞으로도 김
수영에 대한 연구는 지속적으로 이어질 것이라는 생각이 든다. 그렇게 본
다면, 김수영은 한국 현대 시사(詩史)에서 시적 영향력을 많이 지닌 시인
중 한 사람임에는 틀림없어 보인다.

---

1 해럴드 블룸, 양석원 옮김, 『영향에 대한 불안』, 문학과지성사, 2012, 63쪽.

이 글에서는 영향력이 강한 시인[2]은 자신의 상상력의 공간을 정화하기 위하여 '강한 시인'끼리만 서로 자신들의 작품을 오독함으로써 시문학사를 형성해왔다는 해럴드 블룸의 『영향에 대한 불안』에 대한 입장을 필자 나름대로 전유하여 1960년대 김수영의 '풍자가 아니면 해탈이다'에서 1970년대 김지하의 '풍자냐 자살이냐'로의 오독 과정을 통해 김수영의 시적 영향의 한 사례를 살펴보고자 한다. 이는 단순히 두 시인의 영향 관계 고찰에서 그치는 것이 아니다. 후배 시인의 선배 시인에 대한 오독이 어떠한 '창조적 수정 행위'를 낳았는가를 살펴봄으로써, "문학사란 결국 한 시인의 한 시인에 대한 오독의 역사"라는 해럴드 블룸의 주장을 통해 '풍자가 아니면 해탈이다'에서 '풍자냐 자살이냐'로 넘어온 1960년대와 70년대 우리 시문학사의 내면을 살펴보는 데도 그 의의가 있을 것이다.

흔히 김수영의 시는 1930년대에 전개된 모더니즘과는 다른 1950년대 모더니즘의 특성을 구현함과 동시에 4·19를 계기로 이른바 참여시의 특성을 보여주었다고 평가받는다.[3] 또한 김수영은 참여시의 효용성을 강조하는 시론들을 발표하면서 1960년대 우리 시의 쟁점이었던 이른바 '참여/순수 논쟁'을 촉발한 시인으로 평가를 받기도 한다.[4] 4·19 이후 발표한 그의 대표 시론인 「시여, 침을 뱉어라」(1968), 「反詩論」(1968)은 여러 평자들의 문학적 입장(혹은 전유 독자의 위치)에 따라 달리 평가를 받아왔는데, 이 시론이 갖는 해석상의 잉여 때문에 가능한 오독의 미학은 지금까지

---

2 해럴드 블룸은 『영향에 대한 불안』에서 시인의 유형을 '강한 시인'과 '약한 시인'으로 구분한다. 강한 시인이란 영향력이 강한 시인으로 자신들이 창조한 상상력의 공간을 정화하기 위해 강한 시인끼리 서로의 작품을 오독하는 시인을 말한다. 반면에 약한 시인이란 영향력이 거의 없는 시인으로 타인의 작품을 자신의 작품에 그대로 반영하는 시인을 말한다(위의 책, 96쪽.).

3 『김수영 다시 읽기』(프레스 21, 2000.) 중에서 최두석, 「김수영의 시세계」, 최동호, 「김수영의 시적 변증법과 전통의 뿌리」 참조.

4 이승훈, 『한국현대시론사』, 고려원, 1993, 176쪽.

도 김수영 연구를 둘러싸고 많은 논쟁과 진화를 가속시키고 있다.

이 글에서 언급하고자 하는 것은 김수영 시가 지닌 난해성과 해석의 다중성에 대한 김지하의 오독이다. 김수영의 시는 1968년 김수영이 죽은 이후 많은 시인들과 평자들에게 각각의 오독을 불러왔는데, 이러한 오독 중에서도 주의를 요하는 것은 비평자의 문학관이나 문학장 안에서의 주류 담론과 관련한 오독이다.[5] 이러한 오독은 새로운 문학사를 열어나가는 강한 영향력과 파급력을 행사할 수 있기 때문이다. 김지하의 김수영에 대한

---

5 김수영의 시 세계에 대한 평가는 개인의 문학관이나 당대의 문학적 담론에 따라, 즉 전유 독자의 위치에 따라 다양한 스펙트럼을 지닌다. 일례로 아래의 김윤식과 백낙청의 입장은 아마도 김수영을 둘러싼 전유독자의 가장 대별되는 평가를 보여주는 것이 아닐까 싶다.

"김수영이 시란 온몸으로 밀고 나간다고 했을 때 예술적 형식, 그것은 시의 전부이며, 산문성 즉 현실성, 그것도 시의 전부라면, 이러한 파악은 시의 본질을 두고 한 말이다. 필히 이것은 하이데거적인 의미에서 그러한 것이다. 이를 두고 참여 운운하는 것은 실로 무의미한 노릇이다. (……)형식이 내용을 향해 '너는 너무 많은 자유를 가지고 있다'고 주장하고, 내용은 형식을 향해 '너는 너무나 자유가 없다'고 주장하는 싸움의 치열성, 긴장성이 모든 예술가의 아포리아이며 고민의 원천인 것이다. 이 싸움에서 모래알만한 결정이 이루어질 때가 바로 예술의 고유한, 그리고 유일한 기적일 따름이다. 이것은 이를테면 38선을 뚫는 일이지만 또한 장미꽃이나 밀밭길을 바로 보는 시점인 것이다. 이것은 창작의 비밀에 대한 당연한 고찰이지, 참여니 무어니 할 차원이 아닌 것이다."(김윤식, 「시에 대한 질문방식의 발견」, 『김수영의 문학』, 민음사, 1983, 76쪽.).

"김수영 시에서 문제가 되는 것은 난해성보다도, 그의 풍자가 시대의 폭력에 정면으로 대항하지 못하고 결국 군중의 일부에 불과한 소시민에게로 돌려졌다는 사실이다. 우리 시대의 시인은 무엇보다도 민중의 거대한 힘을 믿고 스스로 민중 또는 군중으로서의 자기 긍정에 이르러야 하는데 김수영의 풍자는 그러하지 못하다. (……)이러한 한계를 벗어났던들 그의 시가 분명코 덜 난해해지기도 했을 것이다. 사실 일체의 난해시를 배격하려는 움직임에는 모든 불평등과 소외가 제거된 사회에 대한 염원이 담겨 있기도 한데, 다만, 이러한 염원의 이행으로서의 난해시 배격이 시를 쓰는 것 못지않게 '온몸으로, 바로 온몸으로 밀고 나가는' 창조적 행동일 때 한하여 소박한 민중주의라는 비판을 면할 수 있다."(백낙청, 「'참여시'와 민족문제」, 『김수영의 문학』, 민음사, 1983, 169쪽.).

오독 역시 김지하가 '강한 시인'으로 김수영의 시세계를 오독함으로써 60년대와 70년대의 문학사를 '단절과 계승'으로 정리할 수 있는 단초를 제공했던 것은 주지의 사실이다. 특히, 이 글에서 살펴볼 「풍자냐 자살이냐」(『詩人』, 1970년 6·7월호)에 나타난 김수영 시에 대한 김지하의 오독은 자신의 시세계를 정립하기 위해 선배시인을 오독해내는 과정이 선명하게 드러난다. 이 오독의 과정을 블룸이 언급한 '영향에 대한 불안'으로 읽어본다면 60년대와 70년대의 시사(詩史)적 차이로 흔히 거론되는 '참여문학에서 민중문학으로', '소시민에서 민중으로의 시적 주체의 이동' 등에 관한 단절의 역사 내면을 들여다 볼 수도 있을 것이다.[6]

2. '풍자가 아니면 해탈이다'에서 '풍자냐 자살이냐'로의 궤도 이탈

해럴드 블룸에 따르면 강한 선배 시인에 대한 '영향에의 불안'에서 벗

6 1960년대와 1970년대 문학사에서 김수영과 김지하를 둘러싸고 거론되는 참여문학, 민중문학에 관한 평자들의 입장을 대표적으로 몇 가지만 꼽자면 다음과 같다.
"김수영의 한계가 모더니즘의 이념 자체를 넘어서지 못했다기보다 그 극복의 실천에서 우리 역사의 현장에 풍부히 주어진 민족과 민중의 잠재역량을 너무나 등한히 했다는 데 있다. 그리고 이러한 한계를 1970년대 초에 이미 통렬하게 지적한 것이 역시 우연찮게도 김지하의 김수영론이었다."(백낙청, 「참여시'와 민족문제」, 『김수영의 문학』, 민음사, 1983, 168쪽.).
"김지하의 풍자시는 1960년대 참여문학 논쟁을 1970년대의 민중문학론으로 전환시키는 데 그 시사적 의미가 있다."(이승하, 『한국현대시와 풍자의 미학』, 문예출판사, 1997, 166쪽.).
"김수영은 한국 모더니즘의 위대한 비판자였으나 세련된 감각의 소시민이요, 외국문학의 젖줄을 떼지 못한 도시적 지식인으로서의 그는 모더니즘을 청산하고 민족시학을 수립하는 데까지는 나아가지 못하였다.(……)힘없고 모자란대로나마 서로 뒤섞여 돕고 이끌며 역사를 만들어나가는 군중성의 체험, 민중적 실천의 체험은 아직 그의 것이 아니었다."(염무웅, 「김수영론」, 『김수영의 문학』, 민음사, 1983, 165쪽.).

어나기 위해 후배 시인은 여섯 단계의 수정 비율을 거치게 된다.[7] 그중 첫 번째 단계가 '궤도 이탈 Clinamen'이다. '궤도이탈'은 시적 오독이나 시에 있어서의 적절한 기만행위를 의미한다. 루크레티우스에서 인용했다는 이 어휘는 우주세계의 변화를 가능하게 하는 원자의 '궤도 이탈'을 뜻하는데 선배 시인의 영향으로부터 벗어나기 위해서 선배 시인의 작품을 읽음으로써 후배 시인은 자신의 선배가 유지하고 있는 일정한 궤도로부터 이탈을 꾀하게 된다. 이러한 궤도 이탈은 신인의 시에서는 선배의 시세계가 신인의 시세계에 어느 정도까지는 영향을 끼치게 되지만, 점차 발전하는 신인의 새로운 시는 선배 시인의 시로부터 정확하게 이탈하게 되는 것을 말한다.[8]

김지하는 김수영의 시적 성취와 한계를 비판한 시론 「풍자냐 자살이냐」에서 김수영의 시적 '딜레마'를 지적하면서 김수영 시로부터의 궤도이탈을 꾀한다. 김지하가 김수영의 시적 '딜레마'로 표방한 '풍자가 아니면 해탈이다'는 김수영의 시 「누이야 장하고나!」(1961)에서 따온 시구다.

---

7 『영향에 대한 불안』에서 블룸은 시인은 자기보다 앞선 시인들이 자기에게 끼치는 영향에 대해 불안을 느끼는데 그 불안을 강하게 느끼는 시인일수록 강한 시인이 된다고 한다. 강한 시인은 6가지 과정을 거치는데 블룸은 이것을 '6가지 수정률 six revisionary ratio'이라고 부른다. 1. 클리나맨Clinamen(궤도 이탈 혹은 시적 오류) 2. 테세라Tesera(깨진 조각 또는 대조적 완성) 3. 케노시스Kenosis(방어기제 – 단절장치) 4. 악마화Daemonization(앞선 시인의 숭고에 대한 반작용으로서의 개인화된 반–숭고) 5.아스케시스Askesis(고독의 상태에 도달하려고 의도하는 자기정화 움직임) 6.아포프라데스Apophrades(죽은 자의 귀환)이 6가지 수정률에 해당한다. 이 글에서는 이 여섯 가지 과정을 다 적용하기보다는 김지하의 「풍자냐 자살이냐」를 중심으로 김수영에 대한 시적 영향 단계를 다루고자 하므로 1. 클리나맨Clinamen(궤도 이탈 혹은 시적 오류)과 2. 테세라Tesera(깨진 조각 또는 대조적 완성), 3. 악마화 Daemonization(앞선 시인의 숭고에 대한 반작용으로서의 개인화된 반–숭고)만을 참고 대상으로 삼고자 한다(해럴드 블룸, 양석원 옮김, 『영향에 대한 불안』, 2012, 75~78쪽 참조.).

8 해럴드 블룸, 앞의 책, 113~116쪽 참조.

김수영이 이 시에서 언급한 '풍자가 아니면 해탈이다'는 여러 가지 해석이 가능하다. 시는 해탈이기 전에 먼저 풍자여야 한다는 것을 말할 수도 있고, 혹은 풍자를 통하여 해탈로 가야 한다는 것을 말할 수도 있다. 김상환이 '풍자가 아니면 해탈이다'에서의 '아니면'을 이접으로 보아야 할 것인지, 교접으로 보아야 할 것인지에 따라 한국시의 미래적 행방이 긴장 속에서 가늠될 수 있을 것이라고 언급한 것처럼[9] '풍자가 아니면 해탈이다'라는 시구는 다양한 해석들 사이에서 여전히 질문으로만 존재하는 것이라 볼 수 있다. 그런데 김지하는 '풍자가 아니면 해탈이다'를 '풍자냐 자살이냐'로 오독하여 앞선 시인의 영향으로부터 궤도 이탈을 감행한다. 이 궤도 이탈은 실제로 단어의 오독('해탈'을 '자살'로)과 더불어 진행된 것이라서 더욱더 문제적이라 할 수 있다.[10]

사실, 김수영에게 있어서 '풍자'의 시작은 4·19이후 그의 시적 변모 과정에서 드러난 '사랑'과 함께 짝을 이루며 출발한 것으로 볼 수 있다. 이 점은 이 시기 김수영의 현실비판적인 시에서 '사랑'이 수시로 등장하는 것에서도 확인될 수 있는데, 이 사랑은 현실의 비루함, 낙후성을 풍자하면서도 이를 껴안는 애정에 뿌리를 둔다. 그리고 김수영 시에서 이 사랑은 일상과 이상, 시와 현실 사이의 긴장 관계의 정점에서 늘 존재하는 것으로 나타난다.

9 김상환,『풍자와 해탈 혹은 사랑과 죽음』, 민음사, 2002, 51쪽.

10 백낙청은 그의 글 「'참여시'와 민족문제」에서 김지하의 「풍자냐 자살이냐」를 보면, 이 글의 서두에 김수영의 시구라고 인용해 놓은 "누이야/풍자가 아니면 자살이다"라는 대목은 김수영의 「누이야 장하고나!」의 첫머리 "누이야/풍자가 아니면 해탈이다"를 잘못 옮긴 것으로 밝히고 있다(「'참여시'와 민족문제」,『김수영의 문학』, 민음사, 1983, 168쪽.). 실천문학사에서 출간한『김지하 전집』제3권에서도 김지하가 「풍자냐 자살이냐」 서두에서 인용한 김수영 시구 인용은 오독으로 밝힌 바 있다(『김지하 전집』제3권, 실천문학사, 2002, 27쪽.).

욕망이여 입을 열어라 그 속에서
사랑을 발견하겠다 도시의 끝에
사그러져 가는 라디오의 재갈거리는 소리가
사랑처럼 들리고 그 소기가 지워지는
강이 흐르고 그 강 건너에 사랑하는
암흑이 있고 3월을 바라보는 마른 나무들이
사랑의 봉오리를 준비하고 그 봉오리의
속삭임이 안개처럼 이는 저쪽에 쪽빛
산이

사랑의 기차가 지나갈 때마다 우리들의
슬픔처럼 자라나고 도야지우리의 밥찌끼
같은 서울의 등불을 무시한다
이제 가시밭, 넝쿨 장미의 기나긴 가시가지
까지도 사랑이다

왜 이렇게 벅차게 사랑의 숲은 밀려닥치느냐
사랑의 음식이 사랑이라는 것을 알 때까지

난로 위에 끓어오르는 주전자의 물이 아슬
아슬하게 넘치지 않는 것처럼 사랑의 節度는
열렬하다
間斷도 사랑
이 방에서 저 방으로 할머니가 계신 방에서
심부름하는 놈이 있는 방까지 죽음 같은
암흑 속을 고양이의 반짝거리는 푸른 눈망울처럼
사랑을 이어져 가는 밤을 안다
그리고 이 사랑을 만드는 기술을 안다
눈을 떴다 감는 기술—불란서 혁명의 기술
최근 우리들이 4·19에게서 배운 기술
그러나 이제 우리들은 소리 내어 외치지 않는다.

(······)
아들아 너에게 광신을 가르치기 위한 것이 아니다
사랑을 알 때 까지 자라라
인류의 종언의 날에
너의 술을 다 미시고 난 날에
(······)
복사씨가 사랑으로 만들어진 것은 아닌가 하고
의심할 거다!
복사씨와 살구씨가
한번은 이렇게
사랑에 미쳐 날뛸 날이 올 거다!
그리고 그것은 아버지 같은 잘못된 시간의
그릇된 명상이 아닐 거다

— 김수영, 「사랑의 변주곡」 중에서

　여기서의 사랑은 '도시 끝의 사그러져 가는 라디오의 재갈거리는 소리', '도야지 우리의 밥찌끼', '심부름하는 놈이 있는 방'의 구차한 현실과 '3월을 준비하는 봉오리', '고양이의 반짝거리는 푸른 눈망울'과의 희망 사이에서 아슬아슬하게 넘치지 않게 끓어오르는 '節度'로 존재한다. 이것은 바로 넘칠 듯하면서도 넘치지 않는 주전자의 끓는 물처럼 현실과 시의 긴장관계를 이루어내는 김수영 식의 사랑의 기술이라고 볼 수 있다. 이 사랑의 기술이야말로 한편으로는 김수영 식의 풍자를 낳는 근원이라고 할 수 있으며 김수영의 시대와 시에 대한 인식의 지평을 보여주는 지점이라고 할 수 있다. 따라서 김수영의 풍자는 현실에 뿌리박은 사랑과 이 현실을 뛰어 넘고자 하는 간극 사이에 놓여있는 것이다. 이 간극을 김수영은 '주전자의 넘치지 않는 물'과 같이 아슬아슬하게 유지하고 있는 것이다.

(……)
전통은 아무리 더러운 전통이라도 좋다 나는 광화문
네거리에서 시구문의 진창을 연상하고 인환네
처갓집 옆의 지금은 매립한 개울에서 아낙네들이
양잿물 솥에 불을 지피며 빨래하던 시절을 생각하고
이 우울한 시대를 파라다이스처럼 생각한다
버드 비숍 여사를 안 뒤부터는 썩어빠진 대한민국이
괴롭지 않다 오히려 황송하다 역사는 아무리
더러운 역사라도 좋다
진창은 아무리 더러운 진창이라도 좋다
나에게 놋주발보다도 더 쨍쨍 울리는 추억이
있는 한 인간은 영원하고 사랑도 그렇다

비숍여사와 연애를 하고 있는 동안에는 진보주의자와
사회주의자는 네에미 씹이다 통일도 중립도 개좆이다
은밀도 심오도 학구도 체면도 인습도 치안국
으로 가라 동양척식회사, 일본 영사관, 대한민국 관리,
아이스크림은 미국놈 좆대강이나 빨아라 그러나
요강, 망건, 장죽, 종묘상, 장전, 구리개 약방, 신전,
피혁점, 곰보, 애꾸, 애 못 낳는 여자, 무식쟁이,
이 모든 무수한 반동이 좋다
이 땅에 발을 붙이기 위해서는
— 제3인도교의 물 속에 박은 철근 기둥도 내가 내 땅에
박는 거대한 뿌리에 의하면 좀벌레의 솜털
내가 내 땅에 박는 거대한 뿌리에 비하면

괴기영화의 맘모스를 연상시키는
까치도 까마귀도 응접을 못하는 시꺼먼 가지를 가진
나도 감히 상상을 못하는 거대한 뿌리에 비하면……

— 김수영, 「거대한 뿌리」 중에서

아무리 더러운 역사라도 추억이 있는 한, 파라다이스처럼 생각할 수 있다는 현실에 대한 사랑의 의지는 이 시에서 한층 더 확장되어 나타나고 있다. 사랑의 확장은 이 땅에 발붙이고 사는 무수한 반동(요강, 망건, 장죽, 종묘상, 장전, 구리개 약방, 신전, 피혁점, 곰보, 애꾸, 애 못 낳는 여자, 무식쟁이)에 대한 옹호로 나타나고, 한편으로는 사랑을 억압하는 대상들에 대한 공격으로 드러난다. 이는 비속어를 동반한 직설적인 풍자의 형태로 드러나는데, 이 공격성은 말미의 "나도 감히 상상을 못하는 거대한 뿌리에 비하면……"이라는 시구에 의해 그만 풍자적 힘을 잃어버리고 만다. 결국 김수영의 풍자의 핵심은 적에 대한 공격에 있는 것이 아니라 자신의 내부를 향하고 있으며 이것이 극단에 이르면 '해탈'로 나아갈 것인 바, 김수영은 자신의 시론에서도 밝힌 바 있듯이 시를 쓴다는 것은 온몸으로 〈동시에〉, 〈무엇〉을 밀고 나간다는 뜻이며, 〈무엇〉은 〈동시에〉의 안에 포함되어 있다.[11] 이것은 풍자와 해탈이 '동시에' 존재하고 있는 것이다. 이것이 바로 김수영 시의 존재론적인 특성이라고 볼 수 있을 것인데, 김지하는 '풍자가 아니면 해탈이다'에서의 '아니면'을 '딜레마'로 읽는다. 여기에 '해탈'을 '자살'이라고 읽는 문자적 오독까지 더하여 '풍자가 아니면 해탈이다'는 '풍자냐 자살이냐'의 양자택일적 딜레마로 자리매김 된다.

"(……)이 시구 속에 들어 있는 딜레마, 풍자와 자살이라는 두 개의 화해 할 수 없는 극단적 행동 사이의 상호 충돌과 상호 연관은 오늘 이 땅에 살아있는 젊은 시인들에게 그들의 현실 인식과 그들의 시적 행동에 있어서 매우 중요한 관건적인 문제의 하나로 되고 있다. 풍자도 자살도 마찬가지로 현실의 일정한 상황과 예민한 시인 의식 사이의 대결 과정에서 발생하는 것이다. (……)현실의 상황은 젊은이들을 매우 초초하

---

11 김수영, 「시여, 침을 뱉어라」, 『김수영 전집』 2, 민음사, 2004, 398쪽.

게 만들고 있으며, 이것이냐, 저것이냐를 결단하도록 조급하게 강요한
다.(……)김수영 시인의 이른바 '풍자가 아니면 자살'이라는 딜레마는
일단 서로 충동하고 서로 배반하는 이율배반 사이의 하나의 결단으로
나타나지만 동시에 그것은 서로 연관되는 것이며 자살로밖에는 이를 수
없는 격한 비애가 격한 시적 폭력의 형태, 즉 풍자로 전화하는 관계를 함
축하고 있다.(……)"[12]

　　김지하는 김수영의 '동시에' 존재하는 '풍자가 아니면 해탈이다'를 '풍
자가 아니면 자살'이라는 '딜레마'로 오독한 후 더 나아가 '풍자냐 자살이
냐'로의 궤도이탈이라는 수정단계에 진입한다. 그리하여 "풍자만이 시인
의 살 길이다. 현실의 모순이 있는 한 풍자는 강한 생활력을 가지고, 모순
이 화농하고 있는 한, 풍자의 거친 폭력은 갈수록 날카로워진다. 얻어맞
고도 쓰러지지 않는 자, 자살을 역설적인 승리가 아니라 완전한 패배의 자
인으로 생각하여 거부하지만 삶의 고통을 견딜 수가 없는 자, 삶의 역학을
믿으려는 자, 가슴에 한이 깊은 자는 선택하라. 남은 때가 많지 않다. 선택
하라, '풍자냐, 자살이냐.'"[13]라는 양자택일의 선택을 주장한다. 김수영 시
에 대한 이러한 김지하의 오독은 결국 '풍자가 아니면 해탈이다'에서의 시
와 현실의 변증법적인 긴장 관계를 '풍자냐, 자살이냐'의 양자택일 관계로
궤도 이탈을 불러오고 선배 시인의 시를 수정하는 단계로 진입하게 만든
것이다.

3.'위험한 칼춤'에서 '전통 민요'로의 깨진 조각

　　궤도 이탈을 통해 선배 시인의 영향으로부터 벗어나고자 하는 후배 시

---

12 김지하, 「풍자냐 자살이냐」, 『김지하 전집』 3, 실천문학사, 2002, 27~29쪽.
13 위의 책, 45쪽.

인은 '깨진 조각'(혹은 대조적 완성) 단계를 통해 선배 시인을 대조적으로 극복하여 자신의 시세계를 완성해나간다고 한다. 자신이 쓴 시의 모체시에 해당하는 선배 시인의 시에서 어떠한 어휘를 인용하기는 하지만, 마치 선배 시인이 더 많은 의미를 만들어내지 못하기라도 한 듯이 사용된 어휘가 지니고 있는 본래의 의미와는 다른 의미를 나타내려는 의도를 가지고 선배 시인의 시를 읽는 까닭에 후배 시인은 자신의 선배 시인을 대조적으로 완성하여 극복하게 된다고 하는데 블룸은 이를 깨진 조각, 혹은 대조적 완성 단계로 명명한다.[14]

김지하는 김수영의 시를 한편으로는 옹호하면서도 그의 시가 민중에 입각한 것이 아니라 소시민 의식에 갇혀 있는 것으로 읽는다. 따라서 김지하는 김수영 시의 시적 장점으로 두 가지를 꼽는다. 하나는 그가 시적 폭력의 방법으로서 풍자를 선택했던 점이고, 또 하나는 그가 모더니즘의 부정적인 측면을 극복하고 그 장점을 현실 비판적인 방향으로 발전시켰다는 점이다. 반면, 김수영 시의 단점으로도 이에 상응하는 두 가지를 지적하는데, 하나는 그가 풍자의 대상을 소시민, 그러니까 민중으로만 잡은 점이다. 말하자면 민중을 억압하는 반민중적 계층에 대해서 별로 관심을 두지 않았다는 것이다. 김지하는 민중에게는 부정적인 요소도 있는 반면, 긍정적인 요소도 있는데 긍정적 요소를 보지 않고 부정적 요소만을 공격하면서 민중 위에 군림한 특수 집단에 대한 공격을 포기한 것이라면 그 풍자는 매우 '위험한 칼춤'이라고 주장한다. 다른 하나는 그가 모더니즘을 현실 비판의 방향으로 발전시켰지만 우리의 민요 및 민예 속에 있는 해학과 풍자 언어의 계승을 거절했다는 점이다.[15] 이 지점에서 김지하는 현실의

---

14 해롤드 블룸, 앞의 책, 76쪽.

15 이상은 김지하, 앞의 책, 37~44쪽 참조. 여기서 김지하는 풍자를 현실의 악에 의해 설움 받아온 민중의 증오가 예술적 표현을 통해 그 악에게로 퍼부어 던지는 돌멩이와 같은 것으로 보고 그러한 날카로운 풍자를 우리의 전통적인 민예 및 민요 속에서

폭력에 대한 시적 폭력이라는 김수영의 풍자와 언어에 일종의 수정을 가하고 전통 민요를 내세워 대조함으로써 김수영의 영향을 '극복'한다. 그리고 그 극복의 깨진 조각(대조적 완성)은 바로 민요가 되고 있는 것이다.[16]

> (……)
> 어화 사람들아 저 소리 내력을 들어봐라
> 아라사도 미국 중국 일본국도 아닌 대한민국 서울 동편에
> 먼지 펄펄 시끌덤벙 청량리 훨씬 지나가면 새아까만
> 연탄보다도 더 새까아만 쫄쫄 개굴창
> 물썩는 내 진동하는 중랑천 기인 긴 방축 위에 줄을 지어 다닥다닥
> 금슬좋게 들러붙어 삐끄닥
> 삐끄 삐끄 삐끄다다닥
> 바람결에 전후좌우로 몸을 흔들어대면서
> 노래노래 불러쌌는 판잣집 한 모퉁이 그 한 모퉁이 방에 청운의 뜻을 품고
> 시골서 올라와 세들어 사는 安道란 놈이 있었겠다.
> 소같이 일 잘 하고
> 쥐같이 겁이 많고
> 양같이 온순하여
> 가위 법이 없어도 능히 살놈이어든

얼마든지 찾아볼 수 있다고 주장한다. 따라서 서정 민요, 노동요 등 광범위한 단시들과 서사민요, 판소리의 풍자와 해학은 문학으로서의 탈춤 대사 등과 더불어 현대 풍자시의 보물 창고라고 주장한다.

16 "민요의 전복 표현과 축약법, 전형 원리와 우의, 단절과 상징법 등등 복잡 다양한 형식 가치들은 현대 풍자시의 갈등 원리, 비판적 감동 등의 형식 원리와 배합되어 우리에게 풍자 문학의 커다란 새 토지를 열어줄 것이다. 재래형의 시어와 시행 등은 민요의 전통 등과 결합되어 전개되어야 할 새로운 민중적 시어에 의해 극복되어야 한다. 노래와 대화체를 대담하게 시도해야 한다. 서사민요의 3음보격과 4음보격 사이의 갈등 원리는 그 토대 위에서 변용되는 율격들의 무수한 종류들과 함께 오늘날의 생활 언어를 효율적인 민중 시어로 높이고 세우는 데에 튼튼한 주춧돌을 제공한다."(위의 책, 44쪽.).

그 무슨 前生의 惡緣인지 그 몹쓸 살이 팔자에 끼었는지
만사가 되는 일 없이 모두 잘 안돼
될 법 한대도 안돼
다 되다가도 안돼
될 듯 될 듯이 감질만 내다가는 결국은 안돼
장가는커녕 연애도 안돼 집장만은커녕 방세장만도 제 때에 안돼
빽없다고 안돼 학벌없다고 안돼 보증금 없다고 안돼 국물없다고
안돼
밑천 없어서 혼자서 봐주는 놈 없어서 장사도 안돼 뜯기는 것 더 많아
서 안돼
울어봐도 안돼 몸부림쳐봐도 안돼 지랄발광을 해봐도 별수없이 안돼
눈 부릅뜨고 대들어도 눈 딱 감고 운명에 맡겨도 마찬가지로 안돼
목매달아 죽자하니 서까래없어 하는 수 없이
연탄까스로 뻗자하니 창구멍이 많아 어쩔 수 없이
청산가리 술타마시고 깨끗이 가자하니 술값없어 별 도리없이 안돼
안돼 안돼
반항도 안돼 아우성은 더욱 안돼 잠시라도 쉬는 것은 더군다나 절대
안돼
두발로 땅을 딛고 버텨서는 건 무조건 안돼
한번만 배짱좋게 버텨만 섰다가는
왼갖 듣도 보도 생각도 못한 罪目들이 연달아 줄레줄레 쏟아져나오
니 안돼
밤낮으로 그저 뛰는 수밖에 다른 방도가 있겠느냐
(후략)

—김지하, 「소리 來歷」 중에서

　김지하는 올바른 풍자란 폭력 발현의 방법과 방향이 모순 없이 통일된
것이라야 한다고 본다. 그것은 민중에 대한 표현에 있어서는 해학을 중
심으로 하고 풍자를 부차적, 부분적으로 배합하는 것이며, 민중의 반대편

에 대한 표현에 있어서는 풍자를 전면적 핵심적으로 하고 해학을 극히 특수한 부분에만 국한하여 부수적으로 독특하게 배합하는 것이어야 한다고 주장한다.[17] 위의 시에서는 시골에서 올라온 安道라는 인물의 어려운 상황을 해학적으로 드러내고 있다. 이 대목에서 주의 깊게 봐야 할 부분은 바로 해학을 중심으로 한 풍자의 부분적인 배합이다. "금슬 좋게들러 붙어 삐그덕 삐그덕 노래 노래 불러쌌는 판잣집"이나 "소 같이 일 잘하고/쥐 같이 겁이 많고/양같이 온순한" 해학은 민중에 대한 표현으로 볼 수 있다. 반면에"장가는커녕 연애도 안돼/집장만은커녕 방세장만도 제 때에 안돼/빽없다고 안돼 /학벌없다고 안돼 보증금 없다고 안돼/(……) 국물없다고 안돼/지랄발광을 해봐도 별수없이 안돼/목매달아 죽자하니 서까래없어 하는 수 없이/연탄까스로 뻗자하니 창구멍이 많아 어쩔 수 없이/청산가리 술타마시고 깨끗이 가자하니 술값없어 별 도리없이 안돼 안돼 안돼" 부분은 풍자와 해학의 배합으로 나타난다. 해학을 중심으로 하고 풍자를 부차적, 부분적으로 배합, 통일시켜내고 있는 것이다.

   (……)
   첫째 도둑 나온다 財閥이란 놈 나온다
   돈으로 옷해입고 돈으로 모자해 쓰고 돈으로 구두해신고 돈으로 장
갑해 끼고
   금시계, 금반지, 금팔찌, 금단추, 금넥타이 핀, 금카후보스턴, 금박클,
금니빨, 금손톱, 금발
   톱, 금작크, 금시계줄.
   디룩디룩 방댕이, 불룩불룩 아랫배, 방귀를 뿡뿡 꿔며 아그작 아그작
나온다
   저놈 재조봐라 저 재벌 놈 재조봐라
   장관은 노랗게 굽고 차관은 벌겋게 삶아

---

17 위의 책, 36쪽.

초치고 간장치고 계자치고 고추장 치고 미원까지 톡톡쳐서 실고추
파 마늘 곁들여 날름
세금받은 은행돈, 외국서 빚낸 돈, 왼갖 특혜 좋은 이권 모조리 꿀꺽
이쁜년 꾀어서 첩삼아 밤낮으로 직신작신 새끼까기 여념 없다.
(후략)

—김지하, 「五賊」 중에서

　이 시는 1970년대 민중들의 노동을 착취하고 정경 유착을 통해 개인의
치부를 축적한 재벌의 행태를 풍자한 것인데, 민중의 반대편에 대해서는
풍자를 전면적 핵심적으로 하고 해학을 부수적으로 독특하게 배합해야
한다는 김지하의 풍자 원리를 잘 보여주고 있다. "장관은 노랗게 굽고 차
관은 벌겋게 삶아"에서는 괴기와 공포가 전경화된 풍자가, "디룩 디룩 방
댕이, 블룩블룩 아랫배, 방귀를 뽕뽕 뀌며/초치고 간장치고 계자치고 고
추장 치고 미원까지 톡톡쳐"에서는 해학이 후경화된 형태로 배합된다. 이
는 "올바른 저항적 풍자는 방향에 있어서는 민중의 반대편을 주요 표적으
로, 민중을 부차적인 표적으로 삼는 것이며, 방법에 있어서는 주요 표적에
대한 해학은 부차작인 표현으로 배합하는 것이다"[18]라는 김지하의 풍자
원리에 부합하는 것이다. 김지하가 주장한 이러한 풍자 원리는 바로 민요
의 가락을 바탕으로 율격을 형성하면서 김수영의 모더니즘에 갇힌 풍자
적 언어에 대한 대조적인 수정작업의 일환이라고도 볼 수 있을 것이다.
　김지하는 "김수영의 폭력 표현의 특징은 풍자의 방법 속에 자기 자신과
더불어 자기가 속한 계층에 대한 부정, 자학, 매도의 방향을 보여준 점에
있으며, 바로 이점에 김수영 문학의 가치와 한계가 있고, 바로 이 점에서
젊은 시인들이 김수영문학으로부터 무엇을 어떻게 이어받고 무엇을 어떻

---

18 위의 책, 37쪽.

게 넘어설 것인가 하는 문제점이 선명하게 드러난다"[19]고 주장했다. 이에 따라 김지하는 김수영의 정신적 동기―시적 자기 자신을 죽임으로써 넋의 활력이 회복되기를 희망한 하나의 강력한 부정전신과 현실 모순의 육신 으로 파악된 소시민성을 치열하게 고발함에 의하여 참된 시민성의 개화 를 열망한 뜨거운 진보에의 정열―와 우리 시에서 모더니즘의 부정적 측 면을 극복하고 그 강점을 현실적 방향으로 발전시킨 점은 마땅히 이어받 아야 한다고 언급한다. 하지만 김수영의 풍자가 사회 전체의 거대한 뿌리 를 갈기는 도끼질이 되려면 그의 시적 폭력의 대상인 소시민은 하나의 계 층이나 계급이 아니라 한의 의식 형태로 집약되고 상징되는 민중 자신이 어야만 한다는 점, 그리고 그 풍자의 폭력이 민중 위에 군림한 특수 집단 에 대한 공격을 포기한 것이라면 그릇된 민중관 위에 선 것이며, 그렇기 때문에 그 풍자는 매우 '위험한 칼춤'일 수밖에 없는 점, 풍자의 언어는 모 더니즘의 답답한 우리 안에서 찾을 것이 아니라 민요, 민예의 전통적인 골 계를 현대적인 풍자와 통일시켜 나가야 한다는 점 등이 김수영을 넘어서 야 하는 젊은 시인들의 중요한 당면과제라고 김수영의 풍자와 선을 긋는 다. 소시민과 민중과의 대조, 모더니즘의 언어와 민요 등의 전통적인 언어 와의 대조를 통해 김지하는 김수영의 영향으로부터 궤도 이탈하면서 발 생한 깨진 조각들을 대조적으로 '완성'해나간 것이다.

4. '시적 모험'에서 '열린 장르'로의 악마화

후배 시인은 자기 시의 모체가 되는 선배 시인의 시에는 적합한 세력은 아니지만 바로 그 선배 시인의 영향만 벗어나면 적합한 세력이 된다고 믿

---

19 위의 책, 37쪽.

는 것에 자기 자신을 개방시킨다. 후배 시인은 자신의 시에서 선배 시인의 시적 특성을 억압하고 투쟁하기 위해 과장법을 쓰면서 선배의 시를 고의적으로 망각하기도 하는데, 이를 통해 자기 시의 모든 것을 개방시키고자 한다. 이것이 블룸이 언급한 악마화인데, 이는 선악의 개념이라기보다는 선배 시인의 시에 나타난 숭고에 맞서는 반-숭고의 미를 자신의 시에서 드러내는 일종의 상상력의 분출을 의미한다.[20]

김수영은 시 속에 산문을 도입할 수 있다면서 내용과 형식에 관해 아래와 같은 시론을 펼친바 있다.[21]

> ― 시를 논한다는 것은 시의 내용을 논하는 것은 아니지만, 여기서는 시의 내용, 곧 산문의 의미를 논하는 일이 된다. 산문의 의미는 모험의 의미이다.
> ― 모험이란 말은 세계의 개진, 하이데거가 말하는 〈대지의 은폐〉의 반대되는 말이다. 결국 산문이란 세계의 개진이다. 산문은 시에 있어서의 〈노래〉의 유보성에 대해서는 침공(侵攻)적이고 의식적이다.
> ― 시에 있어서의 내용과 형식의 관계를 생각할 때, 내용이 반, 형식이 반이라는 식으로 도식화해서는 안 된다. 예술성의 편에서는 하나의 시작품은 자기의 전부이고, 산문의 편, 즉 현실성의 편에서도 하나의 작품은 자기의 전부이다. 시의 본질은 이러한 개진과 은폐의, 세계와 대지의 양극의 긴장 위에 서있는 것이다.
> ― 현대에 있어서는 시뿐만이 아니라 소설까지도 모험의 발견으로서 자기 형성의 차원에서 그의 〈새로움〉을 제시하는 것이 문학자의 의무로 되어 있다. 나는 소설을 쓰는 마음으로 시를 쓰고 있다. 그만큼 많은 산문을 도입하고 있고 내용의 면에서 완전한 자유를 누리고 있다. 그러면서도 자유가 없다. 너무나 많은 자유가 있고, 너무나 많은 자유가 없다.
> ― 내용이 형식을 극복하는 것, 그것이 나무아미타불의 기적이고 시의 기적이다. 나는 그런 의미에 서 참여시의 효용을 기대한다.

---

20 해럴드 블룸, 앞의 책, 275~276쪽 참조.
21 김수영, 「시여, 침을 뱉어라」, 『김수영 전집』 2, 민음사, 2004, 397~403쪽.

－ 시의 형식은 내용에 의지하지 않고 그 내용은 형식에 의지하지 않
는다. 형식은 내용이 되고 내용은 형식이 된다.

　김수영 스스로 모호한 시론이라는 입장을 밝히고 있지만 글 전체의 맥
락을 통해 추론해보자면 시의 내용과 형식에 대한 고민이 핵심이라고 볼
수 있다. 내용과 형식에 대한 김수영의 고민은 그의 산문에 자주 나타나는
데, 김수영은 시에서의 산문 도입을 하나의 모험으로 보면서 시와 산문의
관계에 관하여 "예술성의 편에서는 하나의 시 작품은 자기의 전부이고,
산문의 편, 즉 현실성의 편에서도 하나의 작품은 자기의 전부이다. 시의
본질은 이러한 개진과 은폐의, 세계와 대지의 양극의 긴장 위에 서있는 것
이다"[22]라고 밝히고 있다. 따라서 김수영에게 있어서 산문은 시로서는 일
종의 모험이며, 이 모험은 세계의 개진이자 시의 내용이며, 현실성의 편이
라는 주장으로 요약할 수 있을 것이며, 하나의 '시'는 예술성의 차원에서
일종의 '대지의 은폐'이자 시의 형식이라는 주장으로 추려볼 수 있다. 그
리고 시에 있어서의 내용과 형식은 "개진과 은폐, 세계와 대지의 양극의
긴장 위에 서 있는 것"으로 수렴된다.
　시에 있어서의 산문성에 대한 김수영의 이같은 입장은 그 스스로가 소
설을 쓰는 심정으로 시를 쓰고 있다고 밝힌 것처럼[23] 내용의 면에서는 완
전한 자유를 누리고 있으나(모험의 발견)형식의 면에서는 여전히 자유가
없는 시적 현실에 대한 '온몸의 시학'으로 이어진다. 그리고 이 '온몸의 시
학'은 시의 형식은 내용에 의지하지 않고 그 내용은 형식에 의지하지 않는
다는 명제를 낳는다. 그러나 이 명제의 이면에 언급된 "내용과 형식이 서
로가 서로에게 '너무나 많은 자유가 있다', '너무나 많은 자유가 없다'고 헛
소리를 할 때, 이 헛소리가 참말이 될 때의 경이가 한 편의 시를 이루고 그

---

22 위의 책, 399쪽.

23 위의 책, 400쪽.

러한 시의 축적이 진정한 민족의 역사의 기점이 된다. 나는 그런 의미에서 참여시의 효용성을 신용하는 사람의 한 사람이다"[24]라는 김수영의 참여시에 대한 입장도 주목을 요한다. 즉 김수영의 내용과 형식에 대한 입장은 그가 산문을 시에 도입코자 했을 때, 즉 현실을 시에 담고자 했을 때 소위 '참여시'라는 것의 형식은 어떠해야 하는가에 대한 고민과도 결부되어 있었던 것이다.

김수영이 산문(현실)을 시에 도입할 때 버렸던 '개진과 은폐, 세계와 대지의 양극의 긴장'에 대해 김지하는 김수영식의 '양극의 긴장'으로는 시대의 요청인 민중의 현실을 제대로 담기 어렵다는 장고(長考) 끝에 '담시'라는 새로운 장르를 개척, 개방시킨다. 실제로 김지하는 담시를 발표하면서 형식에 대한 고민을 많이 했는데, 자신이 담시 형식으로 시를 쓴 이유는 이전의 서정시가 가지고 있는 한계를 벗어나고자 하는 데 있으며, 개인적 주체를 포함해서 집단적 주체를 위한 표현 방식이 필요하다고 생각해서라고 밝힌바 있다.[25] 김지하의 담시는 극적 요소와 서정시적 요소, 서사적 요소가 뒤섞여 있으면서 현대적 요소들을 수용한 일종의 화엄적 장르, 즉 열린 장르이다.[26]

   1)서울 장안에 얼마 전부터
   이상야릇한 소리 하나가 자꾸만 들려와
   그 소리만 들으면 사시같이 떨어대며

---

24 위의 책, 400쪽.

25 김지하, 『민족의 노래 민중의 노래』, 동광출판사, 1984, 213~221쪽 참조. 김지하는 「五賊」, 「蜚語」와 같은 담시를 쓰기 전에 『清脈』이라는 잡지로부터 동학혁명에 관한 장편 서사시를 청탁받고 200행까지 쓰다가 모두 찢어버렸다고 한다. 형식 문제가 해결되지 않았기 때문이라고 한다(김지하, 『五賊』, 동광출판사, 1993, 9~10쪽 참조.).

26 『김지하 담시 전집』, 솔출판사, 1993, 〈편집자 일러두기〉 참조.

식은 땀을 주울줄 흘려쌌는 사람들이 있으니
해괴한 일이다.
이는 대개 돈푼깨나 있고 똥깨나 뀌는 사람들이니 더욱 해괴한 일이
다.
쿵————————

　　　　　　　　　　　　　　－김지하, 「소리 來歷」 중 시작 부분

2)사람들이 강력한 명령을 내려 안도란 놈을 즉각 사형
에 처해버렸는데도 쿵—
해괴한 일이다
지금도 밤낮으로 끝없이 들려오니
혹자는 그것을 귀신의 장난이라고도 하고
또 혹자는 그것을 아직도 어디엔가 죽지 않고 살아 있어
끊임없이 끊임없이 벽에 부닥뜨리고 있노라
목소리 낮추어 슬그머니 귀띔해주면서 이상스레
눈빛을 빛내기도 하겠다.

　　　　　　　　　　　　　　－김지하, 「소리 來歷」 중 끝 부분

위의 시는 서울 장안에서 밤이면 들려온다는 소리의 내력— 주인공 安
道 소개— 安道의 고달픈 삶— 이 安道가 유언비어 살포죄로 잡혀감—온
갖 죄목으로 신체의 각 부분이 잘리고 감금됨—安道의 몸통 구르는 소리
가 들림—사람들은 여전히 安道가 살아있다고 믿는다는 단락 전개로 이야
기를 구성하고 있다. 처음과 끝부분은 서울 장안에서 밤이면 들리는 '쿵'
하는 소리의 정체가 바로 모가지와 사지가 잘려나간 安道의 몸통 구르는
소리라는 외화外話 역할을 하며, 나머지 시의 부분들은 이야기의 줄거리
에 해당되는 내화內話 역할을 한다. 이때 각각의 내화는 이야기의 중심 줄
거리와 긴밀한 관계를 가지면서도 나름대로의 완결성을 지닌다. 이 내화
들은 부분의 독자성을 최대한 살리면서도 전체의 한 단위로서 자립성을
지닌 개방적 구조이며, 이는 열린 장르를 지향하는 것이다.

3)어화 사람들아 저 소리 내력을 들어봐라

아라사도 미국 중국 일본국도 아닌 대한민국 서울 동편에

먼지 펄펄 시골덤벙 청량리 훨씬 지나가면 새아까만

연탄보다도 더 새까아만 쫄쫄 개굴창

물썩는 내 진동하는 중량천 기인 긴 방축 위에 줄을 지어 다닥다닥

금슬좋게 들러붙어 삐끄닥

삐끄 삐끄 삐끄다다닥

바람결에 전후좌우로 몸을 흔들어대면서

노래노래 불러쌌는 판잣집 한 모퉁이 그 한 모퉁이 방에 청운의 뜻을
품고

시골서 올라와 세들어 사는 安道란 놈이 있었겄다.

—「소리 來歷」중 安道 소개 부분

4)십원 벌면 백원 뺏기고 백원 벌면 천원 뜯기고

삼백 예순날 하루도 뺀한 틈 없이 이놈 저놈 권세 좋은 놈 입

심 좋은 놈 뱃심 좋은 놈 깡 좋은 놈 빽 좋은 놈 마빡에 관자 쓴 놈

콧대 위에 사짜 쓴 놈, 삼삼 구라 빙빙 접시

웃는 눈 날랜 입에 사짜 기짜 꾼자 쓴놈, 싯누런 금이빨에

협짜 배짜 쓴 놈

천하에 날강도에 형형 색색 잡놈들에게 그저 들들들들

들볶이고 씹히고 얻어터지고

물리고 걷어채이고

피보고 지지밟히고 땅맞고

—「소리 來歷」중 安道의 고달픈 생활

5)개같은세상!

이 소리가 입밖에 떨어지기가 무섭게 철커덕

쇠고랑이 安道 놈 두손에 대번에 채워지고 질질질 끌려서 곧장 재판

소로 가는구나

땅땅땅—

(……)

다시는 流言蜚語를 생각도 발음도

못하도록 한개의 머리와, 다시는 두발로 땅을 딛고 불온불

손하게 버텨서지 못하도록 두개의 다리, 그리고 다시는

피고와 같은 불온한 種子가 번식되지 못하도록 한개의 生殖

器와 두쪽의 睾丸을 이 재판이 끝나는 즉시 절단해내고

　　　　—「소리 來歷」 중 安道가 유언비어 살포죄로 잡혀가는 부분

6)날아가는 기러기야

너는 내 속을 알리라

수수 그림자 길게 끌린

해설핀 신작로에

우리 어메 날 기다려 상기도 거기 서 계시더냐

(……)

아아 어머니

고향에 돌아가요

죽어도 나는 돌아가요

천갈래 만갈래로 육신 찢겨도 나는 가요

죽음 후에라도 기어이 돌아가요……

　　　　—「소리 來歷」 중 잡혀가는 安道의 탄식 부분

이 시의 내화에 해당하는 3)~6)까지를 살펴보면 풍자에서 해학으로, 그리고 다시 서정적 비애로, 비애에서 다시 풍자로 나아가는 나선형의 열린 구조를 이루고 있다. 그 안에서 3)~6)은 각각의 부분으로 나누어도 전체와 상관성을 지닌 고유한 독립체이며, 전체적으로 펼쳐도 그 자체로 유기적인 관련성을 지닌 단위체가 된다. 더구나 각 부분의 상호텍스트성(민

요, 판소리, 민담 등)은 외화의 단선적인 서사에 대한 다성악적인 의미실현을 돕는 역할을 수행한다.

시에서 산문(현실)을 담고자 했을 때 난제였던 '개진과 은폐, 세계와 대지의 양극의 긴장'은 김수영에게는 일종의 시적 모험이었으며, 이는 김수영 식의 숭고로 볼 수 있다. 이 시적 모험에 대해 김지하는 "시인이 민중과 만나는 길은 올바른 저항적 풍자를 계승하는 것"이라고 되받아치며 저항적 풍자를 담는 형식은 '담시(이야기 시)' 구조로 가야 한다고 강하게 주장한다. 1960년대 하반기보다도 70년대의 현실 변화에 따라 민중의 의식형태가 급격히 달라지리라는 예상을 할 때 담시 형식은 민중 의식의 성장이나 확대에 대응할 수 있는 방법[27]이라며 김수영의 '시적 모험'에 대한 반─숭고적 수정을 가한 것이다. 더 나아가 담시는 질적 저하가 아니라 세계관의 변동에서 오는 새로운 미학적 견해라는 주장을 통해 수정주의의 악마화 단계에 진입한다. 이를 통해 김지하는 김수영의 '시적 모험'에 대항하는 특수한 형태의 '열린 장르'로서의 담시를 개척하고 개방하는 단계에 이른다.

5. 결론

모든 텍스트는 상호 연관되어있다는 점을 강조하는 블룸에게 있어서 한 시인과 다른 시인의 시적 영향이란 오독으로부터 출발한다. 블룸의 말에 따른다면, 본고에서 살펴본 김수영에 대한 김지하의 오독도 궤도 이탈과 깨진 조각, 악마화의 단계를 거치면서 새로운 오작misswriting을 낳은 것으로 볼 수 있다. '풍자가 아니면 해탈이다'에서 '풍자냐 자살이냐'로의

---

27 김지하, 앞의 책, 2002, 39쪽.

오독 과정은 강한 후배 시인이 강한 선배 시인을 오독하는 과정에서 생산한 창조적 수정행위라고 볼 수 있다. 이 오독은 김수영 시의 영향에 대한 김지하 개인의 오독으로 끝나는 것이 아니라 1960년대와 70년대의 문학사를 가르는 영향력을 행사한다는 점에서 여러 가지를 시사하고 있는, 결코 가볍지 않은 오독이다. 김지하 개인으로는 선배 시인의 시적 영향에서 벗어나 스스로의 시세계를 구축해나갔다고 볼 수 있으나 이 오독의 과정은 그대로 한국의 시문학사를 이루는 단절과 계승의 성좌를 마련했다는 점에서 문제적이라고 할 수 있을 것이다.

■ 참고문헌

해럴드 블룸, 양석원 옮김, 『영향에 대한 불안』, 문학과지성사, 2012.

김수영, 『김수영 전집』1,2, 민음사, 2004.

김승희 편, 『김수영 다시 읽기』, 프레스 21, 2000.

김상환, 『풍자와 해탈, 혹은 사랑과 죽음』, 민음사, 2002.

황동규 편, 『김수영의 문학』, 민음사, 1993.

최하림 지음, 『김수영 평전』, 실천문학사, 2001.

김윤배, 『김수영 시학』, 국학자료원, 2014.

김명인, 『김수영, 근대를 향한 모험』, 소명출판, 2002.

박수연 외, 『세계의 가장 비참한 사람이 되리라』, 서해문집, 2019.

이승훈, 『한국 현대 시론사』, 고려원, 1993.

김지하, 『김지하 시 전집』 1,2,3, 솔출판사, 1993.

김지하, 『김지하 전집』 1,2,3, 실천문학사, 2002.

김지하, 『민족의 노래 민중의 노래』, 동광출판사,1984.

이승하, 『한국의 현대시와 풍자의 미학』, 문예출판사, 1997.

임헌영 외, 『김지하의 문학과 사상』, 도서출판 세계, 1985.

김수영 시의 연극성*

―시적 대화성과 극화의 아이러니

김영희

　김수영의 문학에서 '연극성'은 매우 본원적인 요소이다. 김수영에게 문학적 '새로움의 모색'은 연극성에의 경도와 연극성의 와해라는 시에 대한 사유의 궤적과 밀접하게 관련되어 있다.[1] '연극성'이라는 특성에 주목해야 하는 것은 비단 김수영이 시를 쓰기 이전에 연극을 했다는 개인적인 이력 때문만은 아니다. 10대 후반부터 20대 중반까지 감수성이 가장 예민한 시기에 몰입해있던 연극 활동은 시인의 사유와 감성에 적지 않은 영향을 끼쳤을 것이다.[2] 하지만 김수영 시의 연극성에 대해 논할 때 그것은 실제 연

---

* 이 글은 "김수영 시의 비종결성과 대화의 시학―연극성과 알레고리를 중심으로"(고려대 박사논문, 2016.)의 2~3장 일부를 수정·보완하여 재구성한 것이다.

1 김수영, 「새로움의 모색」, 『김수영 전집 2』, 민음사, 2018, 320~329쪽 참조. 앞으로 김수영의 산문은 이 책에서 인용하며, 인용할 경우 제목과 쪽수만 밝힌다.

2 김수영 스스로 '연극하다가 시로 전향'이라고 표현하고 있는 바, 본격적으로 시를 쓰기 이전의 연극 체험은 결코 일시적인 것이 아니었다. 김수영의 연극 활동을 정리해 보면 다음과 같다. 김수영은 선린상업학교 시절에 연극 대사를 유창하게 외워 학우들 앞에서 자주 실연(實演)해 보이곤 했다. 일본 유학 시절에는 미즈시나 하루키(水品春樹) 연극연구소에서 연출 공부를 했으며 스타니슬라프스키의 연극 이론에 빠

극 활동에만 한정할 수 없는 시의식의 문제이며 시작방법의 문제이다. 김수영 시의 연극성은 시인 자신의 연극 경험을 염두에 두어야 하지만 좀 더 근원적인 의미에서 검토되어야 한다. 이 글에서는 연극성의 구조와 원리를 시적 대화성과 아이러니라는 측면에서 새롭게 살펴보고자 한다.

1. 갈등의 극화(劇化)와 드라마

김수영 시에서 연극성이란, 시인의 발언에 근거해서 본다면, 일차적으

져있기도 했다. 귀국 이후에는 당시 연극계의 스타였던 안영일 등과 교우하며 연출보로 활동했고, 가족을 따라 길림으로 이주한 후에는 '길림극예술연구회'에 소속되어 배우로서 무대에 오르기도 했다. 해방 이후에도 여전히 연극인들과 자주 어울렸다. 최하림, 『김수영 평전』, 실천문학사, 2001, 52~84면 참조. 『김수영 평전』의 내용은 이후 연극 활동을 중심에 둔 도쿄 유학 시절과 만주 이주 시절에 대한 연구가 진행되면서 일정 부분 수정되고 보완되었다. 그중 여전히 실체가 밝혀지지 않은 것이 '미즈시나 하루키 연극연구소'에서의 활동인데, 서영인은 미즈시나가 당국의 압박으로 쓰키지 소극장이 폐쇄된 이후, 연극연구소를 차렸다는 『김수영 평전』의 내용은 "쓰키지 소극장과 뒤를 이은 '극단 신협'의 역사를 살펴볼 때" 사실에 부합하지 않으며, 1942년 무렵의 "미즈시나 연극연구소의 실제 모습과 그곳에서 김수영이 경험한 내용을 구체적으로 짐작하기는 어렵"다고 밝히고 있다(「도쿄, 스무 살의 김수영—연극의 꿈을 품다」, 박수연·오창은 외, 『세계의 가장 비참한 사람이 되리라』, 서해문집, 2019, 122쪽.). 박수연은 김수영이 일본에서 귀국하여 연극 활동(서울, 길림)을 하던 시기는 예능 행위가 통제되고 있었던 1944년 이후이므로 당시의 시국과 관련된 '국민 연극—협화극'일 가능성이 높으며, 이 같은 연극 경험으로 인한 정신적 상처와 치욕은 매우 깊은 것이었고, 1964년 이후 문학적으로 민족과 역사를 탐구하면서 극복의 계기를 마련하였다고 설명한다(「김수영의 연극 시대, 그리고 예이츠 이후—동경, 길림, 서울의 상처와 식민지 넘어서기」, 『비교한국학』 26권3호, 2018.). 염철은 새로 발굴한 자료 「어머니를 찾아 북만(北滿)으로」를 바탕으로, 김수영이 "도쿄에서 독일 신극에 관심을 기울였으며, 그와 관련된 무대 장치 화첩 같은 것을 구하기 위해 도쿄의 서적상을 샅샅이 뒤졌다"라든지, 김수영이 도쿄에서 함세덕과 친분을 쌓았을 가능성을 제기하며 이는 김수영이 〈낙화암〉의 조연출에 참여하게 된 계기가 되었을 수도 있다는 점을 제시하였다(「해방 전 김수영의 행적에 대하여—연극 활동을 중심으로」, 『근대서지』 21호, 2020.).

로 '갈등의 구상성'으로 요약될 수 있다. 이는 '갈등'을 시의 주제로 삼는 것이며 그것을 '구상적으로' 형상화하는 것이다. 시인 자신, 타인, 현실을 모두 포함하는 의미로서의 '타자'와의 갈등을, "invisibility(불가시성)나 추상적인 술어의 나열 같은 것이 일절 자취를 감추고 있는"[3] 구체적인 언어로 표현하는 것이 연극성의 핵심이다. 이때 구상성이란 연극에 으레 수반되기 마련인 특성으로 언급되고 있으므로, 연극성의 실제적인 본질을 이루는 것은 갈등이라 할 수 있다.

> 연극…… 구상(具象)…… 이런 것을 미워하기 시작하면서부터 나는 다시 추상을 도입시킨 작품을 실험해 보았지만 몇 개의 실패작만을 내놓고 말았다. 그러고 보면 아직도 drama를 포기할 단계는 못 된 것 같으나 되도록이면 자연스럽게 되고 싶다는 것이 요즈음의 나의 심정이다.[4]

> 김수영은 미즈시나 연극연구소에서 드라마를 배웠다. 드라마란 우리 문화의 속성에는 부재한 것으로, 그것은 갈등과 대립을 통해 화해와 정화라는 새로운 가치를 만들어낸다. 김수영은 그런 드라마를 그의 시에 도입하여 새로운 시를 창조하였다.[5]

창작의 초창기에 그리고 시의 방향 전환을 모색하던 시기에 드라마는 시에 대한 의식과 시 쓰기의 방법에 중요한 계기로 작용하고 있다. 그것은 한편으론 매료되었던 대상이고 다른 한편으론 와해되어야할 대상이다. 여기서 드라마는 연극성과 동일한 의미로 이해할 수 있다. 그것은 중첩된 에피소드나 특정한 이야기를 통해 '갈등을 구상적으로 드러내는' 방식을 의미한다. 김수영은 그가 즐겨 읽었던 희곡을 통해 혹은 연출 공부와 배우

---

3 김수영, 앞의 글, 320쪽.

4 위의 글, 328~329쪽.

5 최하림, 앞의 책, 62쪽.

경험을 통해 의식적·무의식적으로 드라마의 갈등 구조를 익히고 있었다면, 이후 신비평 이론의 영향을 통해 연극이 지닌 '갈등'의 요소와 시가 지닌 '긴장'의 요소를 연결시킬 수 있었다.

그렇다면 김수영이 시 속에서 갈등을 구상적으로 형상화하는 방식은 무엇이었을까. 다름 아닌 경험을 정직하게 드러내는 것, 즉 자신이 경험하고 있는 생활과 현실을 관념이나 추상에 경도되지 않고 보여주는 것이다. 자신의 구체적인 현실 속에 내재해있는 특정한 인물, 사건, 사상과의 갈등을 극화(劇化)하는 방식이 바로 연극성의 중요한 일면이다.[6] 경험의 정직한 서술을 통해 드러나는 것은 바로 나와 타자와 세계와의 갈등이며, 이런 의미에서 볼 때 김수영 시의 갈등이란 이질적이고 대립적인 힘들이 충돌하는 현상이라고 할 수 있다. 이 지점에서 '경험―갈등―연극성'은 서로 동일한 계기로서 연결된다.

경험은 갈등을 의미한다. 우리의 본성이 본래 그러하다. 그리고 갈등은 연극(drama)을 의미한다. 극적 경험은 논리적이지 않다. 그것은 우리가 비평에서 형식이라고 말할 때 의미하는 통일성으로서 봉합될 수 있을 지도 모른다. 하지만 확실히 경험으로서의 이 갈등은 항상 논리적으로 모순이거나 철학적으로 이율배반이다. 심각한 시는 논리적으로 해결될 수 없는 근본적인 갈등을 다룬다.[7]

6 이에 대해 박지영은 "김수영이 산문에서 언급했던 예이츠, 오든 그룹 그리고 뢰스케, 막레이쉬, 브레히트, 프로스트 등이 자기 경험의 서술을 시 창작의 주요한 방법으로 삼았다는 것은 김수영의 창작 방법이 왜 자신의 경험을 극화시키는 방향으로 흘렀는 가를 설명해 주는 것"이라고 분석한다. 박지영, "김수영 시 연구―시론의 영향 관계를 중심으로", 성균관대 박사논문, 2002, 51쪽.

7 Allen Tate, "Narcissus as Narcissus", *The Man of Letters in the Modern World*, New York: Meridan Books, 1955, pp.335~336.

생활 현실과 시는 밀접하게 연결되어 있다. 생활 현실 속에서 개인이 겪는 구체적인 상황, 그 체험 속에는 흔히 타자와의 갈등이 내장되어 있다. 또한 경험으로서의 갈등 속에는 대립하는 힘들이 서로 충돌하고 있기 마련이다.[8] 이러한 갈등과 충돌은 인간의 본성과 삶을 구성하는 근원적인 요소이다. 시는 경험으로서의 갈등 속에 내장되어 있는 모순적인 힘들을 특정한 형식 속에 담아낸다. 그러므로 시는 "논리적으로 해결될 수 없는" 갈등을 다루면서, "논리적으로 연결되지 않는" 대상들을 연결시키는데, 이를 가능하게 하는 것이 바로 "구체적 상황의 체험"이다. 김수영은 이 체험을 정직하게 묘사한다. 이는 '고백'과 '이야기'를 통해 극적 경험이 구상적으로 서술되는 과정이기도 하다. 김수영 시에서 생활과 정직성이 중요한 이유는 이처럼 경험 – 갈등 – 연극성의 계기와 무관하지 않다.[9] 김수영은 나와 타자, 나와 세계의 조화로운 관계를 노래하기 위해 시를 쓰지 않았다. 그는 나와 타자, 나와 세계가 갈등하고 충돌하는 순간, 그 극적 경

8 김수영이 경험–갈등–연극을 하나의 계기로 이해하고 있었다는 사실에 대해서는 산문에 나타난 다음의 문장을 참조할 수 있다. "송년시 같은 행사시를 쓰지 않으려는 힘과 쓰려고 하는 힘이 나의 내부에서 피투성이가 되어 싸우고 있다. 그것은 우리들의 외부에서 벌어지는 연극인 동시에 우리들의 내부에서도 또 같은 양상으로 벌어지고 있는 희비극이다." 김수영, 「시작노트8」, 569~570쪽.

9 이에 대해 조강석은 "우리가 시에서 연극성을 논할 수 있다면 그것은 이처럼 시가 이질적인 것들의 갈등을 논리적 차원에서 봉합하는 것이 아니라 논리로서는 해결되지 않는 그 갈등을 그대로 현전시키면서 나름의 리얼리티에 대해 말하기 때문"이라고 설명한다(조강석, "비화해적 가상으로서의 김수영과 김춘수 시학 연구", 연세대 박사논문, 2008, 138~139쪽.). 조강석의 연구를 비롯하여, 강웅식("김수영의 시의식 연구–긴장의 시론과 힘의 시학을 중심으로", 고려대 박사논문, 1997.), 강호정(「김수영 시에 나타난 연극성」, 『한성어문학』 23집, 2004)의 연구는 "이질적인 것들의 갈등"을 연극성의 핵심 요소로 파악하고 있으며 이를 '긴장', '대결'이란 개념으로 정식화하고 있다. 이 글에서는 연극성에서 대결과 긴장의 요소를 추출하되, 이를 타자와의 갈등이라는 측면으로 세분화하고, 의심하는 주체와 타자와의 대화, 사건의 장면화와 극화의 아이러니라는, 시적 대화성과 아이러니의 관점에서 재규정하고자 하였다.

험을 고백하고 극화한다.

　　몇 년 전의 「만용에게」라는 제목의 작품을 쓴 것이 있는데, 생명과 생명의 대치를 취급한 주제면에서나 호흡면에서나 이 「잔인의 초」는 그 작품의 계열에 속하는 것이라고 생각된다. 너와 나는 '반반(半半)'이라는 의미의 말이 그 「만용에게」의 모티브 비슷하게 되어 있는데, 그러한 일 대 일의 대결의식이 이 「잔인의 초」에도 들어 있다. 그리고 「만용에게」를 쓰고 나서 이 대결의식이 마야코프스키의 「새로 1시에」라는 작품에서 온 것이라고 생각했는데, 이 「잔인의 초」에서 무의식중에 그것이 또 취급된 것을 보니 그것은 아무래도 나의 본질에 속하는 것 같고 시의 본질에 속하는 것 같다.[10]

　김수영은 대결의식이 "아무래도 나의 본질에 속하는 것 같고 시의 본질에 속하는 것 같다"고 말한다. 대결의식은 생활 현실 속에서 발휘되는 김수영 개인의 기질이나 고집과도 얼마간 무관하지 않을 것이다. 하지만 김수영에게 '나의 본질'과 '시의 본질'의 거리는 멀지 않다. 김수영에게 대상에 대한 '직시'는 대상과의 '대결'이 없이는 가능하지 않다. 기성의 관념과 체계에 섣불리 경도되지 않으려는 의지는 타자와 세계와의 대결을 지속적으로 요구한다. 더욱이 경험과 갈등 속에는 '나'와 타자와의 대결의식이 전제되어 있으며 말의 외연과 내포의 충돌, 모순되는 사물의 연결, 대립되는 힘들의 마주침 또한 대결의식의 관점에서 이해할 수 있을 것이다. 그렇다면 일상의 가벼운 에피소드 속에 담겨 있는 대결의식의 면모를 살펴보자.

　　한번 잔인해 봐라
　　이 문이 열리거든 아무 소리도 하지 말아 봐라

10 김수영, 「시작노트5」, 546쪽.

태연히 조그맣게 인사 대꾸만 해 두어 봐라
마룻바닥에서 하든지 마당에서 하든지
하다가 가든지 공부를 하든지 무얼 하든지
말도 걸지 말고 ― 저놈은 내가 말을 걸 줄 알지
아까 점심때처럼 그렇게 나긋나긋할 줄 알지
시금치 이파리처럼 부드러울 줄 알지
암 지금도 부드럽기는 하지만 좀 다르다
초가 쳐 있다 잔인의 초가
요놈 ― 요 어린 놈 ― 맹랑한 놈 ― 6학년 놈 ―
에미 없는 놈 ― 생명
나도 나다 ― 잔인이다 ― 미안하지만 잔인이다 ―
콧노래를 부르더니 그만두었구나 ― 너도 어지간한 놈이다 ― 요놈
― 죽어라

―「잔인의 초」 전문

「잔인의 초」에서는 '나'와 "어린 놈"이 대치중이다. "어린 놈"은 '나'의 집에 와서 공부를 하다 가곤 하는데 중요한 건 요놈이 '나'의 작업을 노상 방해한다는 것이다. 소음이든, 참견이든, 산만이든 "요 어린 놈"이 어지간히 '나'를 괴롭힌다. 그러므로 어느 순간 '나'는 스스로에게 '잔인해지자' 고 다짐한다. 이전과는 '대립적으로' 어린놈에게 무뚝뚝해지고("부드러울 줄 알지") 무관심해지고("나긋나긋할 줄 알지") 말도 걸지 않기로("말을 걸 줄 알지") 한다. 하지만 이 같은 대결은 사실 화자 혼자서 벌이는 내면 의 싸움이다. 현실에선 그저 "맹랑한 놈"의 뒤통수나 노려보면서, 다만 자 신을 향해 명령하거나 대화할 뿐이다.

이렇게 벌이는 대결의 핵심은 "생명과 생명의 대치"다. "나도 나다 ― 잔인이다". 물러설 생각이 없다. 하지만 시적 정황이란 건 그렇게 진지하 지 않다. 진지한 건 대결의 대상이나 내용이나 성격이 아니라 대결 자체 이다. 생명과 생명, 생명과 잔인, 생명과 죽음의 대립이 곧 시의 주제이다.

잔인을 중심에 놓고 벌이는 "생명"과 "죽어라"의 대치가 시의 요체인 것이다. 이곳이 바로 '힘이 결정된 곳'이며 이것이 바로 시의 '긴장'을 조성한다.[11] 의미의 서술과 의미의 작용이 충돌하는 지점 또한 여기이다. 의미를 감추려는 한편 드러내려는 힘들에 의해, 시의 여타 부분들과 달리 "생명"과 "죽어라"의 의미는 드러날 듯 드러나지 않는다. 이것이 시의 의미를 모호하게 하고 난해하게 한다.

극적 경험의 서술, 대립적인 힘들의 충돌을 통해 시 속에 형성되는 것이 바로 '긴장'이다. 이들 극적 관계가 만들어내는 힘이 시 속에 긴장을 조성한다. 김수영은 시의 긴장을 조성하는 힘을 진정한 시의 결정적인 요소로 들고 있다.[12] "서로 방향이 다른 힘들이 마주치는 현상"[13]인 긴장이 김수영 시의 핵심을 이루는 요소라면 이 같은 긴장의 토대가 되는 것이 바로 연극성이다. 김수영 시의 긴장은 경험 – 갈등 – 연극성과 분리해서 생각할 수 없다. 구체적인 경험 속에 내재하는 갈등, 갈등을 구상적으로 드러내는 연극성과 긴장의 시론은 밀접하게 관련되어 있다. 서로 모순되는 힘들이 기이하게 공존하는 형식, 이것이 바로 사물과 사건의 시적인 존재 방식인지도 모른다.

2. 의심하는 주체와 타자와의 대화

'나'와 타인의 대치, 이러한 일대일의 대결의식이 자신의 본질이고 시의 본질이라고 할 때, 타자의 존재는 결코 단순한 것이 아니다. 김수영 시에서 타자란 무엇인가. 타자는 무엇보다 시인 "자신이 믿고 있는 확실성

---

11 김수영, 「생활현실과 시」, 358쪽.
12 위의 글.
13 이상섭, 『복합성의 시학: 뉴크리티시즘 연구』, 민음사, 1987, 102~104쪽 참조.

을 붕괴"시키는 존재이며, 타자의 존재로 인해 시인은 '의심하는 주체'가
된다.[14] 타자는 기본적으로 나와 '다른 자'이며, 타자의 근원적인 특성은
타자성, 곧 낯섦과 이질성이다. 하이데거는 인간을 '공동존재'라고 표현하
였는데 이는 인간은 본질적으로 타인과 더불어 있는 존재라는 의미이다.
나와 '다른 자'와 더불어 살아감, 이는 인간이 경험하는 수많은 갈등의 기
원이기도 하다. 이를테면 타자를 단순히 다른 자, 낯선 자가 아니라 '다른
주체'라고 했을 때 나의 주체성과 타인의 주체성 곧 나의 자유와 타인의
자유를 양립시키는 문제는 일종의 '해결이 불가능한 아포리아'로 남게 된
다.[15]

　　김수영은 자신의 문학 세계에서 '기성의' 사물, 사람, 생활, 현실, 역사,
사상 등과 지속적인 대결을 펼친다. 이들 모두가 폭넓게는 타자라는 개념
안에 수렴될 수 있을 터인데, 여기에는 시인 자신의 타자성 또한 포함될
것이다. 김수영은 기본적으로 이들과 상호 "이웃하는" 관계가 아니라 서
로 "마주보는" 관계를 형성하고 있다.[16] 마치 안으로 모이는 힘과 밖으로
뻗는 힘이 서로 "마주치는" 현상처럼, 이들의 이질성은 서로 대립하고 충
돌한다. 타자와 "마주보는" 관계에서, 타인은 나와 동일한 존재라거나 사
회의 일반적인 존재자로 손쉽게 환원되는 것이 아니라 말 그대로 나와 다
른 자, 절대적인 타자성을 지닌 존재로 나타난다. 타자와의 대결의식, 생
명과 생명의 대치는 타인의 타자성을 인지하고 전제하는 데서 출발한다.

　　타자로 인해 시인이 의심하는 주체가 된다는 것은, 자신의 확실성을 잃
게 하는 타자의 존재가 시인으로 하여금 기왕(既往)의 것, 즉 자신이 속한
사회의 공동 규칙, 특정한 언어 게임, 관습과 선입견 등에 따르고 있을 뿐

14 가라타니 코오진, 송태욱 옮김, 『탐구1』, 새물결, 1998, 12쪽.

15 김상봉, 「자유와 타자」, 『철학연구』 88집, 2003, 38쪽.

16 가라타니 코오진, 앞의 책, 208쪽.

이 아닌가를 회의하게 한다는 의미이다.[17] 세계에 나와 동일자 혹은 나와 일반자밖에 존재하지 않는다면, 즉 타자의 낯섦과 이질성이 부재하다면 주체는 매순간 회의하며 새로움을 모색하지 않아도 될 것이다. 한 사회의 시선과 힘은, 우리와 다른 타자의 존재를 인정하지 않은 채 주류 이데올로기와 공동체의 권력으로 환원될 것이다. 김수영은 타자와의 대결을 통해 자신과 세계를 끊임없이 의심하고 회의하며, 이 같은 대결과 의심은 기성의 관념으로부터 벗어나 한 사회의 외부로 나가려는 의지를 추동한다. 김수영에게 자유, 양심, 정직, 사랑, 죽음의 추구는 이 같은 의지와 결코 무관하지 않다.

이런 의미에서 볼 때 김수영의 시를 '타자와의 대화' 과정으로 이해할 수 있다. 자기의식의 확인이나 확대로서의 자기와의 대화가 아니라, 자기의식과 대립하는 타자와의 대화가 김수영 시를 구성하는 보다 본질적인 요소이다. 김수영 시에서 대결의식이 중시되는 것도 청자의 존재가 강조되는 것도 이 때문이다. 생명과 생명의 대치라는 대결의식과 "타자와의 대화만이 대화로 간주되는"[18] 대화주의는 이렇게 연결된다. 이들은 독아론(獨我論)의 세계와 가장 먼 거리에 있으며 갈등과 긴장을 동일하게 내장하고 있다.

김수영에게 시를 쓴다는 것은 자아의 동일성을 확인하고 심화하는 것이라기보다는 타자의 이질성과 갈등하고 대결하며 대화한다는 것이다. 김수영은 동일자와 일반자의 세계, 자기의식, 공동체의 사변과 관념에 묻는 것이 아니라, 타자와 타자성에 묻는 것이며 새로움과 혼돈을 향해 묻는 것이다. 그러므로 김수영의 문학에서 "타자와의 대화로서의 언어가 형성하는 다수 체계는 그것을 하나의 전체성 속에 가두는 것을 결코 허락하지

---

17 위의 책, 15쪽.
18 위의 책, 24쪽.

않는다."[19] 타자와의 대화는 특정한 문학적 장치나 이데올로기 속으로 환원되지 않는, 김수영 문학의 다성적인 체계를 추인하는 결정적인 요소이다.

김수영은 자기 자신에게서 혹은 한 사회 내에서 미(美)와 질서와 권력의 작용에 의해 '배제된' 혼돈과 이질성을 자신의 문학 안에 포섭하여 '이미 이루어져 있는(旣成)' 자신과 사회의 곤고한 명제들을 무너뜨린다. 사회의 공통의 커뮤니케이션 규칙을 벗어나거나 이를 공유하지 않는 사람을 타자라고 할 때, 김수영이 문학을 통해 저항하고 있는 것이 바로 '타자가 부재한 세계'이며 '대화가 부재한 시'이다. 김수영의 시는 결코 나와 (나와 동질적인) 일반자만이 존재하는 장소에 머물지 않는다. 그는 타자를 경험하고, 타자와 갈등하며, 타자와 대화하는 것이 본질적으로는 타자를 '사랑하는' 형식임을 자신의 시를 통해 보여주었다.

> 우리 동네엔 미대사관에서 쓰는 타이프 용지가 없다우
> 편지를 쓰려고 그걸 사 오라니까 밀용인찰지를 사 왔드라우
> (밀용인찰지인지 밀양인찰지인지 미룡인찰지인지
> 사전을 찾아보아도 없드라우)
> 편지지뿐만 아니라 봉투도 마찬가지지 밀용지 넉 장에
> 봉투 두 장을 4원에 사가지고 왔으니 알지 않겠소
> 이것이 편지를 쓰다만 내력이오 ― 꽉 막히는구려
>
> 꽉 막히는 이것이 나의 생활의 자연의 시초요
> 바다와 별장과 용솟음치는 파도와 조니 워커와
> 조크와 미인과 패티 김과 애교와 호담(豪談)과
> 남자와 포부의 미련에 대한
> 편지는 못 쓰겠소 매부 돌아오는 길에
> 차창에서 내다본 중앙선의 복선 공사에 동원된

19 위의 책, 27쪽.

갈대보다도 더 약한 소년들과 부녀자들의
노동의 참경(慘景)에 대한 편지도 못 쓰겠소 매부

이 인찰지와 이 봉투지로는 편지는 못 쓰겠소
더위도 가시고 오늘은 하루 종일 일도
안 하고 있지만 밀용인찰지의 나의 생활을
당신한테 보일 수는 없소 이제는
편지를 안 해도 한 거나 다름없고 나는
조금도 미안하지 않소 매부의 태산 같은
친절과 친절의 압력에 대해서 미안하지 않소

당신이 사 준 북어와 오징어와 이등차표와
경포대의 선물과 도리스 위스키와 라즈베리 잼에 대해서
미안하지 않소 당신의 모든 행복과 우리들의 바닷가의
행복의 모든 추억에 대해서 미안하지 않소
살아 있던 시간에 대해서 미안하지 않소
나와 나의 아내와 우리 집의 온 가옥의 무게를 다 합해서
밀양에서 온 식모의 소박과 원한까지를 다 합해서
미안하지 않소 — 만 다만 식모를 부르는 소리가
좀 단호해졌을 뿐이오 미안할 정도로 좀 —
　　　　　　　　　　　 — 「미농인찰지(美濃印札紙)」 전문

　시에서도 그렇지만 특히 산문이나 번역 글을 읽다보면, 자본주의와 현
대성에 대한 김수영의 인식은 매우 첨예한 것이었음을 알게 된다. 그 스스
로 "요즈음은 문학 책보다도 경제 방면의 책을 훨씬 더 많이 읽게 된다"[20]
고 말하기도 했거니와, 『파르티잔 리뷰』 등의 외국 잡지와 문학, 예술뿐
아니라 사회과학 전반에 걸친 번역 작업은 현대 자본주의에 대한 이해와
비판에 적잖은 영향을 주었다. 4·19혁명 이후, 60년대 시에서는 '돈'이 소

---

20 김수영, 「밀물」, 98쪽.

재적, 주제적 측면에서 자주 등장하기도 하는데, 돈과 생활과 자본주의 이데올로기가 김수영 문학의 유의미한 한 축을 형성하고 있다고 할 수 있다. 그는 현대사회에서 개인의 행복이 상품과 소비의 문제와 연결되어 있으며 물질적 부가 쾌락의 가능성을 담보한다는 사실을 비교적 선명하게 인식하고 있었다. 지극히 일상적인 에피소드의 나열일 뿐이라고 평가되며 별다른 주목을 받지 못했던 시, 「미농인찰지」의 이면에는 기본적으로 이같은 인식이 자리하고 있다고 볼 수 있다.

「민락기」라는 산문을 보면, 시인이 강릉에 사는 누이동생 부부에게 놀러가서 받았던 충격에 대한 얘기가 나온다. 그것은 일종의 부와 사치와 쾌락의 세목을 실감한 데서 오는 충격이다. "그야말로 돈을 물같이 쓰면서" 자신을 환대해주는 동생 부부의 모습에서 시인은 모종의 "경이와 포만감과 불안감"을 동시에 느낀다.[21] 매부에게 편지를 보내는 형식인 「미농인찰지」의 시적 정황은 「민락기」에 서술된 강릉여행의 경험을 바탕으로 하고 있다.

물론 직접적인 계기가 된 것은 "밀용인찰지"이다. 식모에게 타이프 용지를 사오라고 했더니 대신 밀용지를 사왔다. 봉투까지 모두 합쳐도 고작 4원인, 질기고 얇은 밀용지는 아마도 무척 값싼 종이일 것이다. 지난 여행에서 보여준 매부의 친절과 물질적 호의에 고마움을 전하는 편지를 쓰려고 "미대사관에서 쓰는 타이프 용지"를 사오라고 했는데 밀용인찰지를 사온 것이다. 그 순간 화자는 뭔가 "꽉 막히는" 기분이 들었다. 그리고는 이내 이 편지를 못 쓰겠노라고 반복해서 말한다.

"못 쓰겠소"의 이유는 복합적이다. 표면적으로 보면 "이 인찰지와 이 봉투지로는" 못 쓰겠다는 것이다. 매부에게 밀용지로 대변되는 자신의 생활을 보이고 싶지 않은 것이다. 이를테면 이 동네엔 "미대사관에서 쓰는

---

21 김수영, 「민락기」, 198~199쪽.

타이프 용지" 같은 건 팔지 않는다. 밀용지와 우리 동네가 매부의 부에 '아코가 죽은' 화자의 경제 사정을 대립적으로 각인시킨다.

하지만 편지를 쓰지 못하는 좀 더 본질적인 이유는 따로 있다. 사실 화자의 내면에서는 '매부의 부'와 '노동의 참경'이 시종 일관 대립하고 있기 때문이다. 바다, 별장, 조니 워커, 조크, 미인, 패티 김, 호담에서 드러나는 매부의 부와, 공사장에 동원된 "갈대보다도 더 약한 소년들과 부녀자들의" 노동의 참경, 이들의 대립이 화자로 하여금 매부의 호의를 상찬하는 편지를 선뜻 쓰지 못하도록 하는 것이다.

부와 가난, 상품과 노동의 대립은 매부의 배경과 노동자의 모습의 대비적 묘사에서 그치는 것은 아니다. 매부의 부는 궁극적으로는 "밀용인 찰지의 나의 생활"과도 "식모의 소박과 원한"과도 대립된다. 매부의 친절과 사치는 '나' 생활, 노동자의 참경, 식모의 원한과 본질적으로 다른 것이다. 이들의 가난한 삶을 모두 합쳐도 매부의 부유한 삶과의 대결은 요원한 것이다. 매부에게 "미안하지 않소"라고 반복해서 발화하는 화자의 심리는 이 같은 차이에 대한 인식에 기반하고 있다. 이 대립에 얽힌 복잡한 속내 때문에, 화자는 매부의 친절에 대해 미안하지 않고, 보답의 편지를 쓰지 않아도 미안하지 않고, "북어와 오징어와 이등차표와 / 경포대의 선물과 도리스 위스키와 라즈베리 잼"에 대해 미안하지 않다고 반복해서 말하는 것이다.

이때, 주로 매부에 대한 '나'의 심경과 태도를 서술하고 있는 이 시가, 식모에 대한 에피소드로 시작해서 식모에 대한 에피소드로 끝나는 것은 우연의 일치만은 아니다. 결과적으로 볼 때, 화자가 무의식중에 대치시키고 있는 대상은 매부와 식모이다. 화자의 경험 속에서 매부의 시간과 식모의 시간은 서로 대립하고 있다. 시종일관 미안하지 않다고 말하던 화자가 유일하게 미안함을 내색하는 순간은 바로 식모를 대하는 태도와 관련이 있다.

　김수영 시의 대결의식을 이질적인 힘들의 충돌, 생명과 생명의 대치, 타자와의 대결 등으로 정의했을 때, 이 시에서 살펴본 갈등의 구조는 타자와 타자라기보다는, '나'와 타자 사이의 대립에 기반하고 있다. 매부의 부와 식모의 원한을 축으로 하는 갈등의 보다 본질적인 층위는 '나'와 매부, '나'와 식모 사이의 갈등이다. '나'는 매부의 친절에 대해 고마워하며, 매부의 사치에 주눅이 들고, 매부의 행동에서 '힘의 마력'을 느낀다. 반면 식모의 가난과 소박과 원한에 대해서는 모종의 권위와 자책감과 수치심을 복합적으로 느낀다. 그러니 '나'라는 사람이, '나'의 생활이 "꽉 막히는" 것은 이 같은 모순 때문이지 밀용지의 사태와는 별반 관련이 없다. 결국은 매부의 세계도, 식모의 세계도 '나'에게는 이질적인 것이며, 화자가 경험한 타자의 시간과 그들과의 내면적인 갈등이 시의 핵심을 이룬다. 「미농인찰지」는 '경험의 구체성'과 '갈등의 구상성'을 토대로 가장 사적인 에피소드를 통해, 자본과 현실의 날카로운 일면을 사유하게 한다.

3. 사건의 장면화와 연극을 바라보는 시선

　앞에서 김수영 시의 연극성을 경험, 갈등, 대결의식, 대화라는 관점에서 살펴보았다. 그렇다면 김수영 자신은 연극성을 어떻게 이해하고 있었을까. 연극성에 대한 김수영의 사유를 살펴보기 위해서는 우선 「새로움의 모색」(1961)이라는 산문을 분석해볼 필요가 있다. 이 산문에서 김수영은 "연극성이란 무엇인가?"라는 질문을 시작으로, 연극성이 성공적으로 구현된 사례와 반대의 경우를 제시하면서 연극성의 의미와 특성, 한계와 대안을 두루 살핀다. 연극성에 대해 정의하고 있는 첫 부분은 이렇게 시작한다.

나는 오랫동안 영시(英詩)에서는 피터 비어레크하고, 불란서시에서
는 쥘 쉬페르비엘을 좋아한 일이 있었다. 두 시인이 다 얼마간의 연극성
을 지니고 있는 것이 나를 매료한 원인이 되었을지도 모른다. 이 연극성
이란 무엇인가? 읽으면 우선 재미가 있다. 좋은 시로 읽어서 재미없는
시가 어디 있겠는가마는 그들의 작품에는 판도라의 상자를 열어보는 것
같은 속된 호기심을 선동하는 데가 있단 말이다. 이것이 작시법상의 하
나의 풍자로 되어 있는지는 몰라도 하여간 나는 이 요염한 연극성이 좋
았다. 또 하나는 그들의 구상성이다. 말하자면 ― 연극에는 으레 구상성
이 따르게 마련이지만 ― 말라르메의 invisibility(불가시성)나 추상적인
술어의 나열 같은 것이 일절 자취를 감추고 있는 것이 마음에 들었다.[22]

김수영은 오랫동안 피터 비어레크와 쥘 쉬페르비엘의 시를 좋아했다고
언급하면서, 그 매료의 원인은 연극성 때문이라고 밝히고 있다. 김수영이
보기에 연극성의 뼈대를 이루는 것은 '풍자'와 '구상성'이다. 우선 풍자는,
"판도라의 상자를 열어보는 것 같은 속된 호기심을 선동하는" 재미를 지
니는 것이지만, 보다 근원적으로는 '스토리' 자체에 내재하는 고유한 특성
으로 이해된다. 시작(詩作) 기간 전체는 아니겠으나 특정 기간 동안 김수
영은 재미가 있으며 속된 호기심을 자극하는 이야기의 도입에 관심을 가
졌으며, 이는 시에 풍자적 성격을 부여하는 계기가 되었다는 것이다. 김수
영은 스토리 자체가 가지고 있는 풍자성에 집중하여 다음과 같이 말한다.
"역시 스토리다. 하나의 스토리다. (…) 스토리란 독자나 관중을 쓰다듬고
달래 주는 것이고, 스토리 자체가 벌써 하나의 풍자인 것이다. 즉 그의 작
품은 그 내용이 풍자적이라기보다는 이 스토리성이 곧 풍자가 된다."[23] 이
는 시 속에 의도적으로 풍자적인 내용을 도입해서라기보다는 특정 주제를

---

22 김수영, 「새로움의 모색」, 320쪽.

23 위의 글, 321쪽.

스토리화하여 발화하는 순간 형성되는 풍자성에 대해 강조하는 말이다.

다음으로 구상성은, 연극에 으레 따르기 마련인 속성으로서, 가시성 (visibility)을 지닌 시와 구체성을 지닌 시어로서 특정된다. 이를 김수영은 말라르메를 언급하며 "invisibility(불가시성)나 추상적인 술어의 나열 같은 것이 일절 자취를 감추고 있는 것"으로 묘사한다. 이 시기의 김수영에게 말라르메와 쉬페르비엘의 차이는 명확한 것이었다.[24] 이를테면 김수영에게 현대시의 요체는 "시는 절대적으로 새로워야 한다"는 것이며, 그러므로 "우리들은 우리들의 시를 절대적으로 경멸해야" 한다는 것이었다.[25] 이같은 근본 명제는 카뮈의 선언과 랭보의 말[26] 등, 얼마간 프랑스 문학의 영향에 의한 것으로 이해할 수 있다. 그런데 그 명제의 실행적 차원에서 그는 프랑스 문학을 말라르메적인 것과 쉬페르비엘적인 것으로 나눈다. 그리고 말라르메적인 것은 배제하고 쉬페르비엘적인 것에 매료당하게 되는데,[27] 그 이유는 바로 쉬페르비엘의 시가 지닌 연극성에서 찾을 수 있다.

---

24 이에 대해서는 김현의 다음 문장을 참조해도 좋겠다. "그(김수영)는 처음에 말라르메와 발레리를 읽었으나 그것을 이해할 수 없어 내팽개치고 쥘 쉬페르비엘의 연극성과 현대성에 도취해 있었다. 그 쉬페르비엘의 『세계의 우화』를 나(김현)는 끝까지 읽어내지 못하고 팽개쳐버렸고 발레리와 말라르메에게서 시의 맛을 배웠다. 발레리와 그의 스승인 말라르메는 프랑스 시 특유의 세련성을 극단으로 몰고 간 시인들이다. 거기에 비하면 쉬페르비엘은 날렵하게 그리고 지적으로 세계를 이해하려고 애쓴 파격의 시인이다. 아마도 거기에서 시의 조사법과 암시력에 관심을 쏟은 한 사람의 비평가(김현)와 시의 파격과 지적 조작에 신경을 쓰는 시인(김수영)이 태어났는지도 모른다."(괄호는 글쓴이). 김현, 「김수영을 찾아서」, 『상상력과 인간/시인을 찾아서』, 문학과지성사, 1991, 392~393쪽.

25 김수영, 「글씨의 나열이오」, 184쪽.

26 "현대의 작가들은 자기들의 문학을 불신한다는 카뮈의 선언은, 시는 절대적으로 현대적이어야 한다는 랭보의 말만큼 중요하다. 이것이 오늘의 척도다." 김수영, 「시작노트7」, 561쪽.

27 정명교, 「김수영과 프랑스 문학의 관련 양상」, 『한국시학연구』 22호, 2008, 355쪽. 인용한 내용에 덧붙여, 여기에서 말라르메적인 것은 배제되는 듯 보이지만 여전히 김수영에게 명제로서 남게 된다고 언급하며, 김수영은 1966년에 "말라르메를 논

정리하면 김수영이 산문을 통해 밝힌 연극성의 특질은 풍자와 구상성이며, 이는 재미와 호기심을 선동하는 이야기의 도입, 가시성을 지닌 시적 구성과 구체성을 지닌 시어의 사용으로 요약된다. 이러한 특성은 김수영의 시에서, 갈등 구조를 집약한 특정 사건을 무대 위에서 실연(實演)하듯 '장면화'[28]하여 보여주는 방식으로 드러나며, 이야기성, 풍자성, 구상성 그리고 장면화 방식은 시의 범속화 현상과 연결된다.

> 신문 배달 아이들이 사무를 인계하는 날
> 제임스 땡같이 생긴 책임자가 두 아이를
> 데리고 찾아온 풍경이
> 설(雪)에 너무 비참하게 보였던지
> 나는 마구 짜증을 냈다
>
> 필요 이상으로 화를 내는 것도 좋다
> 그 사나이는, 제임스 땡은 어이가 없어서
> 조그만 눈을 민첩하게 움직이면서 미소를
> 띠우고 섰지만

하자"(김수영, 「시작노트6」, 552쪽.)는 주창을 하게 된다고 설명한다. 조연정은 김수영이 "참된 창조"이자 "성실한 시"의 예로 말라르메를 들고 있음을 지적하며, 여기서 참된 창조이자 성실한 시는 "침묵 한걸음 앞의 시"를 의미하는데, 이는 "불후의 말은 여전히 침묵 속에 있다"는 말라르메의 사유와 연결된다고 설명한다(조연정, 「번역체험」이 김수영 시론에 미친 영향-'침묵'을 번역하는 시작 태도와 관련하여」, 『한국학연구』 38집, 2011, 481~482쪽.).

28 프랑스어로 장면화(mise-en-scène)는 영화에서 '사건을 무대화하는 것'을 의미하며, 처음엔 연극 연출의 기법에 적용되었다. 영화학자들은 영화연출에 그 용어를 비슷하게 확장시켜 감독이 영화 화면에 나타나는 것들을 통제한다는 의미로 사용했다. 연극에서 유래한 용어라는 점에서 짐작되듯이 장면화는 연극적 기법과 중복되는 양상들을 포괄한다(데이비드 보드웰·크리스틴 톰슨, 주진숙·이용관 옮김, 『영화예술』, 이론과실천, 1993, 188쪽.). 이 글에서는 연극에서 유래한 이 개념을 '시적 주체의 행위에 초점을 맞추어 사건을 무대화하는 것'의 의미로 사용하였으며, 무대 위의 세부를 사실적으로 묘사하는 시적 장치까지 포괄하는 개념으로 사용하였다.

나의 고삐를 잃은 백마에 당할 리가 없다

그와 내가 대결하고 있는 깨진 유리창문 밖에서는
신구(新舊)의 두 놈이 마적의 동생처럼
떨고 있다 "아녜요" 하면서 오야붕을 응원
하려 들었지만 내가 그놈들에게
언권을 줄 리가 없다

한 놈은 가죽 방한모에 빨간 마후라였지만
또 한 놈은 잘 안 보였고 매일 아침 들은
"신문요"의 목소리를 회상하며
어떤 놈이 신(新)인지 구(舊)인지 가려낼 틈도
없다 눈이 왔고 추웠고 너무 화가 났다

제임스 띵의 위협감은, 이상한 지방색 공포감은
자유당 때와 민주당 때와 지금의 악정(惡政)의 구별을 말살하고
정적(靜寂)을 빼앗긴, 마지막 정적을 빼앗긴
나를 몰아세운다 어서 돈을 내라고
그러니까 그들이 요구하는 것은 신문값이 아니다

또 내가 주어야 할 것도 신문값만이 아니다
수도세, 야경비, 땅세, 벌금, 전기세 이외에
내가 주어야 할 것은 신문값만이 아니다
마지막에 침묵까지 빼앗긴 내가 치러야 할
혈세 — 화가 있다

눈이 내린 날에는 백양궁(白羊宮)의 비약이 없는 날에는
개도 짖지 않는 날에는 제임스 띵이 뛰어들어서는
아니 된다 나의 아들에게 불손한 말을 걸어서는
아니 된다 나의 사상에 노기를 띄우게 해서는
아니 된다

문명의 혈세를 강요해서는 아니 된다 신(新)과 구(舊)가
탈은 낸 돈이 없나 순시를 다니는 제임스 띵은
독자를 괴롭혀서는 아니 된다
나를 몰라보면 아니 된다 나의 노기(怒氣)는 타당하니까
눈은, 짓밟힌 눈은, 꺼멓게 짓밟히고 있는 눈은

타당하니까 신·구의 교체식을 그 이튿날
꿈에까지 보이게 해서는 아니 된다
마지막 정적을 빼앗긴, 핏대가 난 나에게는
너희들의 의식은 원시를 가리키고
노예 매매를 연상시킨다

　　　　　　　　　　　　　　　　－「제임스 띵」 부분

　시는 1965년 겨울 어느 날에 발생한 에피소드의 중첩으로 이루어져 있
다. 「제임스 띵」은 적잖이 희극적인 상황으로 전개되지만 결코 웃지 못할
현실의 일면과 개인의 내면적 분투를 보여준다. 신문 배달을 하는 아이들
의 사무 인계가 있는 날, 책임자와 신·구 두 아이가 화자의 집을 찾아왔다.
책임자는 밀린 신문값을 수금하는 동시에 "신(新)과 구(舊)가 탈을 낸 돈
이 없나 순시를 다니는" 중이다. 추운 날 창문 밖으로 두 아이의 모습을 접
한 순간, '나'는 그 풍경이 몹시 "비참"해 보였다. 이들의 교체 수순이 어딘
가 "원시"적이고, 심지어 "노예 매매"를 연상시켰기 때문이다. 아마도 그
비참 때문이었을 것이다. '나'는 마구 짜증이 났고 "필요 이상으로 화를"
냈다.
　하지만 그것이 전부는 아니었다. 화자는 "제임스 띵"처럼 생긴 책임자
에게서 묘한 "위협감"과 "공포감"을 느낀다. 그것은 비단 "어서 돈을 내
라"는 요구에서 발생하는 것은 아니다. 제임스 띵의 위협과 화자가 느끼
는 공포는 다름 아닌 "자유당"과 "민주당"과 "지금의 악정(惡政)"에서 기

인하는 위협감, 공포감과 겹쳐져있기 때문이다. 두 아이 위에 군림하듯 서 있는 제임스 띵의 모습에서 화자는 당시 권력자들의 악행과 무도를 거의 무의식적으로 떠올렸던 것이다. 이 순간 제임스 띵은 "그들"이라는 복수로 변모한다. 그들은 '나'에게 신문값을 요구하고 각종 세금을 거둬들인다. 하지만 결정적으로 그들은 '나'에게서 "정적(靜寂)"과 "침묵"을 빼앗아간다. '나'가 마지막으로 빼앗긴 것, '나'가 끝내 치러야 할 것은 "화" 그 자체이다. 사소한 신경질에서 극단적인 노기(怒氣)에 이르기까지 '나'의 화는 그들의 악정과 연결되어 있다. "화"는 정적과 침묵까지 빼앗긴 화자가 치러야 하는 진정한 의미의 "혈세"인 것이다.

그리하여 시인은 자신의 화는 "타당하니까"라고 반복한다. 하지만 이러한 반복과 거기에 더한 앙장브망(enjambement)의 형식은 시인의 위태로운 자기의식을 보여준다. 이는 신문배달 책임자와 아이들을 상대로 한 자신의 일방적인 신경질이 과연 타당했는가를 묻는 작업에 다름 아니다. "까맣게 짓밟히고 있는 눈"이라는 비유를 통해 시인은 짐짓 우리 사회의 어떤 부당한 힘과 권력관계에 항의하는 듯 하지만, 이 안에서 시인이 바라보는 것은, 예컨대 붙잡혀간 소설가를 위해서, 월남파병에 반대하면서 수행하는 저항이 아니라 그저 "조그마한 일에만 분개하는"(「어느 날 고궁을 나오면서」) '옹졸한 반항인'의 형상이며 거기에서 유래하는 자기회의인지도 모른다.

「제임스 띵」은 어느 겨울날의 희극적 에피소드를 사실적으로 보여준다. 여기에는 몇몇 사건이 중첩되어 있지만, 이는 일정한 시간의 흐름을 내장한 서사 구조와는 거리가 있다. 김수영이 기획하는 연극성은 시에 서사를 도입하는 것이라기보다는 갈등구조를 집약한 특정 사건을 '장면화' 하여 보여주는 방식에 가깝다. 김수영은 시의 가시성을 중시하며, 구체성을 지닌 시어들을 통해 사건을 마치, 무대 위에서 재연(再演)하듯[29] 시 속에 장면화한다.

이 과정에서 시는 범속화 경향을 보인다. 한 평론가가 지적했던 김수영 시의 "교양주의의 붕괴"[30]는 결과적으로 시의 연극적 특성과도 무관하지 않다. 김수영은 스토리성과 풍자를 연결시켰는데, 이를 테면 「제임스 띵」이 보여주는 바, 정치현실에 대한 비판과 힘없고 가난한 아이들의 모습, 자신을 희화화하는 방식 등은 이야기 속에 내재된 풍자의 성격을 잘 보여준다. 김수영이 산문에서 연극성의 특성으로 제시했던 스토리성과 구상성은 이처럼 사건의 장면화, 에피소드의 구상화와 같은 방식으로 실현되며 이는 시의 범속화 현상과 관련된다.

연극성을 이루는 요소인 스토리, 풍자, 구상 그리고 이를, 사건을 장면화하는 방식으로 실연(實演)하는 것은 어쩔 수 없이 시를 범속화 하는 면이 있는 것이다. 우선 김수영 자신은 범속적인 것을 부정적으로 여기지는 않았다. 오히려 "판도라의 상자를 열어보는 것 같은 속된 호기심을 선동하는" 재미, "점잖은 주제를 취급하면서도 어딘지 모르게 풍기는" 속취(俗臭)와 아기(雅氣)[31]의 면모를, 자신이 연극성을 좋아하게 된 요인으로 뽑았다.

하지만 속화된 이야기와 구상적인 성격은 잠재적으로 시적 연극(성)이 '쇼'나 '통속극'으로 변질될 가능성을 떠안게 된다. 김수영은 비어레크의 시를 예로 들어 그의 시에도 연극(성)은 있지만 그것은 "현대 문명에 정면

---

29 예를 들어 "깨진 유리창 밖에서는 / 신구(新舊)의 두 놈이 마적의 동생처럼 / 떨고 있다 "아네요" 하면서 오야붕을 응원 / 하려 들었지만"과 같은 시행의 경우, "깨진 유리창 밖에서는 신구의 두 놈이 마적의 동생처럼 떨고 있다", "아네요"의 배치는 마치 희곡의 지문과 대사를 떠올리게 한다.

30 김주연, 「교양주의의 붕괴와 언어의 범속화」, 『김수영 전집 별권』, 민음사, 1983, 260~276쪽.

31 김수영, 「새로움의 모색」, 320~321쪽.

으로 도전하는 양키의 40년대의 쇼"이거나 "쇼 대신에 마술(예술)을 취재로 한 통속극"[32]이라고 강하게 비판한다. 그렇다면 연극성의 이 같은 한계를 극복할 수 있는 방법은 무엇일까. 김수영이 이를 명확히 제시한 것은 아니지만, 그가 연극성의 와해와 새로움의 모색을 언급하는 부분에서 역설적으로 이에 대한 암시를 얻을 수 있다.

연극성의 와해를 떠받치고 나가야 할 역사적 지주는 이제 개인의 신념이 아니라 인류의 신념을, 관조가 아니라 실천하는 단계를 밟아 올라가고 있다. 그리고 이러한 실천은 윤리적인 것 이상의, 작품의 image(심상)에까지 강력한 영향을 끼치는 보다 더 근원적인 것으로 되어 있다. 현대의 순교가 여기서 탄생한다. 죽어 가는 자기를 바라볼 수 있는 자기가 아니라, 죽어가는 자기—그 죽음의 실천—이것이 현대의 순교다. 여기에서는 image는 바라볼 것이 아니라, 자기가 바로 image이다. (밑줄은 인용자)[33]

「새로움의 모색」은 1961년에 씌어졌다. 이 글을 쓰던 시기, 김수영에게 연극성은 궁극적으로 와해되어야 할 것이었다. 하지만 아이러니하게도 김수영이 여기에서 언급했던 연극성의 특질은 1960년대의 시에서 더욱 두드러지게 나타난다.[34] 김수영 자신도 "연극…… 구상(具象)…… 이런 것을 미워하기 시작하면서부터 나는 다시 추상을 도입시킨 작품을 실험해 보았지만 몇 개의 실패작만을 내놓고 말았다. 그리고 보면 아직도 drama를 포기할 단계는 못 된 것 같"다고[35] 밝히고 있다. 그런 의미에서 연극성은 김수영의 창작기간 내내 추구되고, 와해되고, 모색되는 과정을 거

32 위의 글, 325, 328쪽.

33 위의 글, 326쪽.

34 이에 대해 강웅식은 "60년대에 씌어진 많은 시들은 '연극성'과 '구상성'에서 비롯되는 '야유'와 '풍자'를 기반으로 하고 있다"고 설명한다(강웅식, 앞의 책, 127쪽.).

35 김수영, 「새로움의 모색」, 328~329쪽.

치면서 지속적으로 시의식과 시작방법에 영향을 미쳤다고 볼 수 있다.

인용한 부분은 김수영이 연극성의 와해와 극복에 대해 언급하고 있는 부분이지만, 그래서 연극성의 중요한 특징들은 '~가(이) 아니라'의 형태로 모두 부정되고 있지만, 역설적으로 여기에서 연극성의 중요한 특징을 발견할 수 있다. 그것은 바로 '장면화에 대한 자기의식'이다. 에피소드, 장면 속의 자신에 대한 "관조", 김수영 식으로 말하면 "죽어가는 자기를 바라볼 수 있는 자기"의 존재가 그것이다. 그리고 이는 속화된 이야기를 쇼나 통속극의 차원으로 떨어뜨리지 않는 중요한 장치가 된다. 시인이 극중극에 직접 출연하기까지 하는 것,[36] 만약 거기에서 그친다면 통속극이 되지만, 거기에서 벗어날 수 있는 장치는, 그러니까 김수영에게 연극성의 중요한 본질은, 다름 아닌 통속극 속에 놓여있는 '자신을 바라보는 자기'의 존재이다. 그 시선이 통속극으로부터 시를 구제한다. 이 같은 시선은 시의 표면에 드러나 있을 수도 있고, 직접적으로 보이지는 않지만 함축적 시선으로서 존재할 수도 있다. 김수영 시 특유의 자기응시와 자기학대는 연극성의 본질로서의, 장면화에 대한 자기의식, 연극을 관조하는 시선과 밀접하게 연관되어 있다.

> 이발소의 화롯가에 연분홍빛 화로
> 깨어진 유리에 종이를 바르고
> 그 언 유리에 비친 내 얼굴이 제임스 띵같이
> 되기까지 내가 겪은, 내가 겪을
> 고뇌는 무한이다
>
> (…)
>
> 불 피우는 소리처럼 다 들리고

---

36 위의 글, 328쪽.

재 섞인 연기처럼 다 말힌다 정정이 필요 없는
겨울의 꿈 깨어진 유리의 제임스 띵
이제는 죽어서 불을 쬔다
빠개진 난로에 발을 굽는다 시꺼면 양말을 자꾸 비빈다
— 「제임스 띵」 부분

　앞서 한 편의 희극 같은, 세속적이고 유머러스한 장면을 연출했던 「제임스 띵」의 마지막 부분이다. 시간과 장소가 바뀌어, 며칠 후 이발소 안에는 '나'와 '이발쟁이'가 있다. 이발소는 꽤 누추한 곳이다. 연분홍빛 난로, 깨어진 곳에 종이를 덧바른 유리창, 천장을 도배한 신문지가 보인다. 신문지 위의 붉은 활자가 선명하며, 이발쟁이는 가난한 "언청이"다. 이 공간을 무대로 화자는 일전의 희극적 혈투에 대한 자학적 고뇌에 빠져있다. 이발소 유리창에 비친 화자의 얼굴이 "제임스 띵같이" 보였기 때문이다. 더욱이 마지막 연에서 제임스 띵은 신문배달 책임자가 아니라 화자 자신이다. 독자로서의 알량한 권력을 가지고 마구 신경질을 쏟아낸 자신이, "자유당 때와 민주당 때와 지금의 악정"의 권력자, 신문배달 아이들에게는 "오야붕"으로 군림하는 제임스 띵과 근본적으로 다를 바 없다는 생각을 하게 되었기 때문이다. 난로 가에서 연신 "시꺼면 양말"을 비비는 행동은 그 자학과 부끄러움을 보여준다.
　여기서 주목할 것은, 자신의 연극에 대한 자의식이다. 김수영의 시에는 이처럼 제임스 띵 같은 얼굴로 발가락을 꼼지락거리고 있는 '자신을 바라보는 시선'이 존재한다. 그 시선의 엄혹함은 "이제는 죽어서 불을 쬔다"는 문장 속에, 결코 가볍지 않게 쓰인 "죽어서"라는 말을 통해서도 잘 드러난다. 김수영은 자신이 겪은 사건을 장면화하여 시 텍스트 속에 재연한다. 이때 텍스트 안에는, 연극 속의 자신의 모습에 대한 뚜렷한 '의식'과 '논평'이 존재한다. 이러한 자기 관조의 장치는 속화된 이야기가 단순한 쇼나 통속극의 차원으로 떨어지지 않도록 하는 기능을 한다. 김수영 시가 독자에게 전달하는 원초적인 감동 또한 이 같은 통렬한 자기 묘사나 자학적인 고뇌와 무관하지 않다.

> (A) 남에게 희생을 당할 만한
> 충분한 각오를 가진 사람만이
> 살인을 한다
>
> (B) 그러나 우산대로
> 여편네를 때려눕혔을 때
> 우리들의 옆에서는
> 어린놈이 울었고
> 비 오는 거리에는
> 40명가량의 취객들이
> 모여들었고
> (C) 집에 돌아와서
> 제일 마음에 꺼리는 것이
> 아는 사람이
> 이 캄캄한 범행의 현장을
> 보았는가 하는 일이었다
> ―아니 그보다도 먼저
> 아까운 것이
> 지우산을 현장에 버리고 온 일이었다
>
> ―「죄와 벌」 전문

앞서 김수영 시의 연극성이 사건의 장면화와 자신의 연극을 바라보는 시선의 구조로 이루어져 있음을 살펴보았다. 「죄와 벌」 또한 사건의 '묘사'와 사건 속의 자신에 대한 '논평'의 형식으로 구성되어 있다. 화자는 일전에, 비오는 거리에서, 우산대로, 아내를 폭행하였다. 그러자 "어린놈이 울었고", "40명가량의 취객들이 / 모여들었"다. 화자는 자신의 "범행"(현장)을 '건조하게' 서술한다. 이때 김수영 시 특유의 현상적 화자 '나'는 등장하지 않으며, 이는 상대적으로 사건의 묘사보다는 사건에 대한 논평이 강조되고 있음을 보여준다. 여기서 사건의 주체보다는 발화의 주체가 즉, 언술내용의 주체보다는 언술행위의 주체가 중시된다.

「죄와 벌」은 잠언과도 같은 문장으로 시작된다. "남에게 희생을 당할 만한 / 충분한 각오를 가진 사람만이 / 살인을 한다"는 이 문장은 자칫 모호하게 읽힐 여지가 있지만, 이는 이어지는 사건과 논평의 중요한 전제가 되는 것으로 자세히 살펴볼 필요가 있다. 위의 3행의 내용을 정리하면 '벌에 대한 각오를 한 사람만이 죄를 짓는다'는 뜻이 된다. 이 문장이 강조하는 것은 두 가지이다. 바로 자신의 행위에 대한 정당성과 처벌에 대한 각오이다. 죄와 벌에 관한 이 같은 아포리즘은 도스토예프스키의 동명의 소설과 주인공 라스콜리니코프의 행위와 운명을 떠올리게 한다.[37] 그에 비해 화자의 "범행"에는 죄에 대한 최소한의 정당성도 희생에 대한 각오도 존재하지 않는다. 이어지는 범행의 장면이 "그러나"라는 역접의 접속사로 시작하는 것은 이와 무관하지 않다. 2연 도입부의 장면 묘사와 1연의 전제적 언술은, 이후 사건을 관조하고 논평하는 시선에 의해, 이 시가 결국은 지독한 자기혐오의 시가 될 것임을 짐작할 수 있게 한다.

자신의 행위에 대한 화자의 논평은 크게 두 가지이다. 하나는 아는 사람이 범행의 현장을 보았을까봐 마음이 꺼려진다는 것이고, 다른 하나는 지우산을 그곳에 버리고 온 것이 몹시 아깝다는 것이다. 자신의 범행에 대한 이 같은 진술은 흔히 예상할 수 있는 반성의 서사를 빗나간 그 무도함으로 인해 독자들을 적잖이 당황스럽게 한다. 하지만 독자들이 화자의 야

---

37 이 시를 도스토예프스키의 『죄와 벌』과 관련지어 설명한 것으로는 다음의 글 참조. 김명인, 『김수영, 근대를 향한 모험』, 소명출판, 2002, 219~220쪽.

만적인 태도에 대해 즉각적으로 비판하기에 앞서 보이는 이 같은 반응은 화자의 논평이 표면적인 잔혹함과는 다른 의미를 내포하고 있다는 뜻이 된다.

범행 이후 "제일 마음에 꺼리는 것이" 타인의 시선이라는 것, 즉 아는 사람이 자신의 야만적인 행위를 지켜보았을까 두려워하는 것은, 주체의 몰염치와 소심함을 동시에 보여준다. 타인의 존재는 이미 앞에서도 언급 되었다. 아들 놈, 거리의 취객, 아는 사람의 존재는 중요하다. 화자는 바로 이들의 시선을 내면화하여 자신에게 처벌을 가하고 있기 때문이다. 화자의 자기관조와 위악적인 논평은 결국 타인의 시선으로 자신을 공격하는 행위에 다름 아니다. "아니 그보다도 먼저 / 아까운 것이" 그곳에 지우산을 버리고 온 일이라는, 다분히 위악적인 진술은 자기비판과 자기풍자의 면모를 더욱 극단적으로 보여준다. 이렇게 볼 때, A를 전제로 한 '장면화'(B)와 '자기의식'(C)은, 다름 아닌 A를 전제로 한 '죄'(B)와 '벌'(C)의 구조로 이루어져 있다고 할 수 있다. 자신에 대한 이 같은 관조와 풍자의 구조로 인해, 독자는 화자가 자신의 야만성과 타락됨을 드러내면 드러낼수록 오히려 화자가 그 야만성과 타락으로부터 벗어나는 역설을 발견하게 된다.[38]

요컨대 「죄와 벌」의 핵심을 이루는 것은 '자기 자신에 대한 화자의 태도'이다. (C)에서 확인할 수 있는 바, 표면에 드러나있는 잔혹하고 무도한 목소리 이면에는 소심하고 자학적인 목소리가 숨겨져있다. 이 이중성은 바로 「죄와 벌」의 아이러니의 근거가 된다. 아이러니는 자아와 세계의 (동일성이 아닌) 차이에서 유래하는 현상이다. 분열된 자아 사이의 내적 거리를 전제로, 서로 상충되는 두 개의 시점(목소리)이 공존하는 동시성

---

38 김혜순, "김수영 시 연구 – 담론의 특성 연구", 건국대 박사논문, 1993, 170쪽.

이 바로 아이러니의 원리이다.[39] 표면적인 발화의 내용과는 반대로, (C)의 화자는 이미 범행을 감행한 (B)의 자아를 반성하고 비판하는 자아이다. 이것이 바로 (C)의 부도덕한 논평 이면의 숨은 의미이며, 이를 통해 시인의 자기분석과 자기풍자는 완료된다.

4. 아이러니와 다성적 화자

이 지점에서 김수영 시의 '연극성'은 '아이러니'와 연결된다. 김수영이 에피소드의 장면화를 통해 일종의 무대구조를 만들 때, 시 속에는 무대 위의 자신을 관조하는 시선이 이미, 항상 존재한다. 이는 겉으로는 좀처럼 드러나지 않는 '숨은 화자'의 시선이다. 이는 무대 위의 자신을 비평하는 화자이고, 자신을 검열하는 '지적 관찰자'[40]이다. 그리고 이들의 비평과 검열은 기본적으로 타자의 시선을 전제로 하여 행해진다. 이런 의미에서 화자의 시점에는 필연적으로 타자의 목소리가 혼합되어 있다.

이처럼 아이러니는 분열된 자아 사이의 거리와 관찰을 전제로 한다. 두 개의 시점과 두 개의 목소리가 공존하게 되는 것이다. 이중의 시선과 이중의 발화, 이 구조 속에서 화자가 자신을 비판하는 내적 아이러니가 탄생한다. 연극성과 아이러니의 관점에서 볼 때, 김수영의 시에서 화자는 '장면화의 주인공'과 '그에 대한 논평자'로 분리된다. 이를 달리 '사건의 주체'로서의 화자와 '사건의 관찰자'로서의 화자라고 명명할 수 있을 것이다. 이때 사건의 주체로서의 화자는 '드러난 화자'가 되고 사건의 관찰자로서의 화자는 '숨은 화자'가 된다. 연극적 특성을 가진 시의 경우, 김수영 시의 화자는 이중의 시점을 동시에 지닌 '다성적' 화자이다.

39 김준오, 『시론』, 삼지원, 1982, 308쪽.
40 위의 책, 314쪽.

연극성의 특성으로서의 이야기성과 구상성, 그것이 시에 형상화된 형태로서의 사건의 장면화, 그것이 쇼나 통속극으로 전락하지 않도록 하는 장치로서의 자기 관조의 시선, 이를 정리하면 연극성의 핵심은 '장면화'와 '자기관조'이며, 거기에서 발생하는 '이중성'이다.

18세기까지만 해도 아이러니는 수사학의 일종으로서 표현된 것과 반대의 의미를 전달하는 비유의 방법이었다. 수사학으로서의 아이러니를 언어와 철학과의 관계에 집중하여 미적 이념이며 철학적 담론의 차원으로 확장시킨 슐레겔은, 괴테의 『빌헬름 마이스터』에 대해 분석하면서, 이 작품을 특징짓는 아이러니의 요소를 작가의 "위엄과 자신감, 그리고 동시에 그것을 비웃는 분위기" 또는 시적인 분위기에 등장하는 가장 '산문적인 장면'에서 찾고 있다.[41] 아이러니의 구조 속에서는 위엄에 찬 주체와 그런 자신을 비웃는 또 다른 주체가 동시에 존재하며, 산문적인 장면은 이러한 특성을 더욱 극적으로 노출시킨다.

주체의 분열과 시선의 이중성은, 아이러니의 근원적인 명제인 스스로를 관찰하고 반성적으로 성찰하는 주관성에서 기인한다.[42] 아이러니 작가는 "자신에 대한 적극적인 개진에서 자신으로의 자아비판적인 후퇴", 즉 "끊임없는 자기 창조와 자기 파괴"를 오가는 자기 처벌적 운동을 통해, 자

---

41 에른스트 벨러, 이강훈·신주철 옮김, 『아이러니와 모더니티 담론』, 동문선, 2005, 100쪽.

42 그런데 김수영에게 있어서, 아이러니의 근간이 되는, 이 같은 "급진적인 유형의 반성적 사유"(위의 책, 170쪽.)는, 미학적이고 철학적인 개념이기 이전에 지극히 개인적인 기질에서 기인하는 바가 크다. 김수영은 산문에서 자신의 지독한 '자학벽'에 대해 몇 차례 언급한 적이 있다. "나는 한때 자학을 하다 하다 못해 얼굴까지도 형용색색으로 변형해 가면서 자학을 한 일이 있었다. 아니, 지금까지도 그런 자학벽을 버리지 못하고 있다. 어떤 친구는, 이미 자학이란 시대에 뒤떨어진 철학이라고 비웃기까지 하더라만 뒤떨어진 대로 나는 이 자학의 철학을 버리지 못하고 있으니 딱하다면 딱한 일이다."(「물부리」, 112쪽.) ; "세상에서는 자학이 나쁘다고 하지만 아직도 나는 자학의 미덕에 대신하는 종교를 찾지 못하고 있소. 속되어 가는 나 자신에 대한 이나마의 변명이라도 없이는 어디 살겠소?"(「글씨의 나열이오」, 184쪽.).

신의 불완전함에 대한 인식을 자신의 텍스트에 새겨 넣는다.[43]

> 그것하고 하고 와서 첫 번째로 여편네와
> 하던 날은 바로 그 이튿날 밤은
> 아니 바로 그 첫날 밤은 반 시간도 넘어 했는데도
> 여편네가 만족하지 않는다
> 그년하고 하듯이 헛바닥이 떨어져 나가게
> 물어제끼지는 않았지만 그래도
> 어지간히 다부지게 해 줬는데도
> 여편네가 만족하지 않는다
>
> 이게 아무래도 내가 저의 섹스를 개관하고
> 있는 것을 아는 모양이다
> 똑똑히는 몰라도 어렴풋이 느껴지는
> 모양이다
>
> 나는 섬찍해서 그전의 둔감한 내 자신으로
> 다시 돌아간다
> 연민의 순간이다 황홀의 순간이 아니라
> 속아 사는 연민의 순간이다
>
> 나는 이것이 쏟고 난 뒤에도 보통 때보다
> 완연히 한참 더 오래 끌다가 쏟았다
> 한번 더 고비를 넘을 수도 있었는데 그만큼
> 지독하게 속이면 내가 곧 속고 만다

─「성(性)」 전문

「성(性)」은 아내와의 성교라는 내밀한 일상사를 소재로, 에피소드를 장면화하는 한편 묘사된 장면에 대한 자기의식을 보여준다. 이때 장면화보다는 자기의식의 측면이 보다 강조되는데, 이는 대상에 대한 묘사보다

---

43 에른스트 벨러, 앞의 책, 98~99쪽.

대상을 관조하는 시선과 그에 대한 논평이 중시되고 있음을 의미한다. 지금까지 살펴본 바와 같이, 연극성이란 이야기성과 구상성만이 아니라 구상화된 이야기를 관조하는 시선에 의해 형성되는 것임을 다시 한번 확인할 수 있다.

「성(性)」은 화자와 아내가 성교를 통해, 서로에게 몰입하는 것이 아니라 서로를 "개관"(概觀)하면서 '속고 속이는' 장면을 묘사한다. 화자는 아내에게 최선을 다하는 듯하지만, 사실은 전날 밤의 다른 여자와의 성교를 (무의식중에) 의식하면서 아내와의 "섹스를 개관하고" 있다. 문제는 아내도 이 사실을 알고 있다는 것이다. 화자는 일련의 섹스 행위를 통해 아내를 속이고 있고, 아내는 화자의 속내를 알고 있으면서도 침묵하고 있으며, 화자는 아내가 눈치채고 있다는 것을 깨닫고도 모른 척한다("그 전의 둔감한 내 자신으로 / 다시 돌아간다"). 여편네가 섹스에 "만족하지 않는" 것, 화자가 섹스 중에 "섬찟해"지는 것은 모두 '속고 속이는' 이 관계에 원인이 있다. 여기서 화자가 '섬찟함'을 느끼는 순간은 특히 중요하다. 이는 표면적으로 자신의 기만을 아내가 이미 알고 있다는 사실을 알게 되었을 때 느끼는 서늘한 흥분을 의미하지만, 이면적으로는 자신이 하고 있는 일련의 행위의 의미를 자각하게 되면서 느끼는 자학적 비애를 표현하고 있다. 화자는 순간적으로 자신의 '기만'을 의식하게 된 것이다.

「성(性)」에도 장면화와 자기 관조라는 연극적 장치와 그로 인한 이중의 시점과 이중의 발화가 존재한다. 시점은 성행위 장면 속의 주체와 자신의 섹스를 바라보는 존재의 시점으로 분리된다. 전자는 에피소드 속의 화자이며 행위의 주체이고, 후자는 에피소드 밖의 화자이며 행위의 관찰자이다. 한마디로 이들은 각각 장면화의 '주인공'이며 그에 대한 '논평자'라고 할 수 있다. 그리고 후자의 존재와 목소리를 인식하는 것은 「성(性)」이라는 작품을 이해하는 혹은 김수영의 시를 이해하는 중요한 기제가 된다.

한 가지 주의해야 할 것은 「성(性)」에서 "섹스를 개관하고 있는" '나'의 시점은 전자에 속해 있다는 것, 즉 행위의 주체이며 장면화의 주인공의 목소리라는 것이다. '개관'이라는 단어 때문에 이 목소리가 자칫 관찰자이며 논평자의 것이라고 오해될 여지가 있기 때문이다.

「성(性)」에서 관찰자로서의 화자의 목소리는, 자신과 아내의 속고 속이는 성관계에 대하여, "연민의 순간이다 황홀의 순간이 아니라 / 속아 사는 연민의 순간이다"라고 발화하는 순간 드러난다. 이는 섹스가 몰입-망각을 통한 "황홀"의 경험이 아니라, 개관-기만을 통한 "연민"의 행위가 되고 있음을 직시하는 목소리이다. 이는 '나'가 이 관계에서 섬찟함을 느낀 후, 이내 "둔감한" 자신으로 돌아가기로 하자, 이어지는 발화이다. 그러므로 3연의 시점은 장면 속의 주체와 이에 대한 논평자의 시선으로 미묘하게 갈라진다.

이어 마지막 연에서, 평소보다 더욱 과장하며 몰입하는 듯한 '나'의 제스처에 대하여, "그만큼 / 지독하게 속이면 내가 곧 속고 만다"라고 발화하는 순간, 관찰자로서의 화자의 목소리는 다시 등장한다. 이때 "내가 곧 속고 만다"는 자기 단속적 의식은 중요하다. 시인으로서의 김수영은 어쩌면 시작 기간 내내 이 같은 자기의식과 싸워왔다. '속고 만다'는 의식은, 자신이 속이고 있으며, 자신이 속고 있다는 사실을 인식하지 못하는 상태를 의미한다. 즉 주체가 자신의 연극을 관조하지 못하게 되는 경우를 의미한다. 「性(성)」은 "연민"이 되어버린 아내와의 성교를 통해 "타자와의 근본적인 괴리감"[44]을 보여주긴 하지만, 화자가 느끼는 연민의 실체는 아내와의 괴리감에 있다기보다는 타자를 속이고 자신을 속이는 기만(적 관계)과 그에 대한 자기인식에 있다고 할 수 있다.

「性(성)」에서 주체의 목소리는 행위자의 시점과 관찰자의 시점으로 분

---

44 문혜원, 「아내와 가족, 내 안의 적과의 싸움」, 『작가연구』 5호, 1998, 232~233쪽.

리되어 있다. 우리는 시를 읽을 때 주체의 섹스 행위를 연민과 단속의 시선으로 바라보는 다른 화자의 존재와 목소리를 인식해야 한다. 위에서 살펴본 바, 장면 속의 자신을 바라보며 자신의 연극에 대하여 논평하는 목소리("연민의 순간이다 황홀의 순간이 아니라 / 속아 사는 연민의 순간이다"와 "그만큼 / 지독하게 속이면 내가 곧 속고 만다")는 이 시의 가장 핵심적인 문장이 된다. 이 문장이 함의하고 있는 '보다'와 '속다'의 역학관계와 '연민'과 '단속'의 정서는 아내와의 성교를 사실적으로 발화한 시라는 내용상의 파격성보다 더욱 근원적인 것이 된다.

5. 결론

이 글에서는 김수영 시에서 연극성이란 무엇인지를 설명하고, 시적 대화성과 아이러니를 통해 연극성의 구조와 원리를 분석하였다.

우선, 김수영 시에서 연극성은 타자와의 갈등을 구상적으로 형상화하는 방식이며 타자와의 갈등은 김수영 시의 고유한 개념인 대결의식과 대응된다. 대결의식은 김수영 시에서 타자의 중요성을 고스란히 드러내는데, 자신이 믿고 있는 세계의 확실성을 붕괴시키는 타자의 존재로 인해 시인은 의심하는 주체가 되고 시는 타자와의 대화가 된다. 타자와의 대화는 특정한 문학적 장치나 이데올로기 속으로 환원되지 않는, 김수영 문학의 다성적인 체계를 추인하는 결정적인 요소이다.

다음으로, 김수영의 시의 연극성은 사건의 장면화와 자신의 연극을 바라보는 시선으로 구조화된다. 이는 사건의 묘사와 사건 속의 자신에 대한 논평의 형식을 의미한다. 이 지점에서 연극성은 아이러니와 연결된다. 연극성과 아이러니의 관점에서 볼 때 김수영 시에서 화자는 장면화의 주인공과 그에 대한 논평자로 분리된다. 여기서 김수영 시의 화자는 사건의 주체로서의 화자와 사건의 관찰자로서의 화자라는 이중의 시점을 동시에 지닌 다성적 화자이다.

일인칭 주체의 독백 형식으로 이루어진 김수영 시에서 타자의 시선이나 목소리를 분별하는 작업은 매우 요원한 것이었다. 연극적 구조와 원리, 즉 시적 대화성과 아이러니가 드러내는 이중의 시점과 이중의 발화를 통하여, 우리는 김수영 시에서 타자성이 어떤 방식으로 존재하는지를 확인할 수 있으며 나와 타자 얽혀있는 사회적 관계를 살펴볼 수 있다. 더불어 이 글에서는 김수영 연구에서 일반화된 자기응시의 개념을 시의 내용이 아니라 형식적 차원에서 입증해보려 했으며 그 무의식적 기원이 연극적 구조임을 밝히려 했다.

■ 참고문헌

1. 기본자료

김수영, 『김수영 전집1』, 민음사, 2018.

_____, 『김수영 전집2』, 민음사, 2018.

_____, 『김수영 전집 별권』, 민음사, 1983.

2. 논문 및 평론

강웅식, "김수영의 시의식 연구-긴장의 시론과 힘의 시학을 중심으로", 고려
　　　대 박사논문, 1997.

강호정, 「김수영 시에 나타난 연극성」, 『한성어문학』 23집, 2004.

김상봉, 「자유와 타자」, 『철학연구』 88집, 2003.

김혜순, "김수영 시 연구-담론의 특성 연구", 건국대 박사논문, 1993.

문혜원, 「아내와 가족, 내 안의 적과의 싸움」, 『작가연구』 5호, 1998.

박수연, 「김수영의 연극 시대, 그리고 예이츠 이후-동경, 길림, 서울의 상처
　　　와 식민지 넘어서기」, 『비교한국학』 26권3호, 2018.

박지영, "김수영 시 연구-시론의 영향 관계를 중심으로", 성균관대 박사논
　　　문, 2002.

염　철, 「해방 전 김수영의 행적에 대하여 － 연극 활동을 중심으로」, 『근대
　　　서지』 21호, 2020.

조강석, "비화해적 가상으로서의 김수영과 김춘수 시학 연구", 연세대 박사
　　　논문, 2008.

조연정, 「'번역체험'이 김수영 시론에 미친 영향 － '침묵'을 번역하는 시작
　　　태도와 관련하여」, 『한국학연구』 38집, 2011.

정명교, 「김수영과 프랑스 문학의 관련 양상」, 『한국시학연구』 22호, 2008.

3. 단행본

강웅식,『시, 위대한 거절』, 청동거울, 1998.

김명인,『김수영, 근대를 향한 모험』, 소명출판, 2002.

김준오,『시론』, 삼지원, 1982.

김 현,『상상력과 인간/시인을 찾아서』, 문학과지성사, 1991.

서영인,「도쿄, 스무 살의 김수영 ─ 연극의 꿈을 품다」, 박수연·오창은 외,
　　『세계의 가장 비참한 사람이 되리라』, 서해문집, 2019.

이상섭,『뉴크리티시즘: 복학성의 시학』, 민음사, 1999.

가라타니 코오진, 송태욱 옮김,『탐구1』, 새물결, 1998.

최하림,『김수영 평전』, 실천문학사, 2001.

Bakhtin, Mikhail, 김희숙·박종소 옮김,『말의 미학』, 길, 2006.

Behler, Ernst, 이강훈·신주철 옮김,『아이러니와 모더니티 담론』, 동문선,
　　2005.

Bordwell, David & Thompson, Kristin, 주진숙·이용관 옮김,『Film Arts』, 이
　　론과실천, 1993.

Muecke, K. C, 문상득 옮김,『아이러니』, 서울대출판부, 1986.

Levinas, Emmanuel, 강영안 옮김,『시간과 타자』, 문예출판사, 1996.

Rorty, Richard, 김동식·이유선 옮김,『우연성 아이러니 연대성』, 민음사,
　　1996.

Saul Morson, Gary & Caryl, Emerson, 오문석·차승기·이진형 옮김,『바흐친
　　의 산문학』, 책세상, 2006.

Tate, Allen, 김수영·이상옥 옮김,『현대문학의 영역』, 중앙문화사, 1962.

＿＿＿＿＿, *The Man of Letters in the Modern World*, New York: Meridan
　　Books, 1955.

김수영 키드의 생애

—독자의 딜레마와 기억정치의 방식

노지영

0. 김수영 키드의 구술생애사

나는 김수영 키드였다. 김수영 키드라 생각했다. 아니 김수영 덕후에 가까웠다.

김수영의 시를 제대로 읽어보기 전에, 나는 김수영 팬덤 문화를 먼저 만났다. 문학 교과서에서만 만나던 김수영을 주변의 지인들은 위대한 시 인이라고 극찬하곤 했다. 청년기에 몇몇 단체에서 만났던 김수영의 추종 자들은 시인의 생애란 어떠해야 하는지를 낭만화된 에피소드로 묘사하곤 했다. 김수영이란 시인을 알기 위해서는 먼저 평전을 일독해야 한다고 권 했다. 누군가에게 『김수영 평전』(최하림, 실천문학사, 2001)을 선물 받아 읽기 시작하면서, 나는 팬클럽에 가입하는 마음이 되었다. 평전은 "시인 에 대한 오마주로서 같은 일급 시인에 의해 의해 기획"[1]되어 있었고, 문학 적 롤모델을 찾던 이십 대 초반의 문청에게 잘 빚어진 '유기적 전기'의 영

---

1 남기택, 「김수영 평전의 문제」, 『한국시학연구』 61호, 2002, 45쪽.

향은 지대했다. 한 시인을 덮어놓고 낭만화하기에 충분했다.

최초로 일독한 문인에 대한 평전이었을 것이다. 그 책을 몰입해서 읽은 후, 나는 공식적으로 '김수영 빠'가 되기를 자처했다. 시 전집을 다 읽지도 않았는데, 더 읽어볼 것도 없다고 판단했다. 김수영의 시보다는 산문이 좋고, 그의 산문보다는 평전이 더 좋고, 평전보다는 '난닝구'를 입고도 포스를 잃지 않는 그의 아우라가 더 좋다고 대놓고 고백하고 다녔다. 당시 김수영 시의 보급판본이자 '오늘의 시인총서' 1번으로 기획된 『거대한 뿌리』(민음사, 1974)란 시선집을 아마 100권 정도는 구매해서 주변인들에게 선물한 것 같다. 요즘의 덕후들이 셀럽의 굿즈를 모으고 선물하는 방식처럼, 어렵게 아르바이트를 한 돈으로 세상을 떠난 김수영에게 '조공'하는 행동을 했다. 한 시인을 문학적 조상으로 기억하고 싶었던 것 같기도 하고, 그의 시를 누군가에게 유통시키며 어떤 문학사적 선순환에 가담한다는 기대감도 있었던 것 같다.

김수영의 시에 매혹당한 순간들을 고백한 글들을 발견할 때면 감응의 연대감을 느낄 수 있었다. 가령 김영하 작가가 김수영의 「거미」라는 시를 보았을 때 "내 평생 최초로 시적 에피파니"를 느꼈다고 고백한 에피소드를 보면서, 내가 느낀 감정이 "에피파니(epiphany)"란 용어인가 가늠해 보는 것이다. 김영하의 산문에서 김수영 시의 독서사를 고백한 부분을 발견한 이후, 그 고백이 무슨 소리인지 이해하기 위해 엘리아데의 『종교형태론』을 찾아 읽었다. 독서의 생태가 그런 식으로 펼쳐졌다. "그렇게도 어렵던 김수영의 시가 단박에 이해"되고, "동시에 소름이 저르르 끼쳤다"[2]는 작가의 고백이 짜릿해서, 당시 인터넷에 소설을 연재하며 독자들과 활발

---

2 김영하, 「산울림」, 『포스트잇』, 현대문학, 2002, 208쪽. 이 산문을 최초로 만났던 지면이 어디였는지 정확히 기억나지 않는다. 그 당시는 글이 실린 레퍼런스를 확인하면서 독서하던 시기가 아니었다. 후에 저자가 『포스트잇』이란 표제로 엮어낸 산문집에서 이 글을 다시 발견했다.

하게 소통하고 있었던 김영하란 작가에게 개인적인 팬레터를 보냈다. 처음으로 포털에서 이메일 주소를 만들어 전송해보았는데, 어쩌다 보니 생애 첫 이메일 답신을 '김영하' 작가에게 받게 되었다. 시스템 운영자의 기계적 환영 메일 외에는 비대면 인간과 랜선으로 소통한 최초의 경험이었다. 문학을 포기하지 말라고, 김수영이 격려해주는 것 같았다.

타인이 서술한 '김수영 신화'에 나의 사적 경험들을 추가하면서 판타지 만들기의 노력은 계속되었다. 김수영의 초판본 시집인 『달나라의 장난』(1956, 춘조사)을 선물해준 사람에게 나는 첫사랑이라 할 법한 감정을 느꼈다. 시 자체보다는 '시인'이라는 상에 대한 막연한 믿음을 중시하면서, 상대와 김수영의 시에 대해 자주 이야기했다. 내가 좋아하는 것을 함께 좋아하는 이가 세상에 존재하는 게 좋았다. 그러한 감정적 동일화의 경험 속에서 시로 서술된 언어가 시인의 삶과 '한 치의 틈사리'도 없길 바랐고, 그런 불가능성을 추구하는 것이 시인일 거라는 유사-종교적인 믿음에 사로잡혀 있었다.

김수영이 독자를 의식하며 쓴 산문들은 죽은 김수영을 살아있는 존재로 느끼게 했다. 특히 시인이 "독자여"[3], "독자 여러분!"[4]하고 부르며 대화적 태도를 보이는 문장 앞에서는 독자들이 어떤 현재적 응답을 할 수 있을까를 생각하며 과하게 비장해지곤 했다. 어수선한 집회 같은 곳에서 김수영 시가 낭독될 때면 한껏 엄숙해지는 분위기가 신기하기도 했다. 시는 어떤 것이길래, 김수영을 다들 어떻게 읽어왔길래, 소란한 광장이 한순간 저런 집중력을 보이는 것일까. 68년에 세상을 떠난 한 시인의 생애를 독자의 삶 속에서 복기하면서, 시인을 추종하는 행위는 지속되었다. 김수영의 독자가 많은 곳에 가서 김수영을 제대로 읽어보고 싶었다.

---

3 김수영, 「시작노트」, 이영준 편, 『김수영 전집 2』, 민음사, 2018, 555쪽. 이하 김수영
  의 시와 산문은 본 전집(1, 2)에서 인용하고, 해당 글의 쪽수만 밝힘.
4 「현기증」, 『전집 2』, 90쪽.

김수영 같은 시를 쓰고 싶다는 열망 속에서 시 쓰는 시간을 벌기 위해 대학원에 진학했다. 당시 내가 다니던 대학원에서 현대시를 강의하던 은사님들은 김수영의 문학사적 중요성에는 동의했지만, 김수영 연구사에 있어서는 상반된 태도를 보이기도 했었다. 은사님 중에서도 김수영 시인에게 매혹되었음을 밝히는 독자와 김수영 시의 과잉 해석을 경계하는 독자가 구분되었다. 한 시인을 두고 그런 상반된 반응이 가능하다는 게 더욱 매력적으로 느껴졌다.

김수영 같은 스타 시인 외에도 연구해야 할 시인이 문학사에 많다는 태도를 보여주셨던 한 교수님의 수업에서는 주로 원전비평이나 역사전기비평적인 읽기를 훈련했었는데, 나는 무엇보다 정밀해야 하는 연구 영역조차 해맑은 마음으로 접근하였다. 김수영과 연관 고리가 있는 시인들을 찾아서 읽어나갔다. 석사 1학기, 시인들의 생애사를 정리하는 최초의 작업이 그런 식으로 시작되었다. 『김수영 전집』에서 본 적 있었던 전후 시인을 선택하여 인터뷰를 진행하고, 생애연보와 작품연보를 정리하는 페이퍼를 썼다. 예컨대 박태진이란 시인과 직접 인터뷰를 하는 자리에서도 김수영이 어떤 사람이었는지를 물었고, 해당 시인이 영국에 주재원으로 있을 때 『엔카운터』지나 『보그』지를 보내주었다는 류의 구술을 들으며 김수영 시인의 생애를 복기했다. 강의 시간에 김수영을 즐겨 언급하고, 『김수영 다시 읽기』(프레스21, 2000)라는 연구서까지 엮은 또 다른 교수님의 수업을 들을 때는 향후 김수영을 연구하고 싶다는 걸 노골적으로 고백했다. 그 교수님은 내가 김수영이 죽은 날짜까지 기억하고 있는 걸 보고 괴이한 표정을 짓기도 하셨지만, 김수영 시가 가진 매력을 충분히 공감해주셨다. 문학 이론과 텍스트성을 강조하는 독자들에게 김수영이 얼마나 매력적인 시인인지 실감하는 시절이었다.

김수영과 참여시 논쟁을 벌였던 이어령의 강연을 찾아 들었다. 기호학

강의도 듣고, 그와 관여된 양화진의 교회까지 방문해 헌금도 해봤다. 청년 시인에게 "하극상의 정신"[5]을 강조했던 김수영에게 실제적 하극상을 감행했던 김지하 시인도 대면할 기회가 있었다. 김지하 시인과 친분이 있었던 한 선배가 김지하 시인의 『화개』(실천문학사, 2002)라는 시집의 출판기념회에 학우들을 초대하였고, 얼떨결에 방명록을 적는 책상에 앉게 되어 생판 처음 본 문인들을 환영해보기도 했다. 김지하 시인의 「풍자냐 자살이냐」(1970)란 산문은 물론 그의 담시와 희곡들까지 찾아 읽고 나서, 그 문제적 글이 수록된 적 있었던 『시인』지의 복간호에 처음으로 글을 싣게 되었다. 학술적 글쓰기에 가까웠으나, 평론언어의 모양새로 읽어주는 사람들이 있었고, 그런 연으로 비등단자임에도 글을 쓰는 지면들이 생겨났다.

덕후 추종사는 점차 개인 독서사로 전환되고 있었다. 김수영이란 시인은 한 명의 독자에게 다양한 지식인을 소개시켜 주었다. '시인이 독자로서 읽어온 목록'과 '시인을 읽어온 독자 목록'을 따라 읽으며, 기쁜 일도 많았다. 특히 김수영 연구서의 개시작이라 할 수 있는 『김수영의 문학』(황동규 편, 민음사, 1983)이란 책에서 김종철이란 비평가의 글을 처음 읽게 된 것은 잊지 못할 경험이었다. 김수영과 그를 읽어 온 독자 사이에서 어떤 공통적인 성품을 발견할 때면 더없이 설레는 마음이 되었다. 멀찍이 떨어진 대형 강연과 그보다 더 친밀한 자리였던 소박한 포럼에서 연이어 김종철을 실물로 대면했고, 스스로 메일을 써서 녹색평론사를 찾아갔다. 생애 첫 대담이란 것을 김종철과 하게 되었고, 그의 구술언어로 소통하는 방식은 학술적 문자언어에 억압당하던 나의 신체에 큰 얼룩을 남겼다.

---

5 「대중의 시와 국민가요」, 『전집 2』, 362쪽.

1. 김수영 읽기의 난경 1 : 학술장의 편입과 이행기 독자의 딜레마

대략 여기까지가 김수영을 낭만화하며, 시를 쓰는 걸 열망했던 시기의 경험들이다. 아래의 고백에서처럼, "성경을 알기 전부터" "김수영의 시를 좋아했"고, 경전을 읽는 마음으로, 김수영의 언어들이 내 사유를 구성해주는 시간을 즐겼다.

> 성경을 알기 전부터, 나는 김수영의 시를 좋아했다. 어떤 진리에 기대야 할지 몰라 방황하던 청년기에 때로 김수영의 언어를 더듬으며 세상의 섭리를 엿볼 때가 있었다. 오래전부터 입에 맴돌던 언어가 그 기표의 형상에 딸깍, 채워지지 못하고 마음의 살덩어리로 뭉쳐 있을 때, 막막함과 모호함이 폭풍처럼 나를 휘감아 아무 말도 하지 못할 때, 김수영의 언어들은 폭풍의 눈으로 들어가게 해주는 안내자 같았다. 표현하지만 다 표현되지 않는 감각, 소리 내지만 다 소리 내어 외칠 수 없는 실존적 상황, 그 사이의 '긴 존재'로서 언어에 소외당할 때면 그런 설움을 이미 경험한 김수영의 시가 자꾸만 눈에 들어왔다.[6]

이 같은 마음으로 김수영을 읽어나가며, 위로를 받곤 했지만, 생각해보건대 김수영의 시를 읽는 경험은 나를 긍정하는 경험으로만 이어지진 않았다. 아니 그의 시를 읽는 일 자체가 개인의 선호를 부정당하는 경험의 반복이었다. 가령 김수영을 읽기 시작할 무렵에 내가 좋아했던 시들은, 시인 자신의 소시민성을 진술하게 고백한 형태의 작품들이었다. "모래야 나는 얼마큼 적으냐/ 바람아 먼지야 풀아 나는 얼마큼 적으냐/ 정말 얼마큼 적으냐……"(「어느 날 고궁을 나오면서」)[7]와 같은 시들이나 "나같이 사는

---

6 노지영, 「아버지의 질서, 사랑의 섭리―김수영의 '사랑의 변주곡' 읽기」, 『삶이보이는창』 110호, 2017, 49쪽.
7 『전집 1』, 326쪽.

것은 나밖에 없는 것 같다"(「강가에서」[8])고 자조하는 시를 읽을 때는, 스스로를 책망하는 존재가 단지 나 혼자만은 아니라고 여기게 되는 위로의 순간이 있었다. 이러한 사적 감상들에 가까운 시구절들은 "거리와 시장의 언어이자 우정과 연대의 언어"[9]로서, 덕후 출신의 별다른 전공지식이 없는 향수자에게도 연대감으로서의 '소확행'을 주곤 했었다.

그러나 김수영의 시를 지식 체계 속에서 읽어나가는 과정은 이런 부류의 시들이 얼마나 못 쓴 시인지를 인정하며 자기 부정을 경험하는 방식이었다. 급작스러운 시상 전개를 보이며 감상을 토로하는 방식의 시들은 김수영의 못 쓴 시라고 지적되었고, 그의 시에 돌출된 정동적 언어들도 단일한 미학적 잣대 속에서 폄하되곤 했다.

내가 생각하기에 김수영의 글은 생활요소와 밀착한 감정의 배설에 위로를 느끼는 독자군들을 내치지 않는 것이 강점이었다. 그의 시 곳곳에 배치된 산문적 진술들이 대중독자들의 진입장벽을 허물어주었고, 독자들에게 연대감을 제공하면서 구심적으로 단단해지는 의미들은 다양한 독자를 모으는 거대한 유인책이 되었다. 그러나 '개진'되면서 '은폐'되는 영역이 있어서, 의미가 원심적으로 흩어지는 독서체험이 동시에 이루어지곤 하는데, 그런 언어의 배치들이 재독의 욕망을 불러왔다. 한국의 독서사 속에서 김수영이 더욱 각별해진 것은 이러한 요인도 상당할 것이다. 본격문학과 대중문학의 분리는 근대문학장이 형성되면서 당연지사로 받아들여졌지만, 김수영 시는 해방 후의 독서사에서 이들 영역을 통합시키는 예외적 사례를 보여준 바 있다. 1970년대 베스트셀러 목록에는 김수영의 『거대한 뿌리』라는 시집이 올라와 있는데, 현실참여에 관한 관심이 보편화되면서

---

8 『전집 1』, 304쪽.
9 로버트 레인 그린, 『모든 언어를 꽃피게 하라』, 모멘토, 2013, 168쪽.

"대중독자가 읽는 시와 전문독자가 읽는 시가 일치되었던"[10] 이례적인 회통으로 기록되어 있는 것이다.

김수영의 시는 단일한 장에 속해 있지 않은 이들을 아우르며 읽기 욕망을 자극하는 텍스트였으나, 그의 시의 그러한 특질들은 대중독자군에서 전문독자군으로 이행하는 과정에 있는 독자들에게는 곤혹스러움을 제공하기도 했다. 특히 제도권의 편입을 욕망하는 이행기의 독자들은 시들을 지식체계의 언어로 평가하면서 일종의 양층언어(diglossia)를 사용하는 듯한 느낌을 받게 되었다. 이들 독자군은 실생활에서 쓰는 자신의 말이 아니라 사회적 말하기의 규범 속에서 사용되는 말을 훈련해야 했는데, 당시의 나의 경우에는 자기고백적 발화형태인 시들을 공식적으로 통용되는 시학용어들로 진술하며 의미를 재생산해내는 과정이 매우 지난한 번역 작업처럼 느껴졌다. 정동을 감각하며 시를 읽기 시작했지만, 정동이란 것을 개념화하는 것이 쉽지 않았다. 선행 논문을 통해 김수영의 시를 공부해나갈수록 "향수의 검속에서 벗어난 억세고 아름다운 생어(生語)"[11]를 점차 잃어가는 느낌을 받았다. 덕후 출신이 뱉을 수 있는 하위언어적인 감상성을 배제하고 객관적인 학술 언어로 김수영 시를 정돈해나가면서, 나는 김수영 같은 시를 쓰고 싶었던 패기를 점점 내려놓게 되었던 것 같다. 이런 단계 속에서 자기 감각을 부정하고, 자기 시 쓰기를 포기하는 문청들도 있겠구나, 제도권의 추상어 체제에 적응하며, 시의 중요한 일부를 상실해가는 느낌이었다.

그것이 김수영의 독자로서 직면한 첫 번째 난경이었다. 김수영을 읽어왔던 고급독자들을 만나게 될수록 쓰고 싶던 시와 원초적 감정들이 "합법적으로 독살"당하는 느낌을 받았다. 김수영도 생전에 이러한 독자들을 만

---

10 이은정, 「1960~70년대 베스트셀러 시에 나타난 독자의 실천적 독서욕망」, 『한국시학연구』13, 2005, 225쪽.

11 「가장 아름다운 우리말 열 개」. 『전집 2』, 470쪽.

난 곤란을 고백하면서, 「시작노트」에 다음과 같은 글을 남겨놓은 바 있다. '독자'라는 키워드로 시작하는 메모다.

> 독자 시의 독자. 가장 곤란한 존재는 필리스틴들이다. 소위 대학교육이나 받았다는 친구들, 시를 쓴다는 친구들, 시를 사모한다는 친구들, 글줄이나 쓴다는 친구들, 이들이 시를 교살하고 있다. 신문사의 문화부, 라디오의 시 감상 시간, 하물며 문학지의 편집인들이나 대학의 문학과 선생님들까지. 그리고 시의 월평. 시를 가장 이해한다는 축들이 사실은 밤낮으로 어떻게 하면 시를 가장 합법적으로 독살시킬 수 있을까 하고 구수회의(鳩首會議)를 하고 있다. 그렇지만 그들은 나를 볼 때에는 누구보다도 자기가 가장 많이 시에 대한 이해력을 가지고 있는 것 같은 은근한 추파를 던진다. 나도 모르는 나의 시에 대해서까지도.[12]

양층언어, 즉 이중언어를 구사하던 '이행기의 독자'들은 1인칭 당사자의 목소리를 내려놓고, 3인칭 학술언어가 담론을 주도하는 방식을 훈련해야 했다. 김수영은 '비평'이란 시작메모를 통해, "사회성을 과도하게 주장"하는 분위기와 "한결같이 심미적인 것뿐"인 비평을 동시에 비판하며, "시단 월평이란 것이 10년 동안만 신문이나 잡지에서 완전히 자취를 감춘다면" "시의 질이 에누리 없이 한 백 년은 진보할 것 같다"고 한탄한 바 있다. 하지만 김수영 탄생 100년 후의 독자들은 제도권의 학술장에서 "심미적인 비평이 산적한 나라"[13]를 건설하는 것에 더욱 몰두하는 분위기다. 오늘날의 시인들은 언어 선택과 코드변환을 하여 제도권의 비평 담론에 참여해야 생계유지가 가능한 형편이고, 공식화된 학술 언어를 통해 심미성을 찾아내는 훈련을 하는 건 시인의 생애를 유지하기 위한 일반적인 코스가 되었다.

---

12 「시작 노트 2-독자」, 『전집 2』, 531~532쪽.
13 「시작 노트 2-비평」, 『전집 2』, 532쪽.

김수영의 시가 이중언어적 특성 속에서 다양한 독해를 개입시키는 '열린 예술작품'이었음에도, 잠재적 창작자인 독자들의 언어는 학문의 장을 통해 제약당하는 측면이 있었다. '그렇게 읽으면 안 된다'는 금지와 '이렇게 읽어야 한다'는 방법론 사이에서 김수영의 독자들은 유독 방황했다. 특히 김수영 시를 공식적으로 전유해온 지식계급 독자는 대중독자군에서 전문독자군으로 넘어가려는 성장기 독자들의 내면을 강력하게 통제했다. 독자의 향수가 공식적 언어로 길들여져야만, 학술의 장에서 말할 수 있는 위계와 범위가 분배되었다. 즉 너무 많이 말해졌다고 평가되는 그 김수영을 다시 말하기 위해서는, 어떠한 '치안' 논리 안에 포섭되지 않으면 안 되었다.

2. 김수영 읽기의 난경 2 : 전유 집단의 정체성 정치와 후속세대 독자의 딜레마

비단 학술의 장에서만 독자로서 곤혹스러웠던 것은 아니었다. 딜레마 상황은 다양한 장에서 김수영 독자를 당황시켰다. 김수영의 시를 개인적인 차원에서 향수하다가, 학술의 장이나 문학장, 향유사업의 현장 같은 다양한 네트워크를 경유해 읽어나가게 되면서, "김수영 시를 왜 아직까지 계속 읽어야 하냐"는 불만들도 종종 만날 수 있었다. 한 시인이 다양하게 읽힐 수 있다고 생각하며 김수영에게 자긍심을 느껴왔지만, 그런 감정은 한 시인이 너무 과도하게 읽히고 있다는 거부감과 끊임없이 부딪치는 과정이었다.

거부감을 강력히 표시했던 장소는 '구수회의'를 거듭하며, 김수영을 가장 열렬히 읽어왔던 문학장이었다. 출판 권력이 김수영을 전유해온 투쟁사[14]는 문학장의 진영 논리로 계승되어 왔고, 리얼리즘과 모더니즘의 오래된 논쟁은 독자들이 출판의 결과물을 통해 피부로 감각하고 있는 부분이다. 이런 전유의 독서사는 김수영이라는 시 자체를 투쟁의 장으로 만들었다. 김수영의 독자군들은 각자의 강조점을 점유하며 특정 정체성 정치를 향하는 경우가 많았고, 각자의 잣대로 김수영 시를 재단했다. 김수영 시의 어떤 부분에 의미부여를 하느냐에 따라 각자의 관심사와 내러티브가 공유되었는데, 이른바 에코 챔버(echo chamber) 효과 속에서 '동종애'를 소통하는 정체성 정치가 활발해지면서 김수영을 읽어나가는 청년세대 독자들을 당황시켰다.

십 년 전, 한 문학단체의 행사 때 경험한 일이다. 나는 '문학과 현실의 접점'이라는 매우 포괄적인 주제로 발제를 하나 요청받았는데, 당시 그 접점이란 것을 확보하기 위해 김수영의 시구절을 인용한 적 있었다. 그러자 청중석에 있던 중진의 문인 한 명이 날카롭게 나무라는 말투로 질문을 던졌다. "도대체 젊은 작가들은 언제까지 김수영을 이야기하고 있을 것인가?" 한심하다는 말투가 느껴졌다. 그것은 내 어수선한 발제문을 비판하는 혹평이기도 했지만, 다음 세대 청년들이 김수영을 경유하지 못하게 하는 바리케이트로 느껴졌다. 노조 출신인 그 문인은 인텔리 출신인 김수영의 한계에 대해 덧붙이면서 설교조의 발언들을 한참 덧붙였고, 요지는 김지하의 김수영 비판론과 유사했다. 인텔리 김수영이 민중의 편에 서지 않고, "소시민에 대한 구역과 매질"을 하고 있는데, 여전히 김수영에 심취해 있는 젊은 세대가 안타까웠던 것 같았다. "풍자의 폭력을 권력집단이 아

---

14 다음과 같은 논의에서는 김수영 문학상을 두고 창비와 문지라는 문학장이 김수영의 다른 측면을 각각 점유하여 어떤 방식으로 김수영을 전유해왔는지를 설명하고 있다. 이 글은 독자군의 독해 방식과 의미 부여 방식에 따라 문학 권력의 리트머스 시험지가 된 김수영의 시에 대해 이야기하고 있다. 홍기돈, 「김수영을 어떻게 전유할 것인가」, 『문학 권력, 이후』, 예옥, 2012, 196~222쪽.

니라 민중 자체에게 가했다"[15]고 평가하는 시선이 그의 힐난에 스며 있었다. 그는 언제까지 철 지난 김수영에 갇혀있을 거냐, 하면서 청년세대 문인들의 집단적 반성을 촉구했는데, 나 스스로가 청년세대를 대표하여 대답할 수 없는 상황에서 그러한 형태의 공개적인 질문은 상당히 곤혹스러웠다. 타이밍도 적절하지 않았다고 판단한다. 그 문학단체에 신입회원이되어 처음으로 참여한 행사였기 때문에, 나는 이러한 공개적인 질책에 대응해도 되는 상황인지 판단하기 어려웠다. 꿀 먹은 벙어리가 되어 공개적으로 혼쭐이 났다. 다행히 옆에 있던 사회자 선생님이 김수영에 대한 애정이 있는 독자여서, 그렇게 낡은 접근만은 아니라고, 나름의 새로운 발견이있으니 보완하면 된다고 대신 변호해 주었다. 하지만 나는 그 원고를 보완해서 좀더 완성도 있는 글로 매만지고 싶은 마음이 싸그리 사라졌다.

김수영을 함부로 인용했다가는 김수영 시의 강조점을 다르게 두는 사람들에게 언제든 공격당할 수 있다는 것을 느꼈다. 김수영의 전유사에 진영적 신념이 확고하게 결합되어 있는 읽기 방식을 만나는 경우, 세대론적단절감을 크게 느꼈다. 청년세대들이 김수영 시에 대해 자기 발화할 경우특정 문학장에서는 기성 독자군의 완고한 거부감을 고려해야 했다. '공유된 내러티브' 속에서 정체성 정치를 주장하는 독자군들이 김수영 시의 관계망으로 폭넓게 연결되어 있다는 것을 깨달아가며, 이후에는 공식적인자리에서 김수영에 대한 언급을 삼가게 되었다. 김수영에 대해 꼭 언급해야 하는 자리에서는 타인이 선호하지 않는 정체성의 표현을 자제하면서'커버링(covering)'하는 방식을 사용했다. 후속세대의 독자가 느끼게 된심리적 제약이었다.

---

15 김지하, 「풍자냐 자살이냐」, 『시인』, 1970.

3. 김수영 읽기의 난경 3 : 말하기의 무능과 여성독자의 딜레마

김수영의 시는 다양한 정체성 정치가 교차되는 담론적 신체였고, 여성이라는 정체성을 가진 독자들에게는 넘어야 할 큰 산이기도 했다. 김수영과 여성의 문제는 극심한 가부장적 문화 속에서 성장한 나에게는 관심을 두지 않을 수 없었던 주제였는데, 김수영 시의 해방적 성격을 강조하던 전공 지도교수님조차도 그 부분을 가장 난감해하는 기색이었다. 그분은 일찍이 "모든 지배적인 것을 해체하고자 했던 그의 텍스트 안에 '억압된 것들의 귀환' 중 가장 중요한 '여성'의 타자성 인식, 즉 페미니즘적 인식이 보이지 않는 것은 그의 한계이자 시대의 한계"[16]라고 주장하였고, 그런 시선이 언급된 책을 교재로 삼아 수업을 들었다. 김수영의 여성에 대한 태도는 페미니즘적 독해를 즐기던 여성 교수자에게도 딜레마 상황인 것 같았다. 이후 여러 장소에서 "피식민지인, 민중, 변두리적 존재와 장르, 무의식, 로고스에 반대되는 몸 등"을 사유하며 주체성을 탄생시킨 실천적 지식인이 왜 여성에게는 이런 멸칭을 쓰며, 대상화하는 시선을 보이고, '오입'의 문제에도 무감각했을까, 같은 마음으로 안타까워하는 독자들을 종종 만나게 되었다.

여성인 나는 김수영을 여성주의적 시선으로 읽어나간 독자들의 글을 찾아 읽었다. 페미니즘적 시선을 보여주면서 김수영 연구를 지속하고 있는 여성학자에게 진짜로 김수영을 어떻게 생각하냐고 노골적으로 물어보았다. 김수영을 어찌 단순하게 '여혐' 시인으로 분류할 수 있냐며 분노하는 문인들에게도 다가가서 사석에서 궁금한 점들을 물어보았다. 언젠가 김수영 시의 여성혐오적 성격에 대해 발표하던 연구자가 유족 앞에서 상당히 곤혹스러워 했다는 말도 전해 들었다. 김수영 시를 좋아한다는 말을

---

16 김승희, 「김수영의 시와 탈식민주의적 반(反)언술」, 『현대시 텍스트 읽기』, 태학사, 2001, 199쪽.

대놓고 할 수 없는 상황이 점점 많아지고 있었다. 여성 독자들의 딜레마를 목격하면서, 김수영을 언급하는 것에 더욱 신중해졌다.

학내에서 여성으로서 직접 경험한 어떤 사건은 김수영의 시를 좋아하던 감정들을 급속히 위축시켰던 대표적인 사건이었다. 학문적으로 깊이 있는 해석 방식을 가장 성실히 탐색해야 할 시기에, 나는 학내의 어떤 상황을 감당하기 어려워 학교를 떠나기로 결심했다. '미투' 사건 비슷한 문제였는데, 그렇게 단순 명명하는 것도 쉽지 않은 문제였다. 당시의 상황을 떠올리는 것 자체가 여전히 괴롭지만, 나의 시점에서 거칠게 요약해보자면 다음과 같다.

학내의 한 구성원에게 작고 크게 폭력성을 경험했다는 여성들이 있었다. 15명 정도가 피해를 호소했고, 그중 8명의 피해자가 진술서를 써서 공개적인 형태로 문제를 제기하는 것에 합의했다. 나는 피해 여성들의 상황을 수집하여 A4 40장에 달하는 학과보고용 피해자 진술서를 작성했다. 가장 장기간 그 상황을 고민해왔기 때문이기도 했고, 과거에 가해자를 용서했던 나의 행위로 인해 다른 피해자가 추가적으로 생긴 것에 대한 부채감도 있었다. 오래전 나는 양극적이고 폭력적인 태도들을 직접 경험하면서도, 개선될 여지가 있다고 판단하여 오히려 가해자를 도와주려 했던 전력이 있었다. 불우한 개인사를 한탄해왔던 가해자를 연민해왔기 때문이었다. 하지만 그의 폭력적 태도가 더 약하고 어린 대상을 향하여 반복되고 있었다는 사실에는 완벽하게 무지했다. 피해 사례 중에는 직장 내 갑질 문제도 있었고, 스토킹이나 성희롱과 연관되는 사안도 있었는데, 섣부른 판단으로 주변 사람들이 피해를 볼까봐 시민단체와 법조계 등 다양한 채널로 조언을 구하며 좌고우면했었다.

당시 내가 소속되어 있던 학과에는 더 오래전에 발생했던 성폭력 사건 트라우마가 여전히 깊게 남아있었다. 십 년 전쯤 학과장이 학술답사에서의 성추행으로 파면당했던 사건이 있었고, 그 일로 인해 학과 구성원들 사이에 깊은 불신이 작동하고 있었다. 그 당시 PD수첩에 크게 보도된 사건으로 인해 학내 구성원들은 수치심을 공유했고, 그 수치심을 해결하기 위한 처분의 강도에 있어서는 구성원 간에 이견이 난무했다. 법적 처분을 두고 항소가 이어졌고, 학과장의 편에서 증언한 구성원들과 피해자 학부생의 편에서 증언한 구성원들 사이에 갈등의 골이 깊어졌다. 그러한 갈등은 학문적 위치에서 약자였던 학생들의 전공 선택이나 진로 문제와도 연관되어 있었다. 오래전 발생한 성폭력 사건을 뼈아프게 기억하고 있던 학내 구성원들에게는 심적 대립의 상황이 이어지고 있었고, 연속된 동종의 문제 제기는 구성원들 간에 더 큰 분열을 불러올 것 같았다.

나에게 유난히 잘해주던 선생님에게 내가 당할 뻔한 일이었는데, 분위기를 모르는 학부생이 학술답사를 따라갔다가 대신 당했던 사건이 아니었을까, 나에게는 오래전 피해당사자에게 표현하지 못했던 죄의식이 남아있었다. 하지만 내가 새로이 문제 제기한 사안은 십 년 전의 성폭력 사건에 비하면 학내 구성원들에겐 상대적으로 경미한 문제처럼 여겨지기도 했다. 무엇보다 피해당사자들이 학내 주변인들에게 피해를 줄까 봐 두려워하였고, 조직 내에서 히스테리컬한 사람으로 낙인되고 싶지 않아 증언에 참여하기를 주저하였다. 진술서를 써주겠다 약속했다가 번복하는 사람도 있었고, 갑자기 연락이 안 되는 사람도 있었다. 구성원들의 상처를 최소화하고 싶어 피해자들은 적당한 규모에서 사안을 마무리하기로 결정했다. 학과 차원에서 이루어진 내부 간담회 이후 재발 방지 장치를 요구하는 공동의견서가 전달되었고, 해당 사건의 가해자는 해직되었다. 큰 불화 없이 사건은 차분하게 봉합되었다. 하지만 그 사건의 여파로 나는 지속적인 신체적 흉통에 시달렸고, 학교를 떠나 오랜 기간 상담 치료를 받아야 했다. 가해자인 해직자가 오랜 기간 나에게 흉금 없이 털어놓은 불평과 술주정이 고스란히 피해자들을 옹호하는 증언에 동원되었기 때문이다.

3년 후, 어느 정도 마음을 수습해 일상적인 생활로 복귀했을 무렵, 여러 곳에서 강의를 지속하던 그 해직자가 학교에 돌아와 다시 강의를 신청하려 한다는 소식을 들었다. 임용을 위해서는 평판과 명예를 복구할 필요가 있었던 것 같았다. 살인자도 용서하는데 강의를 안 줄 제도적 명분이 없다는 의견이 교육의 장에서 떠돌아다녔고, 히스테리컬한 여성집단이 한 성실한 연구자를 매장했다는 술자리 담론들도 곳곳에서 들려왔다. 이런 사람들 때문에 여혐이 생긴다는 말도 전해 들었다. 내막을 아는 누군가가 그 사건과 연루되어 진술서를 썼던 8명의 피해 당사자들이 아직 학내에 남아있는지를 확인했다. 가해자와 피해자가 혹시라도 마주치는 상황을 우려하여 다급히 전화한 것 같았다. 남은 자가 없는 것 같다는 나의 대답에 전화한 사람은 "다행이다"라고 안도했다. 나는 그 말을 한 이의 선의를 이해하면서도 "도대체 뭐가 다행이란 말인가" 싶었다. 누가 학교에 돌아와야 하는지 이해할 수 없었다. 상황을 전해 들은 자리에서 나는 밥을 먹다 말고 한참을 울었다.

이 모두가 '페미니즘 리부트' 시기 이전에 있었던 사건들이다. 이와 같은 개인사를 겪으며 나는 말하기 어려운 지점들이 더 많아짐을 절감했다. 소수의 사람 외에는 학교 사람들을 만나는 걸 기피했다. 시간이 지나면서 나의 경험은 집단 구성원들에게 망각되어 갔지만, 그러나 어렴풋이 알고 있는 사람들이 그와 관련된 이야기를 가십처럼 꺼낼 때마다 당시의 기억이 소환되어 현재적 고통에 휩싸였다. "요새 뭐하니?"라는 일상적인 안부에도 나는 과하게 상처받곤 했다. 단답이 요구되는 자리에서 정주서사 쓰기에 실패한 과정을 일일이 밝히고 싶지 않았다. 비록 기억 투쟁에서는 실패했을지라도, 당시에는 학내 구성원들 사이에서 잊히는 게 더 행복했던 것 같다.

그러나 다른 장에서 글쓰기를 연명하고 있었기 때문에 예기치 않은 장소에서 학교 구성원들을 마주치는 경험까지 피할 수는 없었다. 전 세계적으로 페미니즘 담론이 활성화되고, 미투 사건의 경험적 사례를 담론장이 적극적으로 읽어나가기 시작하면서, 종종 그때의 학내 사건을 다시 소환하는 학내 구성원들을 만나게 되었다. 과거의 그 사건은 당사자의 정동이나 현재의 처지를 고려하지 않고 손쉽게 요약되곤 했는데, 주로 사적인 그룹들 내에서 한계점을 중심으로 비판되었다. 동종애적 집단 속에서 자신의 정체성을 드러내면서 한계점이 언급될 때, 나에 대한 레테르가 붙는 것도 목격하였다. 나는 한쪽에서는 원만한 사회생활을 못하는 프로불편러로 인식되어 있었고, 다른 한쪽에서는 급진적인 여성주의적 사고를 받아들이지 못하는 갑갑한 인본주의자로 인식되고 있었다. 내 선명한 입장을 확인하길 원하는 학내 구성원들의 질문은 완전히 아물지 못한 상처 부위를 더 쓰라리게 만들었다. 해직자와 그를 옹호하는 학내 무리를 대신 욕해주는 사람들의 말조차 또 하나의 가해처럼 느껴졌다. 견디기 어려웠다.

'선량한 억압주의자'들 앞에서 나는 점점 말을 잃어갔다. 객관화된 거리에서 차분히 말할 수 없는 사안으로 인해 일상생활이 영향받는 게 힘들었다. 장기간 흉통에 시달려온 과거의 시간 속에 다시금 매몰되고 싶지 않았다. 누군가를 비난하며 자기 논리를 확인하는 분위기를 벗어나고 싶어서, 어디선가는 용기 내어 말해보았다. "생각해보면 다들 불쌍해요." 오래 생각하고 어렵게 말한 것이었는데, 피해자가 가해자를 옹호했다며 한쪽에서의 격렬한 비판이 쏟아졌다. 내가 울어버리기 전까지 나를 향한 비판은 중지되지 않았다. "너 입장이 뭐니? 피해자가 가해자 논리에 가스라이팅 당해선 안 돼. 피하지 말고 더 많이 이야기해서, 우리와 연대해야지."

나를 구조해주겠다는 말들 속에서도 나는 쉽사리 견해를 밝힐 수 없다. 학내 구성원 중 누군가가 무엇을 함께 하자 제안하면, 두려움부터 들었다. 실제로도 아팠기 때문에, 몸이 아파서 참여할 형편이 못 된다고 핑계를 대며 피했다. 프리모 레비의 글에서처럼, 피해자의 말은 가라앉고, 구조된 자의 말들이 주변을 떠다니는 느낌이었다. 침몰 사건이 있었고, 오랜 시간이 경과했지만, 그 사건을 언급하는 사후적 대화 속에는 경험을 함께했던 피해당사자들의 목소리는 없었다. 게다가 저러한 말을 해주는 사람들은 대개 프리모 레비의 글을 읽고 글에 인용해온, 말의 위계를 가진 스피커들이 아니던가. 김수영 산문의 한 장면에서처럼, 나는 내가 무엇이라고 대답하는 게 무서웠다. 나의 경험은 오히려 나를 말하지 못하게 했다.

> "어디로 가시오?"
> "집에 갑니다."
> 나는 천연덕스럽게 대답하였다.
> "어디서 오시오?"
> "북에서 옵니다."
> "무엇을 하는 사람이오?"[17]

"집에 가"고 싶어서 순진하게 한마디 하는 순간, "응 그러면 당신은 무엇이구나" 하며 권총의 총구가 나에게 향하는 것 같았다. 그런 질문들 앞에 김수영처럼 기계적으로 번쩍 손을 들었던 순간들이 있었다. 말의 무능과 대답의 오해 속에서 신체적 조건반사로 답해온 시간이었다. 여러 정체성들과 예측 불가능한 반응들 속에서 고민하다가, 말하는 게 두려워진 영역이기도 했다. 내가 '어디서' 왔는지, '어디로' 가는지, '무엇을 하는' 사람인지 설명하고 싶었지만, 육체적 손상을 당한 영역은 언어의 부상이 동반되곤 했었다. 다음 김수영의 글에는 그러한 말하기의 고통들이 흔적으로

---

17 「나는 이렇게 석방되었다」, 『전집 2』, 41~42쪽.

남아있다.

> "어디서 포로가 되었소?"
> "서울입니다."
> "어디를 부상당했지요."
> "양쪽 다리올시다."
> "무엇에 부상당했지요?"
> 나는 무엇이라고 대답해야 옳을지 주저할 수밖에 없었다.
> "총상이요? 파편상이요?"
> 그는 재우쳐 묻는다.
> 사실 나는 어떻게 부상을 당했는지 그에 대한 기억이 확실하지 않았다. 언제 의식을 잃었는지도 도무지 알 수가 없었다. 내가 정신이 났을 때는 내 옆에 얼굴이 예쁘장한 여자같이 생긴 젊은 군의관이 한 손에 주사기를 들고 내 얼굴을 들여다보고 빵긋이 웃으면서 무엇이라고 위안을 하여 주던 때였다.[18]

이 글은 한 명의 당사자가 겪는 신체적 고통 앞에 더 캐묻기 어려운 지점이 있다는 것을 잘 보여주고 있다. 김수영이 포로 생활을 기록한 글들엔 분명하게 말할 수 있는 대답과 분명하게 말하지 못한 대답이 동시에 발견된다. 망각이라는 이름으로 삭제된 언어들도 무의식의 흔적으로 남아있다. "무엇이라고 대답해야 옳을지 주저할 수밖에 없었"던 상황, "기억이 확실하지 않"은 영역들, 말했을 때 위험에 빠질만한 언어들은 위의 글에서 굳이 진술되지 않는다. 포로 생활의 기억은 신체적 고통을 통해 적절히 생략되고, 의식의 상실을 통해 장면 변환되고 있다. 통증 속에서 의식을 잃을 때에야, 타인의 "재우쳐 묻는" 행위가 중단되는 것이다. 통증으로 인해 의식을 잃는 것은 때로 어떤 순간에는 더 위험해질 수 있는 신체를 구조하는 방식이 되기도 한다.

---

18 위의 글, 44쪽.

구조되지 못한 고통들이 질병의 형태와 맞물리는 지점에서, 김수영 시인은 오래도록 머물러 있었던 것 같다. 나 또한 여러 차례 아팠던 이후, 통증과 완치의 어디쯤에서 삶을 유지하고 있었기 때문일까. 병중에 시달리며 자기 자신의 삶을 증명해온 김수영 시인의 글들을 아프게 읽곤 했다. 물론 김수영을 읽을 때 움찔하며 괴로워하는 영역이 여전히 나에게 존재하는 것은 사실이었다. 오늘날의 여성독자로서의 정체성과 병중을 앓는 이의 정체성을 통해서 김수영을 바라보는 독법들은 일정한 한계와 마주할 수밖에 없었다. 하지만 현재의 내가 가장 괴로워하는 영역에서 그의 글을 받아들여 나가는 훈련은 특정 언어들과의 만남을 세밀하게 만들어주었다. 자신의 취약성을 감각한 한 시인이 말하기의 무능 속에서 어떤 식의 언어를 특별히 내세우려 하는가를 유심히 바라보게 하였다.

4. 자기증명의 신경증, 취약체로서의 시인

김수영 시인은 "가슴이 아프다는 핑계로 다시 입원을 하여"[19] 거제리 포로수용소에서의 병원 생활을 자처한 바 있다. 좌우 대립이 극심한 전쟁기, 말하는 것에 위협을 느끼던 문인들에게 당시 병원이란 공간은 우선적인 생명 보존의 방편으로 기능하였을 것이다.[20] 부상을 치료하기 위해 부산의 서전병원으로 이송되는 과정에서 시인은 '적십자군용병원열차'의 도움을 얻는다. 부산 거제리 제14야전병원으로 옮겨진 후, 1952년 11월 28일 석방되기까지[21] 그의 포로 생활은 병중을 치료하는 과정과 함께였다. 김수

---

19 「내가 겪은 포로 생활」, 『전집 2』, 37쪽.
20 부상을 치료하는 것이 목적이었고, 전기적 생애 안에서 '임간호원'과의 관계도 고려될 수 있을 것이다.
21 김수영의 주요 포로 체험은 부산 거제리에서 이루어졌다. 1952년 봄에 2개월간 거

영이 '민간억류인'으로서 석방된 장소가 충청남도 온양온천 국립 구호 '병원'이라는 것도 주목할 만한 부분이다.[22]

김수영이 '포로 석방기'를 발표했던 최초의 지면은 1953년 6월에 발간된 『해군』이라는 군 매체로 알려져 있다. 군 기관의 보호와 감시 속에서 질병을 치료한 과정은 김수영의 말하기 방식과 글쓰기의 자유라는 문제에 큰 영향을 미쳤을 것이다. 좌우 대립이 극렬하던 해방기부터 본격적인 작품발표를 시작했던 김수영은 해방 시단에게 요구되는 문화건설이란 과제를 두고 어떠한 시적 선택을 통해 "자기증명"[23]을 할 것인지 고뇌해왔던 시인이었다. 시인 스스로가 '전향'이라는 용어 속에서 「묘정의 노래」라는 데뷔작을 폄하하거나 『신시론』 동인 활동에서 탈퇴하려고 했던 과정은

제도 포로수용소로 이송되었던 기간을 제외하면, 민간억류인으로 석방되기 이전 20개월 정도를 부산 거제리 포로수용소에서 지냈다.

박태일, 「김수영과 부산 거제리 포로수용소」, 『근대서지』2, 2010, 393~394쪽.

22 김수영이 자신을 '민간 억류인'으로 지칭하며, 포로수용소에서 수감생활을 하다 살아남은 과정은 다음의 글에 상세히 소개되어 있다.

이영준, 「김수영과 한국전쟁―민간 억류인이 달나라에서 살아남기」, 『한국시학연구』67호, 2021.

23 「연극하다가 시로 전향―나의 처녀작」, 『전집 2』, 424쪽.

김수영은 『예술부락』이 "해방 후에 최초로 나온 문학 동인지였다는 것, 따라서 내가 붙잡을 수 있었던 최초의 발표기회였었다는 것 이외에 별다른 의미가 없"었다고 서술한다. 그는 조연현이 주관한 『예술부락』이라는 동인지에 20편 가까운 모던한 시편을 주었고, 그 중 고색창연한 「묘정의 노래」가 뽑힌 것을 그는 "망신"이라 생각하며, 나의 마음의 작품 목록에서 지워 버리려 했다고 고백한 바 있다. 김수영은 「아메리가 타임지」와 「공자의 생활난」도 "히야까시 같은 작품"이라고 표현하며 "나의 마음의 작품 목록으로부터 깨끗이 지워버렸다"고 고백하고 "리얼리스틱한 우수한 작품으로 「거리」라는 작품"을 쓴 것을 강조한 바 있다. 이를 통해 김수영은 해방기 조연현을 부정하고, 김병욱의 지향을 선호하면서도, 「거리」라는 시를 김병욱의 말대로 고치지 않은 문제를 숙고하고 있다. 김병욱과 당대 시단에서 영향력이 컸던 김기림의 조언에 따라 '귀족'이란 말을 '영웅'으로 고치지 않은 행위가 "시적 자기증명에 어떤 의미를 갖는 것인지" 고민하면서 김수영은 "이러한 나의 체질과 고집이 내가 좌익이 되는 것을 방해했다"고 서술한다.

해방문단의 좌우 대립 문제 및 말하기의 규제 문제와도 긴밀히 연결되어 있다.

해방기와 한국전쟁으로 이어지는 좌우 대립의 분위기는 「의용군」이라는 김수영의 유일한 장편소설을 통해 더욱 자세히 살펴볼 수 있다. 이 소설에는 시를 통해 자기증명을 해야 한다는 김수영의 시대적 트라우마가 다양한 언어적 흔적으로 남아있다. 또한 포로 생활에 대한 산문들이 발표된 53년 무렵에 시인에게 '장편소설'[24]이라는 장르가 왜 필요했는지, 픽션으로서의 서사장르가 당시 시인에게 어떤 커버링의 수단으로 기획되었어야 하는지에 대해서 생각해볼 수도 있다. 앞부분을 집필하고 나서 추가로 서술하지 못한 채 미완성으로 묵혀두었던 이 소설에는 일부의 문장들이 생략되어 있다. 그리고 당대에 표기할 수 없었던 금제의 영역들이 "○○○동맹"과도 같은 흔적으로 남아있다. 해방기에 임화를 우상화하며 문학가동맹을 선택했던 청년 김수영이 한국전쟁을 겪으며, 냉전 체제와 진영 논리 속에서 어떠한 말하기의 고통을 감당해 왔는지 예측할 수 있게 해주는 글이다.

픽션의 주인공으로 설정된 '임동은(임화)'는 문화건설을 지향하며 "좌익 문화인들의 지도자적 역할"을 하는 캐릭터로 설정되어 있다. "월북도 하지 않고 그렇다고 이남에 남아 그동안에 혁혁한 투쟁도 한 것이 없는" 소설의 주인공은 "의용군에 나옴으로써 자기의 미약한 과거를 사죄"하려고 한다. 그러나 의용군에 자원한 주인공은 곧 의용군 군복을 벗어던지고 남으로 도주하게 된다. 이 자전적 형식의 소설에서 주인공은 "이북에 발을 실제 들여놓고 보니" "책에서 읽은 지식 이외의 이곳 실정에는" "서먹서먹하고, 보는 것 듣는 것마다 무서운 감이 자꾸 든다"는 고백을 털어놓고 있다. "너무나 질서가 잡혀 있는" 북의 사회주의 체제를 공포스러워

---

24 「의용군」, 『전집 2』, 751~770쪽.

하는 것이다.

그러나 김수영이 거주하고 있는 남측 또한 해방기에는 동일한 방식으로 금제의 질서를 잡아가고 있었다. 48년 국가보안법이 제정되고 문교부 방침이 본격화되면서, 문학가동맹에서 활동한 전력이 있었던 문인들의 작품은 교과서와 정전 목록에서 모조리 삭제된 바 있다. 월북하지 않은 채 남측 체제하에 생존해 있던 "〇〇〇동맹" 출신 문인들은 민족정신에 위배되는 불순한 저작물의 생산자로 불리며 교화와 '보도(保導)'의 대상으로 취급되었다. 이들 문인들은 국민보도 연맹에 가입을 권유당하고, 감시 체제하에서 선무활동에도 동원당한다. 당시에는 남측 문인들의 체제 '전향기'가 매체들을 통해 대대적으로 홍보되었던 시기였으므로 김수영 또한 글쓰기의 방향을 선택하지 않으면 안 되었을 것이다. 한국전쟁 이후, 군 매체를 통해 발표된 「내가 겪은 포로 생활」이란 글도 이러한 문화적 분위기 속에서 쓰인 것이라 추정된다. '내가 겪은' 고통의 경험들은 당대 「시인이 겪은 포로 생활」이란 제목으로 바뀌어 군 매체에 의해 선전되었고, "반공"주의를 거론한 시인의 목소리는 문화인들의 보편 경험으로 이용되기도 하였다.

해방기에 시를 쓰기 시작했지만, 질서정연한 입장들을 강요하는 현실에서는 해방되지 못한 시인 김수영, 선명한 정체성과 예속적 분위기에서 석방되고 싶어 하는 포로 출신 김수영이 나는 자꾸만 눈에 밟혔다. "빨치산"과 "적구(赤狗)"라는 이념적 낙인에서도 해방되고, '반공'과 '교화'라는 보도적 정체성에서도 해방되어 "자유의 몸으로 지향(指向) 없이 걸어다니"고 싶어한 한 시인의 고뇌가 통각되었기 때문이다. 문학가동맹의 선전 활동과 국민보도연맹의 선무활동 사이에서, 김수영은 말하기와 글쓰기로 자기증명을 해야 한다는 무의식적 압박에 시달렸으며, 이어진 한국전쟁으로 인해 신체적 억압까지 경험하게 되었다. 이념적 금제 속에서 시가 훼손되고, 진영 간 대립으로 몸까지 "뒤퉁그러"[25]지는 포로생활의 체험들은 '온몸시론'을 향하는 시인의 시적 도정에서 더욱 주목되어야 하는 부분일 것이다.

잘 알려져 있다시피 김수영은 어렸을 때부터 신체적으로 취약했다. 청소년기에 장질부사에 걸리고, 폐렴과 뇌막염을 앓았다. 질병 때문에 학교에 등교하지 못할 때도 있었고, 학업 생활을 유지하는 데도 장애가 되었다. 제도권 교육에 진입하는 진학시험을 앞두고 시인은 1년여간 요양 생활을 하기도 했다. 그런 병중 속에서 김수영은 몸의 아픔을 통해 시대적 고뇌를 유비하곤 하였다. 만성적 두통과 현기증을 앓았다. "그날 하루의 재수가 염려될 만큼 신경 고문과 세뇌 교육이 사회화 되고 있는 세상에서 신경을 푼다는 것도 하나의 위법이요 범죄라는 감이 든다"[26]며, 시인은 지속적 신경증에 시달리곤 했다. "억압의 기미에 지극히 민감하"였던 김수영은 "살인귀나 강도 같이 보이는" 검열 체제에는 강박증을 보였다. "치유될 기세도 없"[27]었던 심리적인 고통은 소화기 계통 질환의 악순환으로 이어질 수밖에 없었다. 시인은 "치질을 앓고 피를 쏟았"고 "단식"과 "소화불량증"을 달고 살았다.[28]

'소화불량'이나 '치질', '설사'와 같이 몸을 통해 반복되는 일상적 증상들은 독자들로 하여금 시대와 정치 권력이 작동시키는 생리를 연상하게 한다. 김수영은 "배가 모조리 설사를 하는 것"과 "머리가 설사를 시작"하는 것들을 연결하며, "규제"[29]를 뚫고 모조리 토해내야 하는 것으로서의 시의 속성을 이야기한 바 있다. 그러한 규제가 '반공법'으로 나타낼 때에는

25 「PLASTER」, 『전집 1』 80쪽.

26 「무허가 이발소」, 『전집 2』, 213쪽.

27 「치유될 기세도 없이」, 『전집 2』 94쪽.

28 「전향기」, 『전집 1』, 263쪽.

29 「설사의 알리바이」, 『전집 1』, 345~347쪽.

화가 나서 술을 먹다 "간장염이 도지"기도 했다. 스스로의 예민함으로 자신의 취약한 신체를 혹사시키는 일이 일상이었다. 몸의 생리와 역사적 체험들은 시인에게 '피로'와 '피난'의 변증법 속에서 "아픈 몸이/ 아프지 않을 때까지 가³⁰"야 하는 시간들을 소망하게 했을 것이다.

김수영이 당사자의 경험 속에서 언어화한 취약체로서의 몸의 이야기는 스스로를 취약체라 느끼는 한 독자의 시선을 떠나지 못하게 했다. 제도와 세대, 젠더의 문제 속에서 나는 그간 초심의 어딘가가 훼손된 느낌을 감당하며 김수영의 시를 읽어왔던 것 같다. 마치 브레이크가 고장난 트롤리 열차에 탑승한 운전수처럼, 어떤 노선을 선택할까, 어떤 안전한 독법을 선택할 때 불편한 사람이 더 적을 것인가, 변환기로 방향을 바꾸는 방식과 원래의 노선대로 달리는 방식 중 나와 타인의 상처를 최소화할 수 있는 방식은 무엇일까, 이러한 선택을 통해 어떤 식의 자기증명이 가능할 것인가, 번민을 거듭해왔다.

하지만 다급한 선택행위를 통해 스스로의 정체성을 증명하려는 마음들을 내려놓고, 이제는 오늘날 나에게 말 걸어오는 현재의 김수영을 환대해보려 한다. 거대하게 "살아있는 김수영"³¹ 보다는 예민하게 "아파하는 김수영"과 대화하려 한다. 김수영의 글을 읽으며, 나의 민감하고 취약한 신체도 충분히 가치 있다는 걸 인정할 수 있었기 때문이다. 죽을 수 있는 몸 앞에서, 자기 한계에 직면하던 김수영, "의식을 잃"기 전까지 어떤 못다 한 대답을 할 것인가를 부단히 생각했을 김수영 시인을 나는 긍정한다. 자기경멸과 자기긍정을 오가며 완치될 수 없는 신경증을 앓았던 시인의 고통을 또한 존중한다. 그리고 이러한 맥락 속에서 시인의 신체적 취약성을 돌보던 존재들의 숨은 노동을 긍정하는 방식은 없을까 또한 생각해보기도

---

30 「아픈 몸이」, 『전집 1』, 256쪽.

31 김명인, 임홍배가 엮은 『살아있는 김수영』(창비, 2005.)이란 제목의 책은 인지도 있는 김수영 연구자들의 글을 모아서 엮은 저작 중 하나다.

하였다. 그의 시를 보존하고 필사하면서 '곁'에 존재하던 유족들의 생애, 김수영 시를 의미화하던 여성 독자들의 교차적이고 능동적인 욕망을 동시에 조명함으로써 오늘날 김수영의 시에 생기를 불어넣는 독법들이 추가될 수 있지 않을까. 김수영 시의 한계로 거론되는 타자에 대한 태도들을 취약자 간에 길항하는 동력학으로서 풀어낼 수 있지 않을까. 신념의 정신사를 주도해온 지식인 김수영보다 취약체로서의 통증사를 흔적으로 남기는 환자 김수영이 현재의 나에게는 그래서 더욱 매력적이다.

김수영의 탄생 100년을 맞아, 그를 조망하는 무수한 김수영론이 제출되고 있다. 찬사가 많지만, 한계에 대한 비판들도 적지 않다. 앞으로의 100년을 살아나갈 때, 오늘의 독자가 발견하지 못한 시인의 한계들은 더욱 드러나게 될지 모른다. 여성으로서, 다른 세대로서, 김수영을 전유하려는 집단으로서, 온갖 비인간들의 예기치 않은 정체성으로서, 김수영의 시는 미래의 독자들을 더욱더 딜레마 상황에 빠지게 할 것이다. 부디 그 새로운 고뇌의 지점이 생성될 때까지 김수영의 시가 미래의 독자들에게 지속적으로 읽힐 수 있기를, 뺄셈의 기억이 아닌 더하기의 독법이 우리 문학사에서 가능하기를, 김수영이라는 담론적 신체를 통해 기대해본다.

5. 2인칭의 말하기와 1인칭의 기억정치

그러한 시절까지 나는 어떤 독자의 모습으로 김수영의 곁에 있어 줄 수 있을까. 앞서 언급한 학내 집단에서의 사건은 장기간 나를 아프게 했지만, 이후의 말하기 방식과 집단 내의 정주 방식을 적극적으로 고민하게 한 계기가 되었다. 다른 몇몇 집단에서 유사한 경험을 겪게 되었을 때, 나는 조금 더 의연하게 사안을 바라볼 수 있었고, 실망을 표시하며 한 집단을 떠나는 일이 취약자들의 목소리를 망각기억으로 가라앉게 할 수도 있다는 걸 깨달았다. 떠나야 할 이유가 명확해지면 과감히 떠나되, '아픈 몸이 덜 아플 때까지' 떠나지 않고 남아있는 사람도 필요했다.

앞서 언급한 학내 사건을 겪을 당시에, 나에게 먼저 전화를 해서 무엇이든 돕고 싶다고 표현했던 한 사람이 기억난다. 그 사람은 학과장이 학술답사에서 성폭력 사건을 저질렀을 때도, 여성 학부생 편에 서서 증언했던 이례적인 사람 중 하나였다. 당시 유능한 연구자의 불우한 가정사를 선처해 달라고 탄원했던 교수들 때문에, 학내의 구성원들은 자기 생각을 말하기가 쉽지 않은 분위기였다. 더욱이 학내 영향력이 컸던 지도교수가 반대편에서 증언했으니, 성장이 필요한 주니어 연구자들은 나서기가 더욱 쉽지 않았을 것이다. 당시 나 또한 병원에 장기간 입원해 있느라, 학술답사도, 재판도 함께하지 못했다. 나 같은 사람과는 비교도 안 될 만큼 재능과 인지도가 있었던 그 여성평론가는, 이후로도 다양한 장에서 여러 사건들을 경유하면서 과감히 '절필'을 선언하게 되었다. 어떤 학과 행사에서 마지막으로 그녀를 보았을 때 그녀는 나에게 이런 말을 했었다. "언니, 저는 여기를 떠날 거예요. 이번이 제가 발표하는 마지막 글이에요. 이젠 더 글을 쓰지 않을 거예요." 그 이후, 문학장에서는 그녀의 글을 더 이상 만날 수 없었다.

십 년이 지나 유사한 종류의 폭력적인 사건에 직면하여, 후배들의 피해 상황을 세세히 전달했던 또 다른 여성평론가의 말도 기억난다. '그 일'이 처리되고 나서, 나는 학교 정문 앞에 서서 그녀에게 어렵게 입을 뗐다. "나 학교를 떠나기로 결심했어. 학교 정문을 통과할 때마다 흉통이 느껴져. 더 이상 학교를 다닐 수가 없겠다 생각했어." 내 증상을 듣고, 그녀는 아이처럼 길가에서 엉엉 울면서 말했다. "언니, 행복하세요." 그 울음과 행복을 기원하는 선의가 고마워서 나도 따라서 엉엉 울었지만, 집으로 돌아오는 길에는 비애감이 깊어졌다. 피해자들은 이렇게 애도 당하며, 하나의 기억 속에서 정리되어 왔겠구나.

이런 과정 속에서 나는 문학을 본격적으로 공부하기 시작했던 학술제도의 장은 거진 떠나게 되었다. 하지만 내가 속한 다른 장에서는 같은 상황을 반복하고 싶지 않았다. 없던 아픔으로 망각되거나, 애도 당하고만 있을 수는 없었다. 나와 같은 슬픔을 겪었던 이들의 마음을 돌보고, 혹여 어떤 장을 떠나려는 마음들이 있다면 먼저 대화해보는 역할이 필요하다 생각했다. 흥미로운 콘텐츠들에 밀려 문학이 주변화되는 것도 알고, 고유한 전문 영역에서 더 내밀한 깊이를 가져야 하는 것도 알고 있지만, 읽던 독자들이 문학에 실망하며 떠나는 상황을 바라보기가 힘들었다. 내가 매혹당하며 읽어왔던 김수영의 글을 왜 일반독자들이 예전처럼 열독할 수 없는지 곰곰이 생각해봐야 했다. 다독을 즐기면서도, 문학은 재미없어 안 읽는다는 한 일반독자가 김수영의 시를 두고 이런 말을 했던 것이 기억난다.

"김수영은 교과서에 나오는 시인이잖아. 요즘 누가 교과서를 다시 기억하고 싶어 해. 입시지옥에서 해방되는 순간, 교과서에서 배운 시들은 다 잊고 싶어하는 거지. 교과서에만 있는 시들은 마치 'F=ma'라는 물리 공식처럼 느껴져. F는 ma다, 누구나 들어본 공식이지만, 그 요소들이 뭘 말하고, 사람들에게 어떤 영향을 미치는지 기억나? 외웠던 건데도 더 알고 싶지 않은 영역이 있는 거야. 그냥 벗어나고 싶을 뿐이지."

나에게 소중했던 시 읽기의 경험이 타인에게 부정되고 있는 상황들에 답변할 필요가 있었다. 박사과정 때는 매 학기 썼던 기말 페이퍼를 약간 수정해서 학술논문으로 발표하곤 했지만, 그런 학술장의 형식들이 나를 공식 안에 집어넣어 억압하고 있는 측면들이 새삼 크게 다가왔다. 물론 재능과 끈기도 부족했다. 연구자 시점에서 3인칭으로 말하는 방식은 고려해야 할 것들이 너무 많았다. 레퍼런스가 다량 축적되어 있는 김수영 연구의 경우, 새로운 아이디어를 떠올리자마자 그 논의를 더 정교하게 펼쳐나간 논문을 발견하고 좌절하는 경우가 다반사였다. 연구사 계보 안에 나의 논의를 위치시키는 작업은 어떤 정신 권력 안에 예속당하는 행위와 함께였다. 예속화를 통해 주체화가 가능하다는 말을 일삼아 왔지만, 자아 확장을 도모하는 행위 주체가 김수영 읽기의 자율성을 획득하기 위해서는, 기성의 투옥장치들을 너무 많이 경유해야 했다. 나같이 심약한 자들은 불온성을 갖기 전에 체제의 틀 속에서 불순성을 갖게 될 것 같았다.

제도의 장에서 글 쓸 기회를 주려던 좋은 분들도 많았으나, 각종 학술대회나 심포지엄 같은 장소는 최대한 기피했다. 심포지엄에 참석할지라도 주로 사회나 토론의 역할로 참여했다. 문학장의 주변부라 여겨지는 지면에 주로 글을 썼고, 그런 글들을 문자언어로 남기는 것에는 큰 미련이 없었다. 주로 특정한 장소에서 휘발되는 말들로 소통해왔고, 나란 사람이 글을 쓰는 일은 1차 창작자를 돋보이게 하는 그림자노동이어야 한다고 생각했다. 세간에는 '주례사 비평'을 경계하는 사람들도 많지만, 생각해보면 나는 주례를 할 위치조차 못 되었던 것 같다. 그래서 문학이 향유되는 현장에서 주로 '사회자 비평' 류로 머물렀다. 그것은 객관화된 3인칭 시점으로 말하는 게 아닌, 1인칭 문학 텍스트의 '곁'에서 2인칭으로 말하는 방식이었다.

3인칭 독자들이 쓰는 글에 접근하기 어려운 위치에 있는 독자들, 1인칭 당사자의 창작물에 어떻게 접근해야 하는지 몰라 문학에 무관심해지는 사람들이 있다면 어떻게든 문학이 친근하게 읽히는 방법을 찾아야 했다. 3인칭 말하기를 하는 수준 높은 전문독자들은 늘어나고, 동시에 자기표현을 하면서 당사자 문학을 서술하려는 창작자들도 늘어나는데, 그 두 가지의 말하기가 대화할 수 있는 자리는 너무 부족해 보였다. 한 활동가의 말처럼, 당사자 '곁'에서 "사물과 사람, 사태를 보는 입체적인 이야기"를 들려줘야 하는데, 문학장에 "동행의 언어는 사라지고 동원의 언어만 남"[32]았다고 느낄 때가 많았던 것 같다. 스스로에게 '문학은 나눌 수 있는가'라는 질문을 하며, 1인칭의 목소리 '곁'에서 동행하는 2인칭의 목소리가 되어주어야겠다, 내가 아프게 읽었던 텍스트 곁을 떠나지 말아야겠다 결심하였다.

나는 작가와의 대화, 인접 예술인과의 대담, 북 토크, 문학공연, 팟캐스트 등의 형식으로 창작자와 대중독자들이 시를 좀더 쉽게 대면할 수 있는 향유 현장에 참여하려고 노력했다. 그런 과정에서 김수영 시를 이야기하는 독자들과도 우애롭게 만나고 싶었다. 내 생각과 내 신체를 구성해온 요소들을 존중하고 취약한 나의 몸에 '자긍심'[33]을 갖고 싶었다. 김수영의 시를 노래로 만드는 작업들을 응원하고, 소속된 문화창작집단과 함께 대본을 수정해가며 김수영의 시를 연극으로 만들어보았다. 어설프나마 그 연극에 직접 출연하기도 했다.[34] 어쩌다 보니 시인의 사후 '김수영 50주기 기

---

32 엄기호, 『고통은 나눌 수 있는가』, 나무연필, 2018, 275쪽.

33 여기서 사용하는 자긍심이라는 개념은 일라이 클레어의 개념에 기댄 것이다. 일라이는 "집으로서의 몸"을 강조하며, "우리가 어떻게 집으로부터 도망쳐왔고 집을 갈망해왔는지"를 해명하고 있다. 장애인 퀴어의 몸을 가진 여성 저자는 "몸은 장소와 공동체 그리고 문화가 우리 뼛속 깊이 파고들어 있다는 것이 이해될 때에만 집일 수 있다"고 말한다. 저자는 "자긍심의 영역으로 훨씬 더 쉽게 들어"갈 수 있는 영역과 자신이 여전히 움찔하며 증언해야 할 영역들을 이야기하며, 각자의 현실적 필요에 의해 격렬한 의견 차이가 발생하는 몸에 대해 이야기한다. 그녀에 의하면 "우리에게 필요한 것이 복잡성, 모순, 모호성, 양가성이라는 점이 이해될 때에만 몸은 집일 수 있"고, 부정되고 도둑맞았던 몸을 되찾을 수 있다는 것이 이해될 때에만 몸은 또한 돌아가고 싶은 집일 수 있다며, 자긍심으로 돌아가는 것이 가능한 진실한 다중 쟁점 정치를 이야기한 바 있다. 일라이 클레어, 전혜은, 제이 역, 『망명과 자긍심―교차하는 퀴어 장애 정치학』, 현실문화, 2020.

34 시극 〈시민과 함께하는 김수영 시인의 "거대한 뿌리"―김수영 50주기 기념사업 50년 후의 시인〉, 마포중앙도서관 마중홀, 김수영50주기기념사업회, 2018. 11. 10.

념 학술대회'의 사회도 보게 되고, 올해 있었던 '2021 탄생 100주년 문학인 기념문학제' 심포지엄에서 김수영 섹션의 사회도 보게 되었다. 그 심포지엄의 1부로 편성된 김수영론들을 청중에게 소개하며, 나는 지나가는 말로 내가 김수영 키드였다고 고백하게 되었다. 그 말을 받으며 한 연구자는 다음과 같이 이야기를 이어갔다.

> "사회자께서 아까 김수영 키드라고 하셨었는데, 저도 마찬가지입니다. 그런데 이 말은 어떻게 보면 김수영이란 시인이 꽤 오랜 시간 동안 많은 독자들에게 깊은 영향력을 끼쳤다는 의미도 가지고 있지만 한편으로는 키드라는 것, 세대라는 것은 마감이 보일 때쯤 나오는 그런 이야기일 수도 있지 않을까 생각이 들었어요. 만약에 젊은 독자들, 20대 초반의 독자들에게 과연 우리만큼 김수영이 깊은 영향력을 미치고 있는가 질문을 던졌을 때 저는 거기에 대해서는 좀 회의적입니다. 특히 2015년 문단 미투 관련해서 여러 가지 페미니즘 시학이 영향력을 끼치게 되었고, 그리고 그런 자장 안에서 김수영을 보았을 때, 아. (망설이며 잠시 휴지) 왜 이런 불편함을 감수하고 김수영 시를 맛봐야 하는가 질문이 나올 수밖에 없는 시들도 많이 남겼죠. 예를 들어서 우산으로 여편네를 팼다든가, 1967년의 「성」이라든지, 제가 오늘 의도하지는 않았지만 여자에 대한 호명, 그 안에 들어가 있는 이데올로기 같은 그러한 부분이 불편함을 자아내는 것은 사실이라고 생각합니다. 그래서 저는 첫 문장을 '김수영은 왜 읽혀야 하는가'라는 당위적인 문장으로 시작했는데요."[35]

나는 그분의 이야기를 들으며, 김수영의 곁에서 2인칭의 목소리를 해나가는 것도 필요하지만, 그 전에 김수영 키드로서 살아왔던 나 자신의 목소리, 그 1인칭의 목소리를 먼저 복구해야 하지 않을까 생각했다. 3인칭의 학술담론은 기존 논의를 피해서 쓰기 힘들만큼 다량으로 축적되어 있

---

35 김종훈, 「생활의 분산과 난해성의 기원」에 대한 발제 중(대산문화재단 유튜브, "2021 탄생 100주년 문학인 기념문학제 심포지엄" 동영상 녹화 자료를 기록하였음), 교보빌딩 컨벤션홀, 2021. 5. 13.

고, 비대면 시대 이후엔 김수영 시를 체험할 수 있는 친밀한 '곁'의 콘텐츠들도 다양한 방식으로 재생산[36]되고 있었다. 김수영을 읽어왔던 이전 세대의 전문독자들은 김수영을 떠올릴 수 있는 장들을 과잉되었다 싶을 정도로 부지런히 마련했다.

하지만 김수영이란 시인은 젊은 세대들에게 스스로 읽히고 있는가. 오늘날 깊은 영향력을 발휘하며 현실사회의 운동성을 추동하는가. 우리는 이런 질문들에 더욱 많이 부딪쳐야 될 것 같다. 김수영의 시를 읽으며 불편함을 느낀 경험, 독자로서 부딪친 딜레마의 경험들은 1인칭 독자의 목소리로 더 다양한 정체성 속에서 제출되어야 할 것이다. 그리하여 미래의 독자들에게 김수영 읽기의 기회를 분배할 수 있어야 한다. 독자들을 난경으로 빠뜨리는 척력들이 무엇이며, 다음 세대의 독자들이 무관심해지는 지점이 어디인지, 더 정밀히 관찰되고 발화될 필요가 있다.

다음 세대의 목소리로 그런 1인칭 독자의 말하기가 더욱 확장되어갈 때, 김수영의 시는 여전히 인력을 보유하며 시대변화를 추동하는 가속의 힘을 얻지 않을까. 이쯤에서 'F는 ma다'라는 공식을 다시 한번 떠올려본다. 백 년의 시인에 열광하며 김수영 키드로 살았던, 번민을 거듭하면서도 여전히 사랑할 지점을 기다려보는 독자 당사자의 고백을 덧붙이면서, 그 어떤 미래에도 작용할 힘과 무게와 속도를 기대해보는 것이다. 김수영을

---

36 김수영 사후 50주년과 탄생 100주년 사이에, 김수영을 다양한 방식으로 조명하는 시도들이 많이 발견되었다. 그중 김수영50주기기념사업회에서 김수영의 토포스를 추적하여 문학지도를 그리고, 한국, 중국, 일본 등으로 '김수영 50주기 기념 문학기행'을 주관한 후, 『세계의 가장 비참한 사람이 되리라 ─ 자유와 혁명과 풀과 시, 김수영 생애 다시 쓰기』(서해문집, 2019.)라는 책으로 출간한 사업은 김수영의 연구사와 문화사와 합작하여 양질의 결과물을 도출한 매우 의미 있는 시도라 평가한다. 문학과 시각예술이 협업하여 '김수영 탄생 100주년 기념 시그림전'을 시도한 것도 눈에 띄었다. 교보문고에서 시작하여 김수영문학관으로 이어진 〈폐허에 폐허에 눈이 내릴까〉라는 전시는 동명의 제목을 가진 시그림집으로 출간(박수연 편, 교보문고, 2021.)되어 장르간 협업을 통한 선순환의 사례를 제시하였다.

망각하지 않기 위해서, 그리고 망각해가는 미래의 독자에게 말 걸어보기 위해서, 오늘날 내 신체의 일부가 되어버린 이런 취약한 글을 내민다. 나를 긍정하려는 힘들을 기억해 둔다.

3부

길 위의 김수영

김수영 시에 나타난 실존주의적 전망의 긍정성

박정근

I. 부조리에 대한 인식

한국문학은 1950년대 한국전쟁 전후에 사선을 넘나드는 고난과 경제적 빈곤을 처절하게 겪은 사회적 분위기로 인해서 서구로부터 들어온 실존주의의 영향에서 벗어날 수 없었다. 서구문학은 1, 2차 세계대전의 충격에 의해서 기존의 가치기준과 미학적 틀에 대한 회의에 빠져 실존주의와 부조리적 인식이 확산되었다. 한국문학 역시 해방 직후 사회의 뒤떨어진 현실을 아방가르드 운동을 통해서 극복하려는 움직임을 보여준 바 있다. 중세 이래 기독교 문명의 영향에 젖어있었던 서구인들은 불가항력적인 세계적 재앙과 전쟁의 공포 속에서 기존의 종교적 가치관들의 무용론을 체험하지 않을 수 없었다. 아직도 서구인들은 절대적 권위로 정신세계를 지배했었던 기독교적 가치관들이 절망 속에서도 구원이라는 희망의 빛을 비추어 주기를 기대하고 있었다. 하지만 그들은 침묵 속에서 모든 것은 영혼의 향수가 만들어내는 통일성 속에서 정돈되리라는 기대에도 불구하고 그들의 각성이 존재하기 시작하면 이 세계가 금이 가고 무너지고 무수한 조각들로 파열된 광채들이 인식 앞에 나타나리라고 보았다.[1] 이처럼 파열된 세상은 현대인들이 평화를 다시 획득할 수 있을 만큼 재구성할 수 없는 지경에 이르러 정신적 구심점을 상실한 그들의 삶은 무기력과 권태의 나락으로 빠져들 수밖에 없는 것이다.

까뮈의 관점에 의하면 현대인은 세계에 대해 스스로 부여해놓은 모습과 윤곽만을 이해한 나머지 지식의 허구성을 피할 수 없었고 세계의 진정한 실체와는 본래적으로 커다란 거리를 지니고 있어 본래의 모습으로 되돌아간 세계를 이해할 수 없는 것이다.[2] 세계에 대해 반항하는 자들은 이 부조리를 경험하게 되는데, 세계에 대한 부정뿐만 아니라 나 자신의 존재, 즉 자아에 대한 부정을 초래하여 자신이 누구인지에 대해서 모르고 있음을 깨닫게 된다.[3] 그런데 부조리는 관계하는 대상들의 일방에 의해서 생기는 것이 아니고 인간과 세계 사이에 생기는 것으로 양자의 유기성의 상실로 인해 일어나며, 그 결과 나의 부재와 세계의 부재가 발생하게 된다는 것을 주목해야 한다.[4] 까뮈가 『시시포스의 신화』에서 부조리란 자신이 이해할 수 없는 비합리적인 것으로 둘러싸인 세계와 이성에 의해 세계를 내다보고자 열망하는 자아가 서로 부딪침으로써 생겨난다는 주장은 설득력이 있다.[5]

김수영은 1950년대 중반 이후나 4·19를 계기로 이른바 '참여시인'의 면모를 띠기 시작한다.[6] 참여시인인 그가 부조리를 인식하고 있는 실존주의

1 A. 카뮈, 김화영 옮김, 『시지푸스신화』, 책세상, 2013, 35쪽.

2 위의 책, 30쪽.

3 이서규, 「카뮈의 부조리철학에 대한 고찰」, 철학논집 35, 2013, 149, 139~178쪽.

4 위의 글, 153쪽.

5 정항균, 『시시포스와 그의 형제들』, 을유문화사, 2009, 135쪽.

6 함돈균, 「김수영 초기시의 난해성과 '불가능성의 가능성'으로서의 시적 전략」, 『한국

자라면 두 개념에 대한 까뮈의 분석은 시인을 이해하는데 매우 유효하다. 그는 실존철학을 비판하면서 인간적인 것의 한계 속에 밀폐된 우주 안에서, 이성의 폐허를 바탕으로 한 부조리에서 출발한 그들은, 기묘한 논리에 의하여, 자신을 짓누르고 있는 것을 신격화하고 자신을 헐벗게 해놓은 것 속에서 희망의 이유를 발견한다고 공격한 바 있다.[7] 김수영은 세계의 부조리를 인식하고 세계에 대해 회의의 시선을 던진다. 그래서 기존 세계의 미학에 순응하여 시를 쓰는 행위에 대해서 스타일도 현대적이고 말솜씨도 그럴듯한데 가장 중요한 생명이 없다. 그러니까 작품을 읽고 나면 우선 불쾌감이 앞선다. 또 사기를 당했구나 하는 불쾌감이다고 극단적인 냉소를 던진 바 있다.[8] 김수영은 다른 시인들의 비실존적 시작태도 뿐만 아니라 자신에게 무서운 것은 구공탄중독보다 그의 정신 속에 얼마만큼 구공탄 개스가 스며있는지를 모르고 있다는 것이 더 무섭다고 토로했다. 그것은 웬만큼 정신을 차리고 경계를 해도 더욱 알 수 없기에 더 무섭다고 스스로 경계하는 자세를 보였던 것이다.[9]

실존철학에 심취했던 김수영은 세계와 인간 사이에 부조리가 왜 발생한다고 본 것일까. 김수영에게 많은 영향을 준 싸르트르는 코기토의 생성에 대해 인간의 의식에 무엇이든 있다면 그 '어떤 것(something)'은 '무(nothing)'라고 주장한 바 있다.[10] 생성 중인 코기토는 사물이 의식의 바깥에 존재하며 의식 속으로 용해되지 않는다고 본다.[11] 그러므로 자신을 발견하기 위해서는 자신의 내면을 들여다보는 대신에 시선을 의식의 바깥

시학연구』제34호, 2012, 343쪽.

7 카뮈, 앞의 책, 54쪽.

8 김수영, 『전집 2』, 민음사, 1993, 182쪽(이하 전집 인용은 '『전집2』, 쪽수'만 밝힘.).

9 『전집 2』, 115쪽.

10 에릭 매슈스, 『20세기 프랑스 철학, 동문선』, 1999, 99쪽.

11 오문석, 「김수영의 시론과 실존주의 철학」, 『국제어문』21, 2000, 75~92.

으로 돌려야 한다는 것이다. 의식은 자신과 거리를 둘 수 없는 사물과는 달리 자기와의 거리 두기가 가능하다. 이를 통해서 의식은 사물로부터 초월할 수 있지만 싸르트르의 '자기-관계'는 자아와 균열된 채로 머물게 되어 자신과의 합치가 불가능하다고 주장했다.[12] 김수영은 의식 안이 아니라 그 바깥에 존재하는 사물을 바라보고, 바라보는 자신을 의식했을 때 비로소 '사물이 아님'인 의식이 되어 사물을 초월하고 자유를 획득하게 된다. 결국 시인은 이미 주어진 사물과 상황을 통하지 않고는 자유로울 수 없으므로 없음과 심연 위에 섬으로써 자유를 말하게 되며, 사물과 상황과 대면했을 때 자율성이 가능하다고 보았던 것이다.[13]

김수영의 부조리에 대한 의식은 한국사회의 뒤떨어진 현실에 대한 인식을 통해서 출발한다고 해도 지나치지 않다. 자신을 둘러싼 뒤떨어진 현실을 부끄러워하거나 회피한다면 오히려 시인이 사물을 자기화하는 격이 되어 스스로 '사물화'가 될 수밖에 없다. 이러한 현상은 시인이 뒤떨어진 현실이라는 사물과의 거리두기에 실패하면 없음의 체험을 하지 못하게 되고 주어진 상황에 주관적인 감정이나 사고를 개입시킨 나머지 사물화된 의식에 잔류하게 되고 만다.[14] 김수영은 오히려 부조리로 뒤떨어진 현실과 대면하여 객관화된 시선으로 받아들이고 그것이 주는 설움을 기꺼이 내면화한다. 그는 대양 속의 바위에 걸터앉은 위기의 순간에 거대한 파도가 밀려오는 현실 앞에서 자율성의 환상이라는 아폴로적 환상이 주는 '마야의 베일' 속에서 안주하는 것을 '사기'나 '위조'라고 비판한다.[15]

총체성의 파도가 넘실거리는 무한대적 현실을 받아들인다는 것은 개체성의 상실이며 죽음을 의미한다. 즉, 개체성에서 총체성으로의 죽음의

---

12 위의 논문, 82쪽.
13 위의 논문, 83쪽.
14 위의 논문, 85쪽.
15 위의 논문.

고개는 기존의 언어, 습관, 질서, 포즈, 풍경이 구속력과 타당성을 잃어버리는 곳이다. 또한 그곳은 기존의 총체성이 초과되고 그래서 위기에 이르는 지점으로 구태의연한 차별과 구분법이 무화되는 어떤 영점이다.[16] 김수영은 현실의 부조리를 인식하고 까뮈 방식의 염세적 절망 속에 머물지 않고 오히려 개체성의 죽음을 통해서 실존적 구원을 추구함으로써 기존의 부조리 작가들과의 차별성을 보여준다. 그의 부조리에 대한 인식은 무한대의 혼돈에의 접근을 통해서 어떤 규정할 수 없는 의미, 즉 무의미를 각성하는 것이다. 그의 관점에서 모든 시의 미학은 무의미의-크나큰 침묵의-미학으로 통하는 것이라는 실존주의적 비전을 추구하는 것이다.[17]

II. 정치사회적 부조리에 대한 저항

김수영은 역사의 변화를 몸소 목격하면서 이에 대한 세대적 인식의 괴리를 발견하고 그 부조리성에 아픔을 느낀다. 시인은 시작의 과정에서 삶에 대한 성찰이나 관념을 표현하기 보다 삶 자체를 바로 보고 갱신하게 하는 현실의 관점 자체이자 실천의 동력으로 삼는 경향이 있다.[18] 이런 측면에서 그가 식민시대의 잔유물에 대해서 부정적이고 비판적인 시각을 갖는 것은 자연스러운 현상이다. 그는 「현대식 교량」에서 한국인들이 근대화를 추진하면서 망각한 뒤떨어진 역사를 인식한다. 일제시대에 총독부는 대한제국을 점령하면서 물자의 수탈을 위해 현대식 문명을 이 땅에 이식하기 시작하였다. 그 수탈의 상징이 현대식 교량이며 식민지 시대의 한국인에게 근대 문명의 위용을 통해서 조국의 후진성을 피부로 느끼게 하

---

16 김상환, 『풍자와 해탈 혹은 사랑과 죽음』, 민음사, 2000, 50쪽.

17 『전집2』, 245쪽.

18 김문주, 「김수영 시의 성의 정치학」, 『우리어문연구』45집, 2013, 374쪽.

였다. 식민시대의 아픈 역사적 사실을 담고 있는 현대식 교량을 건너다니는 현대 한국인들은 그 의미를 인식하지 못한다. 화자는 현대식 교량을 건널 때마다 조국의 아픈 역사를 떠올리는 회고주의자가 되지 않을 수 없다. 현대식 교량의 실용성과 효율성에 매료되어있는 젊은 세대와 이것을 통해 이루어진 역사의 아픔을 되씹고 있는 화자 사이에는 엄청난 괴리가 발생한다. 화자는 현대식 교량을 건널 때마다 그 효율성의 구조 밑에 눌려있는 과거 수탈에 대한 깨달음에서 오는 고통으로 심장이 멈추는 듯하다. 하지만 젊은이들은 그의 이야기는 오래 전 이야기라고 일축해버린다. 화자는 그들과의 엄청난 괴리를 오히려 젊은이들의 그에 대한 사랑이라고 역설적으로 언급한다. 아마도 젊은이들은 과거 역사의 아픔을 인식하는 것은 어리석은 퇴행이라고 보려는 편의주의적 사고에 젖어있고 화자는 이것을 아이러닉하게도 새로운 역사라고 일컫는 것이다.

> 현대식 교량을 건널 때마다 나는 갑자기 회고주의자가 된다
> 이것이 얼마나 죄가 많은 다리인 줄 모르고
> 식민지의 곤충들이 24시간을
> 자기의 다리처럼 건너다닌다
> 아니 어린 사람들은 어째서 이 다리가 부자연스러운지를 모른다
> 그러니까 이 다리를 건너갈 때마다
> 나는 나의 심장을 기계처럼 중지시킨다
> (이런 연습을 나는 무수히 해왔다)
>
> ─「현대식 교량」(1964)

화자는 현대식 교량을 바라보면서 대립적 가치들이 서로 교차하며 일으키는 갈등과 괴리를 독자들에게 역설을 통해 아이러니와 애매성을 맛보게 한다. 교량의 거대한 구조물은 화자에게 과거를 돌이키게 하여 노화현상을 깨닫게 하지만, 또한 효율성을 통하여 젊음을 느끼기도 한다. 하지

만 독자들은 동시에 상반된 체험이 가져오는 부조리적 혼돈에 의해서 정신적 무화상태에 빠지게 된다. 이 혼돈된 상황은 하나의 교량 아래로 과거와 현재의 시간이 마치 마주쳐 달려오는 기차처럼 엇갈리며 달리는 격이다. 화자는 과거와 현재 그리고 미래의 기관사가 동시에 엔진을 작동시키는 정신적 공황상태에서 모든 것들이 정지되는 부조리 속에 빠져버리지 않을 수 없다. 하지만 그 정지는 단순하게 부정적인 갈등이나 파멸을 향해 작용하는 것은 아니다. 젊음의 빠른 속력과 늙음의 느린 속력이 정지의 과정을 통해서 서로를 알게 되고 갈등하면서도 조정하는 과정을 가질 수 있다. 비록 화자가 말하는 사랑이 냉소나 풍자에 가깝다고 하더라도 까뮈의 접근 불가능한 괘리가 어느 정도 가까워지고 나름대로 수용하는 결과를 낳게 된다. 하지만 김수영은 특유의 풍자적 화술로 화자의 의도를 애매하게 만든다. 그가 의미하는 적의 형제로의 전환은 아직도 과거의 고통을 망각하고 효율성이란 명목으로 현대식 교량을 사랑하는 젊은이들의 경박한 행위에 대해 냉소적 풍자를 통해서 가능한 것이다.

> 이런 경이는 나를 늙게 하는 동시에 젊게 한다
> 아니 늙게 하지도 젊게 하지도 않는다
> 이 다리 밑에서 엇갈리는 기차처럼
> 늙음과 젊음의 분간이 서지 않는다
> 다리는 이러한 정지의 증인이다
> 젊음과 늙음이 엇갈리는 순간
> 그러한 속력과 속력의 정돈 속에서
> 다리는 사랑을 배운다
> 정말 희한한 일이다
> 나는 이제 적을 형제로 만드는 실증을
> 똑똑하게 천천히 보았으니까!
>
> — 「현대식 교량」(1964)

김수영이 시인으로 가장 절실하게 추구했던 가치는 '자유'이고 정치적 상황과 긴밀한 관련이 있다. 한국의 시인인 그를 가장 고통스럽게 하는 요인은 정치적인 후진성이 만든 규제로 인해 그의 자유가 절름발이가 되고 그의 시가 설사를 하게 되는 뒤떨어진 현실이다. 자유를 꿈꾸는 그에게 하늘을 자유롭게 날아가는 노고지리가 부러움의 대상이 될 수 있겠지만 새의 자유가 거저 주어지는 것이 아님을 시인은 깨닫는다. 그는 「푸른 하늘을」에서 노고지리의 자유로움을 언급한 시인의 말은 수정되어야 한다고 문제를 제기한다. 즉, 자유로워 보이는 노고지리마저도 그 자유를 위해 치열한 대가를 지불해야하기 때문이다. 그 새는 하늘 위로 비상하기 위해서 엄청난 공기의 저항과 비바람을 헤치고 나가지 않으면 안 된다. 또한 더 사나운 새의 공격을 대비하고 경계하지 않으면 자유는 획득될 수 없다. 결국 노고지리가 자유를 획득하기 위해서는 하늘을 제압해야 하고 그만큼 고통을 받지 않으면 안 되는 것이다.[19]

시인은 인간의 자유도 동일한 문맥에서 추론해야 한다고 주장한다. 그가 이 시에서 사용하는 '노고지리'라는 시어는 혁명에 참여하여 자유를 위해 비상해본 일이 있는 특정한 사람에 대한 은유일뿐이다.[20] 그래서 시인은 시 속의 노고지리처럼 자유를 구가하기 위해서 시를 통해 필사적으로 투쟁하고자 한다. 완벽한 자유를 획득하고자 하는 그의 시도는 혁명을 통해서 시에 도달하려는 것이 아니라 시를 통해 혁명에 도달하려는 것이다.[21] 그러나 자유를 얻기 위해서 시적 은유를 통해 노고지리와 동일화되려는 노력은 실패할 수밖에 없다. 시적인 관점에서 시어가 시의 대상이 되고 사물의 꿈을 시인의 꿈으로 만들려는 시도는 불가능한 꿈이며 패배가

19 여태천, 『김수영의 시와 언어』, 도서출판 월인, 2005, 283~4쪽.
20 남진우, "미적 근대성과 순간의 시학 연구", 중앙대 박사논문, 2000, 91쪽.
21 정현종, 「시와 행동, 추억과 역사」, 황동규편 『김수영의 문학』, 민음사, 1983, 229쪽.

약속된 꿈일 수밖에 없기 때문이다.[22] 이렇게 사물과 시인의 꿈들이 동일화될 수 없듯이 혁명을 통해서 구가하려는 시인의 꿈은 현실과의 괴리로 실패와 절망의 반복을 거듭하게 된다. 시인은 시속에서 혁명을 통한 자유에의 꿈이 현실 정치의 5·16 군사정변으로 인해 4·19혁명이 실패하는 처절한 부조리적 절망을 재현하였다.

> 자유를 위해서
> 비상하여 본 일이 있는
> 사람이면 알지
> 노고지리가
> 무엇을 보고
> 노래하는가를
> 어째서 자유에는
> 피의 냄새가 섞여있는가를
> 혁명은
> 왜 고독한 것인가를
>
> 혁명은
> 왜 고독해야 하는 것인가를
>
> ─「푸른 하늘을」 전문

4·19를 기점으로 김수영은 본격적으로 이승만정권의 독재에 저항하는 시를 쓰게 된다. 그러나 혁명의 성공으로 인해 들어선 장면정권은 사회개혁에 대한 기대를 저버리고 기득권의 이익을 대변하는 정책을 고수한 나머지 사회적 개혁을 창출하지 못한다. 한국사회가 독재정권의 억압에 대해서 어린 학생들부터 일반시민에 이르기 까지 핏 값을 지불하며 역사발전의 희생적 밑거름이 되기를 자청한 민주화의 열망이 도로였음을 시인

---

22 위의 책, 226쪽.

은 비로소 깨닫는다. 하지만 김수영이 시인으로서 뒤떨어진 한국 사회를 개혁하려는 것은 정치가에게 허용되지 않은 시인만의 모럴과 프라이드가 있고 '불가능'을 사랑해야 하는 숙명을 지녔기 때문이다.[23] 독재와 비민주성이라는 정치적 후진성에 놓여있는 현실을 변화시키려는 저항시는 아무런 효과가 없었다고 시인은 깨닫는다. 그것은 시인의 이상과 후진적 현실 사이에 엄청난 괴리가 가져오는 부조리에 대한 인식이라고 볼 수 있다. 이 시점에서 그는 자신이 가고자 했던 특정한 이데올로기나 경향성과는 아무런 관계없이 자유롭게 내리는 눈을 발견한다. 허공을 자유롭게 춤추며 내리는 눈의 궤적은 특정한 방향을 지향하는 시인의 이데올로기를 무시하듯 혼돈의 자유를 춤으로 안무하고 있다. 눈송이는 마치 군무를 추는 춤꾼들처럼 산허리를 애무하듯이 돌면서 하늘마저 허리띠처럼 묶어내는 장관을 연출한다. 그것은 혼돈 그 자체요, 인간적 가치가 틈탈 수 없는 없음의 자연적 재현이라고 할 수 있는 것이다.

> 이제 저항시는
> 방해로소이다
> 이제 영원히
> 저항시는
> 방해로소이다
> 저 펄펄
> 내리는
> 눈송이를 보시오
> 저 산허리를
> 돌아서 너무나도 좋아서
> 하늘을
> 묶는
> 허리띠모양으로

---

23 「시의 뉴 프론티어」, 『전집 2』, 175쪽.

맴을 도는
눈송이를 보시오

　　　　　　　　　　　　　　　　－「눈」(1961) 부분

　　김수영이 뒤떨어진 현실에 대해 비판을 가한 시를 '참여시' 또는 '저항
시'라고 볼 수 있지만 정작 그는 참여시를 주도하고 있던 '참여파'에 대해
부정적인 관점을 지니고 어느 정도 거리를 두었다. 그는 당시 참여파들이
지향하는 방향은 세계시민으로서의 자유정신이 아니라 무산계급이나 민
중 해방이라는 매우 편협한 계급성에 갇혀있다고 보았다. 그는 참여시에
서 다루는 민중이란 개념이 지나친 이데올로기적 접근으로 인해 매우 편
협하다고 판단했던 것이다. 그래서 그런 편협성에 빠진 자들을 세계의 일
환으로서의 한국인이 아니라 우물 속에 빠진 한국인으로 비유하며 시대
착오의 한국인, 혹은 시대착오의 렌즈로 들여다본 미생물적 한국인이라
고 매우 냉혹하게 비판한 바 있다.[24] 민중의 개념에 있어 김수영이 추구하
는 개념과 참여파가 추구하고 있는 것 사이에는 상당한 차이가 있음을 암
시하는 대목이다. 시인이 바라는 민중의 모습은 어느 특정한 이데올로기
에 갇혀 천편일률적으로 조작되는 죽은 존재가 아니다. 그런 인위적 민중
은 하늘에서 자유롭게 비상의 자유를 누리고 있는 눈처럼 살아있는 존재
가 되지 못한다고 시인은 판단한다. 참여파 시인들은 작품 안에 민중을 재
현하면서 살아 숨을 쉬면서 각자의 개성과 정체성을 누리는 '몸'을 지닌
민중으로 만들어내지 못한 채 자신은 관념 속에 잔존하고 민중만 달리게
한다고 본 것이다. 김수영은 눈처럼 자유를 추구하는 민중과는 큰 괴리를
보여주는 편협한 시인들의 창작에 잠재하는 부조리성에 일침을 가하고자
한다. 즉, 민중을 위한다는 명분으로 쓰고 있는 저항시는 자유를 추구하는
민중과는 아무런 관련이 없는 죽은 시에 불과하다고 인식했다. 결국 김수

---

24 「변하는 것과 변하지 않은 것」, 『전집2』, 51쪽.

영은 실체를 담아내지 못하는 참여시의 무용론과 그런 창작행위의 부조리성을 제기했다. 동시에 구눈 뒤떨어진 현실과 시인의 시선 사이에 존재하는 부조리적 간극에 탄식하지 않을 수 없다.

> 답답하더라도
> 요 시인
> 가만히 계시오
> 민중은 영원히 앞서 있소이다
> 요 시인
> 용감한 착오야
> 그대의 저항은 무용
> 저항시는 더욱 무용
> 막대한
> 방해로소이다
> 까딱 마시오 손 하나 몸 하나
> 까딱 마시오
> 눈 오는 것만 지키고 계시오－－－
>
> ―「눈」(1961) 부분

김수영이 추구했던 시를 통한 혁명의 완성은 5·16과 6·25를 거치면서 좌절되고 자유의 획득은 요원해지는 절망적 상황을 맞는다. 그가 격정적으로 몰입했던 자유획득을 위한 혁명은 본래의 목적과는 달리 엉뚱한 결과만 낳은 채 「그 방을 생각하며」에서 "그방의 벽에는 싸우라 싸우라는 말이 / 헛소리처럼 아직도 어둠을 지키고 있을 것이다"라고 탄식하며 침묵할 수밖에 없다. 또한 그는 무수한 젊은이들이 피를 흘려서 독재정권을 무너뜨렸지만 이제는 혁명이란 단어 자체가 무의미하다는 것을 인식한 나머지 「육법전서와 혁명」에서 "혁명이란 단자는 학생들의 선언문하고 / 신문하고 열에 뜬 시인들이 속이 허해서 / 쓰는 말"로 극단적인 절망을 보여준다.

6·25전쟁은 시인에게 자유의 꿈이 조각조각 파편화되는 쓰라린 체험을 하게 한다. 그는 강제로 의용군으로 끌려간 뒤 가까스로 탈출했지만 서울에서 경찰에 체포되어 고문과 수용을 당하는 악몽과 같은 끔찍한 부자유의 고통을 맛보게 된다. 시를 통해서 완벽한 자유를 추구했던 시인이 역설적으로 노예나 죄수로 전락하여 강제적 명령에 따라 살아가는 상황으로 반전되고 만 것이다. 이에 따른 한국사회의 시대적 분위기는 전반적으로 레드 콤플렉스가 만연되어 공산주의와 관련된 논의가 철저히 규제되는 결과를 낳았고 그로 인한 시인들의 창작은 극단적인 검열과정을 겪어야 했다.

김수영은 4·19혁명 후 장면정권이 이승만 독재정권과 같은 연장선상에서 냉전논리를 극복하지 못하는 모습을 보고 「김일성 만세」에서 "'김일성만세' / 한국의 언론자유의 출발은 이것을 / 인정하는 데 있는데"라고 이념적 경직성을 질타한다. 오히려 장면정권이 매카시즘 정책을 한국 정치의 자유라는 궤변을 늘어놓는 것에 엄청난 부조리적 모순을 느끼지 않을 수 없다. 혁명의 성공에도 불구하고 정치적 현실은 "아직도 명령의 과잉을 용서할 수 없는 시대이지만 / 이 시대는 아직도 명령의 과잉을 요구하는 밤"(「서시」부분)일 뿐이다. 자유에 대한 시인의 혁명적 꿈이 편협한 이념적 그물로 포위되어 있는 정치현실에 의해 파괴되는 과정에서 시인은 엄청난 부조리에 의해서 압도되었던 것이 사실이다.

개체로서의 시인이 열정적으로 시적 혁명에 대한 환상을 추구하였지만 잔인하고 경직된 정치현실은 전혀 다른 코드로 작동함으로써 시인의 꿈과 정치현실은 조금도 거리가 좁혀질 줄 모르고 고집스럽게 불통의 모습을 보여주었다고 볼 수 있다. 이것은 시인과 한국 현실 간의 관계가 얼마나 부조리한 것인지 확연하게 보여주었다고 볼 수 있다. 하지만 김수영은 계속 절망에 머물지 않고 "이 광대한 여름날의 착잡한 숲속에 / 홀로 서서 / 나는 돌풍처럼 너한테 말할 수 있다 / 모든 산봉우리를 걸쳐온 돌풍처럼 / 당돌하고 시원하게 / 도회에서 달려나온 나는 말할 수 있다 /「누이야 장하고나」"라는 시를 씀으로써 새로운 반전을 만들고자 한다. 하지만 폭력적이고 폐쇄적인 현실에 막혀 혁명적 열기를 상실했던 시인의 삶에 대한 반성과 4·19와 5·16으로 이어지는 도회의 중심에 떳떳이 서있지 못하고 숨죽이고 있었던 시인의 부끄러운 역사를 읽을 수 있는 것이다.[25]

III. 부조리에 대한 실존적 인식

김수영의 부조리에 대한 인식은 세계에 대한 실존주의적 인식에서 출발한다. 김수영이 세계를 바라보는 시적 관점은 논리적 질서를 추구하는 이성적 접근과는 대조적이며 무질서와 혼돈에 빠져 있는 세계의 무의미성에 대한 인식에 이르고자 한다.[26] 그의 부조리적 인식은 주로 죽음과 무의미에 대한 것으로 실존주의적 시에 다양하게 재현되어 있다. 그는 모든 시는 무의미하고 시의 미학 또한 '무의미의─크나큰 침묵의─미학'이라고 정의하면서 이것이 예술의 본질이며 숙명이라고 단정한다.[27]

김수영의 죽음에 대한 부조리적 인식은 까뮈의 경우와 매우 유사하다. 까뮈의 대표작 『이방인』의 주인공 뮈르소가 어머니의 장례식에서 죽음에 대해 어떤 슬픔도 느끼지 못하고 웃음을 보이듯이 김수영의 시의 화자도 아버지나 동생의 영정사진을 보고 아무런 슬픈 감정을 느끼지 못하고 어색해 한다. 사회는 인간에게 가족이나 가까운 지인의 죽음 앞에서 의무적

---

25 여태천, 앞의 책, 159쪽.
26 김상환, 앞의 책, 60쪽.
27 『전집2』, 245쪽.

으로 슬픔과 눈물을 보이라는 당위적 윤리를 요구한다. 하지만 죽음이란 현재까지 있었던 가시적 존재의 부재화로서 인생의 무의미로 인식될 수밖에 없다. 즉 인간이 추구하는 현상적 존재의 찰나성이나 허망함은 냉소나 실소를 낳을 뿐이라고 시인은 토로한다. 김수영은 「누이야 장하고나」에서 "우스운 것이 사람의 죽음이다 / 우스워하지 않고서 생각할 수 없는 것이 사람의 죽음이다 / 八月의 하늘은 높다 / 높다는 것도 이렇게 웃음을 자아낸다"라고 적고 있다. 시인은 뫼르소처럼 생명의 실재와 영원성에 대한 믿음이 신기루나 그림자처럼 사라진 인간 존재의 부조리성에 대해서 헛웃음을 칠 수밖에 없는 것이다.

르네상스 이후에 근대인들은 이성과 합리를 내세우면서 세계의 모든 것을 계측하고 이해할 수 있다고 믿어왔다. 과학과 기술이 놀라운 속도로 발전하면서 이러한 합리적인 척도가 모든 영역에 확산되고 적용되어야 한다고 고집해왔다. 합리적 추구가 삶의 필수적인 것으로 인식하는 현대인은 외부 현상을 객관화하여 원리와 원칙을 발견하고 그것을 절대적 진리로 수용하고자 한다. 이를 통해서 현대인은 더 이상 내면과 무의식에 관심을 기울이지 않는 경향을 보인다. 또한 자신의 존재가 자아의 표상과 그 능동적인 구성으로 이루어진다고 오인하여 자신의 진정한 존재의 본질인 무의식을 도외시하고 만다. 따라서 그들은 존재로부터의 소외에 이르고 합리적 계측에 몰입한 나머지 자신이 존재로부터 소외된 사실조차 은폐하거나 망각한다.[28] 결국 현대인은 의식과 무의식의 철저한 결별이나 엄청난 간극으로 인해 실존적 부조리에 빠진 것을 자각하는 순간 비극적 절망보다 블랙코미디의 냉소나 어처구니없는 쓴 웃음을 짓게 되는 것이다.

김수영은 합리적 관점의 현상들이 특정한 척도로 계측하기가 어려우며

---

28 최상욱, 「존재사적으로 본 근대에 대한 하이데거의 평가」, M. 하이데거(최상욱 역), 『세계상의 시대』, 서광사, 1995, 128~9쪽.

인간의 눈을 현혹하며 혼돈을 재현한다고 인식했다. 이런 현상적 혼돈을 논리적으로 설명한다는 것은 불가능하지만 모든 빛깔의 집합인 흰색은 어떤 다른 색으로 변색되기도 하고 무색으로 인식되기도 하여 "하얀 종이가 옥색으로 노란 하드롱지가 이 세상에는 없는 빛으로 변할 만큼 밝다"라고 「백지에서부터」에서 적고 있다. 또한 그가 의식하지 못하는 무색의 무의식적 지대는 시간이 계측적 시간의 선후에 의해서 존재하지 않고 과거, 현재, 미래가 혼재하며 "시간이 나비모양으로 이 줄에서 저 줄로 / 춤을 추고 / 그 사이로 / 4월 햇빛이 떨어졌다"고 고백한다. 이렇게 이성적 논리가 작동하지 않는 상황에서는 의식의 기능이 완전히 상실되어 가장 적대적인 것들조차 분별할 수 없는 상황이 된다. 김수영은 가장 적대적이고 뚜렷한 대조를 이루는 '병아리 우는 소리'와 '쥐소리' 조차 구분하지 못하고 혼동하는 것에 대해 한탄한다. 김수영은 무의식과 의식의 극단적 분리로 파생된 부조리적 간극을 치유하고자 이성의 산물인 개별자간의 경계가 무너지는 무의식의 세계로 나아간다. 여기서 그는 춤을 추고 있는 시간의 경쾌한 혼돈, 투명하고 밝은 가운데 자신의 검은 심연을 드러내는 백색의 시간을 접촉"하려는 실존주의적 자세를 견지한다.[29]

  김수영은 부조리를 극복하고 온전한 존재를 회복할 수 있는 길은 혼돈의 무의식 속으로 들어가야 한다고 주장한다. 자아에 대해서 데카르트와 정반대 입장을 취하는 사르트르는 어떤 사물에 대한 코기토는 의식의 '바깥'에 존재하며 의식 속으로 용해되지 않는다고 보며, 어떤 사물이 인간의 의식 속으로 들어올 수 없는 이유는 의식과는 완전히 다른 어떤 것으로 보기 때문이라고 인식한다.[30] 김수영은 1966년에 쓴 「눈」이란 시에서 인간의 무의식의 세계를 형상화하려고 시도한다. 눈은 인간이 합리적인 척도

29 김상환, 앞의 책, 65쪽.
30 에릭 메슈스, 앞의 책, 99쪽.

로 만든 모든 것을 흰색으로 뒤덮어 무화시키는 기능을 보여준다. 눈은 무의식의 심연 속에 의식의 파편들이 파묻히고 축적되듯이 과거와 현재의 구분도 없이 무차별적으로 쌓인다. 즉 의식적인 사고들이 눈 같은 혼돈의 이미지와 겹치면서 무의미해진다. 또한 식욕이나 성욕과 관계있는 생리적 현상도 시간이 지나면 아무런 의미도 없이 잊혀지게 된다. 시인이기에 삶의 의미를 찾아서 시작을 해보아도 무화기능을 가진 눈이 한차례 내리면 다시 묻히고 말리라는 시적 상상력을 하게 된다. 무의식 속에는 무의미의 파편만이 즐비하게 흩어져 있는 폐허에 연이은 폐허가 존재할 뿐이다. 결국 문명적 낙원을 건설하려는 이성과 합리 등의 의식의 작용은 무의미해지고 말리라는 회의만 남게 되는 것이다.

> 눈이 온 뒤에도 또 내린다
> 생각하고 난 뒤에도 또 내린다
> 응아 하고 둔 뒤에도 또 내릴까
> 한꺼번에 생각하고 또 내린다
> 한줄 건너 두줄 건너 또 내릴까
> 폐허에 폐허에 눈이 내릴까
>
> —「눈」(1966)

현대인이 당면한 부조리와 혼돈의 상황에서 시인은 어떻게 이를 극복하고 자유를 획득할 수 있는가. 무의미나 혼돈을 이성과 합리에 비해서 뒤떨어진 것으로 치부하고 외면하는 것으로 의미를 획득할 수 없다는 것이 실존주의적 입장이다. 이런 관점에서 이성과 합리가 근거로 하고 있는 의식이라는 것은 존재하지 않는다는 역설적인 의미에서만 존재한다는 입장에서 보면 진정한 의미를 찾는다는 것은 불가능하다.[31] 그렇다면 시인이 세계의 무의미성에 대한 무지가 만들어낸 삶의 후진성에 대해서 어떤 자

31 위의 책, 101쪽.

세를 견지해야 하는가. 사물에 대한 코기토가 시인의 이성과 합리를 통해서 가능하다는 허위적 자세를 가지는 한 시인은 사물의 생성적 과정을 이해하지 못하고 부조리의 간극에서 벗어날 수 없다. 그가 인식의 자유를 획득하는 순간은 코기토가 확실성의 토대 위에 있지 않고 '무'와 '심연' 위에 있을 때일 뿐이다.[32]

하지만 시인은 창작의 과정에서 자유를 획득하기는 용이하지 않다. 진리는 결코 이성과 합리에 의해서 접근할 수 없으며 정치적 이데올로기나 사회적 규제는 경직된 틀을 강요하면서 무의식과의 간극을 확장시킬 뿐이다. 그것들은 '무'나 '심연'을 불온이나 혼란으로 규정하여 감시하고 탄압하기도 한다. 심리학적 관점에서 본다면 이데올로기나 규제는 '초자아 (superego)'로, '무'나 '심연'은 무의식(subconscious)으로 분류할 수 있다. 무의식의 세계는 인간의 본능(Id)의 영역으로 일탈과 자유가 허용된 공간으로 의식의 상태에서는 항상 초자아의 감시를 받기 때문에 본능의 욕구는 심한 억압상태에서 감금될 수밖에 없다. 하지만 억압된 본능은 무의식의 상태인 수면상태에서 초자아의 감시활동이 느슨해진 것을 틈타 일탈과 자유를 만끽할 수 있다. 그러나 본능은 초자아의 감시와 규제의 분위기로 인해 완벽한 일탈을 누리지 못하고 간간이 끼어드는 초조와 불안이 생성한 불완전한 자유로 인해 감정의 설사를 일으킨다. 시인의 완벽한 자유란 초자아와 의식이 부재한 무의식 속에서만 가능하며 그것은 실존주의적 '무'와 '심연'이라고 볼 수 있다. 시인은 무의식이 지배하는 무화상태에서 규제의 장벽을 피하거나 언어의 변장을 이용하여 성의 윤리를 속이고자 한다. 이러한 불편한 위장(disguise)으로부터 시인은 고통을 느끼며 두뇌의 소화기관인 장이 탈이나 설사를 거듭하는 것이다.

---

32 오문석, 앞의 논문, 83쪽.

설파제를 먹어도 설사가 막히지 않는다
하룻동안 겨우 막히다가 다시 뒤가 들먹들먹한다
꾸루룩거리는 배에는 푸른 색도 흰 색도 적이다

배가 모조리 설사를 하는 것은 머리가 설사를
시작하기 위해서다 성도 윤리도 약이
되지 않는 머리가 불을 토한다

여름이 끝난 벽 저쪽에 서있는 낯선 얼굴
가을이 설사를 하려고 약을 먹는다
성과 윤리의 약을 먹는다 꽃을 거두어들인다

문명의 하늘은 무엇인가로 채워지기를 원한다
나는 지금 규제로 시를 쓰고 있다 타의의 규제
아슬아슬한 설사다

언어가 죽음의 벽을 뚫고 나가기 위한
숙제는 오래된다 이 숙제를 노상 방해하는 것이
성의 윤리와 윤리의 윤리다 중요한 것은

괴로움과 괴로움의 이행이다 우리의 행동
이것을 우리의 시로 옮겨놓으려는 생각은
단념하라 괴로운 설사

괴로운 설사가 끝나거든 입을 다물어라 누가
보았는가 무엇을 보았는가 일절 말하지 말아라
그것이 우리의 증명이다

—「설사의 알리바이」전문

김수영은 이 시에서 시인이 누려야할 자유와는 거리가 먼 이데올로기
와 규제가 지배하고 있다는 것과 그의 설사는 설사를 하게 하는 병균인 규

제로 생긴 것으로 이를 치유하려면 그것을 철폐해야 한다는 것을 암시한다.[33] 그렇다면 점증하는 규제와 감시에 갇힌 현대인은 김수영의 시처럼 완벽한 자유가 아닌 설사의 성공 또는 성공적인 설사에 위안을 받아야 하는 비극적 운명에 놓여있으며 시인은 그의 시적 성공에도 불구하고 가난이나 결핍에 만족할 수밖에 없는 그 시대의 실존주의적 고통 속에서 존재해야 한다.[34] 김수영이 위 시의 마지막 연에서 토로하고 있듯이 한국의 시인들은 부조리가 지배하는 뒤떨어진 현실에서 남 몰래 살짝 설사를 하고 권력이 알까 두려워 입을 닫는 비참한 상황에 머물고 있는 것이다.

IV. 실존주의적 전망의 긍정성

김수영이 실존적 관점에서 외적 또는 내적 세계에 직면하는 부조리에 대해서 시적 재현을 하고 있음을 살펴보았다. 현대인들은 일상생활에서 매스 미디어의 영향으로 자신의 개별성과는 관계없이 주류의 행태를 모방하고 사물화되어 '타인'과 똑같이 살려고 하며, '타인'과 똑같이 행동하려는 비실존적 태도를 보이고 있다.[35] 타인의 정체성을 자신의 것으로 오인하는 현대인은 대중적으로 조작된 스타의 이미지나 대중 매체가 대중들에게 주입하는 스타일이나 외모를 모방하기에 급급하다. 자신만의 개별성이나 정체성이 상실되고 사물화된 이미지를 자기의 실체라고 믿고 추종하는 행위는 정작 자신과는 동떨어져 있어 스스로 타인화되고 만다. 아이러닉하게도 정체성을 상실한 현대인은 자율적 타인화를 통해서 자신으로부터 소외되는 것을 의식하지 못한다. 그들은 오히려 몰개성적인 군

33 오문석, 위의 논문, 159쪽.
34 정현종, 위의 글, 231쪽.
35 에도 피브체비치, 『훗설에서 사르트르에로』, 지학사, 1980, 177쪽.

중 속에 섞여있을 때 공공성으로부터 소외되지 않았다고 자위하고 안도한다. 우리가 자신의 정체성을 회복하기 위해서는 고유한 자기의 의미에서 '존재하지 않고' 오히려 '그들'의 방식으로 존재하는 공공성을 위주로한 삶을 포기해야 하는 것이다.[36]

인간이 사물과 진정한 관계를 가지기 위해서는 이성이 아닌 몸으로 접근하여 내면화하여야 한다. 여기에서 사물을 내면화하는데 절대적으로 필요한 것은 몸의 움직임이다. 몸이 먼 것을 가까이하여 내면화하는 과정에서 필수적으로 고통이 뒤따르는데, 그 이유는 그것이 몸이 사유하는 방식이기 때문이다.[37] 사물에 대한 내면화를 완수하려면 몸은 사물화와 타자화를 극복하고 그것과의 근접을 위해 몸의 자극이 필수조건이 되며, 그 행위가 몸에 고통을 일으키게 된다. 김수영이 죽음과 고통을 바탕으로 시를 쓰는 이유가 여기에 있다. 그러므로 시인의 역할은 세계의 무의미와 혼돈과 대면하는 경우 수동적으로 수용해서는 안 된다. 세계의 무의미의 파도가 시인의 개별성이나 정체성을 거대한 대양 속으로 밀어 넣어도 시적 의미를 토해내는 것이 시인의 운명이다. 시인이 쓴 시가 시적으로 의미를 갖는 것은 무의미의 거대한 힘으로 사라지는 것이 아니라 그 은폐에 대한 투쟁에서, 혼돈에의 접촉과 기록에서 비로소 처음 주어지는 것이다.[38]

김수영은 1956년에 「눈」이란 시를 통해서 눈이란 사물에 대한 시인의 내면화의 과정을 묘사하고 있다. 앞에서 논의한 '눈'은 무의미의 상징으로 인간의 이성과 합리의 산물들을 무화시키는 기능을 재현한 바 있다. 또한 눈은 인간이 표출하고자 하는 의미들을 백색으로 표백하는 무화의 첨병을 상징한다. 눈은 기존의 모든 것을 지우고 새로운 의미를 창출할 무의식

---

36 하이데거, 이기상역, 『존재와 시간』, 까치, 2006, 176~181쪽 참조.

37 김상환, 앞의 책, 38쪽.

38 위의 책, 70쪽.

의 터전이 될 수 있다는 면에서 의미의 파괴와 동시에 모든 의미의 탄생을 불러일으킨다. 즉, 눈이란 의미인 동시에 무의미이며 존재인 동시에 부재로서의 상징이라고 할 수 있다.[39] 김수영은 이 시의 1연에서 내린 눈에 대해 "눈은 살아있다 / 떨어진 눈은 살아있다 / 마당 위에 떨어진 눈은 살아있다"라고 노래한다. 그는 "눈은 살아있다"라는 시귀를 세 번이나 반복함으로써 인간의 필멸성에 반해 영원성을 가진 존재임을 암시하고자 한다. 하지만 눈의 영원성에 맞서고 있는 시인이 자신의 정체성을 지켜내는 몸짓은 마땅치 않다. 그저 기침으로 자신의 존재를 알릴 수 있을 뿐 그 의미는 무의미에 가깝다. 하지만 시인이 끈질기게 기침으로 저항해도 눈은 아무런 변화도 보이지 않고 여전히 백색의 순수를 자랑할 뿐이다. 김수영은 2연에서 젊은 시인과 눈이 서로 맞서는 적대관계를 최대화함으로써 긴장감을 연출하는 시적 전략을 보여준다. 대부분의 시인들이 인간의 필멸성을 슬퍼하고 종교적 겸손을 가장하는 패배주의적 입장을 취하지만 김수영의 시 속의 '젊은 시인'은 절대 권력에 저항하던 4·19의 혁명군처럼 "마음놓고" 존재의 현존을 알리는 구호를 부르고 있다. 그러나 눈은 불멸의 신이라도 되는 양 "새벽이 지나도록" 무한대의 무의미를 지켜내며 시인의 발악을 냉소적으로 비웃는다. 여기서 시인은 눈의 영원한 무의미와 자신의 실존적 몸짓의 경계에서 기침을 반복하고 마지막 가래까지 뱉는 몸의 고통을 통해서 처절하게 '없음(無)'이라는 의미와 맞섬으로써 삶의 부조리를 체화하고 긍정적으로 수용하려는 의지를 보여주고 있는 것이다.

　　기침을 하자
　　젊은 시인이여 기침을 하자
　　눈 위에 대고 기침을 하자

---

39 이미순, 「김수영 시론과 '죽음': 블랑쇼의 영향을 중심으로」, 『국어국문학』159집, 2011, 340쪽.

눈더러 보라고 마음놓고 마음놓고
기침을 하자

눈은 살아있다
죽음을 잊어버린 영혼과 육체를 위하여
눈은 새벽이 지나도록 살아있다

기침을 하자
젊은 시인이여 기침을 하자
눈을 바라보며
밤새도록 고인 가슴의 가래라도
마음껏 뱉자

—「기침을 하자」(1956) 부분

　김수영은 세계의 부조리를 실존주의적 조망을 통해 극복의 실마리를 찾고자 한다. 이성과 합리로 모든 현상의 문제에 대해 분석하고 결론을 이끌어내는 방식과 정반대인 역설적 접근을 하고자 한다. 그가 진리에 도달한 과정은 논리적 모순을 해결하여 지적 쾌락을 즐기기 않고 오히려 "어저께 환희를 잃었기 때문이다"라고 「네 얼굴은」에서 토로한다. 이 시에서 세속적 성공의 상징인 "두툼한 어께"는 "허위의 상징"이 되고 자신이 "꺼져라"라고 저주를 내렸던 "20년 전의 악마"가 되어버린다. 시인이 세상의 부조리에 저항하며 투쟁했던 가치들이 어느새 자신을 포함해서 오염되고 변질되어 버리는 또 다른 부조리에 직면하게 된다. 즉, 생명을 바쳐 획득하고자 하였던 민주주의라는 정치적 가치는 시인이 포착하고자 하는 시공간에 존재하지 않는다는 깨달음에 도달한다. 그는 진리를 찾아 헤매는 이성의 순례에 대한 환멸을 느끼며 "손에는 무거운 보따리를 들고 / 가다 가다 기침을 하면서 / 집에는 차압을 해온 파일오버가 있는데도 / 배자 위에 알따란 검정 오버를 입고 / 사흘 전에 술에 취해 흘린 가래침 자국— / 아니 빚쟁이와 싸우다 나오는 길에 흘린 / 침자국"만이 남아있는 삶을 발견하고 오히려 진리를 발견한 것이다. 결국 그는 "죽어라 이성을 되찾기 전에"라고 부르짖으며 삶의 무의미라는 실존주의적 진리에 도달함으로써 부조리를 극복할 가능성을 보여준 것이다.

김수영의 문학적 성취는 시적 세계와 기교가 완벽한 조화를 이루고 있다는 점이라 할 수 있다. 그의 실존주의적 실험은 결코 시적 기교를 무시한 채 실존주의적 주제를 일방적으로 강요하는 방식이 아니다. 오히려 실존주의적 사상을 시적 기교 속에서 무의식적으로 재현하는 방식을 통해서 사상과 기교가 조화를 이루는 효과를 내고 있다. 김수영의 「꽃잎」一, 二, 三 연작시는 이러한 실존주의적 실험을 나타내는 작품이라고 볼 수 있다. 이 연작시에서 김수영은 자신의 시작법이 실존주의적 무의식과 긴밀하게 연관되어 있음을 실증한다. 특히 「꽃잎一」에서 시속의 주체들이 무의식적인 질서 속에서 생명의 순환에 참여하고 있음을 보여준다. 시속에서 사물들이 자신의 정체성이나 움직임의 목적을 모르고 혼돈 속에서 존재하고 있는데, 시인은 인위적으로 사물들의 의미를 재단하거나 조작하지 않고 '모르고'를 반복적으로 사용하는 시적 기교를 통해 무의식적 혼돈에 방치한다.

> 바람의 고개는 자기가 일어서는 줄
> 모르고 자기가 가닿는 언덕을
> 모르고 거룩한 산에 가닿기
> 전에는 즐거움을 모르고 조금
> 안 즐거움이 꽃으로 되어도
> 그저 조금 꺼졌다 깨어나고
>
> —「꽃잎一」 부분

바람은 시인과 사물간의 소통을 도와주는 메신저에 해당함에도 불구하고 시의 미학적 완성의 상징인 꽃이 되어도 여전히 무의식과 의식 사이의 혼돈 속에서 헤맬 뿐이다. 바람의 인식은 그것의 소통의 대상인 시인과 연결되며, 결국 시인의 인식 상태가 "모르고"의 무의식적 혼돈에 머무른다는 의미가 되는 것이다.

김수영의 이런 시적 전략은 의도적으로 시적 자아를 혼돈의 전면에 배치함으로써 시적 기교나 포즈에 물들지 않고 내용과 형식을 동시에 밀고 나간다. 이런 과정은 시인이 자신의 한계를 극복하기 위해 취하는 실존주의적 자세라고 볼 수 있다.[40] 그는 「시여, 침을 뱉어라」에서 무의식과 시적 기교에 대해서 이렇게 밝히고 있다.

> 여기에서 중요한 것은 시의 예술성이 무의식적이라는 것이다. 시인은 자기가 시인이라는 점을 모른다. 자기가 시의 기교에 정통하고 있다는 것을 모른다. 그리고 그것은 시의 기교라는 것이다. 그것을 의식할 때는 진정한 기교가 못 되기 때문에 그렇게 되는 것이다. 시인이 자기의 시인성을 깨닫지 못하는 것은, 거울이 아닌 자기의 육안으로 사람이 자기의 전신을 바라볼 수 없는 거나 마찬가지이다.[41]

김수영은 「꽃잎二」에서 인간의 문명을 건설한 이성과 의식적 필연성에서 단계적으로 벗어나려는 시도를 하고 있다. 화자는 대화체의 시귀로 꽃을 주고받는 행위를 통해 인간의 문명적 사고에서 벗어나 역설적 사고의 영역을 획득하려는 시도를 하고 있다. 그는 1연에서 "꽃을 주세요"를 세 번 반복하면서 꽃과는 거리가 먼 '고뇌', '뜻밖의 일', '아까와는 다른 시간'을 추구한다. 이것들은 인간이 문명을 통해서 추구하는 논리적이고 이

---

40 김은석·이승하, 「김수영의 〈꽃잎〉에 나타난 수사학적 특성」, 『현대문학이론연구』42권, 2010, 117~140.

41 『전집2』, 399쪽.

성적인 것과는 대척점에 있는 것들이다. 2연에서는 미학적 상징으로서 노란 꽃을 요청하면서 그것에 대한 의식적 기대를 전복하는 "금이 간 꽃", "하얘져 가는 꽃", "넓어져 가는 소란"을 등가물로 제시한다. 3연에서는 의식에서 무의식으로 더 깊게 진입할 수 있는 발판을 마련하기 위해 특정 이데올로기나 가치를 버림으로써 "원수를 지우기"를 하고, 화자 중심의 의식에서 벗어나기 위해 "우리가 아닌 것"을 추구하며, 의식이 추구하는 필연을 파괴하기 위해 까뮈의 『이방인』의 염세적인 우연과 사뭇 다른 "거룩한 우연" 속의 혼돈으로 나아가고자 하는 것이다.

> 꽃을 주세요 우리의 苦惱를 위해서
> 꽃을 주세요 뜻밖의 일을 위해서
> 꽃을 주세요 아까와는 다른 時間을 위해서
>
> 노란 꽃을 주세요 금이 간 꽃을
> 노란 꽃을 주세요 하얘져 가는 꽃을
> 노란 꽃을 주세요 넓어져 가는 소란을
>
> 노란 꽃을 받으세요 원수를 지우기 위해서
> 노란 꽃을 받으세요 우리가 아닌 것을 위해서
> 노란 꽃을 받으세요 거룩한 偶然을 위해서

―「꽃잎二」 부분

김수영의 실존주의적 무의식의 추구는 4연과 5연에서 안티클라이맥스와 귀결을 보여준다. 화자는 시적 미학의 상징인 꽃을 추구하기 전에 존재하던 의식세계를 모두 망각하도록 이끈다. 4연의 첫 행에서는 꽃 이전의 것들에게 대한 망각이 "꽃의 글자가 비뚤어지지 않게"라는 의식의 수준에서 시작하여 두 번째 행에서 "꽃의 소음"의 진입을 의도적으로 유도하여 혼돈을 야기한다. 마지막으로 세 번째 행에서는 "꽃의 글자가 다시 비뚤어지게" 함으로써 무의식의 혼돈을 확립하고자 한다. 5연에서 화자는 자신이 인도하는 무의식의 혼돈에 대한 긍정적 신뢰를 주문하고 있다. 그의 무의식에 대한 추구는 2행에서 "못 보는 글자", 3행의 "떨리는 글자", 4행의 "빼먹은 모든 꽃잎"으로 변주되면서 무의식의 혼돈을 재현하고자 한다. 마지막 행에서 화자는 통상적인 시가 독자들에게 보여주는 판에 박힌 꽃의 미학을 완전히 전복하여 "보기 싫은 노란 꽃을" 역설적 상징으로 재현하여 기존의 시적 미학을 완전히 파괴한다. 김수영은 이 시에서 꽃의 균형적 미학이나 정숙미를 찬양하는 것이 아니라 오히려 예상 밖으로 "꽃의 소음"으로 표현되는 "카오스적 역동적 세계"를 주장함으로써 부조리적 시학을 확립하는데 성공하고 있는 것이다.[42]

> 꽃을 찾기 전의 것을 잊어버리세요
>   꽃의 글자가 비뚤지 않게
> 꽃을 찾기 전의 것을 잊어버리세요
>   꽃의 소음이 바로 들어오게
> 꽃을 찾기 전의 것을 잊어버리세요
>   꽃의 글자가 다시 비뚤어지게
>
> 내 말을 믿으세요 노란 꽃을
> 못보는 글자를 믿으세요 노란 꽃을
> 떨리는 글자를 믿으세요 노란 꽃을
> 영원히 떨리면서 빼먹은 모든 꽃잎을 믿으세요
> 보기 싫은 노란 꽃을
>   —「꽃잎二」 부분

  김수영은 「꽃잎 三」에서 세상의 논리를 전복시킴으로써 이성적 의식

---

42 김은석·이승하, 앞의 논문, 129쪽.

세계가 무의미해지는 상황을 식모인 소녀를 통해서 재현하고자 한다. 마치 의식세계에서 글자 한 자를 더함으로써 우주가 완성된다는 부조리한 환상을 가지려는 시도를 소녀에 대한 인식을 달리하여 연출한다. 그가 「모르지?」에서 아내가 외출한 후 화자에게 추파를 던진다는 "성적인 환상"[43]의 주체와는 판이하게 다르다. 순자가 소녀에 불과하지만 최고의 지성을 자랑하는 시인보다 무의식의 측면에서는 한수 위라고 고백을 한다. 비유적으로 꽃의 여왕이라고 할 수 있는 장미나 떨어진 꽃잎보다 미학적인 척도에서 아무 쓸모가 없는 썩은 꽃잎이 더 황금빛을 닮았다는 역설은 현상학적 이미지는 한낱 그림자에 불과하다는 실존적 인식에서 기인한다. 또한 화자는 무의식적 인식에 있어서 소녀가 이성적 사고에 능한 시인보다 앞서 있다고 칭찬하면서 놀라움을 나타낸다. 그는 세상이 멸시하고 눈길을 주지 않는 국외자적 존재를 앞세워 기존의 가치체계가 뒤집혀진 카오스적 무질서를 창조하고자 한다. 화자는 이성의 축적인 문명을 비켜서 무의식에 의존하여 살고 있는 순자의 단순함이 문명을 비판하려고 시도하는 시인의 지식을 훨씬 능가하고 있다고 보는 것이다.

> 우주의 완성을 건 한 字의 생명의
> 歸趨를 지연시키고
> 소녀가 무엇인지를
> 소녀는 나이를 초월한 것임을
> 너는 어린애가 아님을
> 너는 어른도 아님을
> 꽃도 장미도 어제 떨어진 꽃잎도
> 아니고
> 떨어져 물 위에서 썩은 꽃잎이라도 좋고

---

43 유창민, 「김수영 시에 나타난 여성에 대한 시선 연구」, 『겨레어문학』제45집, 2010, 168쪽.

썩는 빛이 황금빛에 닮은 것이 순자야
너 때문이고
너는 내 웃음을 받지 않고
어린 너는 나의 全貌를 알고 있는 듯
야아 순자야 깜찍하고나
너 혼자서 깜찍하고나

네가 물리친 썩은 문명의 두께
멀고도 가까운 그 어마어마한 낭비
그 낭비에 대항한다고 소모한
그 몇 갑절의 공허한 投刺
大韓民國의 全財産인 나의 온 정신을 너는 비웃는다
　　　　　　　　　　　　　　　　　　―「꽃잎 三」부분

　김수영은 활짝 핀 장미꽃보다 이미 죽어버린 썩은 꽃이 더 매력적이고
순자의 무지에 가까운 단순함이 허위적 문명의 모든 축적보다 의미가 있
다고 본다. 그는 죽은 꽃과 순자를 무의식적 죽음에 가까운 실존적 존재
로서 깊은 연관성을 암시한다. 그의 죽음의 시학이 블랑쇼의 영향을 받았
다는 것은 평자들에 의해서 밝혀진 바 있다. 위시에서 암시된 죽음이란 인
간의 극단의 실존적 상황이고 인간의 가능성이며, 그것은 "마지막 순간에
존재하는 것만이 아니라, 내가 살기 시작하면서 삶의 내밀성과 깊이 속에
존재"해왔으며 "실존의 한 부분을 이루고, 죽음은 가장 깊은 내면에서 내
삶을 살게 될 것"이라고 보는 블랑쇼의 관점이 김수영의 죽음의 시학에
영향을 주었다는 것은 자명하다고 본다.[44]
　김수영이 무의식과 혼란을 추구하는 과정을 죽음의 시학을 재현하는
것은 블랑쇼의 죽음에 대한 사상과 매우 유사하다. 블랑쇼는 시인을 정의
하면서 죽음을 배제하기보다 죽음을 포함시키고 죽음을 시인의 죽음으

---

44 모리스 블랑쇼, 이달승 역, 『문학의 공간』, 그린비, 2010, 175쪽.

로 바라보며, 죽음을 그의 비밀스러운 진실로 읽는 자라고 인식한다.[45] 김수영은 「꽃잎 三」 1연에서 꽃과 화원의 관계를 의식적 질서와 무의식적 혼돈의 순간적 전이를 "꽃과 더워져가는 花園의 / 꽃과 더러워져가는 花園의 / 초록빛과 초록빛의 너무나 빠른 변화"라고 묘사한다. 꽃이 잘 정돈되어 있던 화원이 여름의 더운 날씨에 신속하게 지저분한 잡풀과 뒤범벅이 되어 버린 혼돈 상태에 빠져 버리자 꽃과 나비조차 오지 않는 추한 죽음의 이미지로 전이되어 버린다. 그러나 시인은 혼돈이라는 불가능에 포기하지 않고 "캄캄한 소식의 실낱같은 완성 / 실낱같은 여름날이여"라고 노래하며 혼돈 속에 잠재해 있는 가능성을 포착한다. 즉 시인은 질서와 혼돈의 양극 사이에서 마찰을 일으키며 '불가능'을 사랑함으로써 '불가능성'을 가능성으로 실현시키는 존재가 되고 있는 것이다.[46] 사실 하얀 풀이란 죽어 있는 존재의 상징이며, 지금 우거진 여름풀들은 늦가을이 오면 시들어 하얀 풀로 변하고 말 것이다. 시인은 여름풀의 모습에서 미래의 죽음의 가능성을 노래하며 죽음과 무에 대한 긍정적 인식을 보여주고 있다. 이런 인식은 삶과 죽음의 경계선이 이분법적으로 분리되어 있는 것이 아니고 공존하면서 서로 넘나드는 것으로 보며, 화자를 포함해서 모든 존재가 현존하고 있다고 하더라도 누군가의 죽어버린 시간에 시인이 속해있다는 실존적 인식으로 볼 수 있는 것이다.[47]

> 너무 간단해서 어처구니없이 웃는
> 너무 어처구니없이 간단한 진리에 웃는
> 실낱같은 여름바람의 아우성이여

---

45 위의 책, 180~1쪽.

46 진은영, 「김수영의 문학의 미학적 정치성에 대하여: 불화의 미학과 탈경계적 정치학」, 『현대문학의 연구』 40, 2010, 508쪽.

47 모리스 블랑쇼, 앞의 책, 30쪽.

실날같은 여름풀의 아우성이여
너무 쉬운 하얀 풀의 아우성이여

—「꽃잎 三」부분

김수영은 실존주의가 추구하는 무의식을 인간의 최대의 실존인 죽음 속에서 재현시키고자 한다. 그러나 현대인은 타인의 죽음을 목격하면서도 자신의 죽음은 회피하려고 하는 비실존적 자세를 견지하기 때문에 인간의 죽음과의 항시적 상관성에 대한 진리를 깨닫지 못한다는 것을 위 시에서 시인은 지적한다. 김수영이 사회적 비판의 메시지를 던지면서 부조리를 파헤치고 있지만 그것은 죽음이나 무의식과의 접촉을 통해 실존적 불가능성에서 새로운 세계로의 인식의 확장을 꾀하고 하는 것이다. 그는 무의식의 무한대 속으로 침잠하는 의도적 죽음의 제의를 통해서 죽음이 인간의 유한성이 창조를 이끌어내는 원동력임을 통찰하고 있다.[48] 즉 인간이 유한자 임에도 불구하고 무의식과 접촉하고 무한대적 영역에 진입함으로써 새로운 시를 창작할 수 있다는 것이다. 김수영이 시를 통해 사회나 인간의 삶의 부조리를 향해서 날카로운 통찰력을 보인다고 할지라도 결코 부조리를 딛고 올라선 전지적 존재로 올라서려는 허위적 자세를 취하지 않는다. 결국 시인이 사랑하는 것은 불가능이라고 발언한 것은 죽음과 같은 무의식 속에서 의식의 불가능을 발견했음을 의미한다.[49] 동시에 시인은 "비우는 것, 무가 되는 것, 전체가 되는 것, 죽음의 중력, 자아의 망각, 포기 그리고 동시에 그 이상한 현현이 바로 우리 자신이라는 것"[50]이란 실존주의적 진리를 깨달음으로써 긍정적 가능성을 포착하는 것이라고 볼 수 있는 것이다.

---

48 권지현, 「김수영 시에 나타난 '죽음'의 문제 연구」, 『인문과학연구』32, 2012. 72쪽.

49 「시의 뉴 프론티어」, 『전집2』, 239쪽.

50 Octavia Paz, 김홍근·김은중 역, 『활과 리라』, 솔, 2007, 175쪽.

■ 참고문헌

권지현, 「김수영 시에 나타난 '죽음'의 문제 연구」, 『인문과학연구』32, 2012.

김문주, 「김수영 시의 성의 정치학」, 「우리어문연구」45집, 2013.

김상환, 『풍자와 해탈 혹은 사랑과 죽음』, 민음사, 2000.

김은석·이승하, 「김수영의 〈꽃잎〉에 나타난 수사학적 특성」, 『현대문학이
　　　　　론연구』42권, 2010.

김수영, 『전집2』, 민음사, 1993.

＿＿＿, 『전집2』, 「시여, 침을 뱉어라」, 민음사, 1993.

＿＿＿, 『전집2』「시의 뉴 프론티어」, 민음사, 1993.

＿＿＿, 『전집 2』, 「변하는 것과 변하지 않은 것」, 1993.

남진우, "미적 근대성과 순간의 시학 연구", 중앙대 박사논문, 2000.

모리스 블랑쇼, 이달승 역, 『문학의 공간』, 그린비, 2010.

에도 피브체비치, 『훗설에서 사르트르에로』, 지학사, 1980.

에릭 메슈스, 『20세기 프랑스 철학』, 동문선, 1999,

여태천, 『김수영의 시와 언어』, 도서출판 월인, 2005.

오문석, 「김수영의 시론과 실존주의 철학」, 『국제어문』21, 2000.

유창민, 「김수영 시에 나타난 여성에 대한 시선 연구」, 『겨레어문학』제45집,
　　　　　2010.

이미순, 「김수영 시론과 '죽음': 블랑쇼의 영향을 중심으로」, 『국어국문
　　　　　학』159집, 2011.

이서규, 『카뮈의 부조리철학에 대한 고찰』, 철학논집 35, 2013.

정항균, 『시시포스와 그의 형제들』, 을유문화사, 2009.

정현종, 「시와 행동, 추억과 역사」, 황동규편『김수영의 문학 』, 민음사, 1983.

진은영, 「김수영의 문학의 미학적 정치성에 대하여: 불화의 미학과 탈경계적
　　　　　정치학」, 『현대문학의 연구』40, 2010.

최상욱, 「존재사적으로 본 근대에 대한 하이데거의 평가」, M. 하이데거(최상

욱 역),『세계상의 시대』, 서광사, 1995.

하이데거, 이기상 역,『존재와 시간』, 까치, 2006.

함돈균,「김수영 초기시의 난해성과 '불가능성의 가능성'으로서의 시적 전
　　략」,『한국시학연구』제34호, 2012.

A. 카뮈,『시지푸스신화』, 김화영 옮김, 책세상, 2013.

Octavia Paz, 김홍근·김은중 역,『활과 리라』, 솔, 2007.

김수영 시에 나타난 남성성과 '아버지'*

이경수

1. 서론

부성은 한국 현대시에서 모성에 비해 상대적으로 덜 주목되어 왔다. 가부장제의 유산을 가지고 있는 한국 사회에서 부성은 대개 가부장으로서의 아버지를 전제하면서 고개 숙인 아버지, 부재하는 아버지의 형식으로 우리 시에 주로 그려져 왔기 때문에[1] 부성이라는 접근을 통해서는 사실상 새로운 담론을 창출하기가 쉽지 않았다. 아버지의 표상을 다룬 시들에 대한 주목도 어머니의 표상을 다룬 시들에 대한 주목에 비해 상대적으로 적었던 것이 사실이다. 아버지는 한국 현대시에서도 별다른 예외 없이 아버지와 국가를 동일시하는 가부장제 담론의 틀 안에서 가부장제의 표상으

---

*이 논문은 2017년 10월 26일 돈암어문학회 제38회 정기학술대회에서 발표한 「김수영 시에 나타난 남성성과 '아버지'」를 수정·보완하여 『돈암어문학』 32집, 돈암어문학회, 2017.12.에 수록한 논문을 재수록한 것이다.
1 1980년대의 시를 두고 이런 분석이 특히 지배적으로 이루어졌다. 이성복, 장정일 등의 시에 나타난 부재하는 아버지에 대한 분석이 동시대의 비평에서 활발히 이루어졌다.

로서의 아버지를 반영하거나 '고개 숙인 아버지'의 표상을 통해 상실된 아버지의 권위를 그리워하거나 '부재하는 아버지'를 통해 가부장제적 아버지에 대한 저항이나 비판을 드러내는 형식[2]으로 그려져 왔다.

이 논문에서는 이러한 난경을 돌파하기 위해 '남성성'이라는 개념을 가져오고자 한다. 부성을 남성성에 포괄해 다룸으로써 아버지의 표상이 남성 젠더의 형성에 어떤 영향을 미쳤으며, 헤게모니적 남성성[3]에 맞서는 개

---

2 '부재하는 아버지'의 표상을 통해 가부장제적 아버지에 대한 저항이나 비판을 드러낸 시들의 경우에도 엄밀히 말하면 저항과 비판의 초점은 '아버지'보다는 아버지로 상징되는 국가나 사회를 향해 놓여 있었다고 말하는 것이 좀 더 정확하다고 할 수 있다.

3 "일반적으로 서구에서 지배적 남성성의 역사를 추적하는 문헌들은 네 가지 타입의 이상적 남성성이 있다고 본다. 시민/전사 모델, 가부장적 기독교 모델, 후원자patronage 모델, 프로테스탄트 부르주아 이성주의 모델이 그것이다. 이것들은 주로 유럽의 문화와 역사에서 각기 다른 시대의 유산들이다. 물론 이는 유형화일 뿐이고, 서로 완전히 구별되지는 않는다. 예를 들어, 후원자 모델은 기독교 모델에 빚지고 있고, 부르주아 이성주의 모델은 그리스 시대의 시민/전사와 기독교 모델의 혼합이 확장된 것이다. 그리스 시대의 모델은 군사주의와 이성주의가 결합되어, 남성다운 것manliness을 시민권과 동일한 것으로 인식하는 시초가 되었다. 반면 기독교 모델에서 이상적인 남성다움은 책임감, 소유권, 아버지로서의 권위 등 가족적domestic 이상을 강조했으며, 후원자 모델은 귀족적 이상, 군사적 영웅주의, 높은 위험을 감수하는(예를 들어, 결투를 남성성 테스트로 생각하는) 특성과 연결되어 있다. 부르주아 이성주의 모델은 경쟁적인 개인주의, 이성, 자기 통제, 극기와 자제력, 사사롭지 않음self-denial 그리고 공적 생활에서 몸에 밴 책임감 강한 생계 부양자를 의미한다."(정희진, 「편재하는 남성성, 편재하는 남성성」, 권김현영 편, 『남성성과 젠더』, 자음과 모음, 2011, 23쪽.). 지배적인 남성성의 의미가 고정된 것이 아니라 역사적으로 변모해 왔고 남성 정체성의 중심으로서 병역의 부활이 도시국가와 국민국가의 탄생과 연관되어 있다는 정희진의 지적을 염두에 둘 때 1950~60년대의 한국전쟁의 체험이나 4·19혁명과 5·16 군사 쿠데타로 이어지는 경험은 이 시기의 헤게모니적 남성성의 형성에 직접적인 영향을 미쳤을 것이라는 추정을 해 볼 수 있다. 그 체험의 중심에 서 있었던 김수영의 경우에 그의 시에 나타난 남성성과 아버지의 표상은 사실상 김수영 시대의 헤게모니적 남성성에 대한 투쟁의 역사였다고 해도 과언이 아닐 것이다.

넘으로서 아버지의 표상이 어떤 방식으로 그려졌는지를 좀 더 세밀하게 살펴볼 수 있다고 판단했기 때문이다. 이 논문에서 남성성으로서의 부성에 주목하면서 김수영의 시를 대상으로 하는 까닭은 다음과 같다. 첫째, 김수영의 시에 아버지가 출현하는 빈도수가 높기 때문이다. 아버지가 시어로 출현하는 시들도 7편[4]이지만 아버지의 목소리로 말하는 시들까지 합치면 그 편수가 33편[5]으로 늘어난다. 둘째, 아버지가 시적 대상이나 주체로 출현하는 김수영의 시는 보는 행위, 생활, 역사 등 김수영 시의 핵심 개념들과 긴밀히 관련되어 있어서 이에 대한 면밀한 고찰이 필요하다고 판단했다. 셋째, 김수영이 주로 시작 활동을 한 1950~60년대는 한국전쟁을 겪고 나서 전후에 새로운 국가를 건설하는 과제 앞에 가로놓였던 시기였다. 또한 4·19혁명과 5·16 군사쿠데타를 겪으며 어떤 국가를 건설할 것이냐의 문제를 첨예하게 겪었던 시기였다. 전후의 냉전 속에서 남과 북의 이념적 대립도 극에 달했던 시기였던 것은 물론이다. 이러한 분위기 속에서 헤게모니적 남성성이 두드러졌던 시기였고 사회적으로도 그런 남성성이 요구되던 시기였다는 점을 상기할 필요가 있다. 넷째, 김수영의 일부 시를 두고 '여성 혐오적 태도'를 문제 삼은 여성주의적 관점의 연구가 꽤 이

---

4 『김수영 사전』에는 '아버지'가 시어로 등장하는 시로 「이[虱]」, 「아버지의 사진」, 「가다오 나가다오」, 「누이야 장하고나!」, 「장시1」, 「VOGUE야」, 「사랑의 변주곡」 등 7편을 용례로 밝혀 놓았다(고려대학교 현대시연구회 편, 『김수영 사전』, 서정시학, 2012, 485쪽.).

5 아버지의 목소리로 발화하는 시들은 다음과 같다. 「달나라의 장난」, 「나의 가족」, 「구름의 파수병」, 「절망」, 「파자마 바람으로」, 「피아노」, 「전화 이야기」, 「금성라디오」, 「봄밤」, 「초봄의 뜰 안에」, 「사치」, 「반달」, 「제임스 띵」, 「기도」, 「식모」, 「여름밤」, 「엔카운터 誌」, 「여편네의 방에 와서」, 「등나무」, 「술과 어린 고양이」, 「말」, 「도적」, 「원효대사—텔레비전을 보면서」, 「죄와 벌」, 「어느 날 고궁을 나오면서」, 「우리들의 웃음」, 「사랑의 변주곡」 등 27편이다. 이 중에서 「사랑의 변주곡」은 아버지의 목소리로 말하면서 '아버지'라는 시어가 출현하는 시이므로 '아버지'가 등장하거나 '아버지'의 목소리로 말하는 김수영의 시는 총 33편이라고 볼 수 있다.

루어졌는데,[6] '남성성'으로서의 아버지에 주목하는 이 논문의 관점을 통해 그런 선행 연구들의 난맥을 돌파할 가능성을 찾을 수 있다고 판단했다.

먼저 이 논문에서는 김수영의 시에서 '아버지'가 시어로 직접 출현하는 시뿐만 아니라 '아버지'의 자격으로 말하는 시들도 포함해 다루고자 했다. 아버지라는 주체 혹은 대상이 성립하기 위해서는 아버지로 만들어주는 대상, 즉 아내와 자식이 필요하다. 정확히는 아내는 남편, 자식은 아버지라는 사회적 역할을 부여해 준다. 특히 김수영의 시에서는 아버지와 아들의 관계가 인상적으로 드러나 있다. 이러한 관계 속에서 살필 때 '아버지'의 표상이나 '아버지'의 목소리를 통해 김수영이 드러내고자 한 메시지가 좀 더 분명히 드러난다고 판단했다. 따라서 이 논문에서는 아버지를 대상화한 시들과 아버지의 목소리로 말하는 시들을 포괄해 다루고자 한다. 아버지를 대상화한 시들에서는 대개 아버지가 직접 시어로 출현하지만, 아버지의 목소리로 말하는 시들에서는 아버지가 화자로 등장하고 직접 시어로는 모습을 드러내지 않는 경우가 많다. 김수영의 시에서 아버지는 보는 행위와 관련되거나 생활의 감각, 또는 역사와 관련되어 등장하는 경우가 많다. 이는 시기적인 변모와도 맞닿아 있어서 아버지에 대한 시인의 감각이 변화했다고 볼 수도 있다. 이 논문에서는 아버지를 대상화한 시들과 아버지의 목소리로 말하는 시들을 모두 대상으로 하여 '아버지'의 표상이나 목소리가 등장하는 시들에 나타나는 시의식과 남성성을 살피고자

6 정효구, 「자유와 사랑의 어두운 저편」, 『현대시사상』, 1996 가을; 김용희, 「김수영 시에 나타난 분열된 남성 의식」, 『한국시학연구』 4, 2001, 58~92쪽; 김정석, "김수영의 아비투스에 관한 연구─남성 중심적 의식을 중심으로", 숭실대학교 박사학위논문, 2009; 유창민, 「김수영 시에 나타난 여성에 대한 시선 연구」, 『겨레어문학』 45, 2010, 153~181쪽.
이러한 관점에 대한 비판적 연구로는 다음 논문들이 있다. 조영복, 「김수영, 반여성주의에서 반반의 미학으로」, 『여성문학연구』 6, 2001, 32~53쪽; 김문주, 「김수영 시의 성(性)의 정치학」, 『우리어문연구』 45, 2013, 371~392쪽.

했다.

정희진은 차이가 차별을 만드는 것이 아니라 권력이 차이를 만든다[7]는 전제 아래, 남성이 남성성을 체현하게 되는 과정은 하나로 공식화될 수 없다고 보았다. 남성과 남성성의 관계는 자연스러운 연결이 아니라 특정한 시대와 장소에서 남성과 남성이 맺는 관계, 남성과 여성이 맺는 관계에 따라 달라진다는 것이다.[8] "무엇이 남성적인 것으로 간주되는지, 그래서 남성적인 것이 결과적으로 어떤 성별과 계급에게 권력과 지위를 가져다주는지는 한정된 시공간에서의 남성성과 여성성에 대한 사회적 평가에 달려 있다."[9]라는 정희진의 발언을 염두에 둘 때 김수영의 시에 나타난 남성성도 김수영이 시를 썼던 시대에 한국 사회의 물적 기반, 언어, 문화는 물론이고 당대의 남성과 남성, 남성과 여성의 관계 속에서 좀 더 면밀히 살펴질 필요가 있어 보인다.

2. 보는 행위와 성찰의 주체로서의 아버지

김수영의 시에서 '아버지'가 시적 대상이나 발화 주체로 직접 출현하는 경우는 대개 초기 시와 1950년대의 시들에서 찾아볼 수 있다. 특히 이 시기의 시들에서는 '보다'라는 행위와 관련해 '아버지'가 등장하고 있다는 점이 눈에 띈다. 보는 행위와 직접적인 연관성을 지니는 것은 물론이고, 봄의 대상으로서도 아버지가 등장한다. '아버지'가 시적 대상으로 등장하

---

7 정희진, 「편재하는 남성성, 편재하는 남성성」, 권김현영 편, 『남성성과 젠더』, 자음과 모음, 2011, 16쪽.

8 위의 글, 16~17쪽.

9 위의 글, 17쪽.

는 시들에서는 대체로 해방 후 병마로 세상을 뜬 김수영의 부친[10]을 연상
케하는 사진 속 '아버지'가 모습을 드러낸다. 그런가 하면 시의 화자로 아
버지가 등장하는 경우에는 아내와 자식에 대한 언급으로 화자의 신분이
'아버지'임을 드러내는 경우가 많다. 이 장에서는 이 두 가지의 경우를 모
두 다루면서 '보다'라는 행위와 아버지가 어떻게 연결되는지 살펴보고자
한다.

> 도립(倒立)한 나의 아버지의
> 얼굴과 나여
>
> 나는 한번도 이[虱]를
> 보지 못한 사람이다
>
> 어두운 옷 속에서만
> 이는 사람을 부르고
> 사람을 울린다
>
> 나는 한번도 아버지의
> 수염을 바로는 보지

---

10 김수영의 연보를 확인할 때 1945년 부친의 병세가 악화되었다는 사실이 드러나고
  이후 1949년에 쓴 것으로 알려진 김수영의 시 「아버지의 사진」에서 이미 시인의 부
  친이 세상을 뜬 것으로 그려진다는 사실을 고려할 때, 김수영의 부친은 병세가 악
  화되었던 1945년에서 위의 시를 쓴 1949년 사이에 작고한 것으로 보인다. 최하림에
  따르면, 김수영이 명동에서 박인환, 이봉구, 김병욱, 양병식 등과 어울리던 무렵에
  그의 부친이 세상을 떴다고 하는데 정확한 연도를 명기하지는 않았다(최하림, 『김
  수영 평전』, 실천문학사, 2001, 105쪽.). 강현국은 1948년에 김수영의 부친 김태욱이
  죽었다고 썼지만 근거를 밝히지는 않았다(강현국, 「아버지 콤플렉스의 한 양상—
  김수영의 경우」, 『국어교육연구』 12, 1980, 63쪽.). 김수명 여사께 문의한 결과 음력
  1948년 12월 29일(양력으로는 1949년 1월 27일)에 부친이 돌아가셨음을 확인할 수
  있었다.

못하였다

　신문을 펴라

이가 걸어나온다
행렬처럼
어제의 물처럼
걸어나온다

—「이[虱]」(1947)¹¹ 전문

　김수영의 시에서 '아버지'가 처음 출현하는 이 시에 아버지가 "도립(倒立)한 나의 아버지"로 등장한다는 사실은 흥미롭다. '도립한 나의 아버지의 얼굴'과 '나'를 호명한 주체는 갑자기 "나는 한번도 이[虱]를/보지 못한 사람이다"라는 뜬금없는 고백을 한다. 아버지의 얼굴은 왜 거꾸로 서 있으며 한 번도 '이'를 보지 못한 사람인 주체는 어떤 사람인가? 이 시에 쓰인 이[虱]가 어떤 속성을 지니는지 짐작케하는 정보가 3연에 제시된다. "어두운 옷 속에서만/이는 사람을 부르고/사람을 울린다". 어둠 속에 분명히 존재하는 이는 '나'를 괴롭히는 존재인데 나는 한 번도 이를 보지 못했다. 그리고 내가 한 번도 바로 보지 못한 대상으로 아버지가 이와 나란히 놓인다. 2연과 4연은 대구를 이루면서 '나는 한번도 −을/를 보지 못했다'라는 구문이 반복된다. 목적어의 자리에 오는 '이'와 '아버지의 수염'이 달라지고 "보지 못한 사람이다"와 "바로는 보지 못하였다"로 서술부가 약간 변주되었을 뿐 '보지 못했다'는 내용은 반복된다. 여기서 겹쳐지는 자리에 놓이는 '이'와 '아버지의 수염'은 유사한 속성을 지닌다고 볼 수 있다. 우선 시의 주체가 보지 못하거나 바로 보지 못하는 대상이라는 점에서 유사

---

11 이 논문에 인용한 시는 모두 『김수영 전집1 시』, 민음사, 2010에서 인용함. 이후 인용 시는 따로 출처를 밝히지 않음.

하고, 그런 사실로 미루어볼 때 시의 주체를 괴롭히는 대상으로 이와 아버지가 호명되고 있음을 짐작할 수 있다. 이는 어두운 옷 속에서 나를 괴롭히는데 한 번도 보지는 못했다는 점에서 괴로움의 대상이고, 아버지는 도립한 얼굴을 하고 있어서 한 번도 바로 보지는 못했다는 점에서 역시 시의 주체를 괴롭히는 대상이다.[12]

김수영은 아버지 김태욱과 어머니 안형순 사이에서 8남매 중 장남으로 태어났다. 조부 때까지는 꽤 부유했던 가정 형편이 김수영이 태어날 무렵에는 기울었던 것으로 알려져 있고 김수영의 부친은 지전상을 경영하며 몸이 약한 장남에게 경기도립상고보 진학을 강권한 인물로 알려져 있다.[13] 자세한 상황을 알 수는 없지만 그의 부친은 장남인 김수영이 자신의 뒤를 이어 상업에 종사하며 가계를 이끌어가길 기대했을 것으로 추정된다.[14] 반면에 김수영은 자신이 아버지가 원하는 길을 갈 수 없을 것임을 일찌감치 직감하고 있었을 것이다. 선린상업학교를 졸업하고 일본 유학차 도쿄로 건너간 김수영은 그곳에서 미즈시나 하루키 연극연구소에 들어가 연출 수업을 받으며 연극에 경도되었고 해방 후에는 시 「묘정의 노래」를 『예술부락』에 발표하며 본격적으로 시를 쓰기 시작한다. 시인의 길은 그의 부친이 기대한 장남의 장래와는 거리가 먼 것이었을 테고 그런 이유로 김수영은 부친의 얼굴을 바로 보지 못했을 것이다. 더구나 해방이 되던 해 김수영의 부친은 병세가 악화되어 어머니가 집안 살림을 도맡기 시작한 것

12 김용희는 시적 화자가 바로 보지 못하는 아버지를 '전도된 가치'로 해석하기도 했다. 김용희, 앞의 글, 75쪽.

13 「김수영 연보」, 『김수영 전집1 시』, 민음사, 2010, 384~386쪽.

14 실제로 자신의 대에 가계가 기울었다는 것에 대해 김수영 부친이 느낀 압박은 컸던 것으로 보인다. 다시 집안을 일으켜 세워야 한다는 사명감과 현실의 괴리 사이에서 괴로워했던 부친의 심경이 장남인 김수영에게 또 다른 억압으로 작용했을 가능성을 고려할 필요가 있다.

으로 알려져 있으니,[15] 8남매의 장남이었던 김수영이 느꼈을 압박감은 상당했을 것으로 추정된다.

이러한 생애사적 배경을 염두에 둘 때 아버지가 '도립한 아버지'의 모습으로 시의 주체에게 나타나는 것이나 그런 아버지의 수염을 한 번도 바로 보지 못한 주체의 심정이 충분히 이해된다. 이 시를 쓸 무렵 김수영은 『신시론』 동인을 결성하여 본격적으로 문학인들과 어울리며 시작 활동을 하고 있었으니 아버지를 떠올릴 때마다 모종의 죄책감과 부채의식을 느꼈을 것이고 그로 인해 그의 얼굴을 바로 볼 수 없었을 것이다. 당시 시인의 아버지는 악화된 병으로 누워 있은 지 상당히 시간이 흘렀거나 이미 돌아간 후였을 것으로 보이는데, 이러한 사실을 염두에 둘 때 아버지를 바로 보지 못하는 주체의 심경과 태도는 한층 더 분명히 이해된다. 그것은 마치 어두운 옷 속에서 자신을 괴롭히는 이처럼 그의 신경을 긁으며 무의식 깊은 곳에서 김수영을 괴롭혔을 것이다. 아버지와 이를 연결하는 시인의 상상력은 이런 유사성으로 인한 것으로 보인다.

그런데 5연에서 시의 주체는 갑자기 "신문을 펴라"고 말한다. 그것도 다른 연과 달리 확연히 눈에 띄게 5연을 들여 씀으로써 이것이 '다른' 목소리임을 드러낸다. 신문을 펴라는 목소리도 갑작스럽지만 다음 연에서 바로 "이가 걸어나온다"라는 문장이 이어지는 것도 선뜻 이해가 되지 않는다. 신문을 펴고 디디티(DDT)를 뿌려 이를 잡는 상황을 떠올릴 수도 있을 것이고, 까맣고 빼곡한 신문의 활자를 보고 까만 이를 연상한 것일 수도 있겠다. 디디티가 처음 이 땅에 등장한 것은 해방 직후였다고 한다.[16] 당시

---

15 「김수영 연보」, 앞의 책, 387쪽.

16 김현경 여사는 맹문재와 나눈 회고담에서 김수영이 한국전쟁이 나고 의용군에 끌려갔다가 탈출해서 거제도 포로수용소에 수용될 당시에 이가 들끓어 디디티를 뿌린 이야기를 전하기도 했다(김현경, 「김현경의 회고담2-한국전쟁 동안의 김수영」, 『푸른사상』, 2014, 가을.).

이를 잡는 데 디디티가 쓰였다는 사실을 염두에 두면, 눈에 잘 보이지 않으면서 어둠 속에서 사람을 괴롭히던 이가 디디티를 뿌리면 우수수 떨어지던 모습에서 신문의 활자를 연상하는 상상력이 그렇게 낯설어 보이지는 않는다. 일반적으로 '관(官)이 끼치는 폐해'를 이[虱]에 비유하기도 했다는 사실을 떠올릴 때 관이 끼치는 폐해가 주로 실려 있었을 신문과 자신을 괴롭히는 또 하나의 대상으로서의 이가 나란히 놓이는 것도 가능했을지 모른다. "이가 걸어나온다/행렬처럼/어제의 물처럼/걸어나온다"라는 마지막 연은 시의 주체를 괴롭히는 여러 마리의 이와 거기서 연상된 신문의 활자를 묘사한 것이면서, 눈에 잘 보이지는 않지만 시의 주체를 괴롭히는 타자와 세계를 지칭하는 것으로 보인다. 이도, 자신을 괴롭히는 신문의 활자도 걸어 나와 모습을 드러내기를 시의 주체는 바랐던 것인지도 모르겠다. 그리고 더 나아가 아버지의 기대에 부응할 수 없었기 때문에 그를 바로 보지 못했지만 장남이자 가장으로서의 역할이 요구되었던 당대의 헤게모니적 남성성에 소심하게나마 저항했던 김수영의 단초를 이 시에서 확인할 수 있다.

아버지의 사진을 보지 않아도
비참은 일찍이 있었던 것

돌아가신 아버지의 사진에는
안경이 걸려 있고
내가 떳떳이 내다볼 수 없는 현실처럼
그의 눈은 깊이 파지어서
그래도 그것은
돌아가신 그날의 푸른 눈은 아니오
나의 기아(飢餓)처럼 그는 서서 나를 보고
나는 모오든 사람을 또한

나의 처(妻)를 피하여
그의 얼굴을 숨어 보는 것이오

영탄(詠嘆)이 아닌 그의 키와
저주가 아닌 나의 얼굴에서
오오 나는 그의 얼굴을 따라
왜 이리 조바심하는 것이오

조바심도 습관이 되고
그의 얼굴도 습관이 되며
나의 무리(無理)하는 생(生)에서
그의 사진도 무리가 아닐 수 없이

그의 사진은 이 맑고 넓은 아침에서
또 하나 나의 팔이 될 수 없는 비참이오
행길에 얼어붙은 유리창들같이
시계의 열두시같이
재차는 다시 보지 않을 편력의 역사……

나는 모든 사람을 피하여
그의 얼굴을 숨어 보는 버릇이 있소
　　　　　　　　　　　　　—「아버지의 사진」(1949) 전문

　"돌아가신 아버지의 사진"이라는 구절로 보아 이 시를 쓸 당시 김수영
의 부친은 이미 세상을 떴을 것이다.[17] 이 시의 주체는 돌아가신 아버지의
사진을 마주하고 있는데, "내가 떳떳이 내다볼 수 없는 현실처럼" 그의 눈
을 정시하지는 못한다. 그의 사진에 안경이 걸려 있는 것, 그의 눈이 깊이
파진 것, 돌아가신 그날의 푸른 눈과 사진 속 눈이 다른 것을 알고 있는 것

17 1949년 1월 27일에 김수영의 부친이 작고했으니 이 시는 그 이후에 쓰인 시로 보아
　야 한다.

으로 보아 시의 주체는 아버지의 사진을 보고 있는 것으로 보이는데, 마주 서서 정시하지는 못하고 "그의 얼굴을 숨어" 보고 있다. "그는 서서 나를 보고"라는 구절로 보아 벽에 붙은 사진 속 아버지가 자신을 내려다본다고 주체는 느끼는 것 같지만 '나'는 "모오든 사람을 또한/나의 처(妻)를 피하여" 그의 얼굴을 숨어 본다.

왜 '나'는 아버지의 얼굴[18]을 숨어서 보아야 하는 것일까? 살아 있는 아버지도 아니고 이미 돌아가 사진으로만 남아 있는 아버지 앞에서조차 시의 주체는 그를 정면으로 마주 보지 못한다. 주체 스스로도 그런 자신의 모습에서 조바심을 보고, 아버지의 사진 앞에서도 왜 이리 조바심을 내는지 자문한다. 심지어 "아버지의 사진을 보지 않아도/비참은 일찍이 있었던 것"이라고 고백한다. 아버지는 그에게 비참과 조바심을 불러일으키는 존재인 셈이다. 앞서 살펴보았듯이 김수영의 부친은 김수영에게 억압적인 아버지이자 그럼에도 아버지의 뜻대로 인생의 길을 선택하지 않은 그에겐 부채감과 죄의식을 불러일으키는 존재였던 것으로 보인다. 그러므로 세상을 뜬 아버지의 사진을 보면서도 시의 주체는 비참과 조바심을 느낀다. 아버지를 거슬러 살고 있음에도 대단한 모습을 보여주지 못한다는 데서 오는 비참함이자 비록 뜻을 거슬렀지만 인정받고 싶다는 마음에서 오는 조바심일 것이다. 그것은 가까운 아내나 세상 사람들에게도 들키고 싶지 않은 마음일 터이므로 '나'는 모든 사람을 피하여 아버지의 사진을 몰래 숨어서 본다.

해방기와 1950년대에 쓰인 김수영의 시에서는 아버지라는 대상이나 아버지의 목소리가 보는 행위와 관련해 등장하는 경우가 종종 눈에 띈다.

---

18 김종훈은 김수영 시 전반에 걸쳐 높은 빈도로 쓰인 '얼굴'의 의미를 규명한 논문에서 김수영의 초기 시에서 가족의 얼굴이 주로 그려지고, 그 중에서도 아버지의 얼굴이 뚜렷한 얼굴로 드러난다는 사실에 주목했다(김종훈, 「김수영 시에 나타난 '얼굴'의 의미」, 『비평문학』 44, 2012, 78쪽.).

인용한 시 외에도 「구름의 파수병」과 「달나라의 장난」에는 아버지의 자격으로 말하는 주체가 등장한다. 「구름의 파수병」은 "나의 자식과 나의 아내와"라는 구절을 통해 이 시의 화자가 아버지의 신분임을 알 수 있는데, 아버지로서의 '나'는 나라는 사람을, 그리고 "먼 산정에 서 있는 마음으로 나의 자식과 나의 아내와/그 주위에 놓인 잡스러운 물건들을 본다." 아버지로서의 시의 주체가 하는 행위가 나 자신과 나를 아버지이게 하는 자식과 아내와 그 주위에 놓인 잡스러운 물건들을 보는 행위라는 것을 통해, 김수영의 주체에게 아버지가 된다는 것은 곧 자신은 물론 가족과 세상과 마주하는 일임을 짐작할 수 있다. 「달나라의 장난」에서 "나의 너무 큰 눈 앞에서" 팽이를 돌리는 "아해"를 바라보는 '나'는 아버지의 목소리로 말한다. 남의 아이든 자신의 아이든 아이를 바라보는 시의 주체는 아버지의 시선과 목소리를 지닌다. 흥미로운 것은 '나의 너무 큰 눈 앞에서' 아이가 팽이를 돌린다는 사실이다. 아버지의 눈으로 시의 주체는 팽이를 돌리며 장난하는 아이를 본다.

　　자식을 길러보지 않고서야 어린아이 귀한 줄 모른다는 것을 요즈음에 와서 나는 절실히 느끼게 되는데, 동시에 자기의 자식을 알려면 자기 자식만 보고 있어서는 아니 되겠다는 것도 사실인 것 같다. 자기의 골육이나 자기 자식이 사랑스럽고 귀엽지 않은 사람이 어디 있겠는가. 동물적인 본능을 대수롭게 생각하지 않는 나에게는 자기의 골육붙이나 가정만을 지나치게 사랑하는 사람처럼 보기 싫은 것은 없다.
　　그래서 그런지 나는 남의 아이들이 놀고 있는 광경을 보고 비로소 나의 자식이 무엇이라는 것을 알게 된다. 그리고 이 마음은 곧 아직도 내 자신이 동물적 사랑에서 벗어나지 못하였다는 징조이기도 한 것이다. 정말 남의 자식을 보듯이 내 자식을 볼 수 있다면 나의 생활은 적어도 지금보다는 훨씬 가볍고 자유로운 것이 될 것이 아닌가.
　　그런데 이러한 관계는 유독 남의 자식과 나의 자식과의 문제에만 국한된 것이 아니다. 문학에 있어서도 마찬가지이다. 남의 작품을 보듯이

내 작품을 보고 남의 문학을 생각하듯이 내 문학을 생각했으면 얼마나
담담하고 서늘한 마음이 될 것인가. 그리고 문학이나 작품 자체로 보더
라도 지금보다는 더 좋은 것이 나올 것이다.
— 「무제」(1955.10), 『김수영 전집2 산문』, 민음사, 2006, 29쪽.

「달나라의 장난」보다 2년쯤 뒤에 쓰인 이 글에서 김수영은 남의 아이
들이 놀고 있는 광경을 보고 비로소 나의 자식을 알게 된다고 말한다. 남
의 아이의 모습에서 자신의 아이를 보는 것은 물론이고 그런 자신의 모습
에서 아직도 "동물적 사랑에서 벗어나지 못"한 자신의 모습을 본다. 자기
를 들여다봄으로써 도달한, 남의 자식을 보듯이 내 자식을 볼 수 있다면
나의 생활이 지금보다 훨씬 가볍고 자유로운 것이 되리라는 성찰은 거기
서 그치지 않고 더 나아가 문학을 대하는 태도의 문제로까지 옮겨간다. 남
의 작품을 보듯이 내 작품을 보고 남의 문학을 생각하듯이 내 문학을 생각
했으면 지금보다 더 나은 결과를 낳을 수 있었을 것이라는 깨달음은 결국
남의 자식으로부터 자신의 자식을 보는 아버지의 시선으로 얻은 것이다.
이와 같이 김수영의 비교적 초기 시들에서 '아버지'는 보는 행위를 동반하
며 자신과 자신의 가족과 세상을 바라보는 성찰의 주체이자 대상으로 등
장한다.

3. 무능한 가장으로서의 아버지와 다변/침묵의 말

1950년대 후반에 쓰인 김수영의 시에서부터는 생활인으로서의 갈등을
드러낼 때 아버지의 목소리가 들려온다. 이때 아버지는 생활의 주체이자
가장으로서의 아버지인데, 사실상 생활인으로서는 무능한 모습을 드러낸
다. 1959년 4월 30일에 쓴 것으로 알려진 「생활」에서 시의 주체는 "시장

거리의 먼지 나는 길옆"을 아내와 아들과 함께 걸어가고 있다. 시장거리의 "좌판 위에 쌓인 호콩 마마콩 멍석의/호콩 마마콩"을 보던 주체는 갑자기 웃음을 터뜨린다. "호콩 마마콩이 어쩌면 저렇게 많은지/나는 저절로 웃음이 터져나왔다"고 고백하는데, 자기도 모르게 웃음이 터진 이유는 문득 거기서 "모든 것을 제압하는 생활"을 발견했기 때문일 것이다. "여편네와 아들놈을 데리고/낙오자처럼 걸어가면서/나는 자꾸 허허…… 웃는다". 모든 것을 제압하는 생활의 힘을 발견했지만 '나'는 생활의 주체로서는 무능한 낙오자일 뿐이다. 그러므로 생활 속으로 "여편네와 아들놈을 데리고/낙오자처럼 걸어가면서" '나'는 자꾸 허허로운 웃음을 웃는다. "무위와 생활의 극점을 돌아서" 발견한 "또 하나의 생활의 좁은 골목"으로 들어서며 시의 주체는 "생활은 고절(孤節)이며/비애"임을 깨닫는다. 그 깨달음을 주체는 조용히 미쳐 간다고 표현한다. 4·19혁명이 일어나기 일 년쯤 전에 김수영은 이처럼 생활 속에서 지쳐가고 있었다. 1955년 6월 마포 구수동으로 이사한 후 김수영은 번역일과 양계를 하며 살아가고 있었다. 생활인이자 아버지로서 생활의 몫을 감당해야 함을 잘 알고 있었지만 '낙오자처럼' 허허 웃으며 미쳐 간다고 느끼는 그의 모습에서는 생활인이자 가장으로서의 아버지와 시인으로서의 자의식 사이의 균열이 느껴진다.

김수영의 시에서 무능한 가장이자 생활인으로서의 아버지의 모습이 본격적으로 등장하는 것은 5·16 군사 쿠데타를 겪은 후에 쓰인 시들에서이다. 특히 '신귀거래' 연작시에서 생활인으로서 무능한 아버지의 모습이 집중적으로 나타난다. 4·19혁명을 겪은 지 불과 일 년 만에 일어난 5·16 군사 쿠데타는 김수영에게는 절망적인 사건이었던 것으로 보인다. 4·19혁명 직후 김수영은 각종 시위 현장에 직접 참여하고 격정적인 시를 쏟아냈을 정도로 혁명에 대한 기대치가 컸지만, 이승만의 하야 이후 혁명의 열기가 변질되어 가는 것을 느끼며 혁명의 실패를 누구보다도 빨리 예감하고 있었다. 그런 김수영이었지만 5·16 군사 쿠데타라는 최악의 결과를 마주하고는 한동안 공포와 절망에 빠져 있었던 것으로 보인다. 5·16 군사 쿠데타로 군부 정권이 들어서면서 이때부터 한국 사회에는 군대식 상명하복의 논리와 분위기가 지배적이 되면서 군인으로 상징되는 남성성이 요구되기 시작한다.[19] 박정희는 5·16 군사 쿠데타를 일으키고 제일 먼저 언론을 장악한다. 『민족일보』의 폐간과 사장 조용수의 처형, 76개 일간지를 37개로 줄이고 정기간행물 1170종을 폐간하는 언론 통폐합(1961.5.23.)을 자행하며 한국 사회를 빠르게 장악해 간 것이다. 이 무렵 김수영의 시에 나타나는 아버지의 표상은 무능하다 못해 자폐적이고 퇴행적인 모습으로까지 그려지는데, 이러한 아버지의 표상이 김수영의 시에서 어떤 남성성을 구축하고 있는지를 살펴보기 위해서는 5·16 군사 쿠데타 이후 시대가 요구하는 헤게모니적 남성성이 군인 같은 실질적 힘을 지닌 남성의 표상을 바탕으로 했음[20]을 염두에 둘 필요가 있다.

> 여편네의 방에 와서 기거를 같이해도
> 나는 이렇듯 소년처럼 되었다
> 흥분해도 소년
> 계산해도 소년
> 애무해도 소년
> 어린 놈 너야
> 네가 성을 내지 않게 해주마

---

19 정미지는 "군사 정권이 들어선 1960년대에 국가주의적 남성성 담론이 강화되었다는 것은 주지의 사실"임을 인정하면서도 김승옥의 소설을 통해 "1960년대의 국가주의적 남성성이 여성을 포함하여 남성들의 주체성까지 박탈하는 폭력성을 내재하고 있었음"을 분석한 바 있다(정미지, 「1960년대 국가주의적 남성성과 젠더 표상」, 『우리문학연구』 43집, 우리문학회, 2014, 705쪽.).

20 1961년 5월 16일에 뿌려진 '혁명 공약'에서는 반공을 국시로 한다는 점, 부패와 구악의 일소, 공산주의와 대결할 수 있는 실력 배양 등이 강조되었다.

네가 무어라 보채더라도
나는 너와 함께 성을 내지 않는 소년

바다의 물결 작년의 나무의 체취
그래 우리 이 성하(盛夏)에
온갖 나무의 추억과
물의 체취라도
다해서
어린 놈 너야
죽음이 오더라도
이제 성을 내지 않는 법을 배워주마

여편네의 방에 와서 기거를 같이해도
나는 점점 어린애
나는 점점 어린애
태양 아래의 단 하나의 어린애
죽음 아래의 단 하나의 어린애
언덕 아래의 단 하나의 어린애
애정 아래의 단 하나의 어린애
사유 아래의 단 하나의 어린애
간단(間斷) 아래의 단 하나의 어린애
점(點)의 어린애
베개의 어린애
고민의 어린애

여편네의 방에 와서 기거를 같이해도
나는 점점 어린애
너를 더 사랑하고
오히려 너를 더 사랑하고
너는 내 눈을 알고
어린 놈도 내 눈을 안다
　　　　　　　　　　—「여편네의 방에 와서—신귀거래 1」 전문

5·16 군사 쿠데타가 일어난 지 한 달이 채 못 되는 시점인 1961년 6월 3일에 쓰인 이 시는 '신귀거래' 연작시 중 첫 번째 작품이다. 이 시보다 앞서 "혁명은 안 되고 나는 방만 바꾸어버렸다"(「그 방을 생각하며」)고 김수영의 주체는 고백한 바 있지만, 이 시의 주체는 '여편네의 방'에 와서 기거를 같이 하는 것으로 그려진다. 4·19혁명이 일어나고 거리로 쏟아져 나가 거리에서 시를 썼던 김수영은 이 시를 쓸 무렵 방 안에 칩거한다. 눈여겨봐야 할 것은 그가 칩거하는 방이 '여편네의 방'이라는 사실이다. 방에 홀로 있는 시의 주체가 등장하는 시들은 대개 자신의 내면을 들여다보는 성찰의 태도를 드러내곤 했는데, 이 시에서 특기할 만한 것은 그가 칩거하는 곳이 혼자만의 방이 아니라 '여편네의 방'이라는 데 있다. 이 방의 주인은 '나'가 아니라 여편네이며 여편네의 방에 와 있기 때문에 '나'는 퇴행적이고 자폐적인 태도를 취하면서도 결국엔 타자를 인식하게 된다.

여편네의 방에 와서 기거를 같이 하며 시의 주체는 오로지 자신에게 집중하고 마침내 자기 안의 '어린애'와 마주한다.[21] 여편네의 방에서 나는 남편이자 아버지인 어른으로 행세하고 어른의 행위를 해도 "소년처럼" 된다. 흥분해도 계산해도 애무해도 '소년'을 벗어날 수 없다. "어린 놈 너야/네가 성을 내지 않게 해 주마"라고 자기 안의 '어린 놈'에게 말을 걸며 "네가 무어라 보채더라도" 더 나아가 "죽음이 오더라도" 성을 내지 않게 해 주마고, 성을 내지 않는 법을 배워 주마고 단호히 말한다. 이 시기의 김수영의 시가 대개 그렇듯이 주체의 단호한 발화는 오히려 성을 낼 수밖에 없는 상황이 지속되고 있음을 강하게 환기한다. 계절이 여름이기도 하고 5·16 군사 쿠데타 이후 언론 탄압이 행해지던 시기였으니 그 숨 막힘은

---

21 이러한 관점에서 이 시를 분석한 글로 '이경수, 「내 안의 어린애를 응시하는 일」, 『현대시학』, 2017. 2.'가 있다.

말로 표현하기 어려울 정도였을 것이다. 숨을 쉬기 위해서는 "바다의 물결"이나 "작년의 나무의 체취"가 필요했을 것이다. "온갖 나무의 추억과/물의 체취라도/다해서" 주체는 "죽음이 오더라도" 성을 내지 않는 법을 배워 주마고 말한다. 4·19에서 5·16으로 이르는 길은 시의 주체에게 죽음을 연상시켰을 것이다. 흥미로운 것은 그가 죽음이 오더라도 성을 내겠다고 말하는 것이 아니라 오히려 죽음이 오더라도 성을 내지 않는 법을 배워 주겠다고 말한다는 데 있다. 바로 여기서 역설이 발생한다. 4·19혁명을 한복판에서 겪고 누구보다 일찌감치 혁명의 실패를 예감했던 김수영은 다 같이 성을 내는 것만으로는 혁명이 이루어질 수 없음을 뼈저리게 절감했던 것으로 보인다. 이미 1960년 10월 30일에 쓴 시 「그 방을 생각하며」에서 "실망의 가벼움을 재산으로 삼을 줄" 알게 되었고 "혹시나 역사일지도 모르는" 가벼움을 "나의 재산으로 삼"은 시인은, 혁명과 혁명의 실패를 통해 한때의 끓어오르는 열정만으로 혁명을 성공적으로 이루어낼 수 없음을 누구보다도 잘 알고 있었다.

그러므로 "점점 어린애"인 자신을 응시하는 일은 자신의 근원이자 출발점으로 돌아가는 일이 된다. 태양, 죽음, 언덕, 애정, 사유, 간단 아래의 단 하나의 어린애는 마침내 "점의 어린애"가 된다. 그것은 시의 주체 안에 있는 '어린애' 같은 자신의 모습이기도 하지만 이 엄혹한 시절을 견디기 위해 시의 주체가 불러온 근원으로서의 '나'일 것이다. 자신을 지우고 지워 마침내 '점'의 어린애가 되어야만 처음부터 다시 시작하는 일도 가능했을 것이다. "베개의 어린애", "고민의 어린애"라는 구절은 그가 '여편네의 방'에 누워 뒤척이며 보냈을 자책과 고뇌의 시간을 짐작케한다. 처음이자 근원으로 돌아가는 바로 이 시간을 겪었기 때문에 시의 주체는 "나는 점점 어린애"인 상황을 받아들이고 마침내 "너를 더 사랑하고/오히려 너를 더 사랑하"게 된다. 여편네의 방에 와서 기거를 같이한다는 상황은 달라지지 않았지만 마지막 연에서 "너를 더 사랑하고/오히려 너를 더 사랑하"
는 변화가 일어나는 까닭은 바로 여기에 있다. 이 시는 분명 퇴행의 포즈
를 취하고 있지만 그것이 세상과의 타협을 의미하는 것은 아니다. 자기 안
의 어린애를 응시하며 근원으로 돌아가 김수영의 주체는 반전의 시간을
마련하기 위한 준비를 시작한다. 그것은 "너를 더 사랑하"는 '사랑'의 의
미에 대한 깨달음이자 실천이며 "내 눈을" 아는 너와 '어린 놈'을 의식하는
데서 오는 것이기도 하다. 마지막 연에 와서 너와 어린 놈은 내 안의 '어린
애'를 지칭하는 데 그치지 않고 더 나아가 사랑의 대상을 방을 함께 쓰는
너와 어린 놈, 즉 아내와 자식에게로 확장할 가능성을 열어 놓는다. 이 시
에서 김수영은 시대가 요구하는 헤게모니적 남성성과는 거리가 먼 '소년'
이자 '어린애'의 모습으로 남편이자 아버지인 주체를 표상하기에 이른다.
무능하고 유약한 퇴행적 모습을 통해 국가라는 상징권력을 재현한 헤게
모니적 남성성[22]에 소극적으로나마 저항하고자 하는 시인의 태도가 여기
서 감지된다.

　　　　두 줄기로 뻗어올라가던 놈이
　　　　한 줄기가 더 생긴 것이 며칠 전이었나
　　　　등나무

　　　　밤사이에 이슬을 마신 놈이
　　　　지금 나의 혼을 마신다
　　　　무휴(無休)의 태만의 혼을 마신다
　　　　등나무 등나무 등나무 등나무

　　　　얇상한 잎

---

22 1960년대 소설에 나타난 국가주의적 남성성에 대해서는 다음 논문을 참조할 것.
　　정미지, 앞의 논문, 681~709쪽.

그것이 이슬을 마셨다고 어찌 신용하랴
나의 혼, 목욕을 중지한 시인의 혼을 마셨다고
염천(炎天)의 혼을 마셨다고 어찌 신용하랴
등나무? 등나무? 등나무? 등나무?

그의 주위를 몇 번이고 돌고 돌고 돌고
또 도는 조름 같은 날개의 날것들과
갑충과 쉬파리떼
그리고 진드기

「엄마 안 가? 엄마 안 가?」
「안 가 엄마! 안 가 엄마! 엄마가 어디를 가니?」
「안 가유?」
「안 가유! 하……」
「으흐흐……」

두 줄기로 뻗어올라가던 놈이
한 줄기가 더 생긴 것이 며칠 전이었나
난간 아래 등나무
넝쿨장미 위의 등나무
등꽃 위의 등나무
우물 옆의 등나무
우물 옆의 등꽃과 활련
그리고 철자법을 틀린 시
철자법을 틀린 인생
이슬, 이슬의 합창이다

등나무여 지휘하라 부끄러움 고만 타고
이제는 지휘하라 이카루스의 날개처럼
쑥잎보다 훨씬 얇은
너의 잎은 지휘하라

베적삼, 옥양목, 데크론, 인조견, 항라,
모시치마 냄새 난다 냄새 난다
냄새여 지휘하라
연기여 지휘하라
등나무 등나무 등나무 등나무

우물이 말을 한다
어제의 말을 한다
「똥, 땡, 똥, 땡, 찡, 찡, 찡……」
「엄마 안 가?」
「엄마 안 가?」
「엄마 가?」
「엄마 가?」

등나무 등나무 등나무 등나무
「야, 영희야, 메리의 밥을 아무거나 주지 마라,
밥통을 좀 부셔주지?!」
등나무? 등나무? 등나무? 등나무?
「아이스 캔디! 아이스 캔디!」
「꼬오, 꼬, 꼬, 꼬, 꼬오, 꼬, 꼬, 꼬, 꼬」
두 줄기로 뻗어올라가던 놈이
한 줄기가 더 생긴 것이 며칠 전이었나
                                    ―「등나무―신귀거래 3」 전문

　　1961년 6월 27일에 쓰인 '신귀거래' 연작시 세 번째 작품에서는 술이 덜
깬 상태로 숙취에 젖어 등나무를 멍하니 바라보며 아내와 아이의 대화를
듣고 있는 시의 주체가 등장한다. 술 취한 주체로서의 아버지는 현실과 술
이 덜 깬 상태를 혼동하며 생활인으로서 무능한 아버지의 표상을 드러낸
다. 비몽사몽간에 숙취마저 있는 몸으로 등나무를 바라보고 있자니 "밤사
이에 이슬을 마신 놈이/지금 나의 혼을" 마시는 것처럼 느껴진다. 무한 반

복되며 뻗어 올라가는 등나무에게 시선을 빼앗긴 시의 주체는 밤사이에 이슬을 마시며 더 자라난 등나무가 자신의 혼마저 마시고 있는 듯한 착각에 빠진다. 자신의 혼을 "무휴(無休)의 태만의 혼"이라 지칭함으로써 쉬지 않고 태만한 혼의 상태로 스스로를 규정한다. 자조적인 표현이 아닐 수없다. 이 무렵의 김수영은 실제로 자주 술에 취해 있었다고 하니 술을 마시지 않고는 견디기 힘든 현실 때문이었을 것이다. "목욕을 중지한 시인의 혼"이라는 것은 일상을 유지하고 지속하기 위한 최소한의 행동조차 하기 힘든 무기력의 상태에 시의 주체가 이르렀음을 암시한다. "목욕을 중지한 시인의 혼"을 마시고 "염천의 혼"을 마신 등나무만 하염없이 뻗어갈 뿐이다. "등나무 등나무 등나무 등나무"가 이내 "등나무? 등나무? 등나무? 등나무?"로 교체되는 반복은 마치 무의미하고 지리멸렬한 이 무렵 시인의 일상을 보여주는 듯하다. 그런 무의미한 일상에 가득한 것은 "주위를 몇 번이고 돌고 돌고 돌고/또 도는 조름 같은 날개의 날것들과/갑충과 쉬파리떼/그리고 진드기" 따위의 하찮은 것들이다.

그 사이를 비집고 아내와 아이가 나누는 대화가 섞여 들어온다. 5연과 8연과 9연에 섞여드는 아내와 아이의 대화는 '나'가 아버지의 신분임을 드러내 준다. 5연은 온전히 아이와 아이의 엄마인 아내의 대화로만 구성된다. 아이와 엄마의 대화는 묘하게 반복되어 같은 모양이 무한 증식되는 등나무처럼 주체의 어지럼증을 배가한다. 이 시에는 반복되는 구절이나 시어가 자주 쓰였는데, 등나무의 모양과 등나무라는 시어, 그리고 아이와 엄마의 대화 외에도 시의 주체가 하는 생각이 반복된다. "두 줄기로 뻗어올라가던 놈이/한 줄기가 더 생긴 것이 며칠 전이었나"라는 문장이 1연과 6연과 9연에서 동일한 형태로 반복된다. 마지막 9연에서만 위치가 마지막 두 행으로 바뀌어 이 문장으로 시를 열고 닫는 기능을 한다. 즉, 이 시는 "두 줄기로 뻗어올라가던 놈이/한 줄기가 더 생긴 것이 며칠 전이었나"라는 문장으로 시작해 술이 덜 깬 상태로 그 생각을 하다가 아내와 아이의 대화를 들으면서도 결국 그 생각에서 벗어나지 못한 채 마무리된다. 자문의 형식으로 되풀이되는 이 문장은 사실 대답을 요구하는 문장도 아니고 사실 여부가 그렇게 중요한 문장이라고 볼 수도 없다. 무의미해 보이는 생각을 되풀이하며 "무휴의 태만의 혼"의 상태에 젖어 있는 주체를 드러내기 위한 장치로 봐도 무방하다. 6연에서 반복되는 주체의 생각은 마치 뻗어오르며 증식하는 등나무처럼 난간 아래, 넝쿨장미 위, 등꽃 위, 우물 옆으로 확산되는 등나무를 보여준다. 주체의 비몽사몽간의 생각 속에서 "철자법을 틀린 시"와 "철자법을 틀린 인생"이 뒤섞이고 7연에 오면 "등나무여 지휘하라"고 등나무에게 말을 건네는 지경에까지 이른다. 횡설수설의 상태는 술이 덜 깬 비몽사몽간에 머릿속이 엉망이 된 주체의 상황을 드러내준다. 8연에서는 "우물이 말을" 하는 것을 듣는 환청의 상태가 이어진다. 엄마와 아이가 주고받는 대화에 우물의 말, 어제의 말이 뒤섞인다. 그리고 마지막 9연에 오면 "등나무 등나무 등나무 등나무"처럼 아무렇게나 뻗어오르는 주체의 생각과 아내의 말과 아이의 말과 키우는 닭의 소리가 마구 뒤섞인다. 아버지의 신분이되 생활인으로서나 가장으로서 아무런 역할도 하지 못하고 등나무를 바라보며 술이 덜 깬 혼몽의 상태로 누워 어제의 말과 오늘의 말을, 며칠 전의 시간과 오늘의 시간을 헷갈려 하는 주체의 모습은 무기력하고 무능한 아버지의 모습을 표상한다. '신귀거래' 연작시 네 번째 작품 「술과 어린 고양이」에 등장하는 아버지 주체의 모습 또한 다르지 않다. "낮에는 일손을 쉰다고 한잔 마시"고 "저녁에는 어둠을 맞으려고 또 한잔 마시는" 주체는 "취하지 않은 듯이 취하"며 횡설수설을 늘어놓는다. "내가 내가 취하면/너도 너도 취하"는 일상 속에서 주체는 "구름 구름 부풀 듯이" 몽상의 상태에 빠져든다. "바보의 가족과 운명과/어린 고양이의 울음"이 "니야옹 니야옹 니야옹" 울려 퍼지는 모습은 병적이고 퇴행적인 주체의 상태를 보여준다. "술 취한 바보"는 다름 아닌 이 무렵의 김수영을 연상시키는 주체이다. 그에겐 가족과 운명과 "술 취한 어린 고양이의 울음"이 있다. "니야옹 니야옹 니야옹 니야옹" 울려 퍼지는 술 취한 어린 고양이의 울음은 다름 아닌 주체의 울음이다. 그렇게 고양이 울음소리를 빌려서라도 울지 않고는 견딜 수 없는 나날, 취하지 않고는 버틸 수 없는 하루하루가 이 무렵의 시인에겐 이어졌던 것으로 보인다.

나무뿌리가 좀더 깊이 겨울을 향해 가라앉았다
이제 내 몸은 내 몸이 아니다
이 가슴의 동계(動悸)도 기침도 한기(寒氣)도 내 것이 아니다
이 집도 아내도 아들도 어머니도 다시 내 것이 아니다
오늘도 여전히 일을 하고 걱정하고
돈을 벌고 싸우고 오늘부터의 할일을 하지만
내 생명은 이미 맡기어진 생명
나의 질서는 죽음의 질서
온 세상이 죽음의 가치로 변해 버렸다

익살스러울 만치 모든 거리가 단축되고
익살스러울 만치 모든 질문이 없어지고
모든 사람에게 고해야 할 너무나 많은 말을 갖고 있지만
세상은 나의 말에 귀를 기울이지 않는다

이 무언의 말
이 때문에 아내를 다루기 어려워지고
자식을 다루기 어려워지고 친구를
다루기 어려워지고
이 너무나 큰 어려움에 나는 입을 봉하고 있는 셈이고
무서운 무성의를 자행하고 있다

이 무언의 말

하늘의 빛이요 물의 빛이요 우연의 빛이요 우연의 말
죽음을 꿰뚫는 가장 무력한 말
죽음을 위한 말 죽음에 섬기는 말
고지식한 것을 제일 싫어하는 말
이 만능의 말
겨울의 말이자 봄의 말
이제 내 말은 내 말이 아니다

— 「말」(1964.11.16.) 전문

시의 주체가 느끼는 절망감은 "온 세상이 죽음의 가치로 변해 버렸다"는 데서 연유한다. 나무뿌리가 좀 더 깊이 겨울을 향해 가라앉았고 좀처럼 쉽게 봄이 오지 않을 거라는 어두운 예감에 주체는 사로잡힌다. "이제 내 몸은 내 몸이 아니"고 내 몸에서 느껴지는 감각이나 통증도 내 것이 아니며 "이 집도 아내도 아들도 어머니도 다시 내 것이 아니다". 아무것도 소유하지 못했으므로 나는 죽어 있는 것과 진배없다. "오늘도 여전히 일을 하고 걱정하고/돈을 벌고 싸우고" 하며 일상은 유지되지만, "내 생명은 이미 맡기어진 생명"이고 "나의 질서는 죽음의 질서"임을, 온 세상이 죽음의 가치로 변해 버렸음을 주체는 알아 버렸다. "모든 사람에게 고해야 할 너무나 많은 말을 갖고 있지만/세상은 나의 말에 귀를 기울이지 않는다". 이미 「절망」에서 무능한 아버지의 모습이 "영원한 미완성"의 시를 쓰는 시인의 모습으로 전이되었지만, 세상이 귀 기울여주지 않는 시를 쓰는 시인이란 아무리 많은 말을 가지고 있어도 살아 있다고 할 수 없을 것이다. "이 무언의 말" 때문에 "아내를 다루기 어려워지고/자식을 다루기 어려워지고 친구를/다루기 어려워"졌다고 주체는 고백한다. 많아도 소용없는 무언의 말은 시의 주체를 남편으로 아버지로 제대로 서지 못하게 한다. "이 너무나 큰 어려움에 나는 입을 봉하고 있는 셈이고/무서운 무성의를 자행하고 있다"고 주체의 고백은 이어진다. 주문처럼 쏟아낸 이 무렵의 시인의 말이 사실은 침묵이나 다를 바 없고 "무서운 무성의를 자행하고 있"는 것임을 이로써 짐작할 수 있다. "이 무언의 말"은 "죽음을 꿰뚫는 가장 무력한 말"이자 "죽음을 위한 말 죽음에 섬기는 말"이다. "만능의 말"이지만 침묵과 다를 바 없는, 아무런 의미가 없는 말. "이제 내 말은 내 말이 아니다"라는 고백은 지독한 절망감에서 비어져 나온 것이다.

이렇게 볼 때 「어느 날 고궁을 나오면서」에 나오는 옹졸하게 분개하고 반항하는 주체는 당대에 요구되었던 헤게모니적 남성성과 균열을 일으키는 김수영 나름의 소극적 저항의 산물로 읽어야 할 것이다. "부산에 포로수용소의 제14야전병원에 있을 때/정보원이 너스들과 스펀지를 만들고 거즈를/개키고 있는 나를 보고 포로경찰이 되지 않는다고/남자가 뭐 이런 일을 하고 있느냐고 놀린 일이 있었다/너스들 옆에서"라는 구절에서 드러나듯이 포로경찰로 상징되는 번듯한 일이 당대의 남성에게 요구되는 헤게모니적 남성성이었다면, 시의 주체는 시대가 당대 남성들에게 요구했던 헤게모니적 남성성을 거부하고 "너스들과 스펀지를 만들고 거즈를/개키"는 일을 기꺼이 선택한다. 또한 "지금도 내가 반항하고 있는 것은 이 스펀지 만들기와/거즈 접고 있는 일과 조금도 다름없"음을 정확하게 알고 있다. 하다못해 개의 울음소리와 아이의 투정에도 주체는 이길 생각이 없다. 그러므로 "모래야 나는 얼마큼 작으냐/바람아 먼지야 풀아 나는 얼마큼 작으냐/정말 얼마큼 작으냐……"라는 한탄은 자조적인 물음이면서 동시에 비겁한 자신을 정직하게 응시하는 소극적 저항이라고 볼 수 있다. 언론의 자유를 요구하고 월남파병에 반대하는 자유를 이행하는 저항도 사실은 비겁하고 옹졸하고 하찮은 자신을 정확히 응시하는 데서부터 시작됨을 이때 이미 김수영은 알고 있었을 것이다.

4. 아버지-아들로 이어지는 역사의 전망

4·19혁명 직후에 쓰인 김수영의 시와 이후 변질되어 가는 혁명을 지켜보며 쓴 시, 그리고 5·16 군사 쿠데타 이후 '신귀거래' 연작시를 쓰며 칩거하고 침잠하고 난 후에 다시 사랑과 혁명의 의미를 발명한 시들에서 김수영은 또 다른 아버지의 표상을 보여준다. 아버지에서 아들로 이어지는 역사의 전망을 이 유형의 시에서 읽을 수 있는데 이는 4·19혁명의 체험과 실패의 체험, 그리고 5·16 군사 쿠데타의 절망적 경험과 그 시간의 극복을 통해 도달한 자리라는 점에서 더욱 의미를 지닌다. 1960년 8월 4일에 쓴 것으로 알려진 「가다오 나가다오」에는 명수 할버이, 잿님이 할아버지, 경복이 할아버지, 두붓집 할아버지 등과 "그의 아버지들"이 등장하는데 이들은 씨 뿌리고 농사짓는 민중의 대명사로 등장한다. 김수영의 주체가 생각한 자주적인 혁명은 자연에 씨를 뿌리는 일과 유사성을 지니는 것으로 그려진다.

> 시를 쓰는 마음으로
> 꽃을 꺾는 마음으로
> 자는 아이의 고운 숨소리를 듣는 마음으로
> 죽은 옛 연인을 찾는 마음으로
> 잃어버린 길을 다시 찾은 반가운 마음으로
> 우리가 찾은 혁명을 마지막까지 이룩하자
>
> 물이 흘러가는 달이 솟아나는
> 평범한 대자연의 법칙을 본받아
> 어리석을 만치 소박하게 성취한
> 우리들의 혁명을
> 배암에게 쐐기에게 쥐에게 살쾡이에게
> 진드기에게 악어에게 표범에게 승냥이에게

늑대에게 고슴도치에게 여우에게 수리에게 빈대에게
다치지 않고 깎이지 않고 물리지 않고 더럽히지 않게

그러나 정글보다도 더 험하고
소용돌이보다도 더 어지럽고 해저보다도 더 깊게
아직까지도 부패와 부정과 살인자와 강도가 남아 있는 사회
이 심연이나 사막이나 산악보다도
더 어려운 사회를 넘어서

이번에는 우리가 배암이 되고 쾌기가 되더라도
이번에는 우리가 쥐가 되고 살쾡이가 되고 진드기가 되더라도
이번에는 우리가 악어가 되고 표범이 되고 승냥이가 되고 늑대가 되
더라도
이번에는 우리가 고슴도치가 되고 여우가 되고 수리가 되고 빈대가
되더라도
아아 슬프게도 슬프게도 이번에는
우리가 혁명이 성취되는 마지막날에는
그런 사나운 추잡한 놈이 되고 말더라도

나의 죄 있는 몸의 억천만 개의 털구멍에
죄라는 죄가 가시같이 박히어도
그야 솜털만치도 아프지는 않으려니

시를 쓰는 마음으로
꽃을 꺾는 마음으로
자는 아이의 고운 숨소리를 듣는 마음으로
죽은 옛 연인을 찾는 마음으로
잃어버린 길을 다시 찾은 반가운 마음으로
우리는 우리가 찾은 혁명을 마지막까지 이룩하자
　　　　　　　　　　　　　　　　　—「기도」(1960.5.18.) 전문

이 시는 4·19혁명이 일어나고 한 달쯤 되는 시점에서 쓰였다. '4·19 순국학도 위령제에 부치는 노래'라는 부제가 붙어 있는데 4·19 순국학도 합동위령제는 1960년 5월 19일에 서울운동장(현 동대문역사문화공원)에서 열렸으니 이 시는 위령제 전날 쓴 시라고 볼 수 있다.[23] 전체 6연으로 이루어진 시에서 1연과 6연은 6연의 마지막 행에 '우리는'이 추가된 것을 제외하고는 동일하게 반복되었다.

김수영의 시에는 반복 기법이 종종 쓰였는데 특히 4·19혁명기에 쓰인 시들에서 두드러진다. 이 시기 김수영 시에 쓰인 반복 기법은 명령형이나 청유형과 결합해 병렬적 반복과 점층적 반복을 주로 사용하면서 어조를 강화하고 주제를 효과적으로 드러내는 데 기여한다. 이 시에서는 일반적으로 흔히 쓰이는 반복 기법의 형태를 두루 확인할 수 있다. 1연과 6연에서는 수미상관식으로 시를 열고 닫는 대칭적 반복이 쓰여 시의 전체 구조를 형성하고 있고, 각 연의 세부에서 병렬적 반복과 점층적 반복 기법을 통해 의미 구조를 마련하는 방식으로 시가 쓰였다. 4·19 순국학도 위령제에 부치는 노래인 이 시에서 김수영의 시적 주체가 전하고 싶었던 가장 큰 메시지는 "우리가 찾은 혁명을 마지막까지 이룩하자"라는 것이었다. 이 시를 쓸 무렵 4·19혁명이 발발한 지도 한 달가량 흘렀고, 그 사이 이승만의 하야, 이기붕 일가의 자살, 당시 외무부장관이었던 허정 과도내각의 수립 등이 이루어졌다. 서울운동장에서 열린 합동위령제에는 유가족과 학도들이 참석했는데 46위의 위패가 영정과 함께 안치되었고 불교식으로 제사를 지냈다고 한다. 많은 학도들의 희생으로 이승만의 하야까지 이끌어냈지만 4·19혁명정신을 제대로 계승하고 부패한 한국 사회를 바꾸기

---

23 육필시고를 보면 '一九六〇. 五. 十□'라고 되어 있는 날짜를 지우고 '十八'로 바꾼 것으로 보아 며칠 더 전에 쓴 것일 수도 있다. 지워진 부분의 글자가 판독이 잘 안 되지만 '七'에 가까워 보인다. 육필시고 원문을 살려 입력한 시에서는 '十八'로 적었다(김수영, 『김수영 육필시고 전집』, 민음사, 2009, 235쪽.).

위해서는 갈 길이 멀었다. 이 무렵 김수영은 허정 과도내각의 구성을 통해 혁명정신이 흐려지고 있음을 예감하고 있었는지도 모른다. 그가 1연과 6연에 반복해서 "우리가 찾은 혁명을 마지막까지 이룩하자"고 강조하는 까닭은 여기에 있다. 특히 6연에서 '우리는'을 추가함으로써 우리가 찾은 혁명을 마지막까지 이룩할 주체가 '우리'임을 명시하고 있다.

이 시에서 또 하나 눈여겨볼 점은 "우리가 찾은 혁명을 마지막까지 이룩하자"라는 목표를 성취할 방법을 '마음'에서 찾고 있다는 것이다. '어떻게'에 해당하는 자리에 이 시의 주체는 "시를 쓰는 마음으로/꽃을 꺾는 마음으로/자는 아이의 고운 숨소리를 듣는 마음으로/죽은 옛 연인을 찾는 마음으로/잃어버린 길을 다시 찾은 반가운 마음으로"를 놓아두고 있다. '마음' 앞에 구체적인 상황을 놓아둠으로써 어떤 마음인지를 짐작케 한다. 그것은 대체로 절실한 마음이자 누군가를 아끼는 마음, 그립고 반가운 마음이다. "자는 아이의 고운 숨소리를 듣는 마음"에서는 아버지로서의 주체의 시선이 느껴진다. 4·19혁명이 일어나고 거리로 쏟아져 나올 때의 마음을 잊지 않고 마지막까지 혁명을 이룩해 갈 것을 시적 주체는 간절히 바라고 있다. 그런데 "꽃을 꺾는 마음으로"가 다른 마음들과 나란히 놓인 점이 눈길을 끈다. 꽃을 꺾는 마음은 단지 아름다운 것을 소유하고 싶은 마음 같은 것일까? 그 의미는 뒤에 가서 좀 더 분명히 밝혀진다. 김수영의 시에서는 '마음'보다는 '몸'이라는 시어가 더 주목받아 왔는데[24] 이 시에서는

---

24 김수영의 시에 '마음'이라는 시어가 자주 등장하지 않아서는 아니다. 관용적으로 쓰이는 경우 등을 제외하고 감정어와 함께 마음이 쓰인 경우에는 설운 마음(「시골 선물」,「영사판」), 달콤한 마음, 기쁜 마음, 명랑한 마음(이상 「거리2」), 날개 돋친 마음(「바뀌어진 지평선」), 피곤한 마음, 아둔하고 가난한 마음(이상 「봄밤」), 시를 배반하고 사는 마음(「구름의 파수병」), 뉘우치는 마음(「파밭 가에서」), 쾌활한 마음(「누이야 장하고나!」) 등의 용례가 발견된다(고려대학교 현대시연구회 편, 『김수영사전』, 서정시학, 2012, 274~275쪽). 「기도」에서는 마음을 수식하는 감정어 형용사를 사용하기보다는 좀 더 구체적으로 상황을 제시해 어떤 마음인지를 드러냈다는 점에서도 특기할 만하다.

다소 예외적으로 4·19혁명의 체험을 통해 직접 느낀 감정을 구체적으로 표현된 '마음'을 통해 드러내고 있다.

반복 기법이 쓰인 4·19혁명을 즈음한 시기의 김수영 시에서는 대립적 표상이 시에 쓰이는 경우가 많은데, 이 시에서도 '우리들의 혁명'의 계열에 놓이는 긍정적 표상과 우리들의 혁명의 의미를 훼손시키는 부정적인 표상이 대립적으로 나타난다. 2연을 보면 우리들의 혁명을 수식하는 말은 "어리석을 만치 소박하게 성취한"이다. '어리석을 만치'라는 수식어가 붙었지만 소박하게 성취한 혁명이라는 것은 사실상 4·19혁명의 의미를 정확히 보여주는 긍정적 표상이다. 아래로부터 자발적으로 일어난 혁명이라는 점에서 4·19는 소박한 혁명이자 우리들의 혁명이었다. '우리들의 혁명'과 나란히 놓이는 것은 "물이 흘러가는 달이 솟아나는/평범한 대자연의 법칙"이다. 평범한 법칙이라고 하지만 사실상 누구도 거스를 수 없는 대자연의 법칙이라는 점에서 소박한 우리들의 혁명은 엄청난 의미를 부여받는다. 우리들의 혁명에 대한 주체의 자부심이 느껴지는 대목이다. 그리고 이런 거스를 수 없는 우리들의 혁명의 의미를 훼손시키고 더럽히려드는 주체로 '배암', 쐐기, 쥐, 살쾡이, 진드기, 악어, 표범, 승냥이, 늑대, 고슴도치, 여우, 수리, 빈대가 등장한다. 이들은 모두 부정적 표상으로 우리들의 혁명을 완수하기 위해서는 물리쳐야 하는 존재들이다.

'그러나'로 시작되는 3연에서는 혁명의 길이 험난하고 어려움을 정글, 소용돌이, 해저, 심연, 사막, 산악에 비유해 말하고 있다. "아직까지도 부패와 부정과 살인자와 강도가 남아 있는 사회"가 혁명의 완수를 훼방 놓고 있음을 김수영은 직시하고 있었다. 흥미로운 것은 4연이다. 7행으로 이루어진 4연에는 5개의 '이번에는~―더라도'라는 표현이 반복되고 있다. 그런데 2연에서 부정적인 표상으로 등장했던 배암, 쐐기, 쥐, 살쾡이, 진드기, 악어, 표범, 승냥이, 늑대, 고슴도치, 여우, 수리, 빈대가 4연에서는 '우리'와 나란히 놓는다. 이번에는 우리가 청산해야 할 부정적 대상이 되더라도 반드시 우리들의 혁명을 완수해야 한다는 절박함이 바로 이 연과, 이어지는 5연에서 절정에 이른다. "혁명이 성취되는 마지막날" 우리가 "그런 사나운 추잡한 놈이 되고 말더라도" 반드시 혁명을 완수해야 함을 강조하고 있다. 3·15 부정선거로 촉발된 4·19혁명은 불과 일주일 만에 이승만이 하야 선언을 함으로써 혁명의 동력을 서서히 상실해 가고 있었다. "아직까지도 부패와 부정과 살인자와 강도가 남아 있는 사회"에서 혁명의 완성을 위해 청산해야 할 대상에는 사실상 우리 모두가 포함됨을 4·19혁명의 체험을 통해 김수영은 절감하고 있었던 것으로 보인다. 5연에서는 "나의 죄 있는 몸의 억천만 개의 털구멍에/죄라는 죄가 가시같이 박히어도" "솜털만치도 아프지는 않"을 것이라는 말을 통해 혁명 완수를 향한 절박한 마음을 드러내고 있다. 육필시고에서는 '罪'라는 한자가 노출되어 있어서 몸의 털구멍에 罪라는 죄가 가시같이 박힌 상황이 시각적·촉각적으로 좀 더 실감나게 느껴진다.

많은 혁명이 실패로 돌아가는 까닭은 사실상 상징적인 적을 청산하는 데는 성공할지라도 그 자리를 옷만 갈아입은 다른 이가 대신하기 때문일 것이다. 아니, 더 나아가 근본적으로 사회와 그 사회를 구성하는 사람들의 인식이 바뀌지 않기 때문이다. 4·19혁명의 진행 과정을 지켜보며 김수영은 바로 그 위험성을 감지해냈을 것이다. 우리가 저 부정적 청산 대상이 되는 상황이 오더라도 멈추지 말고 "우리가 찾은 혁명을 마지막까지 이룩"해야 함을, 다른 누가 아닌 바로 '우리'가 이룩해야 함을 다시 한 번 강조하며 시는 마무리된다. 김수영 시의 주체는 혁명의 완수를 위해서는 간절한 바람 못지않게 '꽃을 꺾는 마음으로' 우리를 희생해야 할 수도 있음을 꿰뚫어보고 있었던 것이다. 이 시의 제목이 '기도'일 수밖에 없는 이유는 그 간절함에 있다. 혁명의 완수라는 역사적 전망은 자는 아이의 고운 숨소리를 듣는 아버지의 마음으로 펼쳐진다.

동시(童詩)

저 행길에서 놀고 있는 아이들을 보라, 저들이 동시를 읽을 만한 가정에 있는 아이들인가. 새 세상이 되어도 〈가장평화(假裝平和)〉적 사회 아래에서 읽지 못할 동시만이 신문사의 돈벌이나 빈궁한 아동작가들의 푼돈벌이에 보탬이 되기 위해서 산출된다면 그것은 고급 식료품이나 해외 사치품이 백화점 진열장 속에 사장(死藏)되어 있는 것과 조금도 다름이 없는 일. 어처구니없는 일이고 격분할 일이다.

일전에 ××일보 아동신문에서 동시의 청탁이 와서 난생처음으로 써준 작품이 내용이 과격(?)하다는 이유로 퇴짜를 맞았는데, 앞으로는 사회상태가 동시가 읽혀질 만큼 되기까지는 동시를 쓰느니보다는 동시 무용론을 주장하고, 있는 힘을 다해서 사회개혁을 위해 혈투해야 할 것이다.

우선 아이들이 동시를 읽을 만한 윤택 있는 사회를 만들어놓아라, 그리고 그보다도 먼저 의무교육만이라도 철저히 성취해 보아라. 그때에 나오는 동시는 지금 것과는 좀 다를 것이 아니냐. 동시뿐이랴. 이러한 맹목이 하나둘이겠느냐. (하략)

─「1960년 7월 29일 일기」(『김수영 전집2 산문』, 민음사, 2006, 498쪽.)

1960년 4·19가 일어난 직후에도 김수영은 원고를 퇴짜 맞는 일을 종종 당했다. 위의 일기에서도 내용이 과격하다는 이유로 청탁받고 쓴 동시가 실리지 못한 사연을 적고 있다. 앞으로는 사회 상태가 동시가 읽혀질 만큼 되기까지는 동시를 쓰기보다는 동시 무용론을 주장하고 사회개혁을 위해 있는 힘을 다해 혈투하겠다고 다짐하며 김수영은, 우선 아이들이 동시를 읽을 만한 윤택 있는 사회를 만들어놓으라고 요구한다. 행길에서 놀고 있는 아이들의 초라한 행색과 척박한 놀이문화에 분개하는 김수영에게서는 아이들의 처지와 교육 환경을 진심으로 우려하는 아버지의 마음이 느껴진다. 아이들이 동시를 읽을 만한 윤택 있는 사회를 만들어야 할 책임이

기성세대에게 있음을 역설하는 그의 목소리는 아버지―아들로 이어지는 역사가 진전된 것이어야 한다는 전망을 보여주고 있다.

> 나는 아이들을 가르치면서
> 우리나라가 종교국이라는 것에 대한 자신을 갖는다
> 절망은 나의 목뼈는 못 자른다 겨우 손마디뼈를
> 새벽이면 하프처럼 분질러놓고 간다
> 나의 아들이 머리가 나빠서가 아니다
> 머리가 나쁜 것은 선생, 어머니, IQ다
> 그저께 나는 파스칼이 「머리가 나쁜 것은 나」라고 하는 말을 들었다
>   ―「우리들의 웃음」 부분

1963년 10월 11일에 쓰인 이 시의 주체는 아버지이자 선생이다. '나'는 아들을 가르치는 것은 물론 아이들을 가르친다. 아이들을 가르치면서 아버지의 자격과 목소리를 지닌 주체는 "절망은 나의 목뼈는 못 자른다"는 사실을 깨닫는다. "겨우 손마디뼈를/새벽이면 하프처럼 분질러놓고" 가지만 그것은 극복 불가능한 절망은 아니다. 아버지의 목소리를 지닐 때 주체는 절망을 딛고 일어설 힘을 얻는다. 내가 "아이들을 가르치면서/우리나라가 종교국이라는 것에 대한 자신을 갖는" 까닭은 바로 여기에 있다. 주체의 비난은 아들이 아니라 선생, 어머니, IQ를 향한다. 아들은 꿈을 그리는 것을 가능하게 하는 역사의 전망을 열어놓는 미래의 주체이다. 아들 준에게 보낸 편지를 보면 세세한 것 하나하나까지 잔소리를 하며 아들을 걱정하는 아버지 김수영의 모습이 보인다. 사소한 거짓말도 경계하고 학생다운 단정한 복장과 학업과 생활에 성실할 것을 세세히 잔소리하면서도 아내 몰래 용돈을 챙겨주는 평범한 아버지의 모습이 나타난다.[25] 조카

---

25 김수영, 「장남에게 보낸 편지」, 『김수영 전집2 산문』, 민음사, 2006, 479~480쪽.

에게 쓴 편지[26]에서는 넘치는 사랑을 주체하지 못하는 삼촌의 모습이 그대로 노출되기도 한다. 자기자신이나 어른들에 대해서는 냉소적이고 비판적이었던 김수영이지만 아이들을 향해서는 기본적으로 너그럽고 그러면서도 아이들이 처한 현실을 안타까워하는 모습이 자주 발견된다. 그에게 아이들은 미래의 역사를 상징하는 주체들이었음을 짐작게 하는 대목이다.

> 욕망이여 입을 열어라 그 속에서
> 사랑을 발견하겠다 도시의 끝에
> 사그러져 가는 라디오의 재갈거리는 소리가
> 사랑처럼 들리고 그 소리가 지워지는
> 강이 흐르고 그 강 건너에 사랑하는
> 암흑이 있고 3월을 바라보는 마른 나무들이
> 사랑의 봉오리를 준비하고 그 봉오리의
> 속삭임이 안개처럼 이는 저쪽에 쪽빛
> 산이
>
> 사랑의 기차가 지나갈 때마다 우리들의
> 슬픔처럼 자라나고 도야지우리의 밥찌끼
> 같은 서울의 등불을 무시한다
> 이제 가시밭, 넝쿨장미의 기나긴 가시가지
> 까지도 사랑이다
>
> 왜 이렇게 벅차게 사랑의 숲은 밀려닥치느냐
> 사랑의 음식이 사랑이라는 것을 알 때까지
>
> 난로 위에 끓어오르는 주전자의 물이 아슬
> 아슬하게 넘지 않는 것처럼 사랑의 절도(節度)는

---

26 「조카에게 보낸 편지」, 위의 책, 479쪽.

열렬하다
간단(間斷)도 사랑
이 방에서 저 방으로 할머니가 계신 방에서
심부름하는 놈이 있는 방까지 죽음 같은
암흑 속을 고양이의 반짝거리는 푸른 눈망울처럼
사랑이 이어져가는 밤을 안다
그리고 이 사랑을 만드는 기술을 안다
눈을 떴다 감는 기술―불란서혁명의 기술
최근 우리들이 4·19에서 배운 기술
그러나 이제 우리들은 소리 내어 외치지 않는다

복사씨와 살구씨와 곶감씨의 아름다운 단단함이여
고요함과 사랑이 이루어놓은 폭풍의 간악한
신념이여
봄베이도 뉴욕도 서울도 마찬가지다
신념보다도 더 큰
내가 묻혀 사는 사랑의 위대한 도시에 비하면
너는 개미이냐

아들아 너에게 광신(狂信)을 가르치기 위한 것이 아니다
사랑을 알 때까지 자라라
인류의 종언의 날에
너의 술을 다 마시고 난 날에
미대륙에서 석유가 고갈되는 날에
그렇게 먼 날까지 가기 전에 너의 가슴에
새겨둘 말을 너는 도시의 피로에서
배울 거다
이 단단한 고요함을 배울 거다
복사씨가 사랑으로 만들어진 것이 아닌가 하고
의심할 거다!
복사씨와 살구씨가

한번은 이렇게
사랑에 미쳐 날뛸 날이 올 거다!
그리고 그것은 아버지 같은 잘못된 시간의
그릇된 명상이 아닐 거다
　　　　　　　　　　　　—「사랑의 변주곡」(1967.2.15.) 전문

　4·19혁명 이후 지속적으로 혁명의 진정한 의미를 탐색해 온 김수영의
주체는 이제 사랑이라는 혁명의 의미를 발견하기에 이른다. 사실 적과 아
를 선명히 구분하기보다는 내 안에 있는 적도 예민하게 성찰하고, 타도해
야 할 대상으로서만 적이나 부정적 대상을 보지 않고 청산의 대상이 우리
가 될 수도 있음을 김수영은 4·19혁명의 실패를 겪으며 일찌감치 감지하
고 있었다. 「하…… 그림자가 없다」, 「기도」 등의 시에서 적과 아의 이분
법의 경계를 허무는 선구적인 인식을 그는 보여준 바 있다. 그가 사랑이라
는 혁명의 새로운 의미를 발견하게 된 것은 그런 치열한 성찰의 시간이 있
었기 때문이다.

　욕망의 속에서도 사랑을 발견하겠다는 주체의 의지는 절망이 자신의
목뼈를 부러뜨리는 못함을 지독한 좌절과 자기 응시의 세월 속에서 깨
달은 데서 온 것이라고 할 수 있다. 라디오의 재갈거리는 소리마저 사랑
처럼 들리고 강 건너 암흑에서도 사랑을 발견하는 주체의 시선은 "사랑의
기차"를 타고 변주되고 확장되어 나아간다. "이제 가시밭, 덩쿨장미의 기
나긴 가시가지/까지도 사랑"인 시절이 오고 있음을 예감한 시인은 벅찬
감정을 가누지 못하고 "왜 이렇게 벅차게 사랑의 숲은 밀려닥치느냐"라
고 외친다. "사랑의 음식이 사랑이라는 것을 알 때까지" 그는 포기하지 않
고 온 셈이다. "사랑의 절도(節度)"는 열렬하고 이 방에서 저 방으로 이어
져 있다. 그는 이 사랑을 4·19에서 배웠다. 눈을 떴다 감는 불란서혁명의
기술도 이와 다르지 않음을 이제 그는 안다. 사랑—혁명은 눈을 떴다 감는

무수한 간단을 거쳐 이어져가는 것임을 아는 주체는 "이제 우리들은 소리 내어 외치지 않는다"고 말한다. "죽음이 오더라도/이제 성을 내지 않는 법을 배워주마"고 말했던 「여편네의 방에 와서」의 주체는 이렇게 소리 내어 외치지 않고도 사랑의 의미를, 진정한 혁명의 의미를 깨닫게 된다.

사랑−혁명의 의미는 "복사씨와 살구씨와 곶감씨의 아름다운 단단함"에 비유된다. 김수영의 시에서 혁명은 종종 자연에 씨를 뿌리고 농사를 짓는 일이나 '대자연의 법칙'에 비유된다. 복사씨와 살구씨와 곶감씨는 지금 당장은 한낱 씨앗에 불과하지만 복숭아와 살구와 곶감이라는 미래를 예비하고 있다. 그러므로 아름다운 단단함을 지니고 있다고 시의 주체는 말한다. 그리고 이 씨앗은 아들과 아들이 열어갈 미래와 연결된다. "이 단단한 고요함"은 아들이 배워야 하는 것이면서 사랑을 알 때까지 자란다면 아들이 "도시의 피로에서/배울" 지혜이자 사랑−혁명의 의미 그 자체이다. 아버지의 목소리로 말하는 이 시에서 주체는 "복사씨와 살구씨가/한번은 이렇게/사랑에 미쳐 날뛸 날이 올" 것임을 예언한다. 아들에게 전하는 아버지의 말은 이 시에서 개인적 전언에 그치지 않고 후대의 아들들을 향해 남기는 예언적 말이 된다. 진정한 사랑−혁명은 아들의 시대에 완수될 것임을, "그것은 아버지 같은 잘못된 시간의/그릇된 명상이 아닐" 것임을 말할 때 아버지에서 아들로 이어지는 사랑−혁명의 의미는 역사적 전망을 획득하게 된다. 헤게모니적 남성성과 균열을 일으키며 소극적 저항을 해 왔던 김수영의 시는 여기에 이르러 극복해야 할 대상으로서의 아버지를 통해 아들로 표상되는 미래 주체에게 사랑과 혁명의 가능성을 열어 놓는다.

5. 결론

김수영의 시는 '여편네'라는 시어의 사용, 「죄와 벌」에 등장하는 상황, 실제 시인의 생애와 관련된 일화 등이 겹쳐져 '여성 혐오'를 드러낸 시로 꽤 오랫동안 적잖이 논의되어 왔다. 김수영의 시에 그런 관점을 불러일으킬 만한 성향이 없다고 할 수는 없지만 그렇다고 해서 김수영의 시를 남성적이라거나 여성 혐오적인 시로 쉽게 낙인찍어 버리는 것은 좀 더 깊은 고민을 요구하는 일이다. 이 논문에서는 김수영의 시에 나타난 아버지의 표상과 아버지의 목소리로 발화한 시들을 대상으로 김수영의 시의 남성성을 살펴보고자 했다. 이 논문에서는 김수영의 시가 오히려 당대에 요구되던 헤게모니적 남성성과 일정하게 거리를 유지하고 균열을 드러냄으로써 당대 사회가 요구하는 남성성과는 다른 특성을 드러냈다는 점에 주목하고자 했다. 김수영의 시를 '부성 콤플렉스'라는 관점에서 분석한 선행 연구는 있었지만, 이 논문에서는 김수영 시의 '아버지'의 표상과 '아버지' 화자를 좀 더 섬세하게 이해하기 위해서는 '부성'이라는 관점으로 접근하기보다는 남성성이라는 젠더적 관점에서 살펴보는 것이 김수영의 시가 지니는 차이를 분석하는 데 더 적합하다는 판단 아래, 남성성으로서의 부성에 주목했다.

남성성은 고정된 개념이 아니라 연속선의 개념이라는 관점에 착안해서 이 논문에서는 김수영의 시에 나타난 아버지의 표상과 목소리에 주목하여 김수영 시의 남성성이 지니는 특징을 면밀히 살펴보았다. 이를 위해서는 김수영이 시인으로서 치열하게 살았던 1950~60년대의 헤게모니적 남성성을 염두에 둘 필요가 있다고 이 논문에서는 판단했다. 김수영 시의 남성성은 사실상 당대의 헤게모니적 남성성과의 관련 속에서 형성된 것으로, 때로는 그로부터 영향을 받고 더 자주는 그에 대해 저항하거나 '다른'

남성성을 드러내면서 1950~60년대의 시사에서 개성적인 자리를 정위해 나갔다.

김수영 시의 남성성을 좀 더 잘 변별해내기 위해서는 '아버지'의 표상과 목소리에 주목하는 것 외에도 '여편네'와 '여성' 표상이 등장하는 김수영 시를 함께 살펴볼 필요가 있다고 판단되지만, 이 논문에서는 우선 '아버지'의 표상과 목소리에 주목함으로써 김수영의 시에 나타난 남성성이 어떤 점에서 차별되는지 살펴보았다. '여편네'와 '여성' 표상이 등장하는 김수영의 시를 대상으로 김수영 시의 남성성을 규명하는 연구는 후속 과제로 남긴다. 이러한 분석의 결과, 김수영 시에 대한 과도한 오해를 불식시키고 우리 시에서 여성성이나 남성성을 살펴보는 방법론이 좀 더 정교하고 섬세해질 필요가 있음을 환기하고자 했다.

■ 참고문헌

1. 기본 자료

『김수영 전집1 시』, 민음사, 2010.

『김수영 전집2 산문』, 민음사, 2006.

이영준 편, 『김수영 육필시고 전집』, 민음사, 2009.

2. 논문 및 단행본

강현국, 「아버지 콤플렉스의 한 양상-김수영의 경우」, 『국어교육연구』 12, 1980.

고려대학교 현대시연구회 편, 『김수영 사전』, 서정시학, 2012.

김명인, 『김수영, 근대를 향한 모험』, 소명출판, 2002.

김문주, 「김수영 시의 (性)의 정치학」, 『우리어문연구』 45, 2013.

김용희, 「김수영 시에 나타난 분열된 남성의식」, 『한국시학연구』 4, 2001.

김종훈, 「김수영 시에 나타난 얼굴의 의미」, 『비평문학』 44, 2012.

김현경, 「김현경의 회고담2-한국전쟁 동안의 김수영」, 『푸른사상』 가을, 2014.

박지해, 「김수영 시에 나타나는 '아내'와 '여편네'의 정치성」, 『한민족어문학』 65, 2013.

복도훈, 「혁명을 상속하는 언어, 사랑을 만드는 기술-김수영 시에 대하여」, 『한국문학이론과 비평』 19(2), 2015.

이경수, 「내 안의 어린애를 응시하는 일」, 『현대시학』 2, 2017.

임지연, 「여성혐오(misogyny) 시의 가능성과 불가능성」, 『서정시학』 봄, 2017.

정미지, 「1960년대 국가주의적 남성성과 젠더 표상」, 『우리문학연구』 43집, 2014.

정종현, 「미국 헤게모니하 한국문화 재편의 젠더 정치학」, 『한국문학연구』35, 동국대학교 한국문학연구소, 2008.

정희진, 「편재하는 남성성, 편재하는 남성성」, 권김현영 편, 『남성성과 젠더』, 자음과 모음, 2011.

조영복, 「김수영, 반여성주의에서 반반의 미학으로」, 『여성문학연구』 6, 2001.

최하림, 『김수영 평전』, 실천문학사, 2001.

한영현, 「『사상계』의 시민사회론을 통해 본 젠더 인식」, 『한국민족문화』 50, 2014.

시인의 사라짐

−김수영 산문 읽기

이민호

0. 시인의 변모

김수영은 시 역정에서 세 번의 변모를 한다. 1945년 이후 김수영은 '연극을 집어치우고 시를 쓰기 시작(「연극하다가 시로 전향」에서)'한다. 그리고 1946년 시 「묘정(廟廷)의 노래」를 『예술부락』에 발표하여 시인의 길에 들어선다. 첫 번째 변모다.

김수영의 출발은 연극이었다. 김수영은 1941년 일본 동경으로 건너가 일본 근대극 운동의 본산이었던 미즈시나 하루키 연극연구소에서 현대극 실험에 빠졌으며, 1943년 징병을 피해 귀국한 뒤 미즈시나 출신의 국민 연극 운동을 벌였던 안영일을 찾아가 연출을 맡기도 했으며, 1944년 중국 길림에서 길림극예술 연구회에서 활동하기도 했다. 그처럼 연극인으로서의 행보는 시로 전향하기까지 이어졌다.

그가 연극에 매료되었던 것은 구상성과 풍자성 때문이었다. 다시 말해 연극만이 현실을 생생히 보여 주면서도 이면에 가려진 진실을 드러내 사람들이 스스로 행동하게 할 수 있다고 믿었기 때문이다. 그러나 오히려 그 생생한 풍자의 힘이 비애감을 불러일으켰다. 보여 주려는 행위는 쇼에 지나지 않았고 풍자는 통속으로 흘렀기 때문이다. 더 이상 말이 행동이 되지 않는다고 판단했다.

이후 김수영은 그의 시에서 연극을 버렸으며 한때 매료되었던 연극 관련 책들을 모두 팔아 버렸다. 그리고 시에서 구원을 얻으려 했다. 보여 주는 연극의 길과 달리 보이지 않는 길로 가고자 했다. 그러므로 초기 김수영의 시는 초현실주의로 들어가 너무 난해한 지경이 되었다.

두 번째 변모는 4·19혁명이라는 역사의 극적 전환에서 촉발되었다. 혁명은 연극이 지닌 실천의 힘을 역사 무대에서 보여 주었다. 삶은 연극과 같아서 보잘 것 없고 낡은 것들의 연속처럼 보이지만 그것만이 전부가 아니기 때문이다. 김수영의 현대적 기질이 다시 시에서 상식과 평범성의 극적 진리와 만나다. 연극을 버리고 새로운 삶의 연극과 만나는 역설적 순간이다. 그러나 시인의 드러남은 그리 오래 가지 않는다. 현실은 시인의 발걸음보다 더 빠른 행보로 앞서 나아가고 있다는 것을 알아챘기 때문이다.

세 번째 변모는 자코메티의 발견이다. 조각가 자코메티는 인물 하나를 그리려다 배경으로 사라지는 또 다른 인물의 존재가 있음을 깨닫고 머리 없는 인간 형상을 조각했다. 한 사람은 오로지 그 사람만이 아니라 그를 둘러싼 모든 사람들의 전부이기 때문이다. 그러므로 보이고 보이지 않는 것의 차이에서 벗어나려 했다. 김수영은 1965년 이후 번역하면서 자코메티와 만났다. 그리고 그의 '사랑의 변주곡'이 시작되었다. 김수영은 낡은 사랑을 찾아 서울 변두리와 골목을 헤맸다. 사랑의 '거대한 뿌리'는 겉으로 드러나기에 낡아 보이는 거기에 깊이 내리고 있었다.

김수영의 시적 변모는 시의 절대성과 시인의 개별성에서 벗어나는 과정이라 할 수 있다. 이를 그는 '온몸의 시학', '반시론'에서 펼친다. 핵심은 시인의 사라짐이다. 이 시적 경지는 말라르메에서 연원을 두고 있다. 말라르메는 "모든 성스러운 것과 그리 되려 하는 것은 신비스러움으로 감싸져 있다(「예술에서의 이단」에서)"고 말한다. 이 공간은 시인의 개별성이 개입되지 않은 독립적이고 자율적인 울림으로 가득하다. 이처럼 김수영은 금기와 부자유에서 벗어나기 위해 말과 말의 관계 속에서 신비롭게 획득된 세계로 나아가고자 했다. 그런 가운데 시의 비의(秘儀)를 말한다. "시인은 자기가 시인이라는 것을 모른다(「시의 침을 뱉어라—힘으로서의 시의 존재」에서)"고. 그의 마지막 시 「풀」은 마침내 시인이 사라진 시의 성스러운 구경을 펼친 것이다. 거기에 우리 시의 오래된 미래가 있었다. 이러한 김수영 시의 변모 과정을 시기별로 몇 편의 산문을 통해 엮었다.

1. 가냘픈 문학과 굵다란 사랑
  —「가냘픈 역사」, 『신태양』 1월호, 1954.

이 글은 조선 순조 때 유씨 부인이 쓴 「조침문(弔針文)」에 비견된다. 오로지 바느질을 낙으로 삼고 있었던 지은이가 시삼촌에게서 얻은 마지막 바늘이 부러지자 섭섭한 심회를 누를 길이 없어 글을 썼듯 마음 속 깊이 품은 김수영의 생각을 읽을 수 있다.

글의 흐름은 세 번에 걸친 만년필과의 조우와 필연적 결별을 뼈대로 삼고 있다. 첫 번째는 선물 받은 파카21 만년필로 포로수용소에서 만난 애인과의 일화를 병행시키고 있다. 두 번째는 직접 산 파카21 만년필로 당대 혼란스런 시대상이 겹쳐있다. 세 번째는 중고품 왜색 만년필이다. 어쩔 수 없는 상황에 처한 김수영의 처지와 거기서 성찰한 문학의 본질에 대해 여운을 남긴다.

김수영에게 만년필은 문학하는 사람이라는 징표이며 상징이다. 어떤 만년필로 글을 쓰는가에 따라 글의 내용도 결정될 것 같은 문학의 자기존재 증명 같은 것이다. 그래서 파카21과 파카51, 영웅 만년필을 문학의 순도를 따지는 척도처럼 언급한다.

첫 번째 파카21은 거제 포로수용소에 있을 때 아이 셋 딸린 서른세 살 여자, 소위 애인이라 칭하는 사람이 사 준 것이다. 이 만년필과 짝을 이루는 사물이 있는데 '성서'이다. 이때 김수영의 문학은 '구원'에 목말라 있다. 만년필에 덧댄 '억류된 사랑'의 이미지처럼 스스로 어찌할 수 없는 억압 속에서 당장의 탈출구로 던져진 문학의 퇴폐적 낭만성을 읽을 수 있다. 이 부조리한 현실(억압과 사랑 모두)을 그럴 듯하게 메꾸는 도구로 '성서'의 엄숙함이 쓰인다. 한계 상황에서 문학은 낭만과 관념에 의지할 수밖에 없다. 퇴폐와 고결함의 아이러니한 동거는 분명 형식적이다.

두 번째 파카21은 첫 번째 만년필과 조우했던 피상적이며 형식적인 문학성이 제거된 후 만나게 된다. 아직 파카51의 단계에 이르지는 못하지만 '억압된 사랑'이 주었던 구원의 달콤함이 허위였음을 깨닫고 난 후 얻게 된 실존이다. 손수 산 것이 더욱 실체적이다. 이때 만년필과 병행하는 사물은 '제이 국민병 수첩'이다. '실혼(失魂)' 상태에서 분실했던 두 형식 중 시급하게 엄습해 온 공포는 만년필(문학)의 실종이 아니라 신분증명(현실)의 불가 여부다. 이때 문학은 너무 초라하다(가냘프다). 포로수용소에서 성서가 김수영의 정신을 책임지는 상징이었다면 탈억압 이후 새롭게 옥죄는 억압적 현실의 실체적 방어망은 '제이 국민병 수첩'이다.

세 번째 만년필은 값싸고 날렵하지도 않으며 예스럽기까지 하다. 중고품 왜색 만년필로 김수영이 문학을 할 수 있는가. 김수영은 '아무렇게나 굴려도 좋은' 문학을 이제 지향하게 된 것인가. 만년필에 새겨진 '히로'는 분명 '영웅(hero)'의 일본식 표기일 것이다. 단순히 상품 이름이기도 하지만 '햇볕에 요리조리 굴리면서' 발견한 새로운 문학의 내용이다. 가냘프지만 '배꼽(중심)'에 새겨진 진수 같은 것이라 해도 좋다.

이즘 발표된 시 「애정지둔」에는 생활에 얽매이지 않고 보다 자유를 구가하겠다는 간절함이 배어있다. 관념적이지 않고 생활의 곤궁함을 견딘 새로운 사랑의 발견에서 그 길을 찾으려 한다. 바로 '굼뜨고 미련한 사랑'의 재발견이다. 이 글 초입에 쓴 '생활의 우둔'은 시의 '애정지둔'과 잘 어울린다. 이글은 그럴듯한 만년필을 소유하여 펼치겠다는 문학의 형식주의에서 벗어나 성서와 제이 국민병 수첩의 관념적이고 위협적 현실을 뚫고 '가냘픈 문학'의 몸을 '굵다란 사랑(내용)'로 채우겠다고 여백으로 마무리한다. 아니 이미 글머리에 그 굵다란 문학의 역사는 '청춘의 저항', '태만의 저항'이 되어야 한다고 적는다.

2. 망총(網總)의 상상력
　－「독자의 불신임」, 1960. 8.

"2014년 4월 16일 이후에도 한국 문학은 평온한 얼굴을 하고 있을까?" 이는 시의 정치적 가능성을 고구했던 이성혁의 화두다. 오십오 년 전 1960년 4월 19일 이후 김수영도 이런 물음에 빠졌다. 세월호의 참극 이후 아무렇지 않은 듯 평온을 유지한다면 "가만있으라!"는 권력에 순응한다면 우리 삶은, 혹은 문학은 세월호처럼 위기에 처할 것이다. 마찬 가지로 4·19혁명 이후 한국시가 달라지지 않는다면 시민이 정치권력을 불신임했듯이 독자가 한국 문단을 불신임할 것이다. 김수영은 이를 염려했다.

특히 혁명을 수행한 청년이 한국 문단을 '간파' 했다고 김수영은 말한

---

1 이성혁, 「'정치적인 것'을 형성하는 문학비평」, 『시적인 것과 정치적인 것』, 예옥, 2020, 38쪽.

다. 간판당했다는 낌새는 경제적 불황이나 정치적 혼란을 틈타 발생한 것이 아니라 판단하고 김수영은 심각하게 여긴다. 그것은 당대 문학 담당자들이 문학을 한가한 때 누리는 애완 대상으로 삼았기 때문이다. 그러한 후안무치를 몹시 경멸하며 수치스럽게 여긴다. 그렇다면 '그 다음은 문학이야' 하는 위기감을 절감한 것이다. 그러면서도 죽음의 위기를 재생의 불쏘시개로 삼으려는 특유의 발상을 한다. 오히려 이러한 허접한 현실이 다행이며 전환의 호기라 여긴다. 그렇다면 4·19 이후 시는 어때야 하는가.

"세월호 참사를 창작의 소재로 삼는 것을 넘어서, 죽음을 방치하는 현재의 삶권력에 저항하면서 생명을 가치로 삼는 사회로의 전면적 재구조화를 이루어내는 과정을 시작하는 데에 힘을 보태야 한다.[2]" 이처럼 4·19 혁명 이후 한국시의 양상도 대동소이하다. '허다한 혁명 시'를 김수영은 부끄럽게 여긴다. 김수영도 '전면적 재구조화'를 요구한다. 이 전면적 총체성을 이성혁은 시의 정치성이라 말한다. 이런 뜻으로 김수영도 말한다. '협소한 영혼'에서 나와 '벅찬 호흡'에 호응하는 '망총(網總)할 수 있는 영혼'이 되어 돌진해야 한다고.

'망총'은 총망라(總網羅)의 시스템이다. 이성혁의 표현을 빌리면 '정동(감정)의 공동체 형성'이고 '집단적 신경감응'의 발생이며, '이미지—사유의 변환'이다. 그리고 '권력의 망'에서 벗어나려는 욕망이다. 이처럼 김수영은 시를 혁명의 전위라 여기고 온 힘을 다해 권력을 밀어붙여 넘어뜨렸듯이 온몸으로 시를 쓰지 않으면 안 된다고 말한다. 독자와 영혼으로 호흡할 수 있는 조건은 총망라하여 조직하는 시의 힘에 있다고.

이러한 망라의 힘은 시의 '호흡'에서 비롯한다. 김수영은 "사랑은 호흡입니다.(「요즈음 느끼는 일」에서)"라고 말한 바 있다. 그리고 "사랑은 눈에 보이지 않습니다"고 덧붙였다. 알 듯 모를 듯 곤란하게 만드는 김수영

---

2 위의 글, 39쪽.

의 어법을 제대로 따라갈 수는 없지만 사람에게 사랑은 생명과 진배없다는 뜻으로 이해할 수 있다. 눈에 보이지 않지만 반드시 있다는 사랑의 존재감을 호흡을 통해 감응한 것이다. 그러므로 4·19혁명 이후 한국시는 "호흡을 꺽이거나 휴식하지 말아야 하겠다." '생명을 가치로 삼는 사회'로 가야하기 때문이다.

3. 정신과 양식
  —「흰옷」, 1961.

이 글은 '백의민족'이라는 상징에 대해 새롭게 생각 한 바를 언급하며 시작한다. 이 글을 쓴 때가 1961년으로 되어있는 것을 감안한다면 전후 한국을 환유하는 수사로 '백의민족'은 유효하지 않다. 김수영은 1961년 현재 한국 사람은 흰옷을 입지 않는다는 점을 지적하고 일제 강점기 흰옷의 수난사 또한 추억으로 치부한다. 그러면서 '백의'에 대해 노정됐던 갖가지 논리를 일거에 부정한다. 관습적으로 우리 민족이 '백의'를 선호하는 이유에 대해 논거로 삼았던 식민주의적 시각 즉, '물감이 없어 혹은 완고해서 혹은 나태해서 혹은 무지해서'라는 언급이나 애국 이념에 편승한 민족주의적 입장을 단정적으로 거부한다. 대신 그가 새롭게 주목한 것은 '흰옷을 입는 법'이다.

옛날 사람이나 1961년 현재도 흰옷을 입는 사람들은 희고 검은 색에 연연한 것이 아니라 '경제적으로 입을 줄 알'고 있다는 주체적 판단에 따른 선택이라는 것이다. 그러한 판단의 형식적 표현으로 "자기의 옷을 가지고 있다"고 말한다. 그러니 누가 무엇이라 하든 상관이 없는 것이고, 누구 말을 들어 물감을 들일 필요도 없다는 것이다. 그런 측면에서 선입관처럼 반복됐던 '백의민족'이라는 고정된 이미지는 편견에 지나지 않는다는 뜻을 함축하고 있다.

이 글에서도 김수영의 관심은 완고한 전통에 있지 않다. 다음 세대가 입어야할 '우리 옷'이 궁금할 뿐이다. 우리의 옷이 '한복'이건 '양복'이건 중요한 것은 '우리들의 생활에 완전히 적응·소화'시킬 수 있는 방법에 있다는 것이다. 궁극적으로 그는 우리 옷의 '정신과 양식'의 문제를 거론한다. 그러므로 다음 세대 우리가 입어야 할 옷은 우리의 정신, 즉 영혼과 마음을 담은 '떳떳한' 것이어야 하며 옷의 양식, 즉 겉으로 드러나는 모양이나 형식이 중요하다고 말한다.

말미에 마무리한 말이 인상적이다. '우리의 주위에는 넝마도 못 걸치고 떨고 있는 사람들이 너무 많'다는 언급에서 그가 추천하는 옷은 겉치레를 뛰어넘는 연민의 양식(style)이다. 더 한발 건강부회한다면 그가 지향하는 시의 내용과 형식은 이러한 정신과 양식을 바탕으로 하고 있음을 짐작할 수 있다.

4. 시의 변경(邊境)과 새로운 개척자 정신
　－「시의 뉴 프런티어」, 1961. 3.

김수영은 이 글에서 시인만이 소유한 윤리와 자긍심이 무엇인가 표명하고 있다. 다시 말해 "시인이란 무엇인가"에 대해 언급하고 있다. 특히 정치(세속, 처세)와 다른 시의 서부(西部)에 대해 말한다. 글 초반부터 김수영은 시인의 덕목에 대해 단정한다. '불가능'을 향한 변함없는 지향(사랑)과 혁명가적 자질이다. 이것이 바로 당대 시가 선언해야 할 뉴 프런티어, 즉 개척자 정신이라는 것이다.

김수영은 당시 문단의 난맥상을 시인과 문인의 실종에서 찾는다. 문인들의 대거 월북 이후 잔류자들의 면모와 행색이 모욕스럽다고 진단한다. 이러한 진단에는 4·19혁명 이후 시인들의 행태에서 비롯한다. 당시 시인들이 불가능에 대해 도전하려는 혁명가적 자질을 찾아 볼 수 없기 때문이다. 문학의 권위와 문학자의 존엄이 실추되었다고 본 것이다.

이러한 반성에는 자기 자신에 대해 느끼는 자괴감이 작용한다. 그는 소설가 최정희를 앞에 두고 술주정을 할 뿐이며, 고반소에 가서 술기운에 공산주의자라 허언을 하고, 겁에 질려 아내에게 화풀이를 할 뿐이다. 거기에 '언론 자유' 운운할 면목은 없는 것이라 자책한다.

시선을 돌려 다른 시인에 대해 말한다. 시인들은 현실 모순에 대해 세상에 대고 당당하게 외치지 못하며 좀스럽게 다방에나 모여 장광설에 목소리 높이는 포즈만 취하고 있다고 김수영은 쌍욕 섞어 비난한다. 거기가 시의 서부, 즉 개척지가 아니라는 것이다.

그가 제시하는 시의 변경(邊境), 새로운 개척지는 분명 존재한다. 하지만 꿈에 불과하다고 체념한다. 계급 문학, 앵그리 문학을 주장하는 문단 현실을 부정하지 않으면서도 김수영은 더 서부로 나아갈 것을 역설한다. 거기 변경에는 '작품성'이라는 문학 본연의 광맥이 기다리고 있다는 것이다. 이것이 시의 새로운 개척의 전제이며 본질이라고 말한다. 그 사례로 안양 지역 동인지 『시와 시론』 제3집의 선언문을 거명한다. 1958년 창간된 이 잡지에서 젊은 시인들은 통제된 사회 현실을 고발하고 자유를 외친다. 이는 김수영이 앞서 뉴 프런티어의 정신으로 꼽은 '불가능'에 도전하는 혁명가적 기질이라 할 수 있다.

나아가 김수영은 시의 더 먼 변경으로 가기 위해 정당들의 섹트주의, 즉 교조주의, 종파주의에서 벗어나 시인 개인이 세상과 맞설 것을 주장한다. 보다 '유치하고 단순한' 그의 제안은 '남북통일'이다. '쉽고도 어려운 일'이라 되뇌이면서.

　문학에서 통일의 구체적 실천을 문화 연구, 인사 교류, 서신 교환 등으로 적시한다. 더 멀리 서부로 개척해야 할 것이 '남북 통합 문학사' 구축이라 제안한다. 이를 가로 막는 존재가 '고루한 정치인'과 이들 정치인에 협잡하는 학자와 문인들임을 개탄한다.

　이 글을 쓸 즈음 미국 대통령 케네디의 취임(1961. 1. 20.)이 있었다. 취임식에서 케네디의 유명한 연설이 있었다. "And so, my fellow Americans, ask not what your country can do for you : ask what you can do for your country." "조국을 위해 무엇을 할 수 있는지 자문해 보자"는 취임 연설은 미국인에게 용기와 희망을 불어넣었다. 이처럼 케네디는 '뉴 프런티어(New Frontier)'를 슬로건으로 내걸고 국민의 헌신적인 협력을 호소했다. 핵심은 '인류 공동의 적에 항거하는 투쟁'과 '혁명적 신념의 견지'였다. 김수영도 이 세계사적 변화를 목도했을 것이다. 아마도 당대 우리 현실 앞에 만감이 교차했을 것이다. 그러면서 우리도 우리 안의 적과 대면해 '불가능'에 도전하자고, '혁명적 신념'을 버리지 말자고 호소한다. 비애와 절망의 서러움을 감추고.

5. 이소노미아((isonomia)에서 시 쓰기
　－「저 하늘 열릴 때－김병욱 형에게」, 1961. 5. 9.

　이 글은 김수영이 김병욱 시인에게 부치는 편지글 형식으로 4·19혁명 이후 그가 도모하는 시의 방향을 이야기 한다. 「저 하늘 열릴 때」라는 제목에서는 신동엽의 '개벽(開闢)' 인식을 떠올리게 한다. 이 계시적 드러남의 사유는 세상이 처음 생겨 열리는 것과 어지럽게 뒤집힘과 새로운 시대의 열림을 동시에 담고 있다. '하늘을 보았다'고 외쳤던 신동엽의 벅찬 깨달음을 김수영 식으로 풀어낸 것은 아닐까. 특히 새로운 시대를 예감하는 묵시록으로서 통일의 전망을 시의 차원에서 접근한 점이 김수영답다. 비유적이면서도 명징한 논리의 전개라 할 수 있다.

김병욱은 김수영의 아바타와 같다. 시 「거대한 뿌리」에 담았던 강인한 근성의 소유자다. 김수영이 남한에서 취할 수 없는 인간형 혹은 시인의 면모다. 그래서 김수영이 살아 볼 수 없는 북한 쪽 삶을 김병욱이 대신한 것이라 할 수 있다. 그러한 소회를 이 글 도입부에서 밝히고 있다. 모든 예술의 전통을 부수고 새로운 미래 형식을 추구했던 마야코프스키, 끊임없이 전환을 거듭했던 파스테르나크는 김수영이 추구했던 삶이다. 그것을 김병욱은 수행했지만 김수영 자신은 그렇지 못했다는 고백이다.

그런데 이 위축된 존재감이 4·19혁명을 거치며 변화되었음을 조금은 들뜬 어조로 말한다. 김수영은 그것을 '여유'라고 말한다. 나아가 남북한이 균등한 형편에서 여유를 가질 때 통일의 기회가 있다고 포착한다. 이러한 자세는 이북 정치의 장점을 스스럼없이 인정할 수 있고 미국도 소련도 두려워하지 않는 자유의 '느낌'이다. 김수영은 이를 '4월의 재산'이라 명명한다.

이 여유는 시 쓰기로 옮아간다. 그동안 통일은 정치적인 것이었지만 정신적인 통일을 위해 좋은 시를 써야 한다는 명제를 내놓는다. 이는 '시다운 시', '시인다운 시인'의 선언이다. 이러한 차원에서 김수영은 4·19혁명을 시의 실천으로 파악한다. 동시에 '현실에 뒤떨어진' 자신을 반성한다. 그리고 4·19혁명 이후 시 쓰기를 '작열(灼熱)'의 행위로 표현한다. 불타올라야 한다는 것이다.

이 작열의 불쏘시개라 할 수 있는 '여유'를 어떻게 이해해야 하는가. 김수영은 그것을 에렌베르크(Victor Ehrenberg: 1891~1976)에게서 발견한다. 에렌베르크는 독일의 유태인 역사가로 고대 그리스 작품에서 사회학적 삶의 기록에 초점을 맞추어 그리스 문명을 연구했다. 특히 일반적으로 그리스 민주정을 가리키는 데모크라티아(demokratia) 이전 시대에 민주정을 가리키는 이소노미아(isonomia)에 대해 언급하였다. 에렌베르크는 누구도 지배하지 않고 누구도 지배받지 않는 정치 체제이면서 우리의 생존을 효율적으로 도모할 수 있는 정치 제제를 상상하였다. 그것이 이소노미아이다. 데모크라티아식 '지배'가 아니라 '평화로운 공존'을 의미한다. 가라타니 고진은 그리스 민주주의의 발전은 아테네가 아니라 이오니아에서 시작되었고, 이오니아에서 민주주의를 가리키는 말이 이소노미아라고 주장한다. 그는 이소노미아는 그저 이념이 아니라 이오니아 도시들에 현실적으로 존재한 정치 체제이며 이오니아 도시들이 몰락한 이후 민주정의 이념으로 다른 폴리스에 퍼졌다고 주장한다.

이소노미아의 세계는 이 글의 제목처럼 '저 하늘 열릴 때'였다. 평화의 시원이며 혼돈을 거쳐 새로운 시대를 여는 때이다. 그처럼 남북통일은 평화로운 공존 속 여유에서 기회를 엿볼 수 있는 것이다. 김수영이 말한 '세계 평화와 인류의 복지를 위해서 이바지하는 시' 또한 이소노미아의 이념 속에 있다 해도 좋을 것이다.

궁극적으로 김수영이 말한 '좀 더 가라앉고 좀 더 힘차고 좀 더 신경질적이 아니고 좀 더 인생의 중추에 가깝고 좀 더 생의 희열에 가득 찬 시다운 시'의 정체는 우리의 생존을 우리 스스로 도모하며 자유롭게 공존하는 세상을 여는 실천에 있음을 알 수 있다.

6. 유종호 비평의 몰연상적 정지(沒聯想的 整地)
　－「평단의 정지 작업－유종호 평론집『비순수의 선언』」, 1962.

이 글은 유종호의 첫 번째 평론집『비순수의 선언』의 서평 격이다. 김수영은 이 글에서 유종호의 진면목을 접하고 그의 선천적이며 용의주도한 수사적 구절보다는 비평과는 거리가 있는 비본질적 언급에서 유종호의 의도를 읽는다.

『비순수의 선언』은 1962년 11월 15일 잡지 게재 16편과 신문 기고 8편을 포함 양장본 4,6판 333쪽 짜리 비평서다. 제자(題字)를 유정 시인이 썼다. 신동문 시인의 주선으로 신구문화사에서 이천 부를 초판 찍었으며 소공동 '호수'그릴에서 출판 기념회가 있었는데 이헌구, 백철, 이호철 등이 참석하여 축사를 했다. 이 책 뒷장을 찢고 1975년 다시 묶어 출판한다. 현재 만나는 책은 이 책이 대부분이다.

이 책에서 유종호는 우리 문학의 지향점으로 토착어의 구사와 산문 정신을 들고 나온다. 여기에는 토착주의적인 미의식과 근대적인 심미관이 바탕을 이루고 있다. 그런데 연상적 고리를 찾기 힘든 조합이 아닐 수 없다. 토착어의 대표로 서정주를 정지용보다 앞에 놓는 동시에 송욱의 현실 참여적 시도를 상찬한다.

표제 글이기도 한 「비순수의 선언」은『사상계』에 1960년 3월호에 발표한 평론이다. 송욱의 시집『하여지향』을 두고 남녀 두 사람이 나누는 가상 대화 형식의 비평문이다. 1950년대 말 나온 이 시집은 풍자성과 참여성으로 1960년대 문단의 주도적 성격을 가늠할 수 있는 시각이 담겼다. 이 지점을 유종호도 놓치지 않고 서구적 합리주의에 근거한 근대 의식을 토착주의와 동시에 취하려 한다. 이처럼 서로 상반된 논리는 유종호가 도

모하는 하나의 정지 작업으로 모아진다 할 수 있다. 문단의 세대론적 헤게모니 논쟁에 참여한 것이다.

김수영은 자신이 소시민이 아니듯 유종호를 전형적 보수주의자로 보았던 것을 철회하고 평단을 정지 작업하려는 유종호의 욕망에서 전체주의적 보수주의를 간파한다. 이 지점에서 김수영은 유종호를 비평적 상대로 평가하는 것을 멈추고 그에 대한 관심을 접는다고 할 수 있다. 이는 당대 평단의 두 가지 정지 작업을 연상할 수 있다. 하나는 '비순수'를 앞세워 세대론적 논쟁에 나선 것이다. 기존 김동리, 서정주류의 소위 순수 주창 문학을 정지 작업하고 송욱을 내세워 문단을 재구성해 보려 하는 것이다.

이에 김수영 또한 평단의 정지 작업이 필요함을 인식한다. 김수영은 유종호를 네 자리로 돌아가라 말한다. 그것을 소박한 '건전성'이라 말한다. 에고이스트적 자기 세계의 구축이 유종호답다는 것이다. 돌아와 네 자리로 가라는 언명은 이후 유종호의 비평적 행로를 볼 때 탁견이 아닐 수 없다.

우리는 유종호의 '이름 짓기' 비평의 몰연상적 상상력을 경험한 바 있다. 김수영을 소시민이라 이름 붙여 축소시켰듯 신동엽을 공산주의자라 레테르 붙여 폐기시켰던 기억이 있다. 김수영이 은연중 발견한 다음 구절이 유종호의 몰연상적 비평 언어의 면모를 잘 드러낸다.

〈그러나 지금 우리의 고향은 변모하여 가고 있다. (……) 비록 계수나무를 뽑아내고 옥토끼를 학살하는 한이 있더라도 로켓을 올리지 않으면 안 된다.〉 이러한 태도는 유종호의 글에서 다음과 같이 지속된다.

"자신에 대한 환상은 처음부터 가지고 있지 않다. 옳건 그르건, 그러나 자기가 읽고 느끼고 생각한 것을 정직하게 그리고 분명하게 청서(淸書)해왔다고 자부한다. 이 점만은 양보하고 싶지 않다(유종호, 「이제는 계면쩍은 옛이야기―첫책 『비순수의 선언』이 나왔을 무렵」, 『출판저널』 no.83,

1991, 22~23에서).”

　　김수영이 보았듯 ‘연상대’가 없는 태도라 할 수 있다. 근대화의 선구자 같은 면모야 말로 유종호의 진면목이라 김수영은 보았다. 정지 작업은 극단적 대립과 끝없는 반목질시에서 벗어나 시대적 열망의 구심점을 발굴하고 복원하여 현실 세계가 지향하는 바를 성취하는 계기를 마련하는 것이다. 적어도 유종호에게 김수영은 최소한 그것을 요청했다.

7. 변사와 판사 그리고 사이비
　　-「‘평론의 권위’에 대한 단견」, 1962. 6. 25.

　　“작품 평자란 활동사진 변사와 같은 것이고 결코 판사와 같은 것은 아니다. 변사는 그 사진의 설명에만 주의하여야지 그 사진의 선악은 평할 권리가 없다 하는 말이다(김동인, 「제월씨에게 대답함」, 『동아일보』, 1920. 6. 12.).” 이는 한국 문학에서 작가가 비평가를 바라보는 최초의 표현이다. 김동인은 「제월(霽月)씨의 평자적(評者的) 가치」(『창조』 6호, 1920.)에서 염상섭의 평론 「백악(白岳)씨의 〈자연의 자각〉을 보고서」(『현대』 2호, 1920.)에 반론 제기하면서 논쟁에 불을 붙였다. 김동인이 문제 삼은 것은 염상섭의 평론이 김환의 소설 「자연의 자각」에 대한 평론이라기보다는 작가의 인신공격이라는 주장이다. 그런데 이 역시 염상섭의 비평 내용보다는 비평가의 태도를 문제 삼은 것이라 할 수 있다. 더불어 김동인 역시 비슷한 시기 김환의 작품을 「글동산의 거둠」(『창조』 5호, 1920.)에서 혹독하게 비판한 바 있다. 이때 논쟁의 본질은 작가의 권위에 도전하는 비평가의 권위와의 충돌이라 할 수 있다. 김동인은 〈창조〉 동인에 대해 대거리하는 염상섭이 못마땅했기 때문이다. 그러나 논쟁의 전개는 염상섭의 우위로 마무리 된다. 이후 50년대 말까지 작가와 시인에 대해 비평가의 우월주의가 지속됐다.

그럼에도 비평가에 대한 불신 또한 동반됐다. 이는 전문 비평가의 등장이 본격화되었던 1960년대 중반까지 이어졌다. 그것은 작가의 권위가 비평가의 권위를 지배하고 있었기 때문이다. 초기 비평이 이광수, 최남선, 박종화, 염상섭 등 작가들이 비평을 겸하고 있던 것에서도 알 수 있다. 적어도 저널리즘 성격의 비평으로 일관된 형편이었다. 그러므로 비평가는 변사의 권위에 불과했다. 이러한 비평 풍토에 반기를 든 전문 비평가의 등장은 4·19혁명 이후에나 가능했다. 20, 30대의 젊은 나이에 주로 외국 문학을 전공한 강단 비평가들이었다.

60년대 초 평단은 해방 전부터 활약한 백철, 이헌구, 조연현, 곽종원 등이 있었고, 50년대에 등단한 정태용, 원형갑, 김상일, 이형기 등이 활동했다. 50년대에 등단한 평론가들은 전대의 권위를 수수했지만 이와는 달리 50년대에 등단했으면서도 기성 평단의 권위에서 벗어나고자 했던 김우종, 홍사중, 유종호, 이어령 등이 있었다. 이들과도 또 구별되는 비평가들이 외국 문학을 전공한 교수들인 김붕구, 정명환, 김현, 김진만, 김용권, 김종길, 유종호, 백낙청 등이 있었다.

1960년대 초 기성 비평단과 외국 문학 비평가와의 논쟁은 '사이비 논쟁', '무식 논쟁' 등으로 전개된다. 김수영의 글은 이러한 때에 나온 것이다. 그의 판단은 당시 한국 문학의 수준이 비평의 권위를 논할 상황이 아니라는 것이다. '조야한 문단' 즉 순도 높은 작품이 생산되지 않는 상황에서 외국의 작품에나 거론할 법한 시각을 들이대는 것은 소용이 없다는 견해다.

김수영도 사이비 평론가들의 존재를 인정하고 있다. '편파적이고 정실적인' 평론가의 행태가 스스로 권위를 실추시키는 것임을 비판한다. 거기에는 문단 폐해도 일조한 점이 있다. 당시 문단에는 입에 담지 못할 스캔들이 횡행했고 수준 낮은 작품들이 양산되고 있었는데 이에 대해 김수영, 임중빈 등이 신랄하게 비판하곤 했다.

김수영은 평론가의 실체가 변사니, 판사니 설왕설래하기 전에 스스로 점검하는 자세가 필요하다는 의견이다. 자신의 비평 정도가 어느 정도인지 판단할 근거가 없으며 오직 피상적 권위의 획득에만 관심이 있다는 것이다. 이때 김수영의 독특한 강조는 '독자'의 설정이다. 참다운 비평은 담론의 논쟁점을 이끌어 내는 것이 아니라 수준 높은 독자와의 소통에 있음을 직관적으로나마 인식하고 있다는 점이다.

8. 역경주의(力耕主義) 문학
　　─「토끼」, 1965.

이 글은 김수영이 발견한 세 가지 에피그램을 담고 있다.

1) 차이의 발견

김수영은 닭과 토끼 같은 동물을 기르며 차이를 발견한다. 직업적 혹은 기업의식으로 기르는 동물과 방목하는 동물에게서 느끼는 차이다. 전자처럼 타산적 대상으로 전락한 동물에게서 김수영은 애정의 상실을 경험하고 싫증을 느끼게 된다고 고백한다. '착취의 대상'이기 때문이다. 이에서 벗어난 동물은 "공작처럼 귀해 보인다"고 말한다. 이러한 차이를 문학(시)에 대입한다면 첫 문장은 다음과 같이 변주되지 않을까.

"동물은 어떤 것이든 직업적으로 **기르게 되면** 애정은 거의 전멸하고 만다." --〉 "**시는** 어떤 것이든 직업적으로 **쓰게 되면** 애정은 거의 전멸하고 만다."

거꾸로 생각해 보면 애정이 결핍된 시의 바닥에는 타산적이며 세속적 의식이 자리하고 있음을 넘겨 짚어본다. 그러므로 공작처럼 귀한 시의 모습은 착취의 대상에서는 나올 수 없다는 데 가닿게 된다.

2) 관계의 발견

김수영은 토끼를 기르는 차이에 머물지 않고 새로운 발견을 한다. '토끼 축사에서 병든 닭들이 한데 놀고 있는 것'을 본 순간 깨달은 관계의 발견이다. 이 관계를 김수영은 '우애의 철학, 세계 평화의 산 표본'이라 읽는다. 착취의 대상으로 전락한 양계장 닭이 토끼장 속에서 갱신되고 치유되는 기적을 목격한 것이다. 김수영(닭띠)은 아내(토끼띠)를 만나 결혼한 사실에 빗대면서 이 '신기한' 관계를 '미신적'이라 판단한다. 그렇지만 그것을 비난한다 해도 감수할 태세다.

이러한 미신적 관계의 발견은 이 무렵 발표했던 일련의 시편들에서도 읽을 수 있다. 예를 들어 「거대한 뿌리(1964)」에서 발견한 '아름다운 시간', 「현대식 교량(1964)」에서 발견한 '회고주의'와 맞닿아 있다. '무수한 반동들'과 '적을 형제로 만드는 실증'을 보았기 때문이다.

3) 역경주의(力耕主義)의 발견

미신적 대상에서 놀라운 발견을 한 김수영은 항심을 버리고 좌면우고(左眄右顧)하는 타산적 행위를 경멸한다. 유행따라 기웃대는 문학 또한 귀를 막는다. 그가 지향하는 대상은 '기르기 힘'든 것이다. 그러기에 '역경(力耕)'을 주장한다. 이 힘써 밭가는 행위야 말로 그가 문학을 대하는 이념이다. 그리고 다음과 같이 경구를 적는다. '나는 무슨 일이든 얼마가 남느냐보다도 얼마나 힘이 드느냐를 먼저 생각하는 버릇'이 있다고.

9. 소설 쓰기의 방종과 오해
　－「새로운 윤리 기질－머독과 스파크의 경우」, 1966.

1960년대 김수영의 문학적 화두는 '현대성'이다. '새로움'을 표제로 삼는 일련의 글에서 동일하게 담고 있는 내용이기도 하다. 「새로움의 모색(1961. 9. 18.)」에서 김수영은 프랑스 시인 쉬페르비엘(Jules Supervielle: 1884~1960)과 영국 시인 피터 비어레크(비에렉)(Peter Viereck: 1916~2006)에게 매혹당한 이유를 '연극성'에 두고 있다. 그러나 거기에 내재하고 있는 풍자의 스토리(쉬페르비엘)나 역사적 전망(비에렉)이 낡고 보수성에 빠져 이제 종말을 고할 때가 되었다고 진단한다. 그리고 새로움의 모색으로 '상식(common)'과 '정상화(normality)'를 꼽는다. 비유적으로는 '죽음의 실천', '현대의 순교', '벼랑의 일보 직전에서 산보'로 표현한다. 현대성은 개인을 넘어 인류로 눈길을 주어야 하며 관조가 아니라 실천에 있다고 강조한다.

월평 「새로운 포멀리스트들(1967. 3.)」은 〈현대시〉 동인들의 시를 거론하며 당대 형식주의 시에서 결핍된 요소를 언급한다. 당시 소위 포멀리스트들에게는 '언어의 윤리'가 없다고 단정한다. 소위 존재 시는 차치하고라도 형식주의가 담보해야 할 언어 '기술'의 측면을 강조한다. 특히 시인의 '절대 고독'에 대해 제대로 이해하지 못하고 있음을 지적한다. 그것은 그가 「시여 침을 뱉어라」에서 제시한 '시인의 배제(사라짐)'일 것이다. 그러므로 진정한 형식주의는 역사를 폐기하고 어떻게 기술하는가에 앞서

'역사의식'을 어떻게 담느냐에 고민이 있어야 한다는 취지라 볼 수 있다. 즉 '언어의 순수성'을 주창할 때도 시의 현대성은 '윤리'의 차원에서 새로움을 추구해야 한다는 논리다. 그 '윤리'는 사회적, 인간적 윤리를 포괄하는 것이다.

『서울 신문』 월평 「새로운 '세련의 차원' 발견(1967. 7.)」의 주조는 시가 획득해야 할 현대성이 '자기만의 새로운 목소리'에 있음을 거듭 강조한다. 이 개성이 '새로운 세련 차원'으로 발현될 것인지 회의하면서도 김수영은 '수동적인 새로움'이라도 철저하게 수행하자고 말한다. 즉 '낡은 탈을 사수하는 똥고집'이라도 부리든지 소재라도, 수법이라도 변화시키려 애쓰든지 하라는 것이다. 이 글에서도 '자기도 모르는 수동적인 새로움' 즉 시인의 사라짐에 대해 언급한다.

이러한 맥락에서 살펴 볼 때 「새로운 윤리 기질」에서 김수영이 말하는 '60년대 영국 문학의 새로운 특징'으로서 '겸손'은 작가의 개인적 한계를 인식하고 자기주장에서 벗어난 상태라 할 수 있다. 더불어 종래 작가의 우위, 소설의 우위 주장에 대해 오만한 허위임을 꼬집는데 '난삽한 인식론(프랑스의 경우, 그러나 프랑스 안티노블(누보로망)과는 달리 이해)'이라 비판한다. 소설의 본질에서는 자연주의와 같은 '낡은 리얼리티'의 교정이 '훌륭한 소설'의 면모라 말한다. 이때 '픽션과 리얼리티 사이의 관계'를 어떻게 설정하느냐가 관건이다. 이는 당시 영국 소설의 이슈로서 아이리스 머독과 뮤리엘 스파크를 들어 다음과 같이 정리한다.

	투명한(crystalline); 결정체; 서정	신문 기자적인(journalistic); 소설 쓰기; 인식
아이리스 머독	신화(무의식)	플롯(사실); 리얼리티(신화)의 과도한 제거, 인물의 변형ーー)방종
	인간 탐구의 위대한 임무 완성(절대적 진실(신화)을 폐기하려는 유혹에서 벗어나자)	

뮤리엘 스파크	절대적 진실: 거짓말; 무의식; 종교: 엑센트릭한 인간들	비유적, 도덕적 진실; 참된것처럼 인식; 의식: 인간 탐구——〉오해; 소설은 완전한 사본
	"나의 창은 이러저러한 모양으로 생겼어요."(무의식의 인식적 차단)에서 "모든 창은 신화의 모양을 취하거나, 아니면 사실의 모양을 취해야 한다"는 사유(절대적 진실, 무의식의 윤리적 태도)	

10. 전회(轉回)의 시론
—「생활의 극복―담뱃갑의 메모」, 1966. 4.

「생활의 극복」은 '시의 극복'처럼 읽힌다. 다시 말해 생활에 매몰돼 있는 시를 어떻게 새롭게 쓸까 고민한 글이라 할 수 있다. 이 글을 쓸 즈음 김수영은 '처음으로 마루에 난로를 놓았고, 몇 십 년 만에 처음으로(…중략…)무명 조선 바지를 해 입었고, 조그만 통의 커피도 한 병 마련해 놓고' 있을 만큼 여유롭다. 타고난 성정일까? 이 생활의 여유가 그를 '부정(否定)'의 사유로 이끌고 있다.

김수영은 당시 시 단상 메모를 담뱃갑 뚜껑에 적는다. 거기에 생활의 '암호'와 '숫자'가 있다. '암호'는 '남의 비밀같이 정이 안 가는' 내용이고 '숫자'는 '자질구레한' 일상을 가리킨다. 암호와 숫자로 반복되는 생활의 전부가 시로 승화되지 않는 답답한 심정을 읽을 수 있다. '암호'의 난해함은 '시정(詩情)'을 불러일으킬 공감 능력이 떨어지고 '숫자'의 단순함은 비시적이기 때문이다. 생활을 그대로 시에 옮겨 놓지 않을 만큼 전략적이다.

담뱃갑 뚜껑 메모가 '보이는 메모'라면 김수영은 '보이지 않는 메모'를 제시 한다. 그것을 '머릿속의 담뱃갑'이라 부른다. 의의(sence)와 의미(meaning)의 관계처럼 '보이는 메모'는 단일하고 지시적인 언어이고 '보이지 않는 메모'는 표현적이고 잠재적인 가능성을 지닌 언어로 읽힌다.

결국, 이 글은 '보이지 않는 메모', 즉 '머릿속의 담뱃갑'에 적은 시론이다. 첫 번째, 시를 기다리는 자세가 필요하다. 이 수동적 태도는 '시어도어 레트커'의 시론에서 발굴한다. "너무 많은 실재성(實在性)은 현기증이, 체증이 될 수 있다—너무 밀접한 직접성은 극도의 피로가 될 수 있다"는 부분이다. 시오도어 뢰트케(Theodore Roethke; 1908~1963)는 '깊은 내면 성찰과 강렬한 서정성'으로 주목받은 미국 시인으로 김수영이 인용한 에세이는 『시인과 그의 기술에 대해On the Poet and His Craft(1965)』로 추측된다. 이 인유의 핵심은 생활 모사의 과도한 리얼리즘을 경계하는 것이라 할 수 있다. 시를 '찾으려고' 애쓰기보다 네루다의 시적 언명처럼 시가 오기를 기다리는 '초월 철학'을 강조한다. 거기에서 시뿐만이 아니라 인생의 '신선하고 발랄'한 힘이 나온다고 말한다.

두 번째, 오역이 가져다주는 여유의 진리를 품어야 한다. 이태백의 시 「산중여유인대작(山中與幽人對酌) 중 '마음대로'라는 한 구절에서 만난다. 원문에 없던 내용을 번역자가 무심히 지어 넣은 한 마디로 시는 새로운 구경을 펼친다. 과도한 실재성에서 벗어나 사물을 오역하는 순간에 시가 새롭게 태어남을 말하는 것이다. 특히 번역자로서 김수영이 번역하는 자세를 읽을 수 있다. 새로운 창작 행위로서 번역.

세 번째, 회심(回心)의 경험이 중요하다. 회심은 말 그대로 정신적 혁신과 전회를 뜻한다. '어떤 시 쓰는 선배'의 일화를 자기화하여 '인지상정'에서 벗어날 것을 주장한다. 생활에 미련 두지 않으며 연연해 하지 않는 거리두기의 태도가 시인의 자세라는 것이다.

네 번째, 딴사람처럼 쓰라. 뢰트케의 시에서 "지금 나를 태우고 있는 것이 무엇인가?/ 욕심, 욕심, 욕심"이라는 구절을 통해 사랑을 배우는 단계에서 만나는 '장애물'로 '욕심'을 말한다. 욕심을 제거하면 딴사람의 시처럼 보인다는 말이다. 이 욕심의 실체를 『논어・팔일(八佾)편』, 「관저(關雎)」 중에서 찾는다. "슬퍼하되 상처를 입지 말고, 즐거워하되 음탕에 흐르지 말라(樂而不淫 哀而不傷)"는 처세훈은 욕심을 제거하려는 마음과 육신의 여유, 긍정의 연습이 핵심이다. 공자가 강조한 이 중용지도(中庸之道)의 문예 사상이 김수영을 딴사람으로 만들었다.

궁극적으로 "모든 사물을 외부(고정된 사실)에서 보지 말고 내부(순간)로부터 볼 때 모든 사태는 행동이 되고, 내가 되고, 기쁨이 된다. 모든 사물과 현상을 씨(동기)로부터 본다"고 말한다. '마음대로'의 시론은 오역의 시학이며 회심의 시학이다. 혹은 전진의 시학이다. 고정된 사실에서 벗어나 순간에서 포착하는 역동적 생활의 시학이다.

이 역동적 전회를 김수영은 '정다운 역사'로 규정하며 메모의 형식과 배경을 바꾸라는 내면의 소리에 귀 기울이라 한다. 이 시적 '도구의 돌음길'이 변화와 회심을 일으키고 딴사람으로 변신하게 만들기 때문이다. 당대 김수영이 직면한 '장애물(욕심, 숙제)'는 '냉전'의 상존이다. 개인적이건 역사적이건 모든 냉전은 외부(고정된 사실)이다. 비평적 지성을 사생아로 만드는 불모의 공간이다. 그래서 외친다. "파고다(탑, 고정된 사실, 외부)여 전진하라(회심, 딴사람으로, 마음대로)."

11. 월평의 정치성과 비평적 지성
  ―「지성의 가능성」, 1966. 4.

이 글은 김수영의 비평관과 시를 읽는 지성의 면모를 담고 있다. 김수영은 당시 월평의 정치성 즉, 처세 비평의 숙명에 대해 탄식한다. '칭찬'과 '욕' 사이에서 적당히 조율하는 월평의 한계를 지적한다. 그러한 정치성은 평자의 개인적 기호에서 기인하고 과도기적 시적 풍경이라 진단한다. 궁극적으로 김수영의 평자적 태도는 세계적 관점에서 비평적 지성을 견지해야 한다고 주장한다. 그 지성은 '새로운' 시의 가능성 여부에서 판단하며 그 가능성은 젊은 시인층에 둔다.

이를 토대로 당시 김수영이 시를 읽는 잣대는 다음과 같다.

첫째는 비유, 수사법의 층위에서 조태일의 「나의 처녀막(3)」을 주목한다. '처녀막' 이미지는 호소력으로 중후하지만 '무서운 예언자처럼'과 같은 비유는 허약하다 지적한다. 전자는 환유, 후자는 은유의 수사다. 이를 볼 때 환유의 구사가 지성적 시 쓰기라 판단하고 있음을 알 수 있다.

둘째는 시의 윤리성의 층위에서 박두진의 「4월 만발(『사상계』)」을 평한다. 「만년의 꿈」(『현대문학』)은 '섬세하게 건조한' 기술의 성공을 보였고, 이 시는 고지식한 풍요가 좋다고 언급한다. 그리고 후자를 더 우월하게 칭찬한다. 이를 판단하는 기준이 윤리의 현대성이다. 거기에 풍자의 의식적 도입 여부를 따졌다. 풍자는 현실적 상상력의 개입이 필요하며 상투적 윤리성에 대해 파열을 가할 수 있는 방법으로서 풍자를 제시한다.

셋째는 시인의 기질에 대해 언급한다. 마종기의 「연가12(『현대시학』)」에 대해 '풍자의 현대성'을 가미함으로써 시적 성공을 성취했다고 판단한다. 시인의 세련된 현대 감각이 기질의 핵심이다.

넷째는 윤삼하 「1965년의 두 가지 기억(『신춘시 8호』)」를 통해 시적 대상으로 무엇을 삼아야 할지 언급한다. 윤삼하의 시는 재래적 서정에서 벗어나 새로운 관심으로 방향 전환한 점이 이색적이라 말한다. 이는 '새로운 관심' 때문이며 이런 시선으로 시적 대상을 발굴해야 함을 말한다. 다시 말해 시적 대상을 개념화, 맥락화하는 태도에 점수를 주고 있다. 그러나 일부 이미지에 그친 점을 지적한다.

다섯째는 시의 형식을 평가의 잣대로 삼는다. 이탄 「소등(消燈)(『신춘

시 8호』)에 대해 전체적으로 균형 잡힌 작품이라 말한다. 이 시적 균형은 진술에서 나오는 것이 아니라 날카로운 형식미에서 나오는 것임을 말한다. 이것을 시적 개성으로 인식한다.

여섯째는 시 세계의 층위에서 시를 읽는다. 성춘복 「잃어버린 꽃(『현대시학』)과 「파국(『신동아』)」이 성숙하고 안정된 세계를 펼쳤다고 말한다. 시 세계는 자기 정리된 세계의 구축임을 강조한 것이다.

마지막으로 시인의 지성을 언급한다. 지성은 시대착오적 상상과 본원적 문제와 대결하는 구조에서 확인할 수 있다는 것이다. 이런 측면에서 김현승, 윤삼하를 예로 들어 풍자의 강력함이 필요하며 타협적 풍자로는 약함을 지적한다.

12. 현실의 공포를 돌파하는 시의 이미지
　－「민락기(民樂記)」, 1967. 9.

이 글은 생활 속 경험에서 시 해석의 실마리를 찾게 된 경위를 적고 있다. 사람 사이에서 힘의 우열은 돈 혹은 권력에서 비롯한다. 그러므로 돈과 권력을 쥔 사람들은 함부로 지식을 설파하여 자신의 우위를 강요한다. 마침내 이 힘의 마력 혹은 매력적 형식은 행동으로 이어진다. 그 힘에 눌려 그(김수영)의 말은 반 토막 나는 비참에 빠지기 때문이다. 김수영은 이러한 힘의 장광설이 도량(跳梁), 즉 함부로 미쳐 날 뛰는 무가치한 것인 줄 알면서도 헤어날 수 없다고 고백한다.

그것은 공포다. 김수영은 그 이유를 '알렉산더 대왕'의 미학과 연결시킨다. 알렉산더 대왕은 자신이 신의 아들임을 주장해 사람들을 복종시킨다. 이 신성화 형식은 미신적이고 봉건적이지만 근대 현실에서도 버젓이

행해진다. 이 '범백 범천의 가치와 마찬가지'인 변형된 신화가 현실 생활에서 불안을 조장하고 있다고 김수영은 파악한다. 이 불안은 권력의 우열을 막론하고 겪게 되는 경험이다. 우월한 권력은 힘의 마력을 상실하지나 않을까, 열등한 권력은 힘의 마력에서 소외당했다는 인식 때문에 불안하다. 김수영은 이 불안의 '행동의 미'를 '순수한 것'이라 규정한다. 그만큼 맹목적이고 신화적인 인식은 부조리하다. 이는 '경이'와 '포만'과 '불안'을 동시에 취하는 미학이다.

김수영은 이 총체적 생활의 공포를 양명문의 시에서 읽는다. 양명문(1913~1985)은 유명한 시 「명태」의 시인으로 1968년 6월 16일 김수영이 적십자병원에 사고로 입원했을 때 임종을 지킨 사람이다. 월남민으로 분단과 전쟁의 힘의 마력에서 벗어나지 못한 존재라 할 수 있다. 시 「민락기」[3]는 1967년 『동서춘추』 9월호에 발표한 작품으로 1961년부터 3년 동안 여름 한철 부산 해운대 가는 길 어귀 조그만 어촌 마을인 민락동 해수욕장에서 지냈던 추억을 담았다. 그는 그곳에서 가족들과 지내면서 자연의 품이 얼마나 고마운 것인가를 절실히 느꼈다.

김수영은 이 시를 '행동의 경이와 포만감과 불안감'을 읊은 작품이라고 해석한다. 「민락기」에서 '민락(民樂)'은 여민동락(與民同樂)의 준말로 "임금은 즐거움을 홀로 차지하지 않고 백성과 함께 즐긴다는 뜻"이다. 민락동은 그만큼 경치가 좋아 여러 사람이 함께 즐길 수 있는 동네라는 데서 유래한다. 고향 상실과 전쟁의 비극 속에서 목숨 부지한 기적은 예수의 기적과 견줄 수 있다. 신이 아님에도 불사(不死)의 기적을 행하다니 시인은 이 행동의 마력을 '무시무시한' 공포(경이)로 여긴다. 그 경이로움 속에서 아름다운 풍경을 구가하는 현실은 더 없이 여유롭다(포만감). 하지만 '꽤

---

3 최도식, 「고향상실과 '회귀성'의 시학―양명문론」, 『한국 전후 문제시인 연구6』, 예림기획, 2007, 345쪽.

찮을까' 회의한다(불안감).

김수영은 이 시에서 순수하지만은 않은 생활의 양상을 보게 된다. 힘의 마력이 구사하는 프로파간다가 아니라 '색체언어군'의 이미지에서 공포를 뚫고 나가는 시의 힘을 느꼈다 할 것이다. 시의 마력 혹은 매력은 진술에서 나오지 않으며 말 밖에서 소통하는 침묵에서 나오는 것이라고 읽어도 좋을 것 같다. 시는 '파도'에서 잉태되어 '시간의 미끼(실마리)'를 던지는 순간을 포착하는 것이기 때문이다. 궁극적으로 공포를 돌파하는 이미지는 시적 '용기'라 할 수 있다.

13. 불온성은 미생물로 들끓는 세계의 상상력
　 －「'불온성'에 대한 비과학적인 억측－이어령 씨와의 '자유 대 불온' 의 논쟁 두 번째 글」, 1968. 3.

이 글은 이어령과의 두 번째 불온시 논쟁으로 자신은 불온성을 문화의 본질로서 다루었는데 이어령이 정치 이데올로기로 변질시켰다는 지적으로 시작한다.

전위적인 문화의 불온성을 60년대 비트 문화를 예를 들어 소련과 미국에서의 취급을 거명한다. 그리고 그 불온성의 핵심이 새로움의 추구였음을 복기한다. 이와 관련해 역사적이고 문화적인 차원에서 반복됐던 전위적 도전에 대해 언급한다. 결론적으로 불온성은 예술과 문화의 원동력임을 재차 확인하고 이어령이 이를 알고도 쟁점화시키는 것은 의도적이라 판단한다. 김수영이 이 지점에서 음모론에 가까운 이어령의 행태에 대해 인내하기 어려운 상태임을 밝히고 그 주된 이유를 독자에게 끼칠 악영향에 둔다.

이어령의 논지 중 "문학은 권력이나 정치 이념의 시녀가 아니다", "문학

작품을 문학 작품으로 읽으려 하지 않는 태도, 그것이 바로 문학을 가장 직접적으로 위협하고 있는 형편이다." 두 가지를 거명한다. 이 비난의 근거가 희박함을 먼저 지적한다. 특히 구체적인 작품을 들지 않고 본질과 무관하다는 것이다.

의혹 수준의 비난은 문학답지 않고 오히려 비문학적인 정치적 태도라 일갈하고 이를 '비과학적인 억측'이라 단정한다. 그리고 이어령이 어떤 식으로 대거리를 하든 상관하지 않겠다는 선을 그으며 덧붙여 '불온시'에 대해 다시금 언급한다.

불온시는 발표 여부를 떠나 그냥 불온할 뿐이라는 것이다. 이어령이 문제 삼는 '불온성'은 단지 발표를 꺼릴 만큼 수준 이하라는 비난에 불과하다 치부하고 사실은 문학 제도의 획일성이 더 문제라고 지적한다. 이어령이 염려하는 문학 말살 운운은 문학적이지 못한 정치 행위이며 오히려 불온의 딱지를 매기는 문화 풍토를 문제 삼아야 한다고 마무리 한다.

이 글은 불온성 논의의 주체들이 서로 다른 입장 속에 괴리돼 있음을 보여 주고 있다. 김수영의 입장에서 보면 이어령의 논리는 문학적 논평을 벗어나 비난이나 모함에 가까운 음모론 수준이다. 이어령은 김수영을 통해 무언가 획득하려는 처세의 욕망이 있다고 김수영은 간파한 듯하다. 김수영이 이어령의 대거리를 비과학적인 것이라 말할 때 그 의미는 문학적이지 못하다는 것이다.

이때 문학의 과학성을 김수영이 어떤 층위까지 생각한 것인지 궁금하다. 예를 들어 바슐라르가 주장한 시의 과학성, 즉 과학적 상상력은 아닌지. 바슐라르는 이 세상을 살균된 세계라 진단하고 우리의 불행이 거기서 시작한다고 말한다. 그래서 이 세계에 생명을 끌어들이기 위해 미생물 세균들을 들끓게 해야 한다고 말한다. 그 방법으로 상상력을 회복시키고 거기서 시를 발견해야 한다고 말한다.

이어령은 적어도 살균된 문학장을 추구한 것은 아닌지. 반면 김수영은 그 불행을 깨닫고 지각에 의해 제공된 이미지들을 변형시키는(déformer) 능력, 즉 최초의 이미지들로부터 우리를 해방시키고 이미지들을 변화시키는 능력을 주장한 것은 아닌지.

14. 시여, 누군가 네 오른뺨을 때리거든 왼뺨도 돌려 대어라
  ―「시의 침을 뱉어라―힘으로서의 시의 존재」, 1968. 4.

이 글은 종래 시의 내용과 형식에 관한 이야기로 이해했다. 특히 참여 시의 시성에 대해 말하는 것으로 두루뭉술 넘어갔다. 그것을 모호하게 온몸의 시학이라 했다. 대체 온몸으로 밀고 나가는 시 쓰기는 어떻게 해야 하는가. 내용과 형식의 긴밀한 합치라 얘기해서는 알아듣지 못하겠다. 세상에 대해 논리와 관념에서 벗어나 실천하여 행동에 옮기라는 것인가. 그조차도 유치하다. 그가 말한 것을 정리하면 다음과 같다.

시의 형식	예술성	사랑	무의식적	은폐	기인, 집시, 바보, 멍텅구리, 주정꾼	대지
시의 내용	현실성	자유	의식적	개진	혼돈, 자유의 과잉	세계

시의 형식과 내용의 균형에 대해 도식화하지 말라 한다. 형식 반, 내용 반의 적당한 타협이 아니라는 것이다. 개진과 은폐, 세계와 대지의 양극의 긴장이 곧 시의 본질이라 말한다. 이를 통해 다음 명제를 이해할 수 있다.
  "시작(詩作)은 '머리'로 하는 것이 아니고 '심장'으로 하는 것도 아니고 '몸'으로 하는 것이다. '온몸'으로 밀고 나가는 것이다. 정확하게 말하자면, 온몸으로 동시에 밀고 나가는 것이다."

이를 고쳐 쓴다면 "시를 쓰는 것은 형식(머리)으로만 하는 것도, 내용(심장)으로만 하는 것도 아니다. 형식은 형식대로 내용은 내용대로 가장 첨단, 극점에 이르러야 한다. 특히 이 둘이 하나가 돼 동시에 사랑과 자유를 향해 가야 한다"고 할 것이다.

문제는 형식에 있어 "시인은 자기가 시인이라는 것을 모른다"는 자기 형성의 모호함과 내용에 있어 "너무나 많은 자유가 없다"고 계속 말하는 자유의 이행이 어떻게 '시의 침 뱉기'와 연결되는가다. 김수영은 이 행위에 대해 '여태껏 없었던 세계가 펼쳐지는 충격'이어야 한다고 말한다. 이를 '당신의, 당신의, 당신의 얼굴에 침을 뱉는 일'이라고 은유한다. 그리고 이것이 '문학이 성립되는 사회 조건'을 바꾸는 일임을 강조한다. 이와 관련해 김수영은 기인, 집시, 바보, 멍터구리, 주정꾼의 소수적 형식의 사라짐을 발견하고 근대화의 해독(害毒)에 충격을 가해야 한다는 참여의 효율성에 다다른다. 그러므로 그가 추구하는 사랑(형식)은 주변적이며 소수적이고, 그가 지향하는 자유(내용)는 파격적이며 전위적이어야 한다.

"혼란은 허용되어야 한다"는 주장을 따르면 '시의 침 뱉기'는 전면적인 혁명이어야 한다. 그것은 '아무도 못한 말의 자유의 시작'이기 때문이다. 김수영은 일찍이 '가래를 뱉으며' 주체의 독립적 조건에 대해 스스로 갱신되는 사랑과 자유를 경험한 바 있다. 그러므로 '침 뱉기'는 나를 벗어나 사회에 가하는 사랑과 자유의 이행이라 할 수 있다. 시 「풀」은 이 이행의 실천일 것이다. 그 다음이 있었을 텐데. 그는 죽고 말았다. 그의 사랑과 자유도 정지된 것이다.

이 구토, 혹은 게워냄의 시 쓰기로서 '침 뱉기'는 예수의 혁명적 언어를 연상시킨다. "누군가 네 오른뺨을 때리거든 왼뺨도 돌려 대어라"는 말은 원수를 사랑하라는 식의 관념적인 화해와 용서의 말이 아니다. 기존 질서에 충격을 주고 대들라는 뜻이다. 풀자면 "관념적 머뭇거림에서 벗어나

달려들어라. 원수를 향해. 원수는 사랑하는 대상이 아니라 침을 뱉어야할 대상이다." 김수영은 시도 그런 것이라 말하는 것 같다. 시는 그렇게 온몸으로 세계에 대들며 자유를 향해 모험을 서슴지 않고 개진하는 것이다. 김수영은 '염두에 두지 말' 것을 강조한다. 이에 답하는 언어가 "침을 뱉어라"이다. 왼뺨을 돌려대듯 거친 저항의 몸짓이기도 하다. 예수는 종교적인 차원의 온몸의 신학을, 김수영은 인간적 차원의 온몸의 시학을 보여준 것이다. 그런 측면에서 김수영이 더 적극적이다. 예수는 로마의 율법을 염두에 두지 말고 네 자신의 논리로 답하라 한 것이다. 그에 비해 김수영은 온 세상에 대고 염두에 두지 말라하는 것이다. '시의 힘'은 거기에 있다고. 아직도 시를 쓴다는 것이 무엇인지를 잘 모른다고 말한 이 물음에 대해 김수영은 김종삼처럼 답한다. 나는 시를 모른다고. 김종삼도 진정 시인은 남대문 시장에서 하루하루 살아가는 사람들이라고 말했다.

김수영 시인과 김현경의 결혼 시점에 대하여

홍기원

    필자는 『길 위의 김수영』(삼인, 2021)에서 김수영과 김현경의 결혼 시점을 다음과 같은 표현에서 도출하였다. 김현경이 『가정조선』 1985년 5월 호에서 써놓았던 "우리는 1949년 겨울, 돈암동에 방을 얻고 신접살림을 차렸습니다"에서 '1949년 겨울'을 시 「아버지의 사진」에서 표현된 '나의 처를 피하여/ 그의 얼굴을 숨어보는 것이오'라는 표현과 「아침의 유혹」에서 표현된 '나는 발가벗은 아내의 목을 끌어안았다'는 표현을 빌려 김수영 아버지가 사망한 1949년 1월 17일 이후 그리고 「아침의 유혹」 시가 쓰여진 1949년 4월 1일 이전으로 파악하여 1949년 2월 즈음을 추정하였다. 하지만 김현경과 직접 인터뷰에서 김현경은 "돈암동에 신접살림을 차린 때는 1949년 11월이다"라고 했다. 그러면 위 두 개 시에 표현된 '나의 처'와 '아내'라는 표현은 실제 생활과는 상관없는 상징적인 표현일까 하는 것은 시 해석의 문제가 된다.

    이 두 개의 시를 어떻게 해석할 것인가 문제에 대해 김수영과 돈암동 신접살림을 차린 시점을 정확하게 물어보기 위해 경기도 용인 아파트로 찾아가 김현경 여사와 인터뷰를 진행하면서 점차 의문이 풀렸다. 김현경은 인터뷰에서 1946년 이화여대 영문과에 들어가고 난 뒤 대학교 생활부터 들려주었다. "정지용 시인이 그때 이대에서 교편을 잡고 있었는데 정지용 선생님이 날 이뻐했어요. 정지용 선생님에게 시경을 배웠고. 당신이 기거하고 있던 녹번초당에도 갔었지요. 그러니까 인제 각 신문사 이런 데서 학생시란 코너를 마련했나 봐요 일 년에 한 번이고 두 번씩. 그러면 정지용 선생은 이화대학에 그런 청탁서가 오면은 꼭 나를 불러요. 시 쓴 거 가져와 그래요. 그리고 보시고는 시가 건방져서 못쓴다, 맨날 건방지다 그러시는 거예요. 이대 2학년 때는 시경을 배웠어요. 시경이 다 한문 시 아네요. 일주일 중에 수요일쯤 수업이 있어. 90분 수업이었을 거예요. 정지용 선생님께서 내가 아침에 가면은 나를 불러요. 이거 오늘 과제니까 수업 전에 칠판에 써놓으라고 날 줬어요. 그러면 내가 흑판에다가 쫙 써놔요. 시경을, 오늘 배울 거를 쭉 써놓고 그러면 선생님이 보통 앞문으로 들어오잖아요. 그런데 정지용 선생님은 꼭 뒷문으로 들어오시는 거야 그거 보려고. 틀린 데 있나 보는 거예요. 틀린 게 없어도 너 잘 썼다, 수고했다 그런 소리도 없어요. 그러면 하나하나 짚어가면서 설명하고 그랬어요. 자기가 그걸 수업 시간에 다 쓸려면 힘들지 않겠어요. 그러니깐 미리 써 놓으라고 그랬어요. 때때로 시 쓴 거 가져오라 그러면 몇 개 갖다 드리지요. 그중에 이거 하나 내자 이러면서, 요거 하나 다시 써오라는 거예요. 그러면 내가 다시 써서 갖다 드리면 그게 나오는 거예요. 그래가지고 몇 군데 나왔어요. 또 수필 쓴 것도 나온 게 있고요. 수필 쓴 거는 어딘지 모르겠는데, 시는 민성 지, 박영준이가 편집자로 있던 인민의 소리라는 민성 지 거기에서 제 시를 찾아낸 사람도 있어요."

김현경은 이화여대 영문과 학생이었지만 정지용의 저 유명한 '시경 수업'을 들었던 모양이다.

녹번초당에도 가보았다는 말은 김현경의 에세이집 『낡아도 좋은 것은 사랑뿐이냐』(푸른사상, 2020)에도 나온다. "우리는 음악다방에서 만나 자주 문학에 관해 이야기했다. 하루는 무악재 근처 막걸릿집에서 술을 마신 시인을 어깨동무하듯이 부축하고 녹번동 자택까지 걸어간 적도 있었다"라고 이야기하고 있다. 정지용이 이화여대 교수를 그만두고 녹번초당으로 은거한 것은 1948년 2월부터 이기 때문에 김현경이 배인철 사건으로 이화여대에서 제적되고 난 이후의 일이다. 김현경은 이화여대에서 제적당하고 난 후에도 스승 정지용과의 만남을 이어간 모양이다. 김현경은 시를 쓰는 문학도들이 보통 입문하는 김소월 류의 전통적인 서정시가 아닌 일본 전위파 시인들의 시를 좋아했다고 말했다. 인터뷰는 계속 이어진다.

　　"그때 나는 우리나라식의 서정시를 거부했어요. 일본의 전위파들 시를 좋아했고, 그래서 김수영 시인하고 잘 통했지요. 김 시인과는 책을 밤낮 바꿔보고 그랬어요. 근데 그 당시에 열흘에 한 번이고 만나면 그동안에 쓴 걸 자랑스럽게 보여주려고 가져가는 거예요. 대여섯 편 써서 리본으로 매듭까지 해서 시집을 만들어서 가져가요. 그거 봐주면 큰 영광인 거죠. 김 시인도 그동안에 쓴 거 탁 가져와요. 당해낼 수가 없데요. 하도 그 사람이 말도 그렇지만 필력도 능변이에요. 산문 읽어보시면 알잖아요. 진짜 능변이거든요. 그런 사람한테 내가 뭐, 한번도 칭찬받은 적이 없어요. 나도 공부 좀 더 많이 해야 되겠다 그렇게 느끼는 거죠. 어떡하면 저렇게 써질까? 나를 다스리기도 하고 그랬는데 그땐 내가 써도 내가 최고로 잘 쓰는 줄 알았거든요. 근데 김 시인 앞에 가면 아주 쫄딱 망했어요. 그런데 낮에 돌아다니다가 인제 저녁때 되어 헤어지게 되면, 김 시인은 자기 시를 찢어 버리더라고요. 쭈욱 쭉 찢어 버려요. 왜 찢어 버리냐고 놀라서 물어보면, 이 수준에서 머물면 안 된다는 거예요. 늘 새로 와야 한대, 그러면서 또 한번 껍질을 벗어야 한다고 그래요. 그러면 나도 그래야 하겠구나 싶어서 같이 찢는 거예요. 진짜 그 당시 낭만적이고 정말 사랑스러운 그런 시였어요. 「거리」 시 있죠? 그전에 그 양반이 암송력이 보통이 아니었어요. 「거리」 시도 좔좔 외고 그랬는데 6·25 땜에 하도 죽을 고비를 몇 번을 넘겨서 쇠퇴해졌어요 암송력이. 그래서 그걸 다 못 외더라고요. 그 시가 발표된 잡지를 못 찾았잖아요 지금까지. 그때 그걸 『민생보』에다 냈거든요. 『민생보』라고 치안국에서 나오는 잡지같이 얇은 말하자면 팸플릿같이 얇은 잡지였어요. 그걸 못 찾았어요."

「거리」 시가 실린 『민생보』 잡지를 결국 찾지 못한 아쉬움을 한바탕 토로하고 난 뒤, 이종구와 김수영을 문학 선생님으로 모시고 정기적으로 만난 이야기도 해주었다.

"이종구와 김수영은 노상 아저씨, 아저씨 하던 문학 선생님 아니에요. 1947년 이종구랑 나랑 또 이종구 동생 진구도 있었어요. 그렇게 셋이 만나면 맨날 문학 얘기했어요. 같이 써온 거 펴놓고 서로의 작품 이야기를 했지요. 나중에는 이종구보다도 김 시인하고 내가 더 자주 만나서 시 얘길 했었죠." 김현경은 이종구가 먼 친척뻘 아저씨가 된다고 했다. 김현경 인터뷰 이해를 위해 이종구에 대해 잠깐 살펴보자. 이종구 생애 구성은 『이종구 추모문집』(계간문예, 2005)에 소설가 김정례가 쓴 「남계 이종구 평전」을 기초로 한다. 이종구(李鐘求)는 1921년 12월 8일 경기도 광주군 돌마면 수내리 346번지에서 이갑규(李甲珪)와 이신계(李辛鷄) 사이의 2남 1녀 중 장남으로 태어났다. 수내리는 고려말 성리학자인 목은 이색으로 유명한 한산 이씨 집성촌이다. 지금도 분당중앙공원에 한산 이씨 묘역과 가옥과 사당이 남아 있다. 이종구의 어머니는 아버지의 첫째 부인이 아이를 못 낳자 다시 결혼한 둘째 부인이었다. 이종구는 6세 때 마을에 있는 서당에 다녔고, 보통학교는 4년제 간이학교를 다녔다. 수내리 집 근처에는 6년제 소학교가 없어서 용인읍에 있는 외가댁에서 6년제 경안소학교에서

2년을 마저 다녔다. 소학교 졸업을 앞두고 어머니가 돌아가셨다. 어머니의 나이는 젊디 젊은 34세였고, 이종구 나이는 14세에 불과했다. 동생 진구는 열한 살, 막내 여동생은 어린 아기였다. 소학교를 졸업하고 이종구는 서울로 올라와 선린상업학교를 다녔다. 서울에 있는 소학교에서 1등을 해도 들어가기 힘든 선린상업학교에 이종구는 당당히 합격했다. 이종구가 서울에서 거처하던 집이 수내리 집에서 서울에 마련한 집이었고, 이 서울집에서 수내리에 있던 한산 이씨 가문의 여러 자제들이 하숙하면서 서울에 있는 여러 학교에 다니고 있었다. 이 서울집을 관리하던 사람이 이종구 아버지 첫째 부인이었다. 이 첫째 부인을 이종구는 항상 큰어머니라고 불렀다. 이종구 큰어머니가 김현경의 친척뻘이 되는 사람이어서 김현경은 어릴 때 명절이 되면 세배를 하러 다녔다. 8살 김현경은 14살 이종구를 처음 만났다. 1941년 선린상업학교 졸업을 앞두고 아버지 이갑규는 이미 아들의 취직자리를 식산은행에 부탁해 놓고 있었지만, 이종구의 뜻은 취직이 아닌 다른 곳에 있었다. 이종구는 아버지 대신 큰어머니를 설득해서 일본 유학을 강행했다. 동경상대 전문부에 다니던 이종구는 1943년 10월 일제에 의해 고등, 전문학교 이상 학생에 대한 학병징집 공포를 하자 하숙집 주인 도움으로 피신하였다가 결국 일본 경찰에 체포되어 1944년 1월 20일 관부연락선을 타고 부산으로 압송된 다음 다시 기차로 원산에 도착했다. 원산 차량수리 공장에서 일제의 전쟁을 위한 온갖 노역장에 동원되었다. 몸이 부서지라고 노동을 시키고 먹는 음식은 형편없는 것을 주었다. 이종구의 건강은 날로 나빠졌다. 1945년 8·15 광복과 더불어 원산 차량수리 공장에서 풀려난 이종구는 집으로 돌아왔다. 1946년 서울대학교 영어영문과가 개교되자 영어영문과 2학년에 편입했다. 김현경이 이화여대 영문과 학생으로 이종구를 만났을 때 이종구는 서울대 영문과 학생이었다. 1946년 이종구의 동생 이진구도 서울대 불문과에 입학하여 김현경, 이종구와 함께 하는 문학 토론에 참여했다.

　김현경은 이화여대 영문과 학생으로 꿈과 같은 문학도 시절을 보내다 첫눈에 반한 사람을 만나게 되었다고 했다. 그 사람이 배인철이었다. 배인철과 그 유명한 연애사건을 김현경은 담담하게 만나게 되는 과정부터 이야기해주었다. "배인철하고 나하고 인연을 맺어준 거는 임화예요. 임화가 김순남 집에 왔어요. 김순남 작곡가는 제 육촌 오빠예요. 김순남이 돈암동 우리집에서 얼마 안 멀어요. 그 집 앞을 지나서 우리 집에 가요. 오빠하고 내가 친했거든요. 오빠집을 들러서 집으로 가곤 했죠. 오빠집을 가면 그때 임화, 김남천, 오장환, 함세덕 등 좌익계열의 예술가들이 회의해요. 오빠는 해방 전 1944년에 벌써 부민관에서 작곡 발표를 했어요. 그런데 그때 오빠 스폰서가 우리 아버지였어요. 오빠 결혼식도 우리 아버지가 주례를 섰어요. 그 사진도 있어요. 우리 아버지가 좀 능력이 있는 사람이었죠. 임화하고 임화 부인하고, 그때 임화 부인은 임화의 첫째 부인이 아니고 둘째 부인 지하련이었어요. 소설 쓰는 지하련 하고 사이에서 난 아들이 있었어요. 그 아들이 8살 정도로 학교 들어 갈까 말까 한 나이였는데 참 이뻤어요. 얼굴 색도 하얘가지고 꼭 데리고 다녔어요. 임화하고 지하련 하고는 그렇게 서로 좋아할 수가 없었어요. 사람들이 있어도 뭐 상관없어요. 그냥 조금 떨어져 앉아도 되는데 딱 붙어서 있는 거야. 좀 눈꼴사납지만 애교스럽게 구니깐. 아! 얼마나 좋으면 저럴 수도 있나 생각했지요. 하루는 임화가 나 보러 자기네 집에서 식사를 한번 하자고 그러더군요. 토요일일 거예요. 점심을 먹자 그랬나 아무튼 몇 시에 오래서 갔더니 집이 어딘가 하면 원남동 로터리 있죠. 원남동 로터리에서 서울대학 병원 쪽 말고 조금 가면 지금은 길이 커졌잖아요, 동대문으로 나가는 길이. 거기에 가면 골목에 나무로 된 일본식 적산집이 있었어요. 거기를 가르쳐주어서 가니까 있더라고요. 거기에서 배인철을 소갤 받은 거예요. 소갤 받고 처음 보았는데 나도 눈이 반짝반짝, 배인철도 눈이 반짝반짝 한 거죠. 그땐 청년들이 다 구질구질했어요. 김수영 시인이랑 이종구는 뭐 탁월한 청년이지만 아저씨잖아요. 남자로 안 보이고 아저씨이고 선생님이지요. 그런데 배인철은 남자로 보이는 거죠. 나도 황홀했고, 그쪽도 황홀했고 그래서 시작된 거예요. 김 시인도, 이종구도 아직 학생티가 나는데, 이 사람은 아주 젠틀맨이고 핸섬한 거예요. 모자 딱 쓰고, 회색 와이셔츠에 넥타이 딱 매고 구두도 콤비네이션 구두 딱 신고, 정말 깜짝 놀랐어요. 왜 그러냐 하면 상해에서 왔으니까. 그리고 인제 시작을 한 거예요. 배인철이 하고는 데이트 기간이 한 달 반 정도 밖에 안 돼요. 근데 하루도 안 빠지고 만났어요. 한 달 반을 학교도 안 갔어요. 학교 간다고 하고 나갔다가 학교 가는 아이들하고 전찻길에서 만나고는 했는데, 꼭 길옆에 그 사람이 영자 신문 내지 코리아타임즈지(korea times) 옆에 끼고 중절모자 딱 쓰고 기다리는 거예요. 점잖아요. 그 사람은 상해에서 왔잖아요. 상해에서 형님이 보성 전문 럭비선수 대표였대요, 배인복이라고 아주 유명한 사람이에요. 거상이에요. 일제말에 벌써 상해 가서 무역상을 하던 사람이에요."

　김현경에게 있어 실질적 첫사랑이었던 배인철을 소개해주었던 사람이 임화였고, 임화를 만난 곳은 유명한 음악가이자 육촌 오빠인 김순남 집에서였고, 임화의 부인 지하련과 그 사이에서 난 8살 아들을 이야기하는 장면에서 필자는 비현실적인 이야기를 듣는 것 같은 착각이 일어났다. 임화가 언제 사람인가? 분단의 희생양으로 69년 전에 북한에서 형장의 이슬로 사라진 사람 이야기를 책이 아닌 현실에서 만난 사람으로부터 이야기를 듣는다는 것은 갑자기 타임머신 타고 과거로 돌아간 기분이었다. '산유화' '인민항쟁가'로 유명한 김순남(金順男, 1917년 ~ 1986) 작곡가는 김현경의 할아버지 형제 4형제 중 둘째 할아버지 손자이므로 김현경에게는 6촌 오빠가 된다. 김순남 작곡가가 해방 후 살았던 집은 성북구 동소문동

6가 193번지로 김현경의 돈암동 본가와 얼마 떨어지지 않은 위치에 있었다. 당시 김현경 돈암동 본가는 현재 서울 정덕초등학교 길 건너 맞은편에 있었기 때문에 김순남 작곡가집에서 걸어서 10분도 안 되는 거리에 있었다. 돈암동 전철 종점에서 내리면 김순남 작곡가집을 거쳐서 본가 집으로 올라갈 수 있었으므로 김현경은 같은 이웃이라고 할 수 있는 동네에 사는 6촌 오빠 김순남과 자연 친하게 지냈다. 김순남 작곡가가 1944년 결혼하여 1945년 해방둥이로 낳은 딸이 성우로 유명한 김세원이다. 김세원이 쓴 『나의 아버지 김순남』(1995, 나남출판)이란 책에 7촌 고모되는 김현경을 만나 나눈 대화가 실려 있는데 그 속에 이런 구절이 나온다. 김현경이 한 말이다. "내가 우리 김 시인을 오빠에게 소개했는데 회색이라고 좋아하지 않았지." 김순남 작곡가는 정치적 입장에서 좌도 아니고 우도 아니고 중립 입장을 취하는 김수영 시인이 마음에 들지 않았던 모양이다. 김현경은 6촌오빠 김순남 때문에 임화를 만났고, 임화 때문에 배인철과 운명같은 첫 만남을 가졌다. 만남이 만남을 낳는 연결고리 속에 배인철을 만난 김현경의 이야기는 계속 이어진다.

"배인철 시인하고는 한 달 반 동안 하루도 안 빼놓고 만났지요. 그러니까 나중에 알았지요. 그날, 죽는 날은 난리가 났어요. 뭐 정지용 선생이 얘가 어떻게 됐느냐고 이러면서 난리를 치고. 아이들이 가서 "종로에서 전찻길에서 봤는데요 어떤 남자하고 같이 어디 가던데요." 그래서 정지용 선생이 화가 단단히 났던 거지요. 왜냐하면 칠판 글씨도 써줘야 하고 그러잖아요. 몇 번을 빼먹었으니 웬일이냐는 거지요. 사건 나고 나도 입원했죠. 총알이 스쳤어요. 그러니까 내가 만약 가만히 있었다면 나도 당했을 텐데 배인철이 머리에 총을 맞는 순간 저도 본능적으로 몸을 비틀어서 옆구리만 스쳤죠. 그때 남로당에서 서울시당 대표가 이주하에요. 그 바로 밑에 사람이 배인철이에요. 그런데 한 번도 그런 기색을 내지 않았으니까

난 몰랐죠. 남로당에서도 난리가 난 거야. 그러니까 그때 유명한 오제도 검사라고 있었어요. 좌익계열만 심문하는 거예요. 오제도 검사는 뭐 반드시 좌익계열 사람을 치겠다 작정했어요. 그때 탄알이 머리 위에서 들어가서 턱 아래로 관통해서 나갔는데 그러니까 즉사죠. 말하자면 범인이 바로 가까이 앞에 와서 쐈다는 거예요. 우리 둘이 나란히 앉아 있으니까 바로 가까이 와서 쐈다 그런 거예요. 얼굴을 아는 사람 아니면 가까이 올 수 없다 그거에요. 그래서 내가 아는 사람 중에 범인이 있다고 대라는 거예요. 고문을 당했어요, 나도 부상을 입었는데 일주일 입원하고 난 다음에 나를 경찰서에다 넣고 고문을 했어요. 근데 나중에 과학적으로 조사하니까, 바위가 2m 쯤 돼요. 바위가 이렇게 있다면 소나무가 둘러 있어 둘이 앉기에 좋았어요. 거기 그렇게 앉아서 데이트하는데 바로 위에서 쏜 거예요. 바위 위에서 탄피가 두 개 발견됐어요. 나는 옆구리를 스쳤는데 창자를 다치지 않았으니까. 금방 회복했죠. 죽을 뻔했죠. 그래도 명이 길어서 95세까지 사니까 웃기죠. 신문에서 떠드는데 굉장하지도 않았어요. 그때는 공산당에서 그랬다 그러면 되는 시절이었어요. 자기네들이 써먹으려면 공산당에서 죽였다. 그러면 제일이었거든요. 배인철은 한 번도 자기는 남로당 당원이라는 얘기도 안 했어요. 그냥 그이는 시 얘기만 했어요. 또 해양대학교 영어 교수고 한 번도 자기가 당원이란 얘기 하지 않아 당원이란 거 몰랐어요. 어떻게나 정이 많은지 무슨 얘기만 하면 벌써 눈물을 먼저 뚝뚝 흘려요. 흑인시만 썼잖아요. 말하자면 굉장히 휴머니스트야. 어쩌다가 흑인 만나고 하면 시계 찬 것도 뽑아주고 그랬데요. 한마디로 착했어요. 그리고 또 권투선수예요. 체격이 좋아요. 정직하더라고요. 김 시인도 정직하지만. 사고가 난 장소는 필동이에요. 동국대가 여기라면 조금 더 남산 쪽에 가까운 위치지요. 계곡이 흐르고 빨래터가 있고요. 거기서 조금 더 올라가면 큰 바위가 있었어요. 매일같이 만나니까 한가한 데가 좋잖아요.

신문에서 영화를 보고 거기에 갔다고 하지만, 영화도 보지만 사람 많은 데서는 눈에 띄니까 싫잖아요. 그래서 한가한데 찾은 거지요. 사건 나고 김수영 시인도 잡혀가서 혼났죠. 김 시인이 머물던 종로6가 고모네 집을 천장 위까지 뒤졌데요. 권총 찾느라고. 고모네 집 아랫방이 김 시인 서재이자 아지트였거든요."

『경인일보』(2007년 1월 17일 자) 배경숙(2007년 현재 77세) 인하대 법대 명예교수 인터뷰 기사에 기초해서 배인철(裵仁哲) 생애를 구성하면 다음과 같다. 배인철은 1920년대 부산에서 인천으로 이사한 배명선의 4남 5녀 중 3남으로 1920년에 태어났다. 인천 제일공립보통학교(현 창영초등학교)를 졸업하고, 중앙고보(1934. 4. 1~1940. 3. 5)를 거쳐 일본 니혼(日本)대학(1940~1942) 영문과에서 공부했다. 배인철은 일본 유학 시절 권투도 하고, 흑인문학에 깊은 관심을 보였다. 일제의 징용을 피해 일본 유학을 중도에 접은 배인철은 귀국 후 중국 상하이로 가 거기서 무역업을 하던 큰 형 배인복과 함께 지냈다. 해방 직후엔 인천중학교(현 제물포고)에서 영어를 가르치기도 했다. 당시 교장이던 길영희 선생의 권유에 따른 것이라고 한다. 또 진해 해양대학에서 근무하기도 한 배인철의 본격적인 작품활동은 조선문학가동맹에서 펴낸 『1946년 판 조선 시집』(아문각, 1947)에 '인종선(人種線)―흑인 쫀슨에게'를 발표한 때부터였다. 세상에 알려진 배인철의 작품은 고작 5편 정도다. 「노예 해안」, 「흑인녀」, 「인종선―흑인 쫀슨에게」, 「쪼 루이스에게」, 「흑인부대」 등이다. 모두 평등하게 태어났으면서도 백인들과 동등한 대우를 받지 못하는 흑인들의 서글픈 처지를 읊은 것들이다. 배인철에게 흑인 처지는 바로 일제에 짓밟히고, 다시 미국에 침탈당한 조선 민족의 아픔이었던 것이다. 배인철은 1945년 10월 22일경 인천 제물포에서 '신예술가협회'를 조직했다. 회원 중엔 서정주도 있고, 조규봉, 함세덕 등 대표적 '인천 인물'도 있었다. 이 신예술가협회에서는 기관지로 문예, 미술, 연극, 음악 등 예술 부문의 지도향상을 위해 『신예술』이란 문예 문화종합잡지를 발행할 계획도 세웠다. 신예술가협회 결성을 주도한 배인철은 지금의 인천 중구청 뒤편에 있던 인천에서 제일 큰 일본인 요정 긴스이(銀水)를 접수해 '예술가의 집' 간판을 내걸고 중앙의 시인, 화가, 조각가 등 20여 명을 모아 한때 공동생활을 하기도 했다. 배인철은 1946년 11월의 남로당 결성에도 깊이 관여를 했다. 배경숙(77) 인하대 법대 명예교수는 1947년 5월에 있었던 셋째 오빠 배인철의 갑작스러운 죽음이 당시 김두한 일파에 의한 테러 때문이었다고 확신했다. 김현경은 에세이집 『낡아도 좋은 것은 사랑뿐이냐』(푸른사상, 2020)에서 배인철 사건을 "미군이 장난으로 쏜 것으로 밝혀졌지만…"이라고 말하고 있다. 배인철 사건은 김현경의 인생에서 중대한 영향을 미친 사건이었다. 이 사건으로 이화여대에서 제적당하고, 집안에서 감금 상태에 처하게 된다. 3대 일간지에서 보도된 사건이기 때문에 장안에서 모르는 사람이 없었다. 앞으로 어떻게 살아야 할지 앞길이 막막한 처지가 되어 버렸다. 배인철 사건 이후 생활에 대해 김현경은 계속 이야기 했다.

"1947년 5월에 이 일이 있고 나서 아무도 안 찾아오는 거예요. 나는 세상하고 단절이야. "저 여자하고 사귀었다간 큰일이 난다." 이렇게 돼서 난 아주 완전히 고립됐어요. 나는 인제 책만 읽고 있고, 집에서 음악이나 듣고 있는데, 이대에서도 퇴학을 당했죠. 풍기문란죄였어요. 그래서 김활란 총장을 찾아갔죠. 사건 나기 전에는 나에게 미국 컬럼비아에서 스칼러십이 두 개 왔다고 갈 의향이 있냐고 제안도 하고 그랬죠. 찾아가서 사과했죠. 그런데 사건이 나고 나니까 연애사건으로 불결하고 나쁜 사람으로 찍힌 거죠. 스칼러십 같은 것도 이제 안 되는 것이죠 뭐. 쫓겨나다시피 했어요. 집에 갇혀있는데 한 두어 달 지나니까 김 시인이 찾아왔어요. 이종구는 안 찾아왔어요. 이종구가 안 찾아오니까 괘씸하더라고요. 나를 이

뻐하더니 찾아오지도 않고. 이종구가 해방되고 나서 내가 이화대학을 다닐 때 찾아오곤 했어요. 시도 써서 줬어요. '결별'이란 시예요. 뭔가 하고 읽어보니까 윤리적인 것을 벗어나서 우리가 진짜 사랑하자는 것을 좀 애매모호하게 추상적으로 표현한 시였어요. 말하자면 먼 친척이라는 윤리의 장벽을 결별하고 만나자는 의미의 시였어요. 그래서 그걸 읽고 나서 답을 하래요. 안 했지요. 그런 시도를 많이 했어요. 그랬던 이종구였는데 얼굴도 보이지 않는 거예요. 그런데 김 시인이 먼저 찾아왔어요. 그래서 나는 깜짝 놀랬죠. 그런데 김 시인하고는 이런 일이 있었지요. 배인철 사건이 있기 한 일주일 전인가 내가 배인철이랑 명동을 지나가는데 저기서 오더라고요. 그래서 내가 우리 아저씨라고 배인철한테 소개해주려고 그랬더니 픽하고 다른 골목으로 도망을 가 버리더라고요. 그리고선 그 이튿날 새벽같이 우리집으로 와서 신발을 신은 채 내 방으로 들어오려 하니까 우리 어머니 얼마나 놀랬겠어요. 우리 어머니가 안방에 계시다가 이상스럽게 꺼면 사람이 들어오니까. 김 시인이야. "어! 자네 왜 이러시나. 아직 새벽인데." 나는 아직 이불 속에 있었어요. 깜짝 놀라서 일어났어요. 어머니가 김 시인을 따라오면서 "자네 왜 이러나?" 하니까 "저기요 얼마 전에 현경이가요. 어떤 뼈다귄지 모르는 말 뼈다귀 같은 놈하고 명동에서 손을 잡고 무슨 짓을 하고 있는지 아세요." 이러는 거야. 그래도 어머니는 "자네! 신발이나 벗고. 새벽같이 그렇게 화를 낼 게 뭐 있느냐?" 이렇게 타이르셨죠. 그러다가 이제 사건이 터지니까 김 시인은 가뜩이나 어리벙벙한 사람이 눈이 커가지고 벌벌 떠는 사람인데 혼났죠. 종로 6가 고모집은 기왓장까지 다 뒤졌답니다. 권총이 있을까 봐서. 얼마나 당했겠어요. 몽둥이깨나 맞았을 거예요. 그런 일도 있었는데도 불구하고 2달이 지나서 나한테 찾아와서 방엔 들어오지도 않고, 툇마루에 딱 앉아가지구 나 보러 나오라고 해서 내가 툇마루 옆에 앉았어요. 웬일이냐고 그랬더니 말해요. 첫마디가

"문학 하자!" 그러더라고요. 구원이죠 나한테는. 문학 하자 그 말에 정신
이 번쩍 드는 거예요. 인제 너는 공부하면 될 거 같다, 재주가 있다 뭐 이
러는 거예요. 고맙더라고요. 이제 가끔 만나는 거예요. 김 시인도 시를 쓰
고 그때 일본말로 썼어요. 나도 일본말로 쓰고 그래서 인제 교환해서 보고
했어요. 1947년이 지나가고 1948년이 됐어요. 1948년 여름이 시작될 땐데
나도 시를 써가지고 종로 6가 고모집에 내가 하루 가니까 치질이에요. 암
치질이에요. 암치질은 안이 곪는 거예요. 그니까 더 무섭죠. 어쩔 줄 모르
고 있더라고요. 뭐 데굴데굴 굴러요 방에서. 그러니까 그걸 누가 치다꺼
릴 해요. 병원 갈 생각도 못 하는 거예요. 뭐 돈이 있어야지요. 택시 불러
가지고 종로4가 쪽에 강인선 항문과라고 있었어요. 간판이 길가에 붙어
있었어요 전차길 쪽에. 택시 태워가지고 거길 갔어요. 의사가 꺼먼 가죽
으로 된 진찰 침대 거기 눕히데요. 나보고 그 위에 타래요 김 시인 어깨를
꽉 누르고 올라타래요. 그래 내가 신발 벗고 올라타서 꽉 누른 거예요. 그
랬더니 바질 벗겨가지고는 그냥 메스를 가하는 거야. 거기가 곪았어. 그
냥 사람이 죽을 지경이지 뭐. 악! 하는데 내가 누르고 있으니까. 피고름이
나오는데 통으로 받았어요. 그리로 줄줄 고름하고 피가 쏟아져 나오데요.
그때만 해도 해방 후니까, 미군 군정 시대니까 1948년 거즈 있잖아요 거기
에 마이신을 거즈에 묻혀가지고 상처에 박아요. 뭐 보통 아픈 게 아니지
요. 택실 타고 또 고모집으로 와서 내가 간호하기 시작한 거예요. 간호를
누가 해요. 그러니까 집에 못 가잖아요. 집에다 전활 했어요. 돌봐줄 사람
없으니까 내가 좀 돌봐 줘야 해서 집에 못 갑니다 그랬더니 어머니가 기가
막혀가지고 알았다 이러시더라고요. 병원비 내고 하니까 돈이 다 떨어지
고 말았어요. 돈암동 집에 가서 돈을 좀 얻어와야 되겠는데 아버지는 가회
동, 필운동에 첩이 둘이니까 집에는 뭐 별로 매일같이 안 계시거든요. 어
머니한테 조르려고 갔죠. 가니까 동생들은 다 학교 가고 없고, 어머니가

혼자 계시니까 저기 용돈 좀 달래니까 어머니가 화를 내시며 야단을 치시는 거예요. 한번은 어머니가 몇 푼 주셔서 가지고 갔지만 또 금방 돈이 없어지는 거예요. 다시 돈암동 본가에 갔죠. 어머니가 나 보고 집 좀 봐다오 하면서 동네 나가셨어요. 그 틈에 살살 다락방에 올라가서 다락에 큰 궤짝이 있는데 궤짝 속에 비단이 그냥 무지개 색깔로 쫙 쌓였는데, 거기서 딱 한 필 꺼내 가지고 문간에다 숨겨 놨다가 어머니 오시니까 어머니 나 인제 가봐야 된다고 그 숨겨 놓은 거 빼가지고 동대문 시장을 간 거예요. 비단이 좋은 비단이니까 포목점 사장이 좋아하면서 제값을 쳐주더라고요. 그리고 또 가져오면 얼마든지 사주겠다고 그래요. 그래서 두 번째도 성공해서 팔아서 치료비에 썼어요. 그런데 세 번째 들고 나가려다 아버지한테 들켰어요. 아버지가 아마 그 비단이 필요했던 모양이에요. 해방 후 일본 사람들이 일본으로 급히 귀국하면서 아버지한테 판 고급비단이었어요. 무지개색으로 되어 있으니 빈 것이 바로 보였던 거지요. 아버지한테 야단을 많이 맞았지요."

이후 전개된 상황에 대해서 김현경은 에세이집 『낡아도 좋은 것은 사랑뿐이냐』(푸른사상, 2020)에서 이렇게 쓰고 있다. "세 번째 비단을 훔치던 날, 이미 화가 날 대로 난 아버지와 마주치고 말았다. 시 나부랭이나 쓰는 작자를 도둑질까지 해가며 만난다면서 아버지는 내 방 문에 대못을 박았다. 이후 수영의 태도는 조금 달라졌다. 몰래 집을 빠져나와 그를 찾아갔더니 수영은 우리가 이래서는 안 된다며, 이만큼 했으면 되었다며 나를 돌려보내는 거였다. 나는 집으로 돌아와 며칠을 울었다. 나중 안 이야기이지만 아버지가 수영을 찾아가 딸의 행복을 위해 교제를 중지해달라고 설득했던 것이다. 진심이 아닌 말들로 이별을 선언한 후에도 수영은 당시 그의 어머니가 운영하던 충무로4가 쪽의 설렁탕집 '유명옥' 다락방에서 내가 다시 찾아오기를 목이 빠지라 기다렸다고 한다."

김현경은 인터뷰에서 김수영 시인과 헤어진 이후의 상황에 관해 설명했다. "내 갈 길에 대해 진짜 문학을 해야 되겠다 생각을 했어요. 김활란 땜에 미국은 못 가게 생겼지만, 이제는 파리로 가야 되겠다 생각을 했어요. 그래서 초겨울쯤 됐어요. 아버지가 들어오시는 날이에요. 아버지한테 내가 불어 공부 좀 해야 되겠다, 남자하고 결혼할 생각은 이제 없습니다, 라고 말하고 불어 공부하고 파리로 가고 싶은데 등록금 좀 달라 그랬지요. 그랬더니 아버지가 돈을 두둑하게 주시는 거예요. 우리 아버지는 돈을 세서 주질 않아요. 그냥 집히는 대로 주시는 양반이에요. 그래, 열심히 해보라고 하시더라고요. 명동 단골 살롱에 가서 코트도 하나 해 입고 불란서 학원 등록을 했어요. 그 불란서 학원 원장이 이희영이에요. 나중에 서강대학 불어과 교수가 되었는데, 이희영이 그때만 해도 20대였을 거예요. 첫 강의 시간에 좀 앞에 앉는 건 뭐 하잖아요. 뒤에 가서 앉아 있으니까 "학생 이리 앞으로 나와서 앉으라." 그러는 거예요. 그래서 코트를 입고 앞에 가서 앉았지요. 학원이 끝나고 "학생! 집이 돈암동이지?" 그러는 거예요. "네!" 그랬더니 "나도 돈암동인데 같이 가자! 조금만 기다려!" 그러는 거예요. 그러면서 돈암동까지 같이 전차를 타고 오는 거예요. 그리고는 같이 내려서 문 앞까지 데려다주겠다면서 숫제 쫓아오는 거예요. 학원 끝나면 매일같이 데려다주겠다는 거예요. 귀찮아지더라고요. 자기 집도 돈암동이라 그러는데 돈암동 아니에요. 차 한 잔 마시자는 둥 그러고 있는 와중에 하루는 종로4가 전차 정류장에 있는데, 누가 와서 손목을 딱 붙잡는 거예요. 김 시인이었어요. 두 달 만에 본 거예요. 깜짝 놀랐더니 내가 지금 서울대학 부속 간호학교에 야간부 선생으로 영어 가르치러 가는 길인데, 수업이 두 시간인데 한 시간만 하고 나올 테니까 하면서 나를 끌고 서울 대학병원 쪽으로 가는 거예요. 서울대 의과대학이 조금 비탈에 있잖아요. 남쪽으로 간호학교가 있더라고요. 거기 간호대 입구 벤치가 있어요. 여기

좀 한 시간만 딱 앉아 있으라고 그래요. 인연이라는 게 기다리게 되더라고요. 속으로 무척 반갑더라고요. 한 시간도 안 되게 기다리니 김 시인이 나왔어요. 그냥 일찍 끝내고 나왔어요. 그러면서 딱 붙잡더니 종로 고모집으로 가자 그러는 거예요. 인제 거기 가서 그날서부터 부부가 된 거예요. 돈암동집에는 내가 전화를 했어요. 1949년 초였죠. 내가 지금 종로6가 고모집에 김 시인하고 같이 있다니까 우리 아버지가 화가 나서 확 전활 끊어버리시더라고요. 그래서 그담부터 집에 못 들어갔지요."

김수영과 김현경이 성북구 돈암동에 신혼방을 전세로 구한 것은 1949년 11월이었지만 실질적인 부부로 된 것은 김현경의 말대로 '1949년 초'였다. 형식을 따지지 않고 실질적 부부 상태를 고려하면 시 「아버지의 사진」에서 표현된 '나의 처를 피하여/ 그의 얼굴을 숨어보는 것이오'라는 표현과 「아침의 유혹」에서 표현된 '나는 발가벗은 아내의 목을 끌어안았다'라는 표현이 바로 이해가 된다. 그리고 두 시에서 '나의 처'와 '아내' 표현이 실제 김수영 시인의 생활을 반영한 생활 시어였음을 바로 수긍하게 된다. 그런 점에서 김수영 시인과 김현경의 첫 번째 신혼방은 돈암동집이 아니라 종로6가 고모집이었던 것이다.

4부

사랑의 변주곡

시작 오수(詩作 五首)

김민

정월 대보름

등이 굽어지고 굽어지다 둥글게 말려 버린 노파여

자벌레

어떤 보이지 않는 눈에 우리 또한 아름다울 수 있을까

비

치렁치렁 내리는 가을

자기소개서

한 줄로도 채우지 못하는 삶 여기 있으니

신神 주머니에서 꺼낸 풍경

하굣길에서 만난 소나기
신주머니 머리에 얹고는

어느 집 처마 아래 서서
먼산바라기 하고 있을 때

낙숫물 떨어지는 소리
에 묻어오는 호박전 부치는 냄새

김수영 시와 음악

성용원

    단순한 의사소통의 기능을 넘어 그 언어를 사용하는 민족의 정서와 얼을 표출하는 것이 문학이다. 그중에서도 자연이나 인생에 대한 감흥과 사상 따위를 함축적이고 운율적, 은유적으로 표현한 것이 시이다. 그러므로 시는 짧은 몇 마디의 문장 안에 화자의 감정과 정서를 압축하여 표현한 것으로 같은 시를 수십 번, 수백 번 낭독함으로써 시 안에 감추어진 의미와 시상을 알 수 있게 된다. 그런 시에 음악을 붙인 것이 가곡인데 그러므로 가곡을 이해하기 위해서는 시가 쓰인 언어를 통달하고 있어야 한다는 전제조건이 붙으며 바꾸어 말하면 가곡이라는 장르는 민족정서와 예술성이 짙게 밴 고유의 성악곡이며 모국어로 된 시를 노래한다는 점에서 희귀한 전통이라고 할 수 있다.

    일제강점기에 서양음악이 일본을 통해 유입되면서 홍난파, 현제명, 박태준 등이 다분히 민족주의적이며 계몽적인 가곡을 작곡하기 시작했으며 그들을 1세대 가곡작곡가로 분류할 수 있다. 그 후 김동진, 이흥렬, 김규환 등의 2세대 가곡작곡가들이 해방과 6·25전쟁 이후에 많은 양의 가곡을 작곡하면서 우리 국민들에게 폭넓게 사랑받고 애창되었다. 그런데 경제가 부흥하고 텔레비전이 보급되기 시작하면서 가곡은 대중음악과 외국 팝송에 밀려났으며 급기야는 90년대 이후에 작곡된 가곡 중 일반인들에게 익숙하고 애창되는 곡은 거의 없을 지경에 이르렀으며 가곡이라고 하면 추억의 노래 정도로 떠올려지고 있다. 한동안 침체기를 맞던 우리 가곡은 21세기 초 인터넷의 보급과 작곡가들의 가곡부흥운동에 힘입어 그들의 음악을 좋아하고 보급하기 위한 다음이나 네이버 등의 포털사이트에서 '카페' 창립과 더불어 활발하게 대중들과 만나게 되었다. 이로인해 공중파 방송에서의 외면과 학계에서의 무관심과 하류 수준으로 천대 받던 가곡들이 새로운 활로를 띄게 되어 외면 받던 가곡이라는 장르가 가곡의 실 소비자와 향유층을 만나면서 자생하고 부활하게 되었다.

음과 말(Ton und Wort), 음악과 시(Musik und Gedicht)는 독립된 세계지만 근원과 흐름은 같다. 상호 협력하고 사랑한다. 같은 물질이지만 발원지가 다르기 때문에 각자의 미세하면서도 미묘한 차이와 경지를 파악하는 자야만이 둘을 하나로 결합하여 훌륭한 예술작품을 창조할 수 있다. 그 차이를 파악하는 게 작곡가의 능력이자 위대함이다. '시의 지배를 받는 성악곡' 즉 가곡 작곡에서는 한국어 특유의 성질, 띄어쓰기와 장단, 음절, 호흡 등을 치열하게 연구하면서 선율을 우선에 두는 게 아닌 언어의 의미 전달에 주목하면서 작곡가로서의 자아와 주체를 표방한다.

시의 정서는 시인으로부터 받아 작곡가가 느끼는 정서다. 21세기 대중문화, 복제 시대에 천편일률적으로 생산되는 소비성 공산품에서 김수영 시가 가지고 있는 메세지를 현 시대에도 공감하면서 같이 따라 부를 수 있는 친근하고 보편적인 음악어법으로 승화시킨 작업을 하였다. 김수영의 시 중 〈푸른 하늘을〉과 〈풀〉을 대진대학교 박정근 교수의 감수와 해설로 노래를 부르기 적합하게 노랫말로 일부분을 바꾸었다. 그건 김수영의 시와 문학의 메세지는 소위 말하는 먹물 지식인에 대한 일갈이자 날카로운 관점을 담은 담론, 시대정신, 비평으로 21세기, 코로나로 신음하는 현 세태에 백신과 같은 가르침이자 예언의 역할을 훼손하지 않고 보존하면서 운율과 호흡에 맞게 리마스터(remaster)하였다. 수필, 시사 에세이, 문학론과 시론, 시작노트, 편지, 일기, 시월평, 미완성 소설에 이르기까지 그의 산문집은 세월의 흐름이 무색할 만큼 새롭고 신선하며 예언자적 지성은 감탄을 자아내게 하고 가식이 전혀 없고 유머가 철철 넘친다. 그건 "시나 소설 그 자체의 형식은 그것을 쓰는 사람의 생활 방식과 직결"된다는 김수영 문학론의 직결적인 반영으로서 난해하다고 일컫는 김수영의 시를 음악을 통해 좀 더 친숙하게 알린다는데 큰 의미가 있다.

푸른 하늘을

김수영 시
성용원곡

노 래 했 는 가   어 째 서____   자 유 엔____   피 냄 새

가   피 냄 새   가   나 는____   가____

자 유 를 위 해 서 노 래 했 던 사 람 은 모 두 아 리 라 혁 명 은____ 왜

풀

풀

3

풀

풀

눕 네   날 이 흐 리 고 풀 뿌 리 가 눕 네

날 이   흐 리 고 풀 이   눕 네_____

■ 저자 약력

백낙청 문학평론가, 영문학자, 편집인. 1966년 계간 『창작과비평』을 창간하고 2015년까지 편집인을 지냈으며, 서울대 영문과 교수, 민족문학작가회의 이사장, 시민방송 RTV 이사장, 6·15공동선언실천남측위원회 상임대표, 한반도평화포럼 이사장 등을 역임. 서울대 명예교수, 계간 『창작과비평』 명예편집인, 한반도평화포럼 명예이사장으로 있다. 문학평론집 『민족문학과 세계문학 1/인간해방의 논리를 찾아서』(합본개정판) 『민족문학과 세계문학 2』 『민족문학의 새 단계: 민족문학과 세계문학 3』 『통일시대 한국문학의 보람: 민족문학과 세계문학 4』 『문학이 무엇인지 다시 묻는 일: 민족문학과 세계문학 5』 등과 연구비평서 『서양의 개벽사상가 D. H. 로런스』 『D. H. 로런스의 현대문명관』을 냈고, 사회평론서 『분단체제 변혁의 공부길』 『흔들리는 분단체제』 『한반도식 통일, 현재진행형』 『어디가 중도며 어째서 변혁인가』 『2013년체제 만들기』 등과 『백낙청 회화록』(전7권), 『변화의 시대를 공부하다』 『문명의 대전환을 공부하다』 등 다수의 공저서 및 편저서가 있다. 제2회 심산상, 제1회 대산문학상(평론부문), 제14회 요산문학상, 제5회 만해상 실천상, 제11회 늦봄문익환통일상, 제11회 한겨레통일문화상, 제3회 후광김대중학술상 등을 수상했다.

염무웅 문학평론가, 1964년 『경향신문』 신춘문예에 문학평론으로 등단. 창작과비평사 대표, 민족예술인 총연합 이사장, 민족문학작가회의 이사장을 역임. 영남대학교 명예교수, 국립한국문학관

관장으로 있다. 평론집『민중시대의 문학』,『혼돈의 시대에 구상하는 문학의 논리』,『모래 위의 시간』,『문학과 시대현실』,『살아 있는 과거』, 산문집『자유의 역설』,『반걸음을 위한 생존의 요구』,『지옥에 이르지 않기 위하여』, 대담집『문학과의 동행』, 공역서『문학과 예술의 사회사』등이 있다.

강경희 문학평론가, 문학박사, 숭실대 국어국문학과를 졸업했으며 전시 기획 및 비평가로 활동 중이다. 숭실대학교에 출강하며 파주 출판도시 갤러리 지지향 대표를 맡고 있다. 저서로『타자의 언어학』,『표류와 유출의 상상력』,『살아있는 말들의 대화』,『불온한 시대와 공존하기』가 있다.

공현진 중앙대학교 국어국문학과를 졸업하고 같은 대학원에서 문학석사, 문학박사 학위를 받았다. 주요 저서로는『다시 읽는 백석 시』(공저),『아직 오지 않은 시』(공저) 등이 있다. 중앙대학교 다빈치교양대학에서 강의하고 있다.

김난희 문학박사, 미국 ADEC(Association for Death Education and Counselling)의 죽음 교육 수련 디렉터(FT). 2011년부터 서강대학교, 청주교육대학교, 고려대학교(세종, 안암) 등에서 글쓰기 강의했으며, 순천향대학교 인문 교양 학부에서 글쓰기 강의를 맡고 있다. 저서로『부정성의 시학과 한국 현대시』,『한국 전후 문제시인 연구 6』(공저),『삶의 성찰 죽음에게 묻다』(공저)가 있으며, 「1980년대 노동시의 헤테로크로닉 양상」, 「1980년대 모더니즘 시의 정치적 무의식」 외 다수의 논문이 있다.

김민 시인, 동국대학교 사범대학 국어교육과 졸업. 2001년『세계의 문학』에「자벌레」외 4편을 발표하며 등단. 시집으로『길에서 만난 나무늘보』,『유리구슬마다 꿈으로 서다』가 있으며 2019년 구상솟대문학상 수상했다.

김영희 문학평론가. 2009년 창비신인평론상으로 등단. 주요 평론으로「불온한 미(美)와 다른 현실」,「귀신전과 연출의 변」,「새로운 노동시와 생명의 관측소」등이 있다.〈딩아돌하〉편집위원으로 활동하고 있으며, 고려대, 경희대에서 강의 중이다.

노지영 문학평론가.『영구혁명의 문학들』,『오장편 전집』등 다수의 공저와 공편이 있다.〈내일을여는작가〉,〈시와시학〉,〈통일문학〉에서 편집위원으로 활동하고 있으며, 경희대, 동양미래대, 방송대에서 강의 중이다.

박정근 시인·소설가·문학평론가·드라마작가·연출가. 전 대진대 교수, 문학박사. 2017년「이방인의 파티」로 월간문학 소설부문으로 등단했다. 저서로 소설집『파미르 가는 길』,『다시 부르는 자유의 노래』, 시집『물의 노래』외, 평론집『아폴로 사회와 디오니우스 제의』외, 번역서『태풍』외 다수가 있다. 김수영기념사업회 부이사장, 김수영 문학관 운영위원, 도봉문화재단 이사, 월더니스문학 발행인으로 있다.

성용원 작곡가. 선화예술중학교 졸업, 선화예술고등학교 재학 중 독일 유학. 독일 칼스루에 국립음악대학 음악이론, 작곡과 졸업. 독일 뒤셀도르프 로베르트 슈만 음악대학 작곡과 졸업. 상명대학교 뉴미디어음악학 박사학위 취득. 〈리어왕〉, 〈밥할머니〉 외 4편의 오페라, 전쟁레퀴엠 〈희망의 불꽃〉, 피아노곡 〈파랑파랑파랑새야〉 외 다수가 있다. 한국외국어대학교 특임교수, 미디어피아 전문기자, SW아트컴퍼니 대표로 있다.

이경수 문학평론가. 평론집 『불온한 상상의 축제』『바벨의 후예들 폐허를 걷다』『춤추는 그림자』『이후의 시』『너는 너를 지나 무엇이든 될 수 있고』 연구서 『한국 현대시와 반복의 미학』『다시 읽는 백석 시』『백석 시를 읽는 시간』『아직 오지 않은 시』 등이 있다. 중앙대학교 국어국문학과 교수로 재직 중이다.

이민호 시인·문학평론가. 시집 『참빗 하나』『피의 고현학』『완연한 미연』 평론집 『도둑맞은 슬픈 편지』 연구서 『낯설음의 시학』 등이 있다. 서울과학기술대학교 기초교육학부 초빙 교수로 재직 중이다.

홍기원 김수영문학관 운영위원장. 고려대 재료공학과를 나와 김두황 열사 추모 사업에 참여하고 있다. 1980년대 중반 노회찬 전 의원과 인천에서 노동운동을 했으며 1992년부터 유홍준 교수의 한국문화유산답사회 활동을 시작으로 전국 문화유산 현장 답사를 하고 있다. 저서로는 『성곽을 거닐며 역사를 읽다』『길 위의 김수영』 등이 있다.

애타도록 서둘지 말라 나의 빛이여

초판 1쇄인쇄 2022년 6월 8일
초판 1쇄발행 2022년 6월 10일

기   획 (사)김수영기념사업회
발행인 박지연
발행처 도서출판 도화
등   록 2013년 11월 19일 제2013 - 000124호
주   소 서울시 송파구 중대로34길 9-3
전   화 02) 3012 - 1030
팩   스 02) 3012 - 1031
전자우편 dohwa1030@daum.net
인   쇄 유진보라

ISBN | 979-11-90526-82-1 *03800
정가 15,000원

도화道化, fool는
고정적인 질서에 대한 익살맞은 비판자,
고정화된 사고의 틀을 해체한다는 뜻입니다.